KB106807

내 이름은 빨강 1

Benim Adlm Klrmlzl

세계문학전집 51

내 이름은 빨강 1

Benim Adım Kırmızı

오르한 파묵

이난아 옮김

민음사

뤼야에게

『내 이름은 빨강』은 인생과 예술, 사랑, 그림 그리고 다른 많은 것들에 대한 나의 생각을 담고 있는 소설입니다. 이 소설을 사랑하는 독자들 가운데 서양보다는 동양의 독자들이 슬픔을 깊이 통감하며 이해할 것이라 생각합니다. 그 슬픔이란 물론 서양의 예술 및 문화의 강한 영향으로 우리의 전통적인 시각 예술과 청각 예술, 창작 기법은 물론 감성까지 잃어 가고 있다는 사실에 대한 안타까움입니다. 이 소설은 이러한 깊은 슬픔과 인간적인 고뇌를 소재로 하고 있으며, 나는 한국 독자들도 이러한 슬픔을 가슴속에 지니고 있으리라 생각합니다.

이스탄불에서
오르한 파묵

Orhan Pamuk

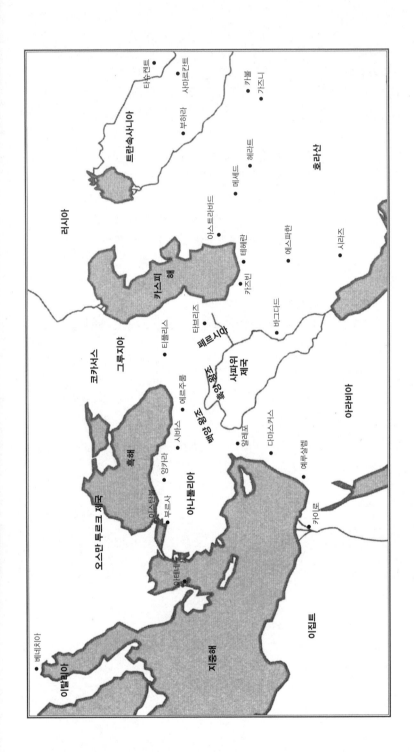

너희가 한 인간을 살해하고 그것을 감추려 하면
신께서는 너희가 숨긴 것을 들추어내시리라.

　　　　　— 코란 제2장 「바카라」 72쪽

보지 못하는 자와 보는 자가 같지 아니하며.

　　　　　— 코란 제35장 「파티르」 19쪽

동방과 서방이 신의 것이니.

　　　　　— 코란 제2장 「바카라」 115쪽

차례

1
나는 죽은 몸

    나는 지금 우물 바닥에 시체로 누워 있다. 마지막 숨을 쉰 지도 오래되었고 심장은 벌써 멈춰 버렸다. 그러나 나를 죽인 그 비열한 살인자 말고는 내게 무슨 일이 일어났는지 아무도 모른다. 그자는 내가 정말로 죽었는지 확인하려고 숨소리를 들어 보고 맥박까지 확인했다. 그러고는 옆구리를 힘껏 걷어차더니 우물로 끌고 와 바닥으로 내동댕이쳤다. 이미 돌에 맞아 깨져 있던 내 머리는 우물 바닥에 부딪히면서 산산조각이 났고, 얼굴과 이마, 볼도 뭉개져 형태를 분간할 수 없다. 뼈들도 부서졌고 입안엔 피가 가득하다.

    집으로 돌아가지 못한 지 나흘째다. 아내와 아이들이 날 찾고 있을 게 분명하다. 울다 울다 지친 딸애는 넋을 잃은 채 대문만 쳐다보고 있을 테고, 다른 식구들도 모두 목을 빼고 내가 돌아오기만을 기다리고 있을 것이다.

그런데 정말 나를 기다리고들 있을까? 어쩌면 벌써 나의 부재에 익숙해졌는지도 모르지. 빌어먹을! 여기 이렇게 누워 있으니 내가 두고 온 삶이 아무 일도 없는 듯 계속되고 있으리라는 생각마저 든다. 내가 태어나기 전에도 무한한 시간이 있었고, 내가 죽은 뒤에도 시간은 무한히 이어질 것이다. 살아 있을 때 나는 이 문제에 대해 한 번도 생각해 보지 않았다. 나는 무궁한 암흑과 암흑 사이에서, 잠시 빛을 발하며 살았을 뿐이다.

나는 행복했다. 아니, 지금에서야 내가 행복했던 줄을 알겠다. 나는 술탄의 화원(畵院)에 속한 화가들 가운데 가장 멋지게 그림을 장식했다. 그림 장식에서 나를 따를 자는 아무도 없었다. 나는 술탄의 화원에서 일하는 것 말고 바깥에서도 일을 해 매달 900악체[1]씩이나 벌었다. 이런 것들을 생각하면 할수록 여기 이렇게 죽어 누워 있는 것이 더욱 분통하다.

나는 그림도 그리고 책 장식도 했다. 페이지의 여백과 테두리에 형형색색의 잎사귀와 나뭇가지, 꽃과 새를 그려 넣어 장식하는 일이었다. 구불거리는 중국풍의 구름, 서로 껴안고 있는 잎사귀들, 여러 가지 색의 숲과 숲속에 숨어 있는 영양들, 술탄들, 나무들, 궁전들, 말들, 사냥꾼들…… 젊었을 때는 접시에도 그림을 그렸다. 때로는 거울 뒷면과 나무 수저에도, 그리고 보스포루스 해안에 있는 별장과 저택의 천장, 궤짝의 겉

---

1) 오스만 제국에서 통용되던 은화.

면에도 그림을 그리곤 했다. 하지만 최근에는 그런 일에는 손대지 않고 책 장식만 했다. 술탄이 보수를 넉넉히 주었기 때문에 굳이 다른 일로 돈을 벌 필요가 없었다. 그런데 죽어 보니 인생에서 돈은 전혀 중요하지 않다는 걸 깨달았다고는 말하지 않겠다. 살아 있지 않아도 돈은 여전히 중요하다.

죽은 자가 말을 하는 이 기적을 보면서, 어쩌면 당신은 이렇게 묻고 싶을지 모르겠다. "살아 있을 때 얼마를 벌었다는 따위의 얘길랑 그만두고 거기서 뭘 보았는지나 말해 보게. 사후 세계란 게 정말 있나? 자네 혼은 어디 있지? 천국과 지옥은 어떻던가? 거기서 뭘 봤어? 죽어 있는 기분은 어떤지, 아프지는 않은지 얘기해 보게!" 그렇다. 산 자들은 당연히 저세상에서 어떤 일이 일어나는지 알고 싶어 하기 마련이다. 사후 세계에 대한 궁금증 때문에 피비린내 나는 전쟁터의 시체들 사이를 누빈 사내의 이야기를 들은 적이 있다. 그는 숨이 끊어지기 직전의 부상자들 가운데 죽었다 다시 살아난 사람들을 찾아다니며 저세상의 비밀을 캐내려 했다. 그러다가 티무르 병사의 칼에 두 동강이 난 그는 저세상에서는 사람이 둘로 나누어진다고 생각했다는 것이다.

웃기는 얘기다! 오히려 세상에서 둘로 나누어졌던 영혼이 이곳에서 합쳐진다고 할 수 있다. 그러나 악마의 힘에 굴복한 불신자들의 주장과는 달리 다른 세상이라는 것이 있기는 하다. 하늘이 도우사, 바로 그곳에서 내가 당신들에게 말을 하고 있으니 이게 증거가 아니고 무엇이겠는가? 나는 죽었지만 당신들이 보는 바와 같이 사라지지는 않았다. 하지만 성스러운 코란에 나오는, 금과 은으로 지은 천상의 저택 주위로 흐르는 시내나, 탐스러운 과일이 주렁주렁 열린 활엽수와 아름다운 처녀들은 보지 못했음을 고백해야 할 것 같다. 물론 살아 있을 때 나는 코란 제56장 「와키야」에 나오는 그 커다란 눈을 가진 천상의 처녀들을 즐겨 그렸다. 코란뿐만 아니라 이븐 알 아라비 같은 뛰어난 상상력의 소유자들이 입에 침이 마르도록 묘사한 우유와 포도주, 꿀물이 흐르는 시내도 역시 보지 못했다. 물론 저세상에 대한 희망과 환상을 품고 사는 많은 이들을 실망시키고 싶지는 않은 까닭에 내 이야기는 전적으로 나의 특별한 상황과 관련되어 있다는 말을 지금 이 자리에서 꼭 하고 넘어가야겠다. 사후 세계에 대한 지식이 조금이라도 있는 신자라면 나처럼 죽은 뒤에도 안식을 찾지 못한 자의 눈에 천국의 시냇물이 보일 거라고는 생각지 않을 것이다.

각설하고, 화가들 사이에서 '엘레강스'라고 불리던 나는 지금 시체가 되어 묘에 묻히지도 못한 채 버려졌고, 그래서 내 영혼은 몸에서 완전히 떨어져 나가지 못했다. 내 영혼이 지옥에든 천국에든 다다를 수 있으려면 먼저 육신이 이 더러운 곳에서 빠져나가야만 한다. 여느 사람들에게도 간혹 일어나는 이 예외적인 상황은 내 영혼에 끔찍한 고통을 주고 있다. 산산이 부서진 머리통과 얼음처럼 차가운 물에 잠긴 채 상처투성이로 썩어 가는 몸을 느끼지는 못하지만, 육체를 떠나려 몸부림치는 영혼의 깊은 고통은 또렷이 느낄 수 있다. 마치 세계 전체가 내 몸 안의 어떤 곳에 끼어 움츠러드는 듯한 느낌이었다.

이 수축의 느낌을 나로서는 죽는 순간에 느꼈던 놀랍도록 뺑 뚫리는 듯한 느낌과 비교할 수밖에 없다. 전혀 예상치 못했던 일격의 순간, 누군가가 돌로 내 머리를 내리쳐 두개골이 깨질 때, 그놈이 날 죽이려 한다는 걸 알아챘지만 정말로 죽으리라고는 믿지 않았다. 그 순간, 나는 내가 매우 낙관적인 사람이라는 사실을 깨달았다. 궁정 화원과 집만을 오가던 생기 없는 삶 속에서는 내가 긍정적인 성격의 소유자라는 걸 전혀 알지 못했다. 하지만 그 순간, 나는 내 열 손가락과 열 손톱, 그리고 악착같이 살인자를 물고 늘어졌던 내 이를 총동원해 열정적으로 생에 매달렸다. 하지만 머리를 울리던 그 연이은 타격의 고통을 일일이 떠올려서 당신을 지루하게 만들고 싶지는 않다, 이제는……

내가 죽으리라는 사실을 깨달았을 때 무척 슬프기도 했지만 동시에 가슴이 휑하니 뚫리는 묘한 기분이 들었다. 그리고 생을 떠나오는 순간, 뭔가가 팽창되는 기분을 맛보았다. 이쪽으로 넘어오는 과정은 꿈속에서 잠자는 자신을 바라보는 것처럼 자연스럽게 진행되었다. 마지막으로 내가 본 것은 눈과 진흙으로 범벅이 된 비열한 살인자의 신발이었다. 나는 잠들 듯 눈을 감았다. 그러고는 짜릿한 느낌을 맛보며 이쪽으로 옮겨 왔다.

지금 내가 투덜거리는 까닭은 홀랑 빠진 이들이 피범벅이 된 입속에서 석류 알처럼 뒹굴고 있어서도 아니고, 형체를 알아볼 수 없을 정도로 짓이겨진 얼굴 때문도 아니며, 버려진 우물 속에서 옴짝달싹 못하게 되어서도 아니다. 나를 화나게 하는 것은 사람들이 여전히 내가 살아 있을 거라고 여긴다는 점이다. 사랑하는 사람들이 나를 떠올리면서 내가 이스탄불 어느 구석에선가 빈둥거리며 시간을 보내고 있거나 아니면 여자들 꽁무니나 쫓고 있을 거라고 생각할지 모른다는 사실이 내 불안한 영혼을 한층 아프게 한다. 하루빨리 내 시체를 찾아 장례를 치르고 묘에 묻어 주었으면 한다, 제발! 무엇보다도 중요한 것은 날 죽인 살인자를 찾는 일이다! 그 비열한 살인자를 잡지 못하면 아무리 호화로운 무덤에 나를 묻어 준다 해도, 그 속에서 여전히 안식을 찾지 못한 채 기다릴 테고, 당신들에게 불신앙을 전염시키리라는 사실을 명심하기 바란다. 당신이 나를 죽인 그 후레자식을 찾아낸다면 당신에게 저세상에서 본 것들을 하나도 빠짐없이 말해 주겠다! 살인자는 물론 주리를 틀어 고문을 하고 몸의 뼈란 뼈는 모조리, 특히 갈비뼈는 반드시, 마디마디 똑똑 분지르고, 고문용 꼬챙이로 두개골에 구멍을 뚫고, 그 더럽고 기름진 머리카락을 하나하나 뽑을 때마다 놈이 고통으로 꽥꽥 비명을 지르도록 해야 한다.

그런데 나를 이토록 고통스러운 지경에 처하게 한 살인자는 과연 누구이며, 어째서 뜬금없이 나를 죽였을까? 당신이 살인자의 정체를 궁금해하고 이 문제를 깊이 생각해 보기 바란다. 세상에는 아무짝에도 쓸모없는 저질 살인자들이 가득하다는 식으로 간단히 넘겨 버리지 마라. 당신이 나를 믿지 못하겠다면 한 가지 사실을 미리 알려 주겠다. 나의 죽음은 우리 종교와 전통 그리고 세계관을 부정하는, 섬뜩한 비밀 결사와 연루되어 있다. 눈을 크게 뜨고, 이슬람과 당신이 믿고 살아가는 삶을 파괴하려는 적들이 왜 나를 죽이고 어느 날인가 당신도 죽일 수 있는지 알아내 보라. 언제나 벅찬 감동으로 눈물 흘리며 들었던 에르주룸 출신의 위대한 호자[2] 누스렛의 설교가 사실로 드러나고 있다. 만약 내가 겪은 일을 책으로 쓴다면 제아무리 세밀화의 거장이라도 결코 그 내용을 모두 그림으로 표현할 수는 없을 것이다. 마치 코란처럼(부디 당신들이 내 말을 오해하지 않기를!) 이 책의 가공할 힘은 어떤 그림으로도 충분히 그려 낼 수 없을 것이다. 당신들이 과연 내 말을 충분히 이해했는지 걱정스럽다.

화원의 도제 시절, 나는 심연에 감춰진 진실과 저 너머로부터 들려오는 소리를 두려워하면서도 그런 것들에 주의를 기울이지 않았다. 심지어는 그걸 두고 농담을 하기도 했다. 덕분에 나의 최후는 이 빌어먹을 우물 바닥이 되고 말았다! 이것은 물론 당신에게도 일어날 수 있는 일이니 두 눈을 크게 뜨고 늘 경계하라. 이제 나에게 남은 일이라곤 내 몸이 썩어 악취가 진동하게 되면 누군가가 나를 발견할 수도 있으리라는 희망을 가지는 것뿐이다. 그리고 언젠가, 나를 죽인 살인자가 잡혔을 때, 어느 자비로운 이가 그에게 가할 고문을 상상하는 일밖에는.

---

2) 회교 사원의 성직자를 가리키며, 일반적으로는 '선생님'을 뜻하는 존칭 어미.

2
내 이름은 카라[3]

내가 나고 자란 도시 이스탄불. 십이 년 만에 나는 몽유병 환자처럼 소리 없이 이곳으로 돌아왔다. 누구나 죽을 때가 되면 고향의 부름을 받는다지 않는가. 죽음이 나를 고향으로 이끈 듯하다. 처음 이곳에 돌아왔을 때만 해도 오로지 죽음만이 나를 기다리고 있으리라 생각했지만, 후일 나는 사랑과도 마주치게 되었다. 그러나 그 사랑은 이 도시에 대한 나의 기억만큼이나 아득하고 잊힌 무엇이었다. 십이 년 전, 나의 어린 사촌에게 바쳤던 그 사랑은⋯⋯.

이스탄불을 떠난 지 사 년이 흐른 뒤, 페르시아의 끝없이 펼쳐진 초원과 눈 덮인 산들과 슬픈 도시들을 떠돌며 서신을

---

3) 터키어로 '검정'이라는 뜻.

전달하고 세금을 징수하면서, 나는 이스탄불에 남아 있는 내 어린 시절 연인의 얼굴을 서서히 잊어 가고 있음을 깨달았다. 나는 커다란 당혹감을 느끼며 그녀의 얼굴을 기억해 내려고 애썼지만, 내가 그녀를 얼마나 사랑하든 이제는 볼 수 없는 그 얼굴을 잊을 수밖에 없음을 알았다. 동쪽의 고장에서 서기관으로 일하고 여행을 하며 파샤[4]들을 위해 일했던 그 시절, 육 년째가 되자 내 상상 속의 그리운 얼굴은 더 이상 이스탄불에 있는 그 얼굴이 아니었다. 팔 년째에는 잘못 기억하고 있는 그 얼굴조차 다시 잊히고 또 다른 얼굴이 만들어졌다. 그리하여 십이 년 후, 서른여섯 살이 되어 이스탄불로 돌아온 나는 내가 사랑한 얼굴은 이미 오래전에 나를 떠나 버렸다는 사실을 가슴 아프게 받아들여야만 했다.

친구들과 친척들 그리고 같은 동네에서 알고 지냈던 사람들 대부분은 내가 떠나 있던 십이 년 사이에 저세상으로 가 버렸다. 나는 할리치만(灣)이 내려다보이는 묘지를 찾아 돌아가신 어머니와 삼촌들을 위해 기도를 올렸다. 그러자 진흙 냄새에 뒤섞여 추억이 되살아났다. 누군가가 어머니 무덤가에서 접시를 깨뜨렸나 보다. 깨진 접시 조각들을 보니 왠지 눈물이 솟구쳤다. 죽은 이들 때문이었을까. 아니면 숱한 세월이 흐른 뒤에도 여전히 살아 있는 나 자신 때문이었나. 그것도 아니라면 나의 기나긴 생의 여정이 막바지에 다다랐음을 실감했던 탓인지도 모르겠다. 가느다란 눈발이 날리기 시작했다. 사

---

4) 문무고관을 가리키는 말.

방으로 흩어지는 눈송이들을 하나씩 눈으로 좇는 동안, 나는 불확실한 삶 속에서 길을 잃고 헤매는 것처럼 막막한 심정이 되었다. 그래서 묘지의 어두운 구석에서 검은 개 한 마리가 날 바라보고 있다는 사실조차 알아차리지 못했다.

눈물이 그쳤다. 나는 콧물을 닦았다. 묘지를 떠날 때, 검은 개가 친근하게 꼬리를 흔드는 것을 보았다. 나는 곧 한때 아버지 쪽 친척이 살았던 이웃집에 세 들어 살기 시작했다. 집주인 여자는 페르시아와의 전쟁에서 사파위 병사들에게 희생당한 자신의 아들과 내가 닮았다며, 흔쾌히 청소와 음식을 해 주겠노라고 했다.

나는 이스탄불 사람이 아니라 지구 반대편에서 와 아랍 어느 도시에 잠시 머물고 있어서 생소한 풍경들이 궁금한 사람처럼 밖으로 나섰다. 오랜 시간 마음 놓고 거리를 걸었다. 골목들이 전보다 좁아진 걸까, 아니면 내가 그렇게 느끼는 걸까. 서로 마주 보고 줄지어 서 있는 집들 사이에 끼인 골목을 지날 때는 짐을 잔뜩 실은 마차에 치이지 않으려고 담벼락이나 대문에 등을 바짝 붙이고 걸어야만 했다. 부자들도 많아진 듯했다. 어쩌면 내게 그렇게 보이는 것인지도 몰랐다. 화려하게 치장한 마차가 눈에 띄었다. 그런 마차는 아라비아에서도 페르시아에서도 본 적이 없었다. 위풍당당한 말들이 끄는 마차는 마치 성채처럼 보였다. 쳄베르리타시 구역에 있는 타욱파자르(양계 시장)에서는 닭똥 냄새가 진동하는 가운데 누더기를 겹겹이 걸친 걸인들이 귀찮게 달라붙었다. 장님 하나는 펄펄 내리는 눈을 보기라도 한 듯 미소를 지었다.

옛날의 이스탄불이 더 가난하고 더 작고 더 행복했다고 말한다면 여러분은 믿지 않겠지만, 내 가슴은 그렇게 말하고 있었다. 내 옛사랑의 집은 보리수와 밤나무 속에 그대로 서 있었지만, 그곳에는 이제 다른 사람이 살고 있었다. 연인의 어머니인 내 이모는 돌아가셨고 에니시테[5]는 딸과 함께 이사를 갔다고 했다. 그녀가 살았던 집 대문 안에 서 있는 남자는 내 마음이 얼마나 아프게 깨졌는지 전혀 눈치채지 못하고 그 가족에게 불행한 일이 있었다고 했다. 지금 여기서 그 불행이 무엇이었는지는 말하고 싶지 않다. 다만, 내가 그 오래된 정원을 보면서 덥고 푸르렀던 어느 여름날을 떠올렸다는 것과, 그 정원에 서 있는 보리수 가지에 새끼손가락만 한 고드름이 매달려 있었다는 것, 흩날리는 눈발, 그리고 이제는 가꾸지 않아서 버려진 정원의 풍경이 내게 죽음을 생각하게 했다는 것만을 말하고 싶다.

친척들에게 일어난 불행한 사건에 대해서는 페르시아의 타브리즈에 있을 때 에니시테가 보낸 편지로 익히 알고 있었다. 에니시테는 내가 이스탄불로 돌아오길 바랐다. 당시 그는 술탄의 명에 따라 밀서(密書)를 만들고 있었는데, 그 일에 나의 도움이 필요하다고 했다. 에니시테는 내가 타브리즈에 사는 오스만 제국의 파샤들과 총독들, 그리고 이스탄불의 주문을 받아 책을 만든다는 얘기를 전해 들었다고 했다. 나는 타브리즈에서 책을 주문한 사람들에게 선금을 받고, 전쟁과 오스

---

5) 아저씨나 삼촌뻘에 해당하는 친척. 여기서는 '이모부'라는 뜻.

만 제국 병사들에 대해 불만을 품고 있는 세밀화가들과 서예가들, 이스탄불을 떠났지만 여전히 카즈빈이나 다른 페르시아 도시로 가지 못하고 있는 재주꾼들을 찾아내는 일을 하고 있었다. 그리고 자신들의 가난과 세상의 무관심에 분노하는 그 대가들에게 글씨를 쓰고 그림을 그리게 한 뒤, 그것을 책으로 묶어 이스탄불로 보냈다. 어린 시절 에니시테의 영향을 받아 내 내면에 쌓여 있던, 세밀화와 아름다운 책에 대한 열정이 없었더라면 절대로 하지 않았을 일이었다.

한때 에니시테가 살던 골목 끝, 시장으로 통하는 길에 있던 이발소는 아직 거기 있었다. 그곳의 이발사 역시 같은 거울과 같은 면도칼과 같은 주전자와 비누와 더불어 그대로였다. 우리는 서로 눈이 마주쳤다. 그러나 그가 나를 알아보았는지는 모르겠다. 사슬로 묶어서 천장에 매달아 늘어뜨린, 따뜻한 물이 담긴 머리 감기는 대야가 옛날과 다름없이 포물선을 그리며 앞뒤로 왔다갔다 흔들리고 있었다. 그 광경을 보자 나는 기분이 좋아졌다.

청년 시절 걸어 다녔던 마을과 거리들은 십이 년 사이에 불에 타서 재와 연기로 날아가 버렸다. 대신 그 자리에는 개들이 길을 막고 있거나, 미치광이가 어린애들을 겁주고 있는 잿더미 가득한 공터가 되어 있거나, 나처럼 먼 곳에서 온 이들을 어리둥절하게 만드는 화려한 저택들이 들어서 있었다. 저택들 중에는 창에 값비싼 베네치아산(産) 스테인드글라스를 끼운 집도 있었다. 높은 담장 너머로 열려 있는 창을 올려다보면서 내가 이스탄불을 떠나 있는 동안, 그런 호화로운 이층집들이 많이 지어졌음을 실감했다.

수많은 여느 도시들처럼 이제 이스탄불에서도 돈의 가치가 형편없이 떨어졌다. 내가 동쪽 나라로 가기 전만 해도, 1악체로 400디리헴[6]짜리 커다란 빵을 구워 주던 빵 가게들이 이제는 같은 돈으로 예전의 반도 안 되는 크기에, 어린 시절 먹었던 것과는 비교할 수 없이 맛없는 빵을 주었다. 계란 한 꾸러미에 3악체를 내야 하는 풍경을 돌아가신 어머니가 보셨더라면 "닭들이 거들먹대며 우리 머리 위에 똥을 싸기 전에 어서 딴 곳으로 이사 가자."고 하셨을 것이다. 하지만 이스탄불뿐 아니라 다른 지역에서도 사정은 마찬가지였다. 플랑드르와 베네치아에서 오는 상선들이 상자 가득 위조 화폐를 가져온다는 말이 있었다. 그리고 100디리헴의 은으로 악체 500개를 만들던 주전소(鑄錢所)에서 지금은 사파위들과의 끝나지 않는 전쟁 때문에 같은 양으로 악체를 800개씩이나 찍어 낸다. 제국의 근위 보병들은 월급으로 받은 악체를 할리치만에 던지자, 부두에서 채소 상인들이 버린 마른 콩처럼 정말로 은화가 바닷물 위에 둥둥 뜨는 것을 보고는 반란을 일으켰다. 그들은 우리 술탄의 궁전이 마치 적군의 요새라도 되는 것처럼 포위했었다.

베야즈트 사원에서 설교하며 스스로를 예언자 무함마드의 후손이라고 주장하는 누스렛이라는 호자는 물가 상승과 범죄와 절도가 판치는 이런 부도덕한 시대에 큰 명성을 얻었다. 에

---

6) 16세기 말 오스만 제국에서 사용되던 무게 단위.

르주룸이라고도 불리는 이 설교자는 최근 십 년간 이스탄불을 들끓게 한 모든 재앙들, 바흐체타프와 카잔즈라르에서 발생한 화재와 한 번 퍼질 때마다 수만 명의 목숨을 앗아 가는 흑사병, 그토록 많은 희생자를 냈으면서도 아무런 성과를 거두지 못한 사파위들과의 전쟁, 그리고 서방의 기독교인들이 반란을 일으켜 오스만 제국의 작은 성들을 점거한 사건 등은 신심 깊은 우리가 예언자 무함마드의 가르침을 따르지 않고 코란의 명령을 무시하며 기독교도들에게 호감을 보이고 곳곳에서 포도주를 팔거나 이슬람 수도원에서 악기를 연주하기 때문이라고 했다.

나에게 이 에르주룸 출신 설교자에 대해 흥분해서 이야기한 피클 장수는 시장에서 유통되는 위조 화폐와 새로 주조된 가벼운 은화, 사자 그림이 그려진 가짜 플로린 등을 들면서, 갈수록 순도가 떨어지는 악체가 거리에 넘쳐나는 체르케스인, 아바자인, 메그렐인, 보스니아인, 그루지야인, 에르메니인들만큼이나 많아졌고 그 때문에 이스탄불 사람들은 피할 수 없는 악의 구렁텅이로 빠져들고 있다고 했다. 불한당들과 반골 성향이 있는 자들은 매일 커피숍에 모여 새벽까지 수군대다가 개종을 해 버리고 신분이 확실치 않은 사람, 아편 중독자, 미치광이와 칼렌데리[7] 들은 새벽까지 음악을 연주하고, 꼬챙이로 몸의 여기저기를 뚫고, 어린 소년들이 눈에 띄기만 하면 덤벼들고, 급기야는 난교를 벌이는 등 온갖 부도덕한 짓

---

7) 방랑 생활을 하는 수도승.

을 저지르면서, 심지어 이것을 알라의 길이라고 말한다는 것이었다.

우드의 아름다운 선율이 나를 이끌어서였는지, 아니면 내 추억과 욕망이 더 이상 그 피클 장수의 말을 참을 수 없게 만들어서였는지는 모르겠지만, 나는 곧 그 자리를 떴다. 내가 알 수 있는 것은 다만, 만일 당신이 어떤 도시를 사랑한다면 아무리 오랜 시간이 흐른 뒤라도 그곳으로 돌아왔을 때, 당신의 영혼뿐 아니라 몸까지도 은연중에 그 도시를 알아보고, 혹 구슬픈 눈발이 처연하게 흩날리면 당신의 두 다리가 절로 당신을 옛날에 사랑했던 그 언덕으로 데려다 놓으리라는 사실뿐이다.

나 역시 그렇게 해서 대장간들이 모여 있는 거리를 빠져나와 언덕 위 쉴레이만 사원 옆에서 할리치만에 내리는 눈을 바라보고 서 있었다. 북향의 지붕 위와 삭풍이 불어치는 사원 돔 구석에는 벌써 눈이 얼어붙어 있었다. 이스탄불로 들어오는 배들의 돛이 마치 나에게 인사를 보내듯 나부끼고 있었다. 돛들은 할리치만의 바다처럼 회색 안갯빛을 띠고 있었다. 플라타너스와 삼나무, 마을의 지붕들, 가슴을 저미는 황혼, 아랫동네에서 들려오는 상인들의 호객 소리와 사원 뜰에서 노는 아이들의 고함 소리가 내 머릿속에서 한데 엉겼다. 그것들은 내가 다시는 이 도시가 아닌 다른 곳에서는 살지 못할 거라고 말하고 있었다. 한순간, 수년 동안 나를 떠나 버렸던 연인의 얼굴이 성큼 눈앞으로 다가들 것만 같은 생각이 들었다.

나는 비탈길을 내려와 사람들 속으로 들어갔다. 사원에서 울려 퍼지는 저녁 기도 소리를 듣고 나서 내장 요리를 파는 식당에서 배를 채웠다. 텅 빈 식당에서 혼자 밥을 먹고 있는 나를 마치 고양이에게 먹이를 주고 지켜보듯 내내 다정히 쳐다보던 식당 주인은 내게 이런저런 얘기를 해 주었다. 나는 열심히 그의 이야기를 들었다. 그러고는 그에게서 얻은 단서들을 가지고 그가 일러 준 대로, 벌써 어둠이 짙게 깔린 노예 시장 뒤편 골목들 중 한 곳으로 들어가 커피숍을 찾았다.

커피숍 안은 덥고 붐볐다. 이야기꾼은 실내에서도 안쪽, 화덕 옆에 마련된 약간 높은 단 위에 자리 잡고 있었다. 타브리즈와 페르시아 도시들에도 그와 비슷한 사람들이 있었다. 그곳에서는 이들을 '막이 오르면 등장하는 사람'이라고 불렀다. 이야기꾼 옆에는 거친 종이에 서둘러 그리긴 했지만 솜씨 좋은 화가가 그린 것이 틀림없는 개 그림이 한 점 걸려 있었다. 이야기꾼은 이따금 그걸 가리키면서 그림 속 개의 입을 빌려 이야기를 하고 있었다.

3
나는 개입니다

보시는 바와 같이, 내 송곳니는 아주 날카롭고 길어서 입속에 넣고 있기조차 힘들 정도입니다. 이것 때문에 내가 대단히 위협적인 인상을 풍긴다는 것을 알고 있지요. 그래서 난 내 송곳니가 썩 마음에 듭니다. 한번은 어느 백정이 내 커다란 송곳니를 보고는 외치더군요.

"세상에, 이건 개가 아니라 거의 멧돼지구먼!"

그 말을 듣고 그자의 다리를 어찌나 세게 물었던지, 기름진 살덩이 밑으로 단단한 대퇴골이 느껴지더군요. 개에게 본능적인 분노와 격정으로 적의 살에 이빨을 박는 것보다 더 큰 희열이란 없지요. 그런 기회가 생기면, 그러니까 물릴 짓을 한 멍청이가 아무 생각 없이 내 앞으로 지나갈 때면, 난 놈을 물고 싶어서 머리가 돌 지경이고, 이빨들은 기대로 가득 차 시큰거리고, 목구멍에서는 나도 모르게 으르렁거리는 소리가 무시무시하게 흘러나오지요.

나는 개입니다. 인간인 당신들은 나만큼 이성적인 피조물이 아니므로 어떻게 개가 말을 하느냐고 하겠지요. 그러면서도 시체가 말을 하고, 주인공들 스스로도 알지 못하는 단어들을 써 가며 전개되는 이야기는 믿는 눈치더군요. 하지만 개도 말을 한답니다. 단지 우리 이야기를 들을 준비가 되어 있는 사람에게만 할 뿐이죠.

옛날옛날, 아주 먼 옛날에 어느 나라의 수도에 있는 커다란 사원들 중 하나에, 사원의 이름은 그냥 베야즈트 사원이라고 합시다, 시골 출신의 무례한 설교자 한 명이 왔습니다. 본명은 밝히지 않는 게 좋으니, 일단 우리끼리 후스렛 호자라고 불러 봅시다. 그는 말할 나위 없이 아둔한 설교자였습니다. 그런데 머리에 든 건 없었지만 입심 하나는 대단한 사람이었지요. 매주 금요일, 그가 신도들을 얼마나 흥분시켰는지, 눈물이 모두 말라 버릴 때까지 울며 소리치다 기절하거나 발작을 일으키는 사람마저 있었습니다. 잠깐, 오해는 하지 마십시오! 그는 달변인 여느 설교자들과는 달리 절대 울지 않았습니다. 오히려 모든 사람이 울부짖는 동안에도 그는 눈 하나 깜짝하지 않고 청중들을 나무라듯 더욱 열렬히 설교를 계속했지요. 그런데 꾸중 듣는 것을 즐기기라도 하듯, 제국의 호위병들과 술탄의 근위병들, 어중이떠중이들과 사원의 다른 설교자들까지 모두 그의 충직한 종이 돼 버렸습니다. 물론 그 설교자는 개가 아니었지요. 아니고말고요. 그는 인간이었습니다. 그리고 인간은 늘 죄를 저지르지요. 그는 자신을 숭배하는 신도들을 울리는 것만큼이나 겁주는 일이 각별한 희열임을 깨닫게 되었습니다. 게다가 그럴수록 돈이 더 많이 들어온다는 것을 눈치챈 그는 기고만장해서 더 심한 말들까지 하게 되었습니다.

"물가 상승과 흑사병, 그리고 패전의 이유는 오직 하나, 위대한 예언자 무함마드 시대의 이슬람을 잊고, 이슬람의 원리라고 떠들어 대는 온갖 책들과 거짓말에 속아 넘어가 그것들을 믿기 때문이오. 예언자 무함마드의 시대에 죽은 자를 위해 수많은 의식을 치르고 혼령을 위해 사람들에게 헬와[8]를 나눠 주며 낭비한 일이 있었소? 그 시대에 성스러운 코란을 노래처럼 장단과 음계에 맞춰 낭송한 적이 있었소? 사원 첨탑에 올라가 목소리의 아름다움을 뽐내고, 아랍어를 아랍인처럼 잘한다고 잘난 척하거나 여자가 교태를 부리듯 장단을 맞춰 기도문을 읊은 적이 있었소? 요즘 사람들은 무덤에 가서 곡을 하며 죽은 사람에게 도와 달라고 애걸하고, 성자의 능을 참배하면서 우상을 숭배하듯 비석에 천을 감고 제물을 바치며 복을 달라고 빕니다. 무함마드의 시대에, 어떤 종파가 이런 일들을 시켰단 말입니까? 종단 수도승들의 정신적 지도자였던 이븐 알 아라비는 이단자인 파라오가 이슬람교 신자로 죽었다고 맹세해서 죄인이 되었습니다. 종단의 수도승들, 메브라나 교도들, 할베티교도들, 칼렌데리들, 코란을 읽으며 악기를 연주하는 자들, 기도를 한답시고 어린애들과 춤을 추며 노는 자

---

8) 터키의 전통 음식으로 단맛이 강한 후식.

들, 이들은 모두 무신론자들이오. 이제 수도원은 폐쇄되어야
하며, 그 건물이 서 있던 자리 아래의 땅을 모조리 파내 그 흙
을 바다에 버려야 하오. 만약 그 일로 기도하려는 자가 있다면
그 자도 역시 그 흙이 떠내려간 곳으로 보내 버려야 합니다!"

자기 얘기에 도취된 후스렛 호자는 더욱 흥분해서 입에 거
품을 문 채 계속 열변을 토했습니다.

"오, 나의 헌신적인 신도들이여! 커피를 마시는 것은 죄악입
니다. 우리 위대한 예언자 무함마드께서는 커피를 들지 않으
셨소. 커피가 이성을 마비시키고 위궤양과 허리 디스크와 불
임의 원인이 되는 사탄의 음료임을 아셨기 때문이지요. 또한
커피숍은 쾌락을 탐닉하는 돈 많은 한량들이 무릎을 맞대고
앉아 온갖 부도덕한 일을 저지르는 장소요. 그러므로 수도원
보다 먼저 커피숍을 폐쇄해야만 합니다. 가난한 사람들이 커
피 마실 돈이 어디 있겠소? 그런데 그들은 커피숍에서 커피를
잔뜩 마시고 정신이 몽롱해져서 그곳의 천한 잡종견들이 떠드
는 이야기에 귀를 기울이고 심지어 그들이 하는 말을 진짜로
믿습니다. 나와 우리의 종교를 비방하는, 바로 이런 자들이야
말로 진짜 똥개입니다!"

여러분이 허락하신다면, 나는 이 설교자 선생의 마지막 발
언에 대해 한마디 하고 싶습니다. 순례를 마친 회교도들, 사원
의 성직자, 목회자들이 우리 개들을 좋아하지 않는다는 건 여
러분도 잘 알고 계실 겁니다. 내 생각에 이 문제는 평화를 사
랑하는 너그러운 예언자 무함마드가 당신 옷자락 위에서 잠
든 고양이를 깨우지 않으려고 옷자락을 자른 일과 관련이 있

습니다. 예언자께서 고양이에게 베푼 이 섬세한 배려를 우리 개들은 받지 못했다는 것과 삼척동자도 다 아는 고양이 놈들과 우리 사이의 오랜 불화를 근거로, 어리석은 인간들은 무함마드가 개를 싫어했다고 주장합니다. 이런 악의적인 해석 때문에 우리는 신성한 사원 안으로 들어가지 못하게 되었고, 몇백 년간 사원 뜰에서 관리인한테 빗자루나 몽둥이로 얻어맞는 푸대접을 받게 되었던 것입니다.

여러분께 코란의 가장 아름다운 장(章) 가운데 하나인 「카흐프(동굴)」를 떠올려 보도록 권하고 싶군요. 물론 저는 이 분위기 좋은 커피숍 안에 모이신 여러분 중 코란을 읽지 않은 무식한 이가 있다고는 생각지 않으며 다만 여러분의 기억을 환기시켜 드리고 싶을 뿐입니다. 이 장은 우상 숭배자들 사이에서 사는 것에 진력이 난 일곱 명의 젊은이들에 관한 이야기지요. 그들은 동굴에 들어가 잠을 잡니다. 신께서는 이들의 귀를 하나하나 다 막아 주셨고, 정확히 309년 동안 잠을 자게 해 주셨습니다. 잠에서 깨어난 그들이 사람들 속으로 돌아갔을 때, 그중 한 명이 가지고 있던 동전이 더 이상 쓰이지 않는다는 것을 알고는 그간 얼마나 오랜 세월이 흘렀는지 깨달으며 소스라치게 놀랍니다. 인간이 신에게 예속되어 있다는 사실과 신의 기적, 세월의 무상함, 깊은 잠의 달콤함 등에 대해 서술하고 있는 「카흐프」 18절을 통해서 내가 주제넘게 여러분께 상기시키고자 하는 것은, 일곱 청년이 잠을 잤던 '잠자는 일곱 사람'이란 이름의 동굴 입구에 누워 있던 개입니다. 그 누구라도 코란에 자신이 등장한다면 매우 자랑스러워지지 않겠습니까. 나는 한 마리 개로서 이 장을 자랑스럽게 여기며, 이걸 보면서 자신의 적들을 '더러운 똥개'라고 부른 그 에르주룸 출신 설교자가 이제는 정신을 차렸으면 합니다.

그렇다면 과연 개에 대한 이러한 적의의 근원은 무엇일까요? 왜 개를 불결하다고 합니까? 여러분 집에 개가 들어오면 왜 집 안팎을 샅샅이 닦아 내고 옷을 빠시는지요? 어째서 우리를 만진 사람을 불결하게 여기고, 개의 젖은 털에 옷자락이 살짝 스쳤다고 해서 그 옷을 신경질적인 여자처럼 일곱 번이나 빨아 댑니까? 개가 냄비를 핥으면 그 냄비를 아예 버리거나 주석을 입혀야 한다는 말은 주석 세공업자가 퍼뜨린 거짓말임이 분명합니다. 그가 아니라면, 고양이가 그랬든지요.

인간들이 초원에서의 유랑 생활을 포기하고 도시에 정착하면서부터 시골에 남은 개들이 불결한 존재라는 소문이 퍼지기 시작했습니다. 이슬람이 등장하기 전에는 열두 달 중 한 달은 '개의 달'이었지요. 그런데 지금은 개가 불운의 상징이 돼 버렸습니다. 이 저녁 시간, 뭔가 유익한 얘기를 들으러 이곳에 오신 분들께 내 고민을 늘어놓아 존경하는 여러분을 언짢게 해 드리고 싶지는 않습니다. 사실 내가 화가 난 이유는 그 설교자 선생이 우리 커피숍에 와서 시비를 걸었기 때문입니다.

내가 만일 그 에르주룸 출신의 후스렛 호자가 아버지가 누군지도 모르는 자였다고 말한다면 여러분은 뭐라고 하실까요? 무슨 개가 그 모양이냐고 핀잔을 하실까요. 이곳 커피숍에 내 그림을 걸고 이야기를 하는 이야기꾼을 보호하려고 내가 설교자를 비방한다고 하실지도 모르겠습니다. 하지만 그건 천부당만부당한 말씀입니다. 나는 우리 커피숍을 아주 좋아합니다. 아시다시피 나는 내가 이런 값싼 종이 위에 그려져 있다거나 한 마리 개에 불과하다는 사실 때문에 슬퍼하지는 않습니다. 그저 여러분과 함께 예의 바르게 앉아 커피를 마실 수 없는 것이 유감일 따름입니다. 우리는 커피와 커피숍을 죽도록 좋아합니다. 아니, 이건 또 뭡니까? 커피숍 주인이 내게 커피를 따라 주는군요! 그림이 어떻게 커피를 마시냐고 물을 생각이시라면 제발 좀 참아 주세요! 보세요, 이렇게 홀짝홀짝 마시고 있지 않습니까? 아아, 최고군요! 커피를 한 잔 마셨더니 몸도 따뜻해지고 눈도 예리해지고 머리도 맑아지는군요. 갑자기 뭔가가 떠올랐습니다! 베네치아 공작이 우리 술탄의 따님이신 누르하얀 공주님께 선물을 보낸 적이 있지요. 그가 비단 몇 필과 푸른색 꽃이 그려진 중국 도자기 말고 또 무엇을 보냈는지 아십니까? 다름 아니라 담비 털보다, 비단결보다 더 부드러운 털을 가진 애교 만점의 베네치아산 암캐였답니다. 그 개는 너무나 잘난 척을 했지요. 게다가 붉은 비단으로 지은 옷까지 입고 있었답니다. 내 친구들 중 하나가 그 계집과 재미를 본 적이 있기 때문에 잘 알지요. 그년은 교미를 하면서도 옷은 벗지 않으려 했답니다. 유럽에서는 모든 개들이 그렇게 옷을 입는다나요. 베네치아에서는 이른바 귀부인 중의 귀부인이라는 숙녀가 옷을 안 입은 개를 보고는, 뭐 개의 거시기를 봤는지도 모르지요……. 아무튼 "어머나, 개가 발가벗었네!" 하고 비명을 지르곤 기절했다는 이야기도 있습니다.

이교도들의 나라 유럽에서는 개에게 저마다 주인이 있답

니다. 그 가련한 녀석들은 목에 사슬을 걸고 노예처럼 거리를 끌려다닌답니다. 그리고 그곳 사람들은 그 불쌍한 녀석을 억지로 집 안에 들여놓는가 하면, 침대까지 데리고 간다더군요. 녀석들은 서로 냄새를 맡을 수도 없고 쌍쌍이 돌아다니지도 못하지요. 사슬에 묶인 처량한 모습으로 길에서 만나면 슬픈 눈으로 멀리서 서로를 바라볼 뿐이랍니다. 우리 이스탄불의 개들은 그렇지 않죠. 떼 지어 거리를 활보하고, 주인도 없고, 필요하면 길을 막고 사람을 위협하기도 하고, 마음에 드는 양지바른 구석이나 그늘이 있으면 어디서든 웅크리고 누워 새근새근 잠을 잡니다. 그뿐입니까? 아무 데서나 내키는 대로 똥오줌을 누고 수틀리면 사람들을 물기도 하지요. 이슬람교도가 아닌 자들은 상상도 할 수 없는 일이지요. 혹시 이런 까닭에 그 에르주룸 출신 설교자의 추종자들이 이스탄불 거리에서 개들에게 고기를 던져 주는 일이나 개들을 보호하는 자선 단체 설립을 반대하는 것은 아닐까 하는 생각도 들더군요. 만약 그들이 단순히 개에 대한 적개심 때문이 아니라 반(反)이슬람적인 행동을 하려는 의도에서 개를 싫어하는 것이라면, 저는 개에 대한 적의 그 자체가 비회교도적인 행동이라고 지적하지 않을 수 없습니다. 그 비열한 자들이 교수형에 처해진다면 사형 집행인은 교훈을 남기기 위해 우리를 불러 놈들의 살점을 나눠 줄 테지요.

얘기를 끝내기 전에 마지막으로 한마디만 더 하겠습니다. 나의 옛 주인은 아주 공정한 사람이었습니다. 밤에 같이 도둑질을 하러 나가면 우리는 늘 일을 분담했답니다. 주인이 희생자의 목을 벨 때, 나는 맹렬히 짖어서 비명 소리를 지워 버렸지요. 그 대가로 나는 주인이 삶아서 던져 주는 사람 고기를 먹었습니다. 사실 나는 날고기는 그다지 좋아하지 않거든요. 혹 사정이 허락한다면, 그 에르주룸 설교자의 교수형을 집행하실 분께서 내 입맛을 감안해 그 더러운 놈의 고기를 날것으로 먹고 배탈 나는 일이 없도록 해 주셨으면 합니다.

4
나를 살인자라고 부를 것이다

그 멍청이를 죽이기 직전까지만 해도 나는 내가 곧 사람을 죽이게 될 거라고 누군가가 말해 주었더라도 믿지 않았을 것이다. 솔직히 그 불운한 엘레강스를 죽일 마음은 전혀 없었다. 이제는 내가 저지른 범행에 대한 기억이 마치 수평선 너머로 사라지는 미지의 전함처럼 내게서 멀어지고 있다. 때로는 내가 아예 사람을 죽인 적이 없었던 것처럼 느껴진다. 그 사건 이후로 나흘이 흘렀고 지금은 이 상황에 익숙해졌다.

나는 사람을 죽이지 않고도 내게 닥친 최악의 고민거리를 해결할 수 있기를 바랐지만, 그 방법 말고는 다른 해결책이 없었다. 그래서 그 자리에서 즉시 일을 처리하고 모든 책임을 짊어졌다. 그 멍청이 하나 때문에 다른 세밀화가들을 모두 위험에 빠뜨릴 수는 없었다.

그래도 살인자인 나 자신을 받아들이는 데는 시간이 필요했다. 집에 있을 수 없어서 거리로 나갔지만 밖에서도 가만히 있지 못하고 여기저기 거리를 배회했다. 그러나 사람들의 얼굴을 보면 볼수록, 그들은 아직 살인을 할 기회가 없었기 때문에 자신이 무죄라고 생각한다는 것을 느낄 수 있었다. 그 사소한 운명의 장난으로 나에게 벌어진 일 때문에 다른 사람들이 나보다 더 도덕적이거나 더 선하다고는 믿기 어려웠다. 다만 그들은 아직 살인을 저지르지 않았기 때문에 조금 더 바보 같은 표정을 지을 뿐이며, 모든 바보들이 그렇듯이 착해 보일 뿐이다. 눈빛이 명석하고 얼굴에 영혼의 그림자가 비치는 모든 이들이 잠재적인 살인자임을 깨닫는 데는 그 가련한 놈을 죽이고 나홀간 이스탄불 거리를 걷는 것으로 충분했다. 오직 바보들만이 무죄다.

가령 오늘 밤, 나는 노예 시장 뒤편의 커피숍에서 따스한 커피로 몸을 데우며 그곳에 모여든 다른 사람들처럼 열중해서 개 그림을 쳐다보았고, 개가 하는 말을 들으며 웃었다. 그러다 불현듯 내 옆자리에 앉은 남자도 나처럼 살인자일 거라는 생각이 들었다. 그도 역시 이야기꾼의 말을 들으며 웃었다. 그의 팔이 내 팔 옆에 사이좋게 나란히 놓여 있어서 그랬는지, 아니면 커피 잔을 쥔 그의 손이 불안하게 흔들렸기 때문인지는 모르겠지만, 그가 나와 같은 부류라는 판단이 선 순간 나는 몸을 돌려서 그의 얼굴을 뚫어져라 쳐다보았다. 그는 곧 두려움으로 얼굴이 벌게졌다. 얘기가 끝나고 사람들이 흩어지기 시작하자 무리들 중 그를 아는 누군가가 그의 팔짱을 끼며 말했다.

"머지않아 누스렛 호자의 추종자들이 여기로 들이닥치겠군."

그는 눈썹을 치키며 친구의 입을 다물게 했다. 그들의 두려움이 내게도 전해졌다. 모두들 서로를 믿지 않았고, 바로 앞에 있는 사람이 언제든 자신을 배반할 수도 있다고 믿고 있었다.

날은 더 차가워졌고 길모퉁이와 담장 밑에 쌓인 눈은 얼어붙은 채 점점 높아만 갔다. 나는 칠흑 같은 어둠 속에서 좁은 골목길을 더듬어 가며 겨우겨우 방향을 잡아 나갔다. 이따금 굳게 닫힌 덧문이나 새까만 판자로 덮인 창 틈새로 촛불의 희미한 빛이 새어 나와 눈 위에 비치기도 했다. 그러나 주위가 너무 어두워 그 빛만으로는 아무것도 볼 수 없었다. 나는 야경꾼이 곤봉으로 돌을 두드리는 소리와 미친 개 떼들의 울음소리, 집 안에서 새어 나오는 신음 소리를 길잡이 삼아 걸었다. 쌓인 눈이 뿜어내는 신비로운 빛이 깊은 밤 도시의 좁고 음산한 골목을 밝혀 주고 있었다. 어둠과 폐허와 나무들 속에서 나는 수백 년간 이스탄불을 떠돌고 있는 불길한 혼령들을 본 듯한 착각에 빠지기도 했다. 때때로 어느 집에선가 비참한 사람들이 콜록거리며 기침하는 소리, 코를 훌쩍이는 소리, 꿈을 꾸다 지르는 비명 소리, 우는 애들도 아랑곳하지 않고 부부 싸움을 하는 소리가 흘러나왔다.

나는 살인자가 되기 전의 행복했던 삶을 떠올리며 마음의 안정을 찾으려고 하루 이틀 밤 이곳 커피숍에 와서 이야기꾼의 이야기를 들었다. 내 삶에서 대부분의 시간을 함께 보낸 세밀화가 친구들 중 상당수가 매일 이곳에 온다. 하지만 어린 시절부터 함께 그림을 배우며 자랐던 그 멍청이를 죽인 뒤로는 그들 중 누구도 보고 싶지 않아졌다. 만나기만 하면 남의 험담을 늘어놓지 않고는 못 배기는 동료들의 삶과 흥청망청하는 이곳의 저질스러운 분위기가 나를 적잖이 부끄럽게 한다. 나더러 잘난 척한다고 비꼬기라도 할까 봐 이곳 이야기꾼에게 그림을 한두 장 그려 주었다. 하지만 그렇게 해도 나에 대한 동료들의 질투심을 거둘 수는 없었다.

그들이 나를 질투하는 것은 당연하다. 색을 섞고, 자로 선을 긋고, 페이지의 구도를 정하고, 주제를 선택하고, 인물화를 그리고, 수많은 사람이 등장하는 전쟁터와 사냥터를 그리고, 동물과 술탄, 배, 말, 전사, 연인 들을 그리고, 그 세밀화 안에 영혼에서 우러나온 시를 쓰고, 그림에 금박을 입히는 이 모든 작업에서 나는 단연 으뜸이다. 자기 자랑을 하려는 게 아니라 나를 이해해 달라는 의미에서 하는 말이다. 세밀화가로 살아가는 데 있어서 동료에 대한 질투는 시간이 흐를수록 물감만큼이나 필요 불가결한 재료가 된다.

불안감 때문에 자꾸만 길어지는 배회 도중에 이따금 한없이 순진한 남자들과 눈이 마주치면 이상한 생각이 든다. 지금 이 순간, 내가 죽인 자의 얼굴을 떠올리면 상대가 내 표정을 보고 내가 무슨 생각을 하는지 알아차릴 것만 같다. 그러면 나는 얼른 다른 생각을 하려고 기를 쓴다. 사춘기 시절, 기도를 드리면서 여자를 생각하지 않으려고 발버둥쳤던 것처럼. 그런데 짝짓기 하는 장면을 도저히 머릿속에서 떨쳐 낼 수 없었던 그 시절과는 달리, 지금의 나는 마음만 먹으면 내가 살인을 저질렀다는 사실을 잊을 수 있다.

　이 모든 것을 당신들에게 설명하는 이유는 그것이 현재 나의 상황과 관련되어 있기 때문이다. 당신들 역시 이 사실을 잘 알고 있으리라 믿는다. 내가 살인 현장의 세부적인 상황들을 하나하나 떠올리기만 하면 당신들은 곧 내가 누군지 알게 되고, 나는 더 이상 당신들 사이를 유령처럼 떠도는 이름 없는 살인자가 아니라 얼굴과 이름이 드러나게 될 것이다. 그리고 결국 사건의 전모를 파악한 당신들 중 누군가의 손에 머리를 맞아 죽고 마는 평범한 범죄자 신세가 되겠지. 그래서 당신들이 허락한다면, 나는 그 모든 것을 생각하지 않겠다. 나 혼자만 아는 뭔가를 감춰 두고 싶다. 당신들처럼 주의 깊은 사람이라면 발자국만 보고 도둑을 잡아내듯 내 말투와 색깔로 내가 누구인지 알아낼 수 있을 것이다. 이것은 최근 커다란 쟁점이 되고 있는 '스타일'의 문제로 우리를 이끈다. 세밀화가는 자신만의 독특한 방식이나 색깔, 소리가 과연 있는가, 혹은 있어야만 하는가?

　장인 중의 장인이자 세밀화의 거장인 비흐자드의 그림 하나를 예로 들어 보자. 그것은 살인에 관한 그림이므로 지금 내 처지와 잘 맞아떨어진다. 잔혹한 왕위 쟁탈전 가운데 희생된 페르시아 왕자의 도서관에서 발견된, 구십 년 전에 그려진 헤라트 화파(畵派)의 그 멋지고 완벽한 책 『휘스레브와 쉬린』을 우연히 보게 되었다. 당신들은 물론 휘스레브와 쉬린 전설의 결말을 알고 있을 것이다. 그러니까 페르도우시가 쓴 것 말고 네자미가 쓴 책에서 말이다.

사랑에 빠진 이들 두 연인은 수많은 난관과 장애를 이겨 내고 마침내 결혼식을 올린다. 그러나 휘스레브의 전처소생 아들인 사악한 왕자 쉬루에는 행복한 그들 부부를 가만두지 않았다. 쉬루에는 아버지의 왕좌와 그의 젊은 부인 쉬린에게 눈독을 들였다. 네자미가 "입에서 사자처럼 역겨운 냄새가 난다."라고 묘사했던 쉬루에는 우여곡절 끝에 아버지를 포로로 삼아 그의 왕위를 찬탈한다. 그리고 어느 날, 아버지가 쉬린과 함께 잠든 방으로 들어가, 칠흑 같은 어둠 속에서 시퍼런 단검으로 아버지의 심장을 찌른다. 아무것도 모른 채 평온하게 잠든 쉬린의 곁에서, 휘스레브는 아침까지 피를 흘리다 죽는다.

위대한 거장 비흐자드의 그림은 이 전설처럼 내가 오랜 시간 품고 있던 진정한 두려움을 묘사하고 있다. 한밤중에 어둠 속에서 깨어나 아무것도 보이지 않는 방 안에서 누군가가 달그락거리는 소리를 내며 몸을 도사리고 있음을 알아챈 순간의 공포감! 그자가 한 손에 단검을 쥐고, 다른 손으로 당신의 목을 잡고 있다고 생각해 보라. 섬세하게 그려진 벽과 창, 창틀의 장식, 졸린 목에서 새어 나오는 고요한 비명의 빛깔을 닮은 붉은 카펫의 구김살, 살인자가 당신을 죽일 때 보이는 역겨운 맨발과 그가 잔인하게 밟고 서 있는 이불의 화려하고 멋진 노란색과 보라색 꽃문양 등은 모두 동일한 효과를 불러일으키고 있다. 한편으로는 지금 보고 있는 그림의 아름다움을 강조하면서 동시에 머지않아 우리가 두고 가야 할 세상이 얼마나 아름다운지를 상기시키는 것이다. 이 그림을 보면 그림과 세상의 아름다움은 나의 죽음과는 무관하며, 설사 사랑하는 아내가 옆에 있다 하더라도 나의 죽음은 철저히 나 혼자만의 몫이라는 사실을 깨닫는 아찔함을 느낄 수밖에 없다.

이십 년 전, 떨리는 내 두 손에 쥐어진 이 책을 함께 본 늙은 장인은 "비흐자드의 솜씨야."라고 했다. 그의 얼굴은 그때 우리 곁에서 타고 있던 촛불 때문이 아니라, 그 그림을 본다는 희열로 환해졌다.

"이것이 비흐자드의 작품이라는 건 너무나 분명해서 서명조차 필요 없지."

늙은 장인은 그렇게 말했다. 비흐자드 자신도 이를 알기에 그림의 어느 한 귀퉁이에도 서명을 남기지 않았다. 늙은 장인의 말에 따르면 비흐자드의 이러한 태도는 부끄러움과 고뇌로부터 나온 것이었다. 진정으로 예술적인 천재와 대가적 노련함을 가진다는 것은 단지 아무도 다다를 수 없는 경지의 그림을 그리는 것에서 그치지 않고, 마침내는 그 작품에 화가 자신의 정체를 드러내는 그 어떤 흔적도 남기지 않는 것이기 때문이다.

나는 내 불운한 희생양이 죽음의 공포 속에서 발버둥치고 있을 때, 아주 평범하고 거친 스타일로 죽였다. 그 살인 행위에서 혹시 나를 드러낼 어떤 개인적 흔적이 남아 있지 않을까 염려되어 한밤중에 이곳 화재 터를 찾을 때마다 점점 더 스타일의 문제가 머릿속에서 맴돈다. 그리고 생각할수록 스타일이라는 것은 단지 개인적인 흔적을 남기는 오류라는 결론에 이르게 된다.

설령 흩날리는 눈발이 뿜어내는 빛이 없었더라도 나는 이곳을 찾아올 수 있었으리라. 나는 잿더미로 뒤덮인 이 공터에서 십오 년간 절친한 친구였던 그를 죽였다. 그리고 이제 눈은 나의 서명이라 할 수 있는 모든 흔적을 덮어 버리고 있다. 이는 신께서도 스타일과 서명에 관한 한 비흐자드나 나와 같은 생각이라는 사실을 증명한다. 나흘 전 그 밤, 그 어리석은 엘레강스의 주장대로 우리가 그림을 그리면서 용서받을 수 없는 죄를, 설령 의도적인 것은 아닐지라도 저질렀다면, 신께서는 우리 세밀화가들에게 이러한 자비를 베풀지 않으셨을 것이다.

그날 밤, 내가 엘레강스와 이곳에 왔을 때는 눈이 내리지 않았다. 멀리서 개가 울부짖는 소리만 메아리치고 있었다. 그 가엾은 친구가 물었다.

"자네, 대체 무슨 이유로 이 늦은 시간에 이런 델 오자고 했나? 여기서 나에게 뭘 보여 주려는 겐가?"

"저기 보이는 우물 말일세, 여기서 열두 걸음만 가면 저 속에 내가 지난 몇 년간 모아 숨겨 둔 돈이 있다네. 내 이야기를 아무에게도 발설하지 않는다면 에니시테 에펜디[9]와 내가 자네를 기쁘게 해 주지."

"그러니까 자네가 하고 있는 일이 뭔지 내가 안다는 사실을 인정한다는 말이로군."

"그렇다네, 인정하네." 나는 속수무책으로 거짓말을 했다.

그는 순진하게 웃었다. "자네가 그리고 있는 그림이 엄청난 죄라는 것을 모르겠나? 그건 누구도 감히 시도해선 안 되는

---

9) 선생, 씨, 님에 해당하는 경칭.

무신론자의 행동일세. 자네는 지옥의 화염에 불타게 될 거야. 절대로 끝나지 않을 고통 속에서 괴로워하게 되겠지. 게다가 자네는 날 공범자로 만들었어."

그의 말을 들으면서 나는 많은 사람들이 그를 믿어 줄 거라는 생각에 공포심을 느꼈다. 왜냐고? 왜냐하면 그의 말은 너무나 자신감 있고 설득력이 있어서 사람들의 공감을 얻을 수밖에 없었기 때문이다. 에니시테가 준비하고 있는 책과 거기에 들어간 돈 때문에 에니시테에 대해서도 숱한 풍문이 나돌고 있었다. 또한 화원장(長)인 오스만도 에니시테를 미워했다. 나는 그림에 금박 장식 입히는 일을 하는 엘레강스에게 이러한 비방들을 교묘히 이용하려는 흑심이 있었을 것으로 생각한다. 그런데 과연 어디까지가 그의 진심이었을까?

난 우리 두 사람을 적으로 만든 그의 주장을 다시 한번 그의 입을 통해 듣고 싶었지만 그는 끝까지 속내를 털어놓지 않았다. 그는 마치 우리가 함께 보낸 도제 시절, 스승 오스만에게 매질을 당하지 않으려고 실수를 무마하는 데 날 끌어들였던 그때처럼 행동하고 있었다. 당시에는 그가 진심이라고 생각했다. 도제 시절에도 그는 그렇게 눈을 크게 떴다. 물론 그 시절은 아직 그가 그림에 금박을 입히는 작업 때문에 눈이 흐려지기 전이었다. 그러나 나는 그에게 측은지심을 느끼지 않으려고 마음을 다졌다. 어차피 그는 이 모든 내용을 다른 사람들에게 발설할 준비가 되어 있는 자였다.

나는 위엄 있는 목소리를 가장하여 말했다.

"이보게, 우선 내 말을 들어 보게. 우리는 그림에 금박을 입히고 테두리를 장식하지. 자로 반듯하게 줄을 긋고 페이지들을 금가루로 반짝반짝 빛나게 만드네. 가장 아름다운 그림도 우리가 그리고, 서랍장과 궤짝에도 그림을 그려 넣어 생동감을 주지. 우리는 이 일을 수십 년 동안 해 오지 않았나. 우리 일은 바로 이것일세. 사람들은 우리에게 그림을 주문하지. 그림 속에 범선이며 영양, 술탄, 새도 그려 넣고 이런저런 사람들도 그리고 이야기의 어떤 장면에서 무엇을 그려 달라고 주문하면 우리는 원하는 대로 해 주네. 에니시테 에펜디께서 그리고 싶은 것이 있으면 한번 그려 보라고 하시면, 사흘 동안 내가 그리고 싶은 말이 어떤 것인지 찾아낼 때까지 옛날 장인들처럼 수백 번씩 그려 보곤 하지."

나는 거친 사마르칸트산(産) 종이에 스케치한 여러 마리 말 그림을 꺼내 보여 주었다. 그는 관심 있는 표정으로 종이를 건네받았다. 그러고는 희미한 달빛 속에서 종이를 눈에 갖다 댄 채 백마와 흑마를 자세히 훑어보았다.

"시라즈와 헤라트 화파의 옛 장인들은 신이 원하고 보았던 진짜 말을 그리려면 오십 년 동안 쉬지 않고 말을 그려야 한다고 했네. 진정한 장인이라면 오십 년 동안 말을 그리다 장님이 되고, 결국은 그의 손이 그가 그리던 말 그림을 외워 그리지."

그는 아주 오래전, 우리가 어렸을 때 보았던 그 순진한 눈빛으로 내가 그린 말들에 흠뻑 빠져 있었다. 나는 계속 말했다.

"사람들은 우리에게 그림을 주문하고 우리는 옛 장인들이 그랬듯이 가장 신비롭고 높은 경지에 이른 말 그림을 그리기 위해 최선을 다하네. 우리가 할 수 있는 건 그저 그 정도야. 주문받은 대로 그린 우리에게 책임을 묻는 건 부당하다네."

"과연 그럴까. 우리 화가들에게도 책임과 의지가 있잖나. 나는 신을 제외하고는 그 누구도 두렵지 않아. 신은 우리에게 선과 악을 구별하라고 지능을 주셨네."

그의 말이 옳았다.

나는 그에게 아랍어로 대답했다. "신은 모든 것을 보시고 또 알고 계시지. 그러니까 자네와 나, 우리가 이 일의 의미를 의식하지 못한 채로 했다는 사실도 아실 거야. 에니시테 에펜디를 누구에게 일러바칠 텐가? 이 일의 배후에 술탄이 계시다는 것을 자네는 믿을 수 없단 말인가?"

그는 침묵을 지켰다.

나는 마음속으로 생각했다. 그가 정말 이렇게까지 말귀가 안 통하는 꽁생원이었나? 아니면 신에 대한 두려움 때문에 냉정을 잃고 바보짓을 하고 있는 걸까?

우리는 우물 앞에 다가가 멈춰 섰다. 어둠 속에서 한순간 그의 눈을 보았다. 나는 두려웠고 그가 불쌍했다. 그러나 화살은 이미 시위를 떠나 버렸다. 내 앞에 있는 자가 멍청한 겁쟁이일 뿐만 아니라 저질이라는 것을 한 번 더 증명하기 위해 신께 기도를 올렸다.

"여기서부터 열두 걸음 더 가서 그곳을 파게나."

"그런데 자넨 앞으로 어쩔 셈인가?"

"에니시테 에펜디에게 그림을 태워 버리라고 말하겠네. 달리 우리가 뭘 할 수 있겠나? 누스렛 호자의 측근들 중 한 사람이라도 이런 얘길 듣는다면 우리를 살려 두지 않을뿐더러 작업실도 남아나지 않을 걸세. 그들 중에 아는 사람이 있는가? 자네가 지금 이 돈을 받아야만 그들에게 우리를 고발하지 않으리라는 확신이 들겠네."

"돈은 어디에 들어 있나?"

"오래된 피클 항아리 속에 베네치아 금화 일흔다섯 개를 넣어 두었네."

베네치아 금화를 생각해 낸 것까진 좋았다. 그런데 왜 하필 피클 항아리가 떠올랐을까? 내 대답은 너무나 황당했지만 그래서 오히려 그에게 믿음을 주었다. 나는 신이 내 편이라는 사실을 다시 한번 확인했다. 나이가 들수록 점점 더 탐욕스러워지는 나의 견습 시절 친구는 벌써 기대로 가득 차 내가 가리킨 방향으로 한 발 한 발 다가가기 시작했다.

그걸 보면서 내게 떠오른 생각은 단 두 가지밖에 없었다. 땅밑에 베네치아 금화 따위는 물론 없다! 이 멍청한 놈에게 돈을 주지 않는다면 녀석이 우리를 끝장내 버릴 것이다! 한순간 나는 도제 시절에 종종 그랬듯이, 이 병신자식을 끌어안고 볼에 입을 맞춰 주고픈 마음이 들었다. 그러나 세월은 우리 둘을 서로에게서 얼마나 멀어지게 했는지! 그런데 대체 뭘로 땅을 판단 말인가. 손톱으로? 이 모든 것을 생각하는 데는(그걸 생각이라고 할 수 있다면) 그야말로 눈 깜짝할 시간밖에 걸리지 않았다.

완전히 정신이 나간 나는 재빨리 우물 근처에 있던 돌을 집어 들었다. 그러고는 일고여덟 걸음 앞서가고 있던 그의 뒤통수를 힘껏 돌로 내리쳤다. 얼마나 빠르고 강하게 내리쳤던지

한순간 마치 내 머리를 내리친 것처럼 온몸을 움찔했다. 그가 느낀 통증을 나 역시 느낄 수 있었다.

하지만 내가 저지른 일에 대한 번민보다는 이미 시작한 일을 서둘러 끝내고 싶은 마음이 더 컸다. 바닥에 쓰러진 그가 어찌나 몸부림을 치는지 나는 점점 더 당황했다. 그를 들어 우물 속으로 던지고 한참이 지난 후에야 나는 내 방식이 세밀화가의 섬세함과는 결코 어울리지 않게 거칠었다는 생각을 하지 않을 수 없었다.

5
나는 여러분의 에니시테요

　나는 카라의 에니시테다. 처음에는 카라의 어머니가 그에게 나를 '에니시테 에펜디'라고 부르도록 가르쳤는데, 나중에는 그뿐만 아니라 다른 사람들도 모두 나를 에니시테라고 부르게 됐다. 카라가 우리 집에 들락거리기 시작한 것은 지금으로부터 삼십 년 전, 우리가 악사라이 동(洞) 뒤편, 밤나무와 보리수가 우거진 어둡고 눅눅한 골목에 살던 시절부터였다. 그곳은 우리가 여기로 이사 오기 전에 살던 집이다. 여름마다 마흐뭇 파샤와 원정을 떠나던 내가 어느 가을, 이스탄불로 돌아왔을 때 카라와 그의 어머니가 우리 집에 머물고 있었다. 지금은 저세상 사람이 된 카라의 어머니는 죽은 내 아내의 언니였다. 겨울밤 집에 돌아오면 나는 아내와 카라의 어머니가 서로 부둥켜안고 울며 슬픔을 나누는 모습을 종종 볼 수 있었다. 직장을 자주 옮기곤 했던 카라의 아버지는 외진 동네에 있는 어느 작은 이슬람 학교의 선생이었고, 고약한 성미에 화를 잘 내는 술꾼이었다. 당시 카라는 여섯 살이었다. 그는 어머니가 울면 따라 울었고, 어머니가 눈물을 거두면 함께 울음을 그쳤다. 그러고 나서 이모부인 나를 두려운 눈길로 쳐다보곤 했다.

나는 지금 흐뭇한 마음으로 건실하고 어른스럽고 예의 바른 조카를 바라보고 있다. 내게 표하는 존경, 내 손등에 입맞춤하는 태도의 조심스러움, 내게 몽골산(産) 물감 병을 선물로 주며 "빨간색 물감만 넣으십시오." 하고 말하는 목소리, 내 앞에서 조심스레 무릎을 붙이고 단정히 앉아 있는 모습, 이 모든 것들이 그가 현명한 성인으로 성장했을 뿐만 아니라 나 자신 또한 품위 있게 늙었다는 사실을 새삼스레 상기시킨다.

그는 내가 한두 번 본 적이 있는 그의 아버지와 닮았다. 큰 키, 마른 체격, 약간은 신경질적인 손동작. 하지만 그것들은 그에게 잘 어울린다. 무릎 위에 올려놓은 손과 내가 뭔가 중요한 이야기를 할 때면 내 눈을 지긋이 들여다보며 '예, 알겠습니다. 존경하는 마음으로 듣고 있습니다.'라고 대답하는 듯한 눈빛, 내 말의 리듬에 따라 부지불식간에 고개를 끄덕이는 모습…… 내 나이쯤 되면 진정한 존경심이란 가슴에서가 아니라 사소한 예의범절을 충실히 따르는 것으로부터 우러난다는 것을 알게 된다.

아들의 장래가 나에게 달려 있다고 믿은 카라의 어머니는 무슨 핑계를 대서라도 그를 자주 우리 집에 데려왔다. 나는 카라가 책에 관심이 많다는 걸 알게 되었고, 그 점이 우리 사이를 가깝게 해 주었다. 그래서 나는 그를 집안사람들의 표현대로, '조수'로 삼았다. 나는 그에게 시라즈파의 세밀화가들이 지평선을 화폭의 맨 위에 그렸고, 이것이 시라즈에서 개발된 새로운 화풍이라고 설명해 주었다. 모든 사람들이 레일라를 향한 사랑으로 미쳐 버린 메즈눈이 사막에서 헤매는 모습을 그리고 있을 때, 거장 비흐자드는 음식을 요리하고 장작을 지피고 천막들 사이로 오가는 여자들 사이에 메즈눈을 그려 넣어 그의 외로움을 더욱 부각시켰다고 얘기해 주기도 했다. 그뿐이 아니었다. 휘스레브가 한밤중에 호수에서 목욕하는 쉬린을 보는 장면을 그린 세밀화가들은 대부분 네자미의 시를 읽지도 않았고, 그 연인들의 옷과 말을 자기들 멋대로 색칠하는 바람에 우스운 꼴이 돼 버렸다는 말도 빼놓지 않았다. 자신들이 그릴 삽화의 이야기를 주의 깊게 읽지 않는 세밀화가는 오로지 돈만을 목적으로 연필과 붓을 쥐는 자라는 말도 해 주었다.

나는 지금 세밀화의 여러 가지 기본 지식을 충실하게 습득한 카라를 기쁜 마음으로 바라보고 있다. 만약 당신들이 세밀화를 그리거나 예술 창작을 하면서 실망감을 맛보고 싶지 않다면, 그것을 직업으로 삼을 생각은 버려야 한다. 당신들이 타고난 재주가 얼마나 뛰어난지는 몰라도, 부와 명예는 다른 곳에서 찾는 게 좋을 것이다. 재능과 노고에 대해 충분한 대가를 받지 못한다는 이유로 예술에 등을 돌리는 일이 없도록 하기 위해서는 말이다.

이스탄불을 비롯한 여러 지방의 파샤들과 부자들에게 책을 만들어 주는 일을 한 카라는 타브리즈의 장인, 세밀화가, 서예가 등을 두루 알고 있으며 그들이 가난하고 불행하다는 것도 잘 알고 있었다. 그의 말에 따르면, 타브리즈에서뿐만 아니라 메셰드와 알레포에서도 가난과 사람들의 무관심 때문에 많은 세밀화가들이 삽화 그리기를 그만두었고, 한 장짜리 그림이나 유럽의 여행객들을 즐겁게 해 주는 기묘하고 외설적인 그림을 그리기 시작했다고 한다. 압바스왕이 타브리즈에서 평화조약을 맺을 때 우리 술탄에게 선물로 주었던 책은 이미 뜯어져 다른 책들 사이에 끼워 넣어졌다는 소문도 들려주었다. 또한 인도의 칸 악바르가 방대한 분량의 책을 새로 만들고자 엄청난 돈을 뿌려 대는 바람에 타브리즈와 카즈빈의 유명한 세밀화가들은 하던 일을 때려치우고 그의 궁전으로 달려가 버렸다고도 했다.

카라는 이런 소식을 전하면서 틈틈이 다른 재미있는 이야기도 들려주었다. 예를 들면 모사화를 그리는 메흐디의 이야기도 해 주었고, 사파위들이 평화를 지킨다는 명목으로 우즈베크인들에게 볼모로 보냈던 멍청한 왕자가 사흘 만에 화형당한 뒤에 일어난 사태도 웃으며 들려주었다. 하지만 그의 눈 속에 드리워진 그림자를 통해서 나는 우리 두 사람을 두렵게 하고 있는, 차마 입 밖에 내지 못하는 그 문제는 아직도 해결되지 않았음을 느꼈다.

우리 집에 드나드는 사람들이 우리 가족에 대해 하는 이야기를 통해서 나는 내 딸의 존재를 알고 있는 여느 젊은이들처럼 카라도 나의 아름다운 외동딸 셰큐레를 사랑한다는 걸 눈치챌 수 있었다. 당시 대부분의 젊은이들은 내 딸을 본 적도 없으면서 사랑에 빠지곤 했기 때문에 카라의 사랑은 내가 굳이 신경 쓸 만큼 위험한 것은 아니었는지도 모른다. 그는 우리 집에 자유로이 드나들 수 있었고, 우리 가족들도 그를 좋아했기 때문에 자연스레 셰큐레를 사랑하게 됐을 것이다. 그러나 내 바람과는 달리 카라는 자신의 사랑을 묻어 두지 못하고 가슴속에서 활활 타오르는 정염을 딸애에게 털어놓는 실수를 범하고 말았다.

그 후로 카라는 더 이상 우리 집에 발을 들여놓지 못했다.

카라가 이스탄불을 떠나고 삼 년 뒤, 딸애는 꽃다운 나이에 한 기마병과 결혼했다. 그런데 아들 둘을 낳은 사위는 원정을 떠났다가 다시는 돌아오지 않았다. 사 년 동안이나 소식이 끊긴 사위의 근황을 아는 사람이 아무도 없다는 사실은 카라도 알았을 것이다. 이스탄불에서는 그런 소문이 아주 빨리 퍼지기 때문이기도 했지만, 침묵 속에서 내 눈을 바라보는 그의 눈빛을 통해서 그가 이미 모든 것을 알고 있음을 눈치챘다. 그뿐만 아니라 카라는 작은 책상 위에 펼쳐져 있는 『영혼의 서』를 살피는 척하면서 실은 집 안을 돌아다니는 아이들의 기척에 귀를 기울이고 있었다. 그는 딸애가 두 아들과 함께 친정으로 돌아와 벌써 이 년째 이 집에 머무르고 있다는 것 역시 알고 있었다.

처음에 우리는 카라가 떠나 있던 동안에 새로 지은 이 집에 관해서는 한마디도 하지 않았다. 아마도 부와 명예를 꿈꾸는 모든 젊은이가 그렇듯이 카라 역시 그런 얘기를 화제로 삼는 것은 낯 뜨거운 짓이라고 여기는 듯했다. 그러면서도 그는 집 안으로 들어오자마자 관절염으로 고생하는 나에게 아래층보다는 습기가 적은 2층에 기거하는 편이 좋겠다고 했다. '2층'이라고 말할 때면 나는 이상하게도 부끄러움에 사로잡힌다. 그러나 내가 감히 말하건대, 머지않아 나보다 훨씬 돈이 없는 사람들, 조련사에 가까운 별 볼 일 없는 기마병들까지도 이층집을 짓고 사는 날이 올 것이다.

우리는 내가 겨울철에 그림을 그리는 작업실에 앉아 있었다. 그가 바로 옆방에 있는 셰큐레의 존재를 느끼고 있음을 알 수 있었다. 나는 곧바로 타브리즈에 있는 그를 이스탄불로 불러들인 내 편지에 이미 밝혔던 문제에 대해 말했다.

"네가 타브리즈에 거주하는 서예가와 세밀화가를 데리고 일했던 것처럼 나도 지금 책을 만들고 있다. 나에게 그 책을 만들도록 명하신 분은 이 세계의 근원인 우리 술탄이시다. 그 책이 제작되고 있다는 사실은 비밀에 부쳐야 했기 때문에 술탄께서는 국고 관리자를 통해 비밀 자금을 쓰도록 하셨다. 나는 궁정 화원에 소속된 장인들 가운데 가장 솜씨 좋은 자들과 일일이 접촉했다. 그들 중 누구에게는 개를, 누구에게는 나무를, 누구에게는 책의 테두리 장식과 지평선의 구름을, 또 누구에게는 말을 그리도록 하고 있다. 이 그림은 베네치아 장인들의 그림처럼 우리 술탄의 세계 전체를 재현하는 데 그 목적이 있지. 그러나 베네치아인들이 그렸던, 물질세계의 단순한 묘사와는 거리가 멀다. 그것은 술탄의 기쁨과 두려움, 그의 내면세계의 풍부함을 표현하는 그림이어야 해. 그림 속의 돈은 물질에 연연하지 않는 태도를 드러내며, 악마와 죽음은 우리가 느끼는 공포를 의미하지. 나는 나무의 불멸성, 말의 피로, 개의 거만함을 통해서 우리 성스러운 술탄과 그분의 세계가 드러나길 바란다. 황새, 올리브, 엘레강스, 나비 등의 예명을 사용하는 세밀화가들에게는 각자 원하는 소재를 그리라고 했지. 가장 춥고 불행한 겨울밤에도 술탄의 세밀화가들은 자기가 그린 것을 보여 주려고 비밀리에 나를 찾아오곤 해. 지금으로선 우리가 어떻게 그림을 그리고, 왜 그런 식으로 일을 해야 하는지 정확하게 설명할 수 없구나. 네게 일부러 숨기려는 게 아니라 나조차도 그 그림들이 과연 무엇을 의미하는지 잘 모르기 때문이다. 나는 다만 그것들이 어떤 그림이 되어야 하는지만 알 뿐이란다."

나는 카라가 내 편지를 받은 후 넉 달 만에 이스탄불로 돌아왔다는 소식을 옛날에 살던 동네 골목에 있는 이발사에게서 듣고 그를 집으로 불렀다. 나는 내 이야기 속에 우리 둘을 하나로 묶어 줄 고뇌와 희열의 약속이 깃들어 있다는 것을 분명하게 의식하고 있었다.

"각각의 그림들은 하나의 이야기의 부분들이다. 세밀화가들은 우리가 읽을 책을 더 아름답게 만들기 위해 그 이야기 가운데 가장 멋진 장면들을 그리지. 연인들이 서로 처음 만나는 장면, 영웅 뤼스템이 악마 같은 괴물의 머리를 자르는 장면, 자신이 죽인 사람이 바로 자기 아들이라는 걸 알게 된 뤼스템의 슬픔, 사랑에 미친 메즈눈이 거친 대자연 속에서 사자, 호랑이, 사슴, 자칼 등과 함께 있는 광경, 알렉산드로스가 전쟁에 나가기 전에 새점(占)을 치려고 갔던 숲에서 자신의 도요새가 독수리에게 찢기는 걸 보고 가슴 아파하는 장면…… 우리는 책을 읽는 동안 이런 그림들을 보면서 피로해진 눈을 쉬곤 하지. 또 우리가 이성과 상상력을 전부 동원해도 이야기 속의 장면을 연상하기 어려울 때면 그림들이 얼른 도와주곤 하지. 그림은 이야기에 색채를 더해 아름답게 만들어 주는 것이다. 물론 이야기가 없는 그림은 상상할 수도 없지."

그렇게 말하고 나는 후회하는 듯한 어조로 덧붙였다.

"나는 그렇게 생각했는데, 꼭 그런 것만은 아닌가 보더군. 이 년 전, 나는 우리 술탄의 대사 자격으로 베네치아에 갔다. 거기서 내내 베네치아 화가들이 그린 인물화들을 관찰했지. 그 그림들이 어떤 이야기의 장면인지도 모르면서 이해하려고 노력했다. 이야기를 상상하려고 애썼던 거야. 그런데 어느 날, 궁전 벽에 걸린 그림을 보다가 그만 아연실색하고 말았지.

그것은 어떤 인물, 그러니까 나와 똑같이 생긴 누군가의 모습을 그린 그림이었어. 물론 우리 같은 이슬람은 아니었다. 하지만 그림을 보면 볼수록 그와 내가 닮았다는 생각이 들더구나. 실제로는 전혀 닮지 않았는데도 말이지. 그림 속의 얼굴은 광대뼈가 없는 사람처럼 동그랗고 통통하게 생겼고 나처럼 멋진 이중 턱도 없었어. 그런데도 어쩐지 보면 볼수록 나 자신을 보듯 가슴이 떨렸지.

내게 궁전을 안내해 준 베네치아인이 그 그림이 자신과 같은 귀족 출신인 어느 친구의 '초상화'라고 알려 주더군. 그림의 주인공은 자신이 중요하게 여기는 건 뭐든 다 그림에 넣어 달라고 주문했다고 했지. 화폭의 배경에는 열린 창 너머로 농장의 풍경이 펼쳐져 있었지. 색들을 뒤섞어 진짜처럼 보이게 한 숲과 마을의 풍경이었어. 또 그의 앞에 있는 책상에는 시계, 책, 시간, 악마, 인생, 연필, 지도, 나침반, 상자 들과 상자 속의 금화며 다른 잡동사니들, 다른 여러 그림에서처럼 내가 아직 이해하지 못했거나 느낄 수 없었던 것들, 유령과 악마의 그림자, 그리고 꿈결처럼 아름다운 그의 딸이 함께 그려져 있었지.

나는 화가가 어떤 이야기를 장식하기 위해 그 그림을 그렸을까 곰곰이 생각해 보았다. 그러나 그림을 보다가 어느 순간, 그것이 이야기가 아니라 그림 그 자체라는 것을 깨달았다. 그것은 이야기의 일부로서의 그림이 아니라 그림을 위한 그림이었지.

나는 경악했다. 아직도 그 그림이 뇌리에서 떠나질 않는구나. 궁전에서 나온 나는 내가 묵고 있던 숙소로 돌아가 밤새도록 그 그림만을 생각했다. 나도 그림 속 사내처럼 나 자신만의 초상화를 갖고 싶었다. 아니, 내 주제를 알아야지! 내가 아니라 우리 술탄이 그렇게 그려져야만 했다! 술탄과 술탄이 소유하고 있는 것들, 그의 세계를 보여 주는 모든 것을 그리고 싶었다. 나는 이러한 생각을 한 권의 이야기책으로 그리기로 마음먹었다.

그 화가가 베네치아 사내의 초상화를 어찌나 잘 그렸던지 나는 그 그림이 그 사내라는 것을 대번에 알 수 있었다. 그림이 너무나 정교해서 그를 실제로 만난 적은 한 번도 없었지만, 그 남자를 찾아내라고 하면 수천 명의 사람들 속에서도 찾아낼 수 있을 정도였다. 베네치아 화가들은 의복이나 견장이 아니라, 얼굴 생김새와 자태로 한 인물을 다른 인물과 구별되도록 그리는 방법과 기술을 발견한 거야. 그것이 바로 초상화라는 것이다.

한 번만이라도 네 얼굴이 그렇게 그려진다면 아무도 너를 잊지 못할 게야. 네가 아주 먼 곳에 있다 해도 네 초상화를 보는 사람은 네가 가까이 있는 것처럼 느끼게 되겠지. 생전의 너를 본 적도 없는 사람들조차 네가 죽은 후 오랜 세월이 흘러도 마치 네가 눈앞에 있는 것처럼 너와 마주할 수 있을 게다."

우리는 한동안 말없이 앉아 있었다. 아래쪽 덧문을 닫아걸고 밀랍을 입힌 천으로 덮은, 길 쪽에 면한 작은 창 윗부분으로 차고 소름 끼치는 불빛이 실내로 비쳐 들고 있었다.

"내 지휘 아래 일하는 세밀화가가 한 명 있다. 술탄에게 바칠 밀서를 만들기 위해 다른 세밀화가들처럼 몰래 우리 집에 와서는 밤새도록 함께 일하곤 했지. 그림에 금박을 가장 잘 입히는 사람이었어. 그런데 그 가엾은 엘레강스는 어느 날 밤 우리 집에서 나간 뒤, 자기 집으로 돌아가지 않았다는구나. 그가 살해됐을지도 모른다는 생각이 들어서 두렵다."

6
나는 오르한

카라가 물었어요.

"살해당했습니까?"

카라라는 남자는 키가 크고 마른 체격에, 어딘지 두려움을 불러일으키는 인상이었어요. 내가 그에게 다가가는데 할아버지가 "살해당했네." 하시며 나를 쳐다보았죠.

"넌 여기서 뭘 하고 있느냐?"

나를 바라보는 할아버지의 눈길이 너무도 인자해서 나는 망설이지 않고 얼른 그의 품에 안겼어요. 그러나 할아버지는 나를 떼어 놓으며 말씀하셨죠.

"가서 카라의 손에 입을 맞추어라."

나는 카라의 손등에 입을 맞췄어요. 그의 손에서는 아무 냄새도 나지 않았어요. 카라는 내 볼에 입을 맞추며 "아주 사랑스런 애로구나. 크면 멋진 젊은이가 되겠네." 하고 말했어요.

"이 아이는 오르한이고 여섯 살이라네. 얘한테 형이 하나 있는데 이름은 셰브켓이고 일곱 살이지. 그 녀석은 아주 고집이 세."

"전에 사시던 동네에 가 봤습니다. 날은 차고 사방이 눈과 얼음으로 덮여 있었지만 변한 건 하나도 없더군요."

"모든 게 변하고 부패했어. 그것도 아주 많이." 할아버지는 그렇게 말씀하시곤 나를 돌아보며 물으셨어요. "형은 어디 있느냐?"

"스승님과 함께 있어요."

"그런데 너는 왜 여기 있는고?"

"스승님께서 '잘했다, 얘야. 넌 이제 가도 된다.' 하고 말씀하셨어요."

"그럼 너 혼자서 집까지 걸어왔단 말이냐? 형이 널 데리고 왔어야 하는데." 그렇게 말씀하신 다음 할아버지는 카라에게 말했어요. "이 녀석들은 일주일에 두 번씩 코란 학교에 다니고 있다네. 방과 후에는 제본업을 하는 내 친구의 작업장에서 견습생으로 일하고."

"너도 할아버지처럼 그림 그리기를 좋아하니?"

나는 대답하지 않았어요. 할아버지께서 말씀하셨죠.

"됐다, 오르한. 넌 이제 그만 가 보거라."

화로에서 전해지는 온기가 어찌나 아늑하던지 나는 그곳을 떠나고 싶지 않았어요. 나는 방 안에 배어 있는 풀과 물감 냄새를 맡으며 가만히 서 있었어요. 커피 냄새도 났어요.

"다르게 그림을 그리는 게 곧 다르게 본다는 것을 뜻할까? 금박을 입히는 가련한 화공은 그것 때문에 살해되었어. 그는 옛날 방식대로 금박을 입히곤 했지. 사실 그가 살해되었는지는 확실하지 않아. 그는 행방불명이야. 우리 세밀화가들은 화원장 오스만의 명령에 따라 술탄을 위한 『축제의 서』를 그리고 있었다. 작업은 다들 집에서 하지. 오스만만 궁정 화원에 기거해. 나는 네가 화원으로 가서 이 모든 걸 직접 보았으면 한다. 세밀화가들끼리 서로 언쟁을 벌이다 살인을 저질렀을지도 모른다고 생각하니 두렵기 짝이 없구나. 몇 년 전, 오스만이 예명을 지어 준 세밀화가들, 나비, 올리브, 황새의 집도 방문해서 만나 보는 게 좋을 게다."

나는 아래층으로 내려가지 않고 근처를 맴돌았어요. 그런데 하이리예가 침실로 쓰는 벽장이 있는 방에서 달그락거리는 소리가 들려왔어요. 나는 그곳으로 가 봤지요. 그런데 그 방에는 하이리예가 아니라 엄마가 있었어요. 벽장 안에 몸을 반쯤 들이밀고서요. 엄마는 나를 보고는 얼굴을 붉히며 물었어요.

"너, 어디 있었니?"

하지만 엄마는 내가 어디 있었는지 다 알 수 있었을 거예요. 벽장 안에는 구멍이 있어서 그 구멍을 통해 할아버지의 작업실을 볼 수 있고, 작업실 문이 열려 있으면 현관과 현관 맞은편에 있는 할아버지의 침실까지 들여다볼 수 있거든요. 물론 침실 문이 열려 있을 경우에요.

"할아버지와 함께 있었어요. 엄마는 여기서 뭐 하세요?"

"할아버지가 손님과 함께 계시면 곁에 가지 말라고 하지 않았니!"

엄마는 목소리를 한껏 낮춰 꾸중을 하셨어요. 아마 손님이 엄마 목소리를 듣지 않기를 바라셨나 봐요. 그러고는 곧 다정한 목소리로 물으셨어요.

"두 분이 뭘 하고 계시던?"

"앉아 계셨어요. 그림은 그리지 않았고요. 말씀은 할아버지가 하시고 손님은 그냥 듣기만 했어요."

"손님은 어떻게 앉아 계시더냐?"

나는 방바닥에 털썩 주저앉아 손님의 흉내를 냈어요.

"엄마, 보세요. 저도 그 아저씨처럼 아주 진지해 보이죠? 손님은 눈썹을 이렇게 치키고서 할아버지 말씀을 듣고 있어요. 메브릿[10]을 들을 때처럼 리듬에 맞춰 고개를 흔들면서요."

"알았으니 이제 아래층에 가서 하이리예에게 내가 당장 보잔다고 전하렴."

엄마는 앉은 채로 품에 안고 있던 서판 위에 놓인 작은 종이에 뭔가를 쓰기 시작했어요.

"엄마, 뭘 쓰는 거야?"

"빨리 하이리예를 불러오라고 하지 않았니?"

나는 부엌으로 갔어요. 형이 돌아와 있었고 하이리예는 손님이 먹을 밥을 그릇에 담고 있었어요.

형이 말했어요. "못된 놈! 날 스승님과 남겨 놓고 혼자 가 버리다니. 내가 그 많은 종이를 혼자 다 접은 거 알아? 봐, 손

---

10) 예언자 무함마드의 생애를 기술한 시 또는 그것을 낭송하는 종교 의식.

가락에 시퍼렇게 멍이 들었어!"

"하이리예, 엄마가 좀 보재."

"밥 먹고 나서 혼내 주겠어. 게으름 피우고 못된 짓을 했으니 벌을 받아야지."

하이리예가 나가자 형은 밥을 먹다 말고 나에게 다가왔어요. 나는 형을 피할 수 없었어요. 형이 내 손목을 잡고 비틀기 시작했어요.

"셰브켓 형, 하지 마. 아파!"

"앞으로 또 일하다 말고 중간에 도망갈 거야?"

"아니, 도망 안 갈게."

"맹세해!"

"맹세할게."

"코란을 걸고 맹세해!"

"알았어, 코란을 걸고 맹세할게."

내가 맹세를 했는데도 형은 내 손목을 놓아주지 않았어요. 나를 놋쇠로 만든 둥근 밥상 옆으로 끌고 가 무릎을 꿇게 했죠. 한 손으로는 밥을 먹으면서 다른 손으로는 더 세게 내 팔을 비틀었어요. 형은 나보다 훨씬 힘이 세거든요.

"너 또 동생을 못살게 구는구나."

그새 다시 부엌으로 돌아온 하이리예가 베일을 쓰고 외출 준비를 하면서 말했어요.

"넌 참견 마. 근데 어디 가?"

형은 여전히 내 팔을 비틀면서 그녀에게 물었어요.

"레몬 사러 가."

"거짓말쟁이. 레몬은 찬장에 가득 있는걸."

내 팔을 비틀던 형의 손이 약간 느슨해졌어요. 나는 그 틈을 타 형의 손아귀에서 빠져나오며 발로 형을 걷어찼어요. 그러고는 기다란 촛대를 낚아채려 했지만 형이 잽싸게 달려들어 내 위에 올라탔어요. 그러는 바람에 촛대가 넘어지고 밥상이 엎어졌어요.

"이놈의 녀석들!"

엄마는 손님이 들을까 봐 크게 소리치지는 않았어요. 그런데 엄마는 어떻게 작업실 문이 열려 있는데도 손님의 눈에 띄지 않고 복도와 계단을 지나 여기까지 내려왔을까요? 형과 나는 얼른 떨어졌어요.

"너희들 때문에 내가 정말 미치겠다."

"오르한이 오늘 거짓말을 했어요. 스승님 작업실에서 나 혼자 일을 다 하게 해 놓고 혼자 도망가 버렸어요."

"조용히 해!"

엄마가 형의 뺨을 때렸어요. 하지만 살짝 때렸기 때문에 형은 울지 않았죠.

"난 아버지가 보고 싶어. 아버지가 돌아오시면 하산 삼촌의 빨간 칼을 들고 삼촌 집에 갈 거야."

"그만 입 다물지 못하겠니!"

엄마가 갑자기 화를 내면서 형의 팔을 낚아채 질질 끌어서는 돌이 깔린 안뜰에 면해 있는 음침한 구석방으로 데려갔어요. 나도 뒤따라갔죠.

엄마는 나를 보며 말했어요.

"둘 다 안으로 들어가!"

"엄마, 난 아무 말도 안 했는데요."

나는 항의했어요. 그렇지만 결국 나도 그 방 안으로 들어가야 했어요. 엄마가 우리 얼굴에 대고 쾅 하고 문을 닫아 버렸어요. 안은 아주 깜깜하지는 않았어요. 마당의 석류나무가 엿보이는 가느다란 틈새로 희미하게 빛이 들어왔지만 그래도 나는 무서웠어요.

나는 말했어요.

"엄마, 문 열어 주세요, 추워."

"이런 겁쟁이. 울지 마. 엄마는 금방 문을 열어 줄 거야."

형이 달랬어요.

엄마가 다시 문을 열면서 물었어요.

"이제 손님이 가실 때까지 얌전히 있을 거지? 그때까지 부엌 화로 옆에 앉아 있어. 위층에는 올라가지 말고."

형이 대꾸했어요.

"엄마, 거기 있으면 심심해. 그런데 하이리예는 어디 갔어요?"

"너는 어쩌면 그렇게 참견하고 싶은 게 많니?"

그때, 마구간에서 희미하게 말 울음소리가 들려왔어요. 말 울음소리는 한두 번 더 들렸죠. 그건 할아버지가 아니라 카라의 말이었어요. 형과 나는 가장행렬이나 명절 아침처럼 즐거웠어요. 엄마도 미소를 지었죠. 마치 우리가 미소 짓기를 원했다는 듯이. 엄마는 두어 발짝 걸음을 옮겨 마구간이 보이는 문을 열었어요.

"쉿!" 엄마는 우리를 기름 냄새가 나고 이따금 쥐도 나오는 부엌으로 데려가 앉히고는 말했어요. "손님이 돌아가시기 전까지 여기서 나올 생각일랑 마라. 손님이 너희들을 버릇없는 말썽쟁이라고 생각하시지 않도록 싸움도 하지 말고."

"엄마, 나 할 얘기 있어." 나는 엄마가 문을 닫기 직전에 말했어요. "할아버지 그림에 금박을 칠하던 불쌍한 화가를 누가 죽였대."

7
내 이름은 카라

그 아이를 처음 본 순간, 나는 지난 몇 년 동안 내가 셰큐레의 얼굴에서 잘못 기억하고 있었던 부분이 어딘지를 곧 깨달았다. 셰큐레 역시 오르한처럼 얼굴이 갸름했고, 턱도 내가 기억하고 있는 것보다 뾰족했다. 그래서 내가 사랑한 여인의 입은 수년 동안 마음속으로 그려 왔던 것보다 훨씬 작았다. 십이 년 동안 수많은 도시들을 내 집처럼 드나들면서, 나는 셰큐레의 입을 실제보다 좀 더 크게 떠올렸다. 입술도 앵두처럼 도톰하고 매혹적으로 반짝거린다고 내 맘대로 생각했다.

베네치아 화가의 기법으로 그린 셰큐레의 초상화가 있었더라면, 십이 년이나 계속된 여행 중에도 고향에 두고 온 옛 연인의 얼굴이 전혀 기억나지 않는 일은 없었을 텐데. 그리운 여인의 얼굴이 가슴속에 생생히 살아 있다면, 세상 어느 곳에 있든 그곳이 내 집이나 마찬가지니까.

셰큐레의 아들을 보고 그 애와 이야기를 하고 얼굴을 가까이 가져가 입을 맞추자, 내 마음속에서는 불운한 사람이나 살인자 혹은 죄인들이 가질 법한 초조감이 일었다. 내면의 목소리가 "자, 지금 당장 셰큐레를 보러 가는 거야."라고 속삭이며 나를 충동질했다.

한순간, 나는 아무 말도 하지 않고 실내에 있는 문의 숫자를 곁눈질로 세어 보았다. 한 개는 계단으로 통하는 문이었고, 다섯 개는 닫혀 있었다. '셰큐레를 찾을 때까지 저것들을 하나하나 다 열어 봐야지.' 나는 속으로 생각했다. 그렇지만 과거에도 이미, 마음속에만 간직해야 할 비밀을 잘못된 순간에 함부로 털어놓는 바람에 자그마치 십이 년 동안이나 그녀와 떨어져 지내야 했던 나로서는 이번만큼은 조용히, 그리고 은밀하게 기다려야 했다. 나는 셰큐레가 자주 앉았을 방석과 그녀의 손길이 닿았을 물건들을 보면서 에니시테의 말에 귀 기울였다.

에니시테는 술탄이 그 밀서를 헤지라[11] 1000년 기념일까지 끝마치도록 명했다는 말을 하면서, 세계의 지배자이신 술탄께서는 이슬람 1000년 기념 달력이 제작되는 해에 자신과 제국이 유럽의 화풍을 그들 못지않게 사용할 수 있음을 보여 주고자 하신다고 했다. 또한 술탄은 세밀화가들에게 풍속도를 그

---

11) 예언자 무함마드가 메카에서 메디나로 도피한 해인 622년부터 시작되는 이슬람교의 원년.

리라고 명하면서 궁정 화원이 아닌 민가에서 일하라는 명령도 함께 내렸다는 것이다. 물론 술탄은 세밀화가들이 에니시테의 집에 몰래 드나드는 것을 알고 있었다.

"화원장 오스만을 빠른 시일 내에 만나 보아라. 사람들은 그가 장님이 되었다고도 하고 노망이 들었다고도 하더구나. 내 생각엔 그가 눈도 멀고 노망도 든 것 같아."

세밀화가도 아니고 이런 일에 전문가도 아닌 에니시테가 술탄의 허락과 지원을 얻어 책 제작을 감독하게 된 것이 궁정 화원장 오스만과의 사이를 벌어지게 한 모양이었다.

나는 어린 시절을 추억하며 집 안의 물건들을 자세히 살펴보았다. 바닥에 깔려 있는 푸른색 킬림[12], 놋쇠 주전자, 커피 잔 받침, 동으로 만든 두레박…… 중국을 거쳐 포르투갈로 갔다가 다시 이곳으로 돌아온 커피 잔은 십이 년이나 지난 지금까지도 내가 기억하고 있던 그대로였다. 돌아가신 이모님은 그 잔을 아주 자랑스러워하셨다. 구석에 놓여 있는 자개 앉은 뱅이책상, 벽에 걸린 터번 보관함, 아직까지 그 부드러움을 느낄 수 있는 붉은 벨벳으로 싼 베개 등은 셰큐레와 함께 어린 시절을 보낸 악사라이의 집에서 봤던 물건들이었다. 그것들은 그 집에서 보낸 행복했던 나날과 그림을 그리던 시절의 반짝임을 여전히 간직하고 있었다.

그림. 그리고 행복. 나의 서러운 이야기에 관심을 갖고 있는 내 사랑하는 독자들은 내 세계가 이 둘로부터 시작되었음

---

12) 털이 없고 앞뒤도 없는 양탄자의 일종.

을 늘 염두에 두길 바란다. 한때 나는 이곳에서, 책과 연필과 그림들 속에서 지극히 행복했다. 그리고 사랑에 빠져 그만 이 '천국'에서 쫓겨나고 말았다. 사랑 때문에 떠나야 했던 유배의 시간을 견디는 동안, 나는 셰큐레와 그녀를 향한 사랑 때문에 혈기왕성했던 시절의 내가 얼마나 낙관적으로 세상과 인생을 바라보았는지를 깨달았다. 당시 나는 어린애 같은 순진함으로 내 사랑에 응답이 오리라는 걸 추호도 의심하지 않을 만큼 낙관적이었고, 그래서 세상도 낙관적으로 바라보았다. 에니시테가 내게 읽도록 했던 책들, 이슬람 학교에서 가르쳤던 것들, 세밀화와 그림 그리기, 이 모두를 아무런 의심 없이 받아들이고 진심으로 좋아했다. 나는 셰큐레를 향한 사랑 때문에 배움의 즐거움을 만끽할 수 있었다. 그러나 동시에 인생과 세상에 대한 낙관적인 사고가 내 사랑을 망쳐 버렸다. 살을 에는 추운 겨울밤, 방에 놓인 화로의 꺼져 가는 불씨와 함께 사라지고 싶은 바람, 사랑을 나눈 뒤 내 옆에서 잠든 여인과 함께 아득한 벼랑으로 떨어지는 꿈, 나는 아무짝에도 쓸모없는 놈이라는 생각, 이런 것들이 셰큐레가 내게 남겨 준 것들이었다.

한동안 침묵을 지키고 있던 에니시테가 다시 입을 열었다.

"죽은 후에 우리의 영혼이 아직 이승에 남아 있는 사람들, 침대에 누워 깊이 잠든 그들의 영혼과 만난다는 것을 아느냐?"

"몰랐습니다."

"죽음 뒤에는 긴 여행이 우리를 기다리고 있지. 그래서 나는 죽는 것이 두렵지 않다. 내가 두려워하는 것은 오직 술탄의 책을 완성하지 못하고 죽는 것뿐이다."

나는 내가 에니시테보다 더 강하고 현명하며 성실하다는 생각을 했다. 그러면서 동시에 십이 년 전 자신의 딸과 나의 결혼을 허락하지 않았던 이 사람을 위해 선물로 가져온 비싼 카프탄[13]과 계단 아래 마구간에 매여 있는, 내가 타고 왔고 또 타고 떠날 말의 마구와 수놓인 안장을 생각하고 있었다.

　나는 그에게 내가 만난 세밀화가들에게서 배운 모든 것을 말해 주겠다고 했다. 그의 손등에 입을 맞추고 계단을 내려가 마당으로 나갔다. 차가운 눈이 온몸을 감쌌지만, 내게 자식이 없다는 것과 내가 이미 나이가 들었다는 사실은 생각하지 않았다. 나는 행복한 마음으로 이 세상을 느꼈다. 마구간의 문을 닫을 때, 바람이 불었다. 돌로 된 문지방을 넘어 마당을 지날 때는 재갈을 물린 말이 나와 함께 부르르 몸을 떠는 것이 손에 쥔 고삐를 통해서 느껴졌다. 말의 굵은 핏줄들이 불거진 단단한 다리와 참을성 없는 성격, 그리고 호락호락하지 않은 인상이 나와 썩 비슷했다. 거리로 나선 나는 단숨에 말에 올라 절대로 다시는 돌아오지 않겠노라 맹세하는 동화 속 기수처럼 홀연히 좁은 골목으로 사라지려 했다. 그런데 그때, 어디선가 커다란 몸집의 여자가 모습을 드러냈다. 머리에서 발끝까지 분홍색 옷으로 감싼 유대인 여자였다. 보따리를 들고 불쑥 나타난 그녀는 체구가 어찌나 거대하던지 마치 옷장처럼 보였다. 하지만 그녀는 큰 몸집과는 달리 몸놀림이 민첩하고 생기가 있었으며 요염하기까지 했다.

---

13) 소매가 길고 허리띠를 매는 터키의 전통 겉옷.

"이봐요, 젊은이. 듣던 대로 정말 잘생겼구먼. 결혼은 하셨나? 아니면 아직 미혼이신가? 이스탄불에서 제일 유명한 이 방물장수 에스테르가 파는 비단 손수건 한 장 사실라우? 숨겨 둔 애인한테 갖다 주구려."

"아니요."

"공단으로 만든 빨간 허리띠도 있다우."

"아니요."

"아니라고만 하지 말구려. 당신처럼 건장한 사내에게 약혼녀나 숨겨 둔 애인이 없다면 말이 안 되지. 당신 때문에 이스탄불의 여자들이 전부 몸이 달아 있을걸."

다음 순간, 그 여인은 곡예사처럼 유연하고 우아한 몸짓으로 내게 다가왔다. 그러고는 빈손에서 물건을 꺼내 놓는 마술사처럼 어느새 편지 한 장을 손에 들고 있었다. 나는 재빨리 편지를 낚아챘다. 그러고는 마치 수년 동안 오직 이 순간만을 위해 훈련해 온 사람처럼 능숙하게 편지를 넓은 허리띠 속에 밀어 넣었다. 상당한 크기의 그 편지는 내 허리띠 안쪽, 옆구리와 복부 사이의 얼음처럼 차가운 피부 위에서 불처럼 타오르고 있었다.

방물장수 에스테르가 말했다. "말을 천천히 몰고 가시구려. 이 담장을 따라가다가 오른쪽 골목으로 접어든 다음, 그 길로 쭉 가시우. 가다가 석류나무에 다다르면 당신이 방금 나온 집의 창문을 돌아다봐요."

말을 마친 그녀는 가던 길로 계속 걸어가 순식간에 자취를 감췄다. 나는 가슴이 쿵쾅거리고 머릿속이 혼란스러워서 어찌할 바를 몰랐다. 마치 난생처음 말을 타 보는 사람처럼 어설프게 말에 올랐지만 고삐를 어떻게 쥐어야 하는지도 생각나지 않았다. 그러나 일단 말의 옆구리에 두 다리를 단단히 감고 나니 그제야 정신이 좀 들었다. 나는 에스테르가 일러 준 대로 느릿느릿 말을 몰았다. 나의 영리한 말은 저 혼자 알아서 오른쪽 골목으로 꺾어 들어갔다.

문득, 어쩌면 내가 정말로 잘생겼는지도 모른다는 생각이 들었다. 이야기책에서처럼 창문마다 여자들이 매달려 덧문 뒤에서 나를 훔쳐보고 있을 것만 같았다. 열정으로 온몸이 활활 타오르는 듯했다. 내가 원하던 게 이것이었나? 그 많은 세월 동안 겪었던 열병을 다시 앓게 될 것인가? 그 순간, 홀연 태양이 하늘에서 얼굴을 내밀어 나를 놀라게 했다.

대체 석류나무는 어디 있지? 저기 서 있는 저 슬프고 앙상한 나무인가? 그렇구나. 나는 말 등 위에서 슬며시 고개를 돌렸다. 바로 맞은편 창문이 보였다. 하지만 그곳에는 아무도 없었다. "마녀 같은 에스테르가 날 속였어!" 화가 나서 소리치려는 순간, 얼음으로 덮인 유리창의 덧문이 부서지듯 활짝 열렸다. 그러자 햇빛을 받아 반짝거리는 창틀 안에서 내 아름다운 연인의 모습이 나타났다. 십이 년 만에, 눈 덮인 나뭇가지 사이로 드러난 그 아름다운 얼굴! 그녀의 검은 눈동자는 나를 보고 있는 걸까, 아니면 내 앞쪽의 다른 세상을? 슬픈 표정을 짓고 있나? 미소를 지은 걸까? 슬픈 미소를 짓고 있는 걸까? 어리석은 말아, 내 심장 박동에 따르지 말고 좀 천천히 가란 말이다! 나는 안장 위에서 몸을 돌린 채 그리움 가득한 시선

으로 그녀를 바라보았다. 하얀 나뭇가지 뒤로 가냘프고 우아
한 그녀의 신비로운 얼굴이 완전히 사라질 때까지.

　말을 타고 가는 나와 창문에 기대선 그녀의 모습이 휘스레
브가 쉬린의 창가로 다가가는 장면, 숱한 화가들에 의해 수천
번도 더 그려진 그 장면(그러나 내 등 뒤에는 슬픈 나무 한 그루
가 더 있었다.)과 얼마나 닮았는지를 나는 나중에, 그녀가 보낸
편지 속에 든 그림을 보고야 알았다. 그 둘의 유사성을 깨달
았을 때, 나는 우리가 몹시 아끼고 좋아했던 그 책 속의 그림
처럼 사랑으로 활활 타올랐다.

8
저는 에스테르랍니다

여러분은 제가 카라에게 준 편지에 뭐라고 쓰여 있는지 궁금해하고 있겠죠. 나도 물론 호기심을 참을 수 없었어요. 그래서 궁금증을 풀었지요. 그렇다면 여러분도 이 책의 앞부분으로 책장을 넘기듯이, 카라에게 편지를 전달하기 전에 내게 무슨 일이 있었는지부터 들어 보세요.

때는 저녁 무렵이었어요. 저는 할리치만 입구의 유대인 마을에 있는 우리 집에서 남편과 함께 난로에 장작을 넣으며 우리 두 늙은이의 몸을 데우고 있었지요. 제가 저를 늙은이라고 표현하는 것에 너무 신경쓰지 마세요. 비단 손수건, 장갑, 스카프, 포르투갈 상선에서 나온 알록달록한 셔츠들, 그리고 반지, 귀걸이, 목걸이, 여자들을 흥분시키는 갖가지 장신구들을 보따리에 넣고 다니는 이 에스테르는 이스탄불에서 안 가 본 골목이 없답니다. 모든 소문과 편지도 제가 다 전하지요. 그러니까 이스탄불 아가씨들의 절반은 제가 결혼시킨 셈이지요. 절대 자기 자랑을 늘어놓으려는 건 아니니 오해 마세요. 아무튼, 그러니까 우리 부부가 방 안에 앉아 있을 때, 문 두드리는 소리가 나서 열어 보니, 백치 같은 하녀 하이리예가 문 앞에 서 있더군요. 손에 편지를 들고서요. 하이리예는 추워서인지, 흥분해선지는 모르겠지만 덜덜 떨면서 셰큐레의 부탁을 전해 주었어요.

처음에 저는 그 편지를 하산에게 전해 달라는 줄 알고 기겁을 했지요. 전쟁에 나가 돌아오지 않는 셰큐레의 운 없는 남편, 제 생각에 그는 진즉에 죽었을 거예요, 그 돌아오지 않는 전사(戰士) 남편에게는 망나니 남동생이 있거든요. 그 사람 이름이 하산이에요. 그런데 셰큐레는 하산이 아니라 다른 사람에게 편지를 전해 달라고 했다는 거예요. 그러니 그 편지에 무슨 말이 적혀 있는지, 이 에스테르로선 궁금해 죽을 지경이었지요. 그래서 결국 그 편지를 읽고 말았답니다.

음…… 그런데 여러분은 아직까지 저에 대해 잘 모르시죠? 그래서 말인데, 솔직히 좀 창피하네요. 어쩌면 호기심을 참지 못하고 남의 편지를 열어 본 제 행동이 경망스럽다고 나무랄지도 모르니까요. 하지만 점잖은 척하는 여러분도 궁금하기는 저와 매한가지죠? 어쨌든 편지의 내용을 말씀드리도록 하지요. 사랑스런 셰큐레는 편지에 이렇게 썼답니다.

카라 에펜디, 제 아버지와의 친분 때문에 우리 집에 오신 것 알아요. 그렇지만 제가 어떤 반응을 보이리라고 기대하지는 말아 주세요. 당신이 이스탄불을 떠난 후 저에게는 많은 일이 있었어요. 결혼도 했고 건강한 두 아들도 있습니다. 한 아이는 오르한인데, 조금 전에 보셨을 거예요. 저는 사 년째 남편을 기다리고 있고, 다른 어떤 생각도 한 적이 없어요. 물론 두 아이와 연로하신 아버지와 살면서 종종 힘들 때도 있지요. 남자의 힘과 보호가 필요하다고 느낀 적도 있어요. 하지만 그 누구도 저의 이런 처지를 이용해 뭔가를 얻지는 못할 거예요. 그러니 제발 다시는 우리 집 문을 두드리지 마세요. 당신께선 전에도 한번 고초를 겪은 적이 있잖아요. 그때 제가 저와 아버지의 결백을 증명하기 위해 얼마나 큰 고통을 겪었는지 아시나요? 이 편지와 함께, 마음이 들떠 있던 젊은 날에 당신이 제게 그려 주신 그림도 돌려보냅니다. 당신이 그 어떤 희망도 품지 않고, 그 어떤 오해도 하지 않으시길 바라요. 그림을 보며 사랑에 빠진다는 말을 믿는 것은 어리석은 일이겠지요. 우리 집에 다시는 발을 들여놓지 마세요. 그게 가장 좋다고 생각합니다.

가련한 셰큐레. 자신이 귀족도, 남자도, 그렇다고 파샤도 아니면서 편지에 멋들어진 도장을 찍어 봉인해 놓다니! 셰큐레는 편지 끝에다 자기 이름의 첫 글자 하나만 겁먹은 새처럼 조그맣게 써 놓았더군요.

봉인이라는 말이 나왔으니 말인데, 밀랍으로 붙여 놓은 편지를 제가 어떻게 열어서 읽었는지 궁금하시겠지요? 하지만 사실 편지는 봉인되어 있지 않았어요. 사랑스런 셰큐레는 아마도 이 에스테르가 무식한 유대인이니 글을 읽지 못할 거라고 생각했겠죠. 맞아요. 그래요, 저는 글을 읽을 줄 몰라요. 하지만 편지를 읽어 줄 사람은 얼마든지 있지요. 게다가 저는 편지에 쓰여 있지 않은 내용들을 제법 잘 읽어 낸답니다. 그게 무슨 말이냐고요? 그렇다면 아둔한 여러분도 알아들을 수 있게 설명을 해 드리지요.

편지라는 건 쓰여 있는 글자만이 전부가 아니에요. 편지는 마치 책처럼, 냄새를 맡거나 만져서 읽을 수도 있는 거랍니다. 똑똑한 사람들은 "자, 읽어 봐, 편지에 뭐라고 쓰여 있는지."라고 하지요. 바보들도 "자, 읽어 봐, 그가 뭐라고 썼는지."라고 해요. 그런데 편지를 읽는다는 것은 글자뿐만 아니라 그 속에 숨은 뜻까지 읽는 거예요. 자, 지금부터 들어 보세요, 셰큐레가 편지에서 사실은 뭐라고 했는지.

1. 이 편지를 비밀리에 보내긴 했지만, 편지 전달을 업으로 삼고 있는 에스테르 편에 보낸다는 것은 편지를 보냈다는 사실이 반드시 비밀에 부쳐져야 한다는 뜻은 아니랍니다.

2. 셰큐레는 편지지를 마치 무스카 뵈레이[14] 빵처럼 여러 번 접었어요. 여기에도 은밀한 뜻이 담겨 있지요. 그렇지만 편지의 내용은 솔직합니다. 게다가 커다란 그림도 있고요. 그러니까 그녀는 '우리의 비밀을 아무도 모르게 해 줘요.'라고 말하고 있는 거예요. 이건 사랑을 거절한다기보다는 계속 사랑

---

14) 반죽을 여러 번 접어서 구운 페이스트리 같은 빵.

해 달라는 의미에 가까운 편지예요.

3. 편지지에서 나는 향기가 그 증거예요. 편지를 받는 사람이 단번에 알아차리지 못할 정도로 희미한(그녀가 혹시 일부러 향수를 뿌린 걸까?) 그러나 무시할 수 없게 사람을 끌어당기는 (이게 향수 냄새일까, 아니면 셰큐레의 손에서 나는 향기일까?) 이 향은 나에게 편지를 읽어 준 그 가엾은 사내를 황홀하게 했답니다. 추측건대 카라도 분명 황홀경에 빠졌을 거예요.

4. 저 에스테르는 까막눈이에요. 그렇지만 셰큐레의 글씨체를 보면 '아, 제가 지금 급하게 펜을 잡고 아무렇게나 휘갈겨 쓰고 있어요.'라고 말하는 듯하지만, 부드러운 바람결에 실려 온 듯 우아하게 떨리고 있는 글자들은 사실은 정반대의 메시지를 전하고 있는 거예요. 의도적으로 오르한에 대한 얘기를 꺼내며 "조금 전에"라는 표현을 했지만, 실은 이 편지는 먼저 연습장에 쓴 다음 다시 옮겨 적은 게 확실해요. 모든 문장이 아주 정성껏 쓰였다는 걸 느낄 수 있거든요.

5. 편지와 함께 동봉한 그림 속에는 아름다운 쉬린이 잘생긴 휘스레브의 초상화를 바라보다가 사랑에 빠지는 장면이 묘사되어 있어요. 심지어 유대인인 저 에스테르조차 잘 알고 있는 전설 그대로지요. 사랑의 열병을 앓는 이스탄불의 모든 아가씨들이 이 이야기에 매료된답니다. 하지만 저는 이제껏 누군가가 그 이야기를 그림으로 그려 보냈다는 얘기는 들어 본 적이 없어요.

여러분처럼 글을 읽고 쓸 줄 아는 행운아들이 까막눈인 사람의 부탁으로 글을 읽어 줄 때 종종 겪게 되는 일이 있어요. 편지의 내용이 얼마나 충격적인지, 얼마나 사람을 흥분시키고 불안하게 만드는지 알면서도, 그리고 은밀한 메시지를 편지의 주인과 공유하게 된 것 때문에 당혹스러워하면서도, 편지의 주인이 다시 한번 읽어 달라고 할 때가 있죠. 그러면 다시 읽어 주지 않을 수 없어요. 그래서 결국은 어쩌나 여러 번 되풀이해 읽었는지 두 사람 다 편지를 통째로 외우게 되죠. 급기야 편지 주인은 편지를 받아 들고 읽어 준 사람에게 "그 말이 이 부분에 적혀 있나요, 여기서 그렇게 말했나요?" 하고 물으며 손가락으로 아무데나 가리키죠. 그러면서 읽지는 못하지만, 외우게 된 글자들의 모양새를 뚫어져라 바라봅니다. 때때로 저는 그렇게 편지를 보며 눈물 흘리는 그 까막눈 아가씨들이 너무나 안쓰러워 품에 안고 입을 맞춰 주고 싶어진답니다.

그런데 참 매정한 사람들도 있긴 해요. 여러분은 그런 사람들을 절대로 닮지 마세요. 글을 모르는 아가씨가 편지를 쓰다듬고, 어디에 어떤 말이 적혀 있는지도 모르면서 바라보고 있을 때, 그녀에게 "뭐 하려고 그래? 읽지도 못하면서 뭘 더 보려고?" 하는 몰인정한 사람들이 있어요. 그런 사람들 중 일부는 그 편지가 마치 자기 것인 양 돌려주지 않기도 해요. 그럴 때 입씨름을 해서라도 편지를 돌려받는 일은 저 에스테르가 도맡아 한답니다. 보시는 바와 같이 저는 이렇게 좋은 여자예요. 이 에스테르가 여러분을 좋아하게 되면 여러분도 꼭 도와드리지요.

9
나는, 셰큐레

카라가 백마를 타고 골목을 지나갈 때, 어째서 나는 그 창가에 서 있었을까? 무슨 예감으로 바로 그 순간 창의 덧문을 열고 눈 쌓인 석류나무 가지 사이로 멀어져 가는 그의 뒷모습을 하염없이 바라보고 있었을까? 왜 그랬는지는 나도 모르겠습니다. 에스테르에게 편지를 전하도록 하이리예를 심부름 보내긴 했어요. 하지만 카라가 그 길로 지나갈 줄은 전혀 몰랐습니다. 석류나무가 내다보이는 그 방에는 이불 홑청이 든 궤짝을 찾으러 갔습니다. 그러다 별생각 없이 창의 덧문을 힘껏 열어젖혔지요. 그러자 방 안으로 햇살이 가득 흘러 들어왔습니다. 그러고는 눈부신 햇살 같은 카라와 눈이 마주쳤습니다. 오, 어찌나 근사하던지!

어른이 된 그는 젊은 시절의 유약한 모습은 온데간데없고 아주 멋진 남자가 되어 있었습니다. 내 가슴은 속삭였습니다. "셰큐레, 저 남자를 좀 봐. 그는 잘생기기만 한 게 아니야. 그의 눈을 들여다보라고. 아이 같은 마음을 간직한 사람이잖아. 얼마나 순수하고 외로워 보이니? 그와 결혼해." 그렇지만 나는 내 마음과는 정반대의 편지를 그에게 보냈습니다.

내가 열두 살이었을 때, 그는 나보다 열두 살이나 많았는데도 어쩐지 내가 더 성숙한 것처럼 느껴졌습니다. 당시에 그는 진짜 남자처럼 늠름하게 버티고 서서 "이걸 할 거야. 저걸 할 거야. 여길 뛰어넘고, 저길 기어 올라갈 거야."라고 말하는 대신, 부끄러운 듯 자기 앞에 놓인 책과 그림 속에 숨어 있었어요. 나중에야 나를 사랑하게 된 그는 그림을 그려서 자신의 사랑을 표현했습니다. 이제는 우리 둘 다 성인이 되었지요. 내가 열두 살이었을 때, 카라는 내 눈을 똑바로 쳐다보지 못했습니다. 어쩌다 눈이 마주치면 나를 사랑한다는 것을 들킬까 봐 두려워했습니다. 가령 나에게 "저기 상아 손잡이로 된 칼 좀 주겠니?" 하고 말할 때, 카라는 칼만 뚫어져라 쳐다보고 내 눈은 쳐다보지 못했답니다. 또 내가 "앵두주스 맛있어요?" 하고 물으면, 달콤한 미소를 지어 보이며 맛있다고 속삭일 줄 몰랐습니다. 마치 귀머거리에게 대답하듯 커다란 목소리로 "응!" 하고 외치곤 했지요. 두려워서 내 얼굴을 감히 쳐다볼 수 없었거든요. 당시에 저는 아주 예뻤습니다. 내가 커튼이나 문 뒤에 숨어 있어도, 심지어 베일로 얼굴을 가리고 있어도 나를 한번 보기만 하면 어떤 남자든 사랑에 빠지고 말았으니까요. 이런 것들은 물론 자랑하려는 뜻으로 말씀드리는 건 아닙니다. 내 이야기를 이해하고 나와 슬픔을 함께 나누었으면 해서 말씀드리는 거예요.

휘스레브와 쉬린의 이야기에는 누구나 아는 장면이 하나 있습니다. 카라와 나는 그 장면에 대해 자주 이야기하곤 했습니다. 시인 샤푸르가 쓴 『휘스레브와 쉬린』에서는 그 둘이 사랑에 빠지는 장면이 이렇게 묘사됩니다. 어느 날 쉬린이 하녀들과 함께 소풍을 나갔을 때, 그들이 그 밑에 앉아 쉬던 나무의 가지에 휘스레브의 그림이 걸려 있었던 겁니다. 쉬린은 나뭇가지에 걸려 있는 잘생긴 휘스레브의 그림을 보고 그만 사랑에 빠지고 맙니다. 세밀화가들은 쉬린이 그림 속 휘스레브의 모습을 보고 감탄하며 흠모하게 되는 장면을 즐겨 그렸습니다. 카라도 우리 아버지와 작업을 할 때, 여러 차례 그 그림을 모사한 적이 있었습니다. 나중에 나를 사랑하게 되자 이번에는 자기 자신을 위해 그 장면을 다시 그렸지요. 그러나 쉬린과 휘스레브 대신에 우리를, 그러니까 카라와 셰큐레를 그렸답니다. 그림 속의 여자와 남자가 우리라는 건 그림 밑에 설명이 없었더라도 나만은 알 수 있었을 겁니다. 왜냐하면 우리가 때때로 장난을 칠 때, 카라는 나와 자신을 늘 같은 붓놀림과 색을 사용해 그렸거든요. 나는 파란색으로, 자신은 빨간색으로 칠하곤 했으니까요. 그런데 그 그림에서는 그것만으로는 모자랐는지 휘스레브와 그림 속 휘스레브 그림 밑에 우리의 이름을 적어 넣었답니다. 그러고는 그 그림을 내가 볼 수 있는 곳에 놓고는 큰 죄라도 지은 사람처럼 도망쳐 버렸어요. 하지만 그는 내가 그 그림을 보며 어떻게 반응하는지 몰래 지켜보고 있었습니다.

나는 쉬린이 휘스레브를 사랑했던 것처럼 그를 사랑할 수 없다는 걸 잘 알고 있었기에 그에게 아무런 내색도 하지 않았습니다. 저 멀리 울루산에서 가져온 얼음으로 만든 시원한 앵두주스를 마시면서 더위를 식히고 있던 어느 여름날 저녁, 카라가 자기 집으로 돌아간 뒤에 나는 아버지께 카라가 사랑 고백을 했다고 말씀드렸습니다. 당시 카라는 이슬람 학교를 막 졸업하고 변두리 마을에서 선생을 하고 있었습니다. 그 자신은 그다지 원치 않았지만, 아버지는 그가 권위 있고 존경받는 나임 파샤 밑에 들어가서 서기 일부터 배워야 한다고 생각하셨거든요. 그날 밤, 아버지는 "우리 가난한 조카는 눈이 아주 높군." 하셨습니다. 어머니를 크게 개의치 않는 듯한 어투로 "우리가 생각했던 것보다 더 영리한 아이로군." 하셨지요.

그 후, 아버지가 그에게 어떤 조치를 취했고, 내가 어떻게 해서 그로부터 멀어졌으며, 어떻게 그가 우리 집과 마을에 발길을 끊게 되었는지, 나는 슬프지만 또렷하게 기억합니다. 그러나 여러분께 그때의 일을 낱낱이 털어놓고 싶진 않습니다. 그러면 나와 우리 아버지를 좋아하지 않으실 테니까요. 그렇지만 그때는 달리 뾰족한 수가 없었습니다. 그 사랑에는 정말로 아무런 희망도 없었고, 무모한 그 사랑으로부터 도망쳐 숨는 길밖에 없었거든요. 이런 경우에 합리적인 사람들은 우린 서로 맞지 않았어요, 하고 간단히 말합니다. 그때 나의 상황이 그랬습니다. 어머니는 몇 번이고 아버지께 "그 아이 마음에 상처를 주지는 마세요." 하고 부탁했습니다. 어머니가 '아이'라고 불렀던 카라는 그때 24세였고, 저는 그의 나이의 딱 절반이었습니다. 하지만 아버지는 카라의 사랑 고백을 괘씸하게 여기셨고, 그래서 어쩌면 어머니의 간청을 일부러 들어주지 않았는지도 모릅니다.

그가 이스탄불을 떠났다는 소식을 들었을 때, 나는 그를 완전히 잊지는 않았어도 마음에서는 지워 버렸습니다. 몇 년 동안 그에 대한 소식이 들리지 않았기 때문에, 그가 나에게 준 그림을 유년의 추억으로, 철부지 아이들이 나누는 우정의 징표로서 간직해야 한다고 생각했습니다. 하지만 아버지나 남편이 그 그림을 보고 심기가 불편해지거나 질투를 할까 봐, 그림 밑에 쓰여 있는 우리의 이름 위에 물감을 떨어뜨려 글자를 덮어 버렸습니다. 마치 실수로 물감이 떨어진 것처럼 보이도록 말이죠. 그리고 오늘 나는 그에게 그림을 돌려주었습니다. 참, 혹시나 여러분 중에 내가 창가에서 카라에게 내 모습을 보여 준 것을 두고 수상하게 여기시는 분이 있다면, 자신의 편견을 반성하고 부끄러워해야 한다고 생각합니다.

십이 년이 지나 그 사람 앞에 갑자기 모습을 드러낸 나는 그곳에서, 그 창가에서, 그 붉은 노을 속에서 한참 동안 서 있었습니다. 황혼에 싸인 정원이 옅은 붉은빛과 주홍빛으로 변해 가는 풍경을 한기를 느낄 때까지 오래오래 감탄하면서 바라보았지요. 바람도 전혀 없었습니다. 골목을 지나는 행인이나 혹은 아버지가 열린 창가에 서 있는 나를 보았더라도, 또는 카라가 다시 말머리를 돌려 내 앞으로 다가왔더라도 나는 상관하지 않았을 겁니다. 일주일에 한 번 목욕탕에 함께 가는

지베르 파샤의 딸들 중에, 항상 웃고 명랑하며 엉뚱한 순간에 아주 뜻밖의 말을 던지곤 하는 메스큐레라는 아가씨가 있습니다. 그녀가 한번은 나에게, 우리가 진짜로 생각하는 게 무엇인지는 우리 자신도 모르고 있다고 하더군요. 하지만 내 경우에는, 어떤 말을 할 때 내가 말하는 대로 생각하고 있다고 느끼지만 그것을 느끼는 순간, 고집스럽게 정반대를 생각하곤 합니다.

아버지가 집에 불러들였던 화가들, 내가 그들을 일일이 다 훔쳐보았다는 사실을 여러분께 숨기고 싶진 않습니다. 그 화가들 중에 가엾은 엘레강스 에펜디가 불운한 내 남편처럼 실종되었다는 소식을 듣고는 마음이 아팠습니다. 비록 엘레강스가 세밀화가들 가운데 가장 추악하고도 가난한 영혼을 지닌 사람이었더라도요.

나는 덧문을 닫고 방에서 나와 아래층에 있는 부엌으로 갔습니다.

"엄마, 형이 엄마 말을 듣지 않았어. 카라 아저씨가 마구간에서 말을 꺼낼 때 부엌으로 나가서 아저씨를 훔쳐봤어!"

오르한이 일러바치자 셰브켓도 손에 작은 절굿공이를 든 채로 지지 않고 대꾸했습니다.

"그게 어쨌다고! 엄마도 벽장 안에 있는 구멍으로 카라를 훔쳐봤는데 뭐."

"하이리예, 애들에게 아몬드를 으깨 만든 빵을 튀겨 주렴."

오르한은 신이 나서 좋아했지만, 셰브켓은 아무 말도 하지 않았습니다. 두 아이는 꽥꽥 소리를 지르고 우당탕 소리를 내며 위층으로 올라가는 계단으로 향했습니다. 나는 웃음을 터뜨리며 "조용히 하지 못하겠니, 제발!" 하고는 아이들 등을 한 대씩 살짝 때렸습니다.

저녁 무렵에 아이들과 함께 있는 건 얼마나 멋진 일인가요! 아버지는 조용히 책을 읽고 계셨습니다.

"손님은 가셨어요. 아버지 심기를 불편하게 하지는 않았지요?"

"그래, 날 즐겁게 해 주더구나. 옛날처럼 예의 바르기도 하고."

"다행이네요."

"그렇지만 조심스럽고 꿍꿍이가 많은 것 같더군."

아버지는 카라를 대수롭지 않게 여긴다는 투로 말씀하셨습니다. 그 말은 내 반응을 떠보기 위해서라기보다는, 그 사람에 대한 얘기는 그만하자는 뜻에 가까웠지요. 다른 때 같았으면 나는 아버지에게 날카로운 말 한마디쯤 던졌을 거예요. 그렇지만 이번에는, 지금 이 순간에도 여전히 하얀 눈 위를 가고 있을 그가 생각나서 몸을 떨었습니다.

다음 순간, 어떻게 된 건지는 모르겠지만 나는 벽장이 있는 방에서 오르한을 끌어안고 있더군요. 셰브켓도 내 품으로 달려들었습니다. 두 아이들은 잠시 서로 밀치고 당기며 툭탁거렸어요. 나는 아이들과 함께 뒤엉킨 채 낮고 긴 의자에 누워서 아이들을 어루만지고 뒤통수와 머리카락에 입을 맞췄어요. 강아지 같은 그 녀석들을 품에 안고 젖가슴으로 아이들의 무게를 느꼈습니다.

"흠흠…… 너 머리에서 냄새나는구나. 내일 하이리예와 목욕탕에 가야겠다."

셰브켓이 대꾸했어요.

"난 이제 하이리예와 목욕탕에 가기 싫어."

"여자 목욕탕에 가기엔 너무 컸단 말이지?"

그러자 셰브켓이 물었어요.

"엄마, 그런데 왜 이 예쁜 보라색 블라우스 입었어?"

나는 옆방으로 가서 보라색 블라우스를 벗고 평소에 입던 빛바랜 초록색 옷으로 갈아입었습니다. 옷을 갈아입을 때는 추워서 몸이 떨렸습니다. 그러나 살갗은 불처럼 타오르고, 온몸은 생기로 가득 차 탄력이 느껴졌습니다. 뺨에는 볼연지가 약간 남아 있었습니다. 아이들과 장난치며 입맞춤하는 동안 지워져 번져 있더군요. 나는 손에 침을 묻혀 다시 잘 펴 발랐습니다. 친척들이나 목욕탕에서 만나는 여자들, 그리고 나를 본 사람들은 하나같이 내가 아이 둘 딸린 스물네 살의 부인이 아니라 열여섯 먹은 처녀 같다고 한답니다. 여러분도 그들의 말을 믿으시고 내가 그 정도로 젊어 보인다는 걸 알아주시기 바랍니다. 그러지 않으면 이야기를 계속하지 않을 거예요.

여러분과 이런 이야기를 한다고 해서 나를 이상한 여자로 보지는 마세요. 나는 어려서부터 아버지의 책에 있는 그림들을 보면서 항상 예쁜 여자들을 찾아보곤 했습니다. 드물긴 하지만 가끔씩 미녀들을 볼 수 있었거든요. 그런데 그녀들은 다들 수줍어하거나 부끄러워하는 듯한 모습이었고, 용서를 비는 듯한 눈빛으로 상대를 바라보고 있었습니다. 남자들, 전사들, 그리고 술탄들처럼 머리를 꼿꼿이 처들고 세상을 바라보는 여자들은 하나도 없었습니다. 그렇지만 조심성 없는 화가들이 어설프게 그린 값싼 책에서는 바닥이나 그림 속의 다른 사물들, 그러니까 술잔이나 애인 같은 것을 바라보지 않고, 그림 밖에서 그림을 바라보고 있을 누군가를 정면으로 쳐다보는 여자들의 시선과 마주칠 때가 있습니다. 그럴 때면 나는 그녀들이 바라보고 있는 감상자가 누구일지 몹시 궁금해지곤 합니다.

티무르 시대부터 전해 내려온 200년이나 된 책들, 호기심 많은 비회교도들이 금덩어리를 내놓고 자기 나라로 가져간 책들을 생각할 때면 나는 가슴 두근거리는 희열로 몸이 떨리곤 한답니다. 어쩌면 나의 이야기도 언젠가 아주 먼 곳에 사는 누군가에게 전해질지도 모르니까요. 사람들이 책 속에 기록되고자 하는 것은 바로 이런 이유 때문이 아닐까요? 술탄들과 대신들이 자신들에 대해 이야기하고 자신들에게 바쳐질 책을 만드는 자에게 아낌없이 황금 자루를 주는 것도 같은 이유에서일 겁니다. 한쪽 눈으로는 책 속의 삶을, 다른 한쪽 눈으로는 책 밖의 세상을 바라보고 있는 그 아름다운 여자들처럼, 나 역시 언제 어디에서일지는 모르지만 나를 바라보는 여러분과 이야기하고 싶습니다. 나는 아름답고 영리하며 여러분이 나를 바라보는 것이 좋습니다. 때때로 한두 가지 사소한 거짓말을 하지만, 그건 여러분께서 나를 오해하지 않았으면 하는 바람 때문입니다.

벌써 눈치채셨는지는 모르겠지만 아버지는 나를 무척 사랑하십니다. 내 위로는 오빠가 셋 있었는데, 신께서 모두 데려가

시고, 딸인 나만 아버지 곁에 두셨답니다. 아버지는 나를 끔찍이 아끼셨지만, 나는 아버지가 택해 준 사람과 결혼하지 않고 내 마음에 드는 기마병과 결혼했습니다. 아버지 말씀에 따르면 나와 결혼시키려 했던 남자는 장차 위대한 학자가 될 사람이며, 그림과 예술을 이해할 뿐 아니라 권력도 거머쥘 수 있는 인물이라더군요. 게다가 아주 부자가 될 거라고 하셨습니다. 하지만 그런 건 아버지가 그리는 책에서조차 있을 수 없는 일이니, 나는 틀림없이 집에 들어앉아서 남편 될 사람이 나타나길 하염없이 기다리는 팔자가 될 게 뻔했지요. 내 남편은 사람들의 입에 오르내릴 만큼 인물이 좋았습니다. 그는 중매쟁이를 통해 기회를 잡아 내가 목욕탕에서 돌아오는 길에 불쑥 내 앞에 나타났습니다. 활활 타오르는 그의 눈을 처음 보자마자 나는 사랑에 빠졌습니다. 검은 머리칼, 새하얀 피부, 초록색 눈동자는 너무나 아름다웠습니다. 팔뚝도 단단하고 강해 보였지요. 하지만 그는 늘 잠든 아이처럼 천진하고 조용했습니다. 가진 힘을 모두 전쟁터에서 사람을 죽이고 전리품을 모으는 데 썼기 때문인지는 몰라도 희미하게 피 냄새가 나는 것 같기도 했습니다. 그렇지만 집에서는 얌전한 여자처럼 부드럽고 침착했습니다. 처음에 아버지는 그가 가난한 병사라는 이유로 반대하셨지만, 내가 그 사람과 결혼하지 못하면 죽어 버릴 거라고 떼를 쓰자 그에게 시집을 보낼 수밖에 없었지요. 그는 전쟁터에서 전쟁터로 돌아다니며 용맹을 떨쳤습니다. 그래서 10000악체에 해당하는 봉토를 하사받았고, 모두 우리를 부러워했습니다.

하지만 사 년 전, 사파위 왕조와의 전쟁을 치르고 귀국한 병사들의 행렬에 그는 끼어 있지 않았습니다. 그러나 나는 별로 신경 쓰지 않았습니다. 왜냐하면 그는 전쟁에 나갈수록 더욱 노련해졌고, 혼자서도 모든 걸 알아서 잘했으며, 더 값진 전리품을 가져왔고, 더 넓은 봉토를 받았기 때문입니다. 군의 행렬에서 이탈해 부하들과 함께 산으로 가는 걸 봤다는 사람들도 있었습니다. 나는 그가 꼭 돌아오리라 믿었지만, 이 년이 지나자 서서히 그의 부재에 익숙해졌습니다. 이스탄불에는 나처럼 실종된 군인 남편을 둔 아내들이 많았기 때문에 나도 내 처지를 받아들이게 됐지요.

처음에 나는 밤마다 침대에서 아이들을 얼싸안고 울곤 했습니다. 그러면서 우는 아이들을 달래려고 거짓말을 하기도 했습니다. 가령, 너희들 아버지가 봄이 오기 전에 돌아오신다고 동네 사람이 전해 주더라는 얘기 같은 거였지요. 그런데 그 거짓말은 아이들의 입을 통해 다른 사람 귀에 잘못 전달되었고, 나중에 나에게 희소식으로 되돌아왔습니다. 그래서 나는 더욱더 남편이 반드시 돌아올 거라고 믿곤 했습니다.

당시 나와 아이들은 배운 건 없지만 점잖은 시아버지와 남편처럼 초록색 눈동자를 가진 시동생 하산과 함께 차르스카프 동(洞)의 셋집에서 살았습니다. 집안의 기둥인 남편이 실종되자 살림이 어려워지기 시작했지요. 시아버지는 장남이 전쟁에 나가 부자가 된 덕분에 그만두었던 거울 세공 일을 늙은 나이에 다시 시작했습니다. 세관에서 일하는 시동생은 자기가 집안 살림에 보태는 돈이 늘어나면서 가장 행세를 하기 시작했지요. 어느 겨울인가, 시동생은 집세 낼 돈이 부족하다며 집 안일을 돌보던 하녀를 노예 시장에 팔아 버렸습니다. 그러고 는 하녀가 했던 부엌일이며 빨래, 심지어 장 보는 일까지 나에 게 시키더군요. 하지만 나는 내가 그런 허드렛일이나 할 여자 냐고 따지지 않았습니다. 꾹 참고 모든 일을 해냈습니다. 그러 나 밤마다 데리고 자던 하녀가 없어지자 시동생이 내 방을 얼 쩡거리기 시작한 것만큼은 난감하더군요.

물론 그 즉시 친정으로 돌아갈 수도 있었습니다. 그렇지만 재판관의 말에 의하면, 남편이 아직 법적으로는 살아 있기 때 문에 설령 친정으로 가더라도 시댁에서 원하면 아이들과 나 는 언제든 시댁으로 돌아갈 수밖에 없다는 것이었습니다. 게 다가 시댁 식구들의 비위를 건드리면 나와 날 받아 주신 아 버지에게도 처벌이 내려질 수 있다고 하더군요. 사실 남편보 다 더 인간적이어서 마음에 들고, 무엇보다도 나를 지독히 사 랑하는 하산과 결합할 수도 있었습니다. 그렇지만 섣불리 행 동했다가는 그의 부인이 아니라 시녀가 돼 버릴지도 몰랐습니 다. 신이여 저를 보호하소서! 내가 언제든 유산에서 내 몫을 달라고 할 수도 있고, 시댁 식구들을 버리고 아이들과 친정으 로 돌아갈 수도 있다고 생각했기 때문에 하산은 법적으로 내 남편이 죽었다는 것을 받아들이려 하지 않았습니다. 그런데 법적으로 남편이 죽지 않았다면, 하산과 결혼할 수 없는 것은 물론이고, 다른 누구와도 결혼할 수 없잖아요. 결국 시댁 식구 들로서는 나를 옭아매고 있는 남편의 실종과 기혼이라는 내 처지가 자신들에게 더 유리하다는 것을 알고 있었던 거죠. 하지만 이걸 잊지 말아 주세요. 나는 집안일을 하고 밥과 빨래도 했지만 시댁 식구 중 한 명이 나를 미치도록 사랑하고 있었다는 것을.

시아버지와 하산에게 가장 좋은 해결책은 내가 하산과 결혼하는 것이었습니다. 그러려면 먼저 남편의 사망을 증언해 줄 사람들이 필요했고 재판관도 설득해야만 했지요. 물론 실종된 남편의 가장 가까운 사람들, 즉 시아버지와 시동생이 동의하고, 금화 서너 닢만 재판관에게 쥐여 준다면 그는 가짜 증인들이 "이 사람의 시체를 전장에서 보았소."라고 진술하는 것을 믿는 척했을 겁니다. 하지만 더욱 어려운 것은 내가 과부가 된 후에도 시댁을 떠나지 않으리라는 것과 상속권이나 재혼 자금을 요구하지 않으리라는 것, 그리고 무엇보다도 내가 자발적으로 하산과 결혼하리라는 것을 믿게 만드는 일이었습니다. 그런데 하산에게 믿음을 주려면 그와 사랑을 나누어야 했고, 그것이 이혼을 하기 위해서가 아니라 정말로 그를 사랑하기 때문이란 걸 납득시켜야 했습니다.

물론 노력하면 하산을 사랑할 수도 있었을 겁니다. 하산은 실종된 남편보다 여덟 살이나 어려서, 남편이 집에 있을 때는 자신이 나의 친동생이라도 되는 것처럼 친근하게 굴었습니다. 나는 고집스럽지 않고, 열정적이고, 아이들과도 잘 놀아 주고, 나를 한 컵의 시원한 앵두주스처럼 애타게 바라보는 그의 목말라 죽을 듯한 시선이 좋았습니다. 그렇지만 나에게 빨래를 시키고, 내가 시녀나 노예처럼 시장에 나가 물건을 사는 걸 아무렇지도 않게 여기는 사람을 사랑하기 위해서는 많은 노력이 필요했습니다. 툭하면 친정에 가서 그릇이며 냄비, 컵을 보며 한참을 울던 그 시절, 밤마다 서로 의지하기 위해 아이들을 껴안고 잠들던 그때, 하산은 나에게 그를 사랑할 여지를 주지 않았습니다. 그는 우리가 결혼할 수 있는 유일한 전제 조건, 즉 내가 그를 사랑할 수 있으리라는 것에 대한 확신과 자신감이 없었기 때문에 일을 그르치고 말았습니다. 그는 한두 차례 나에게 키스를 하고 억지로 몸을 더듬으려 했습니다. 남편은 절대로 돌아오지 않을 거라며 협박을 하고 아이처럼 흐느끼기도 했습니다. 그는 성급했습니다. 숭고하고 진정한 사랑이 잉태될 만한 충분한 시간을 스스로에게 주지 못하고 너무 서둘렀지요. 그래서 나는 그와 결혼하는 일은 결코 없으리라는 것을 깨달았습니다.

어느 날 밤, 아이들과 내가 함께 자고 있던 침실 문을 그가 열려고 했을 때 나는 얼른 자리에서 일어나 아이들이 기겁을 하는 것도 개의치 않고 집 안에 악귀가 들어왔다고 비명을 질러 댔습니다. 시아버지가 깨어 아직 욕정에 들떠 있는 하산을 보도록 말이지요.

제정신이 아닌 사람처럼 소리를 지르고 있는 나를 보자 눈치 빠른 시아버지는 자신의 아들이 술에 취해 형수를 범하려 했음을 단번에 알아챘습니다. 나는 악귀를 물리치기 위해서 아침까지 아이들을 방문 앞에 앉혀 놓겠다고 했습니다. 시아버지는 아무 말도 하지 못했습니다. 그리고 이튿날 아침, 편찮으신 아버지를 돌보기 위해 아이들과 함께 친정에 가 있겠다고 했을 때도 군말 없이 허락했습니다. 이렇게 해서 나는 남편이 전쟁터에서 돌아오면서 가져다준 전리품들, 헝가리산 자명종 시계, 거칠기로 소문난 아랍산 말의 힘줄로 만든 채찍, 아이들이 전쟁놀이를 할 때 쓰는 상아로 된 타브리즈산 장기 세트, 그리고 식구들이 팔지 못하게 하려고 꽤나 입씨름을 했던 나흐지반 전투의 전리품인 은 촛대를 결혼 생활의 기념물로 받아 가지고 친정으로 돌아왔습니다.

예상했던 대로, 남편의 집에서 벗어나자 나를 향한 하산의 무례하고 집착에 가까운 사랑은 희망 없는 지옥 같은 사랑으로 바뀌었습니다. 시아버지의 신임을 잃은 그는 이제 나를 협박하는 대신 종이 가장자리에 새와 눈물 흘리는 사자, 그리고 슬픈 영양이 그려져 있는 편지지에다 연애편지를 써 보내기 시작했습니다. 어떤 세밀화가나 시인의 영혼을 가진 친구가 대신 써 줬는지는 몰라도, 한 지붕 아래 살 때는 몰랐던 그의 풍부한 상상력을 알려 주는 그런 편지들을 요즘 들어 점점 더 많이 받고 있다는 사실을 굳이 숨기진 않겠습니다. 최근에 보낸 편지에서 하산은 자기가 돈을 많이 벌고 있으므로 이제 나에게 집안일을 시키지 않겠다는 얘기며 나를 존중해 주겠다는 말 따위를 달콤하고 유머 감각 있는 문체로 썼더군요. 나는 하산의 끈질긴 구애와 아들 녀석들의 끊임없는 다툼, 친정아버지에 대한 불만 등으로 복잡해진 머리를 식히기 위해 창의 덧문을 열었습니다.

하이리예가 저녁상을 차리기 전에, 나는 아라비아산 특제 감꽃으로 달인 미지근한 감주를 만들었습니다. 꿀 한 숟갈과 약간의 레몬 즙도 넣어 잘 저었지요. 그걸 들고 나는 조용히 아버지의 작업실로 들어갔습니다. 그러고는 『영혼의 서』를 읽고 계신 아버지 앞에, 아버지가 늘 원하는 대로 인기척도 내지 않고 소리 없이 잔을 내려놓았습니다.

"밖에 눈이 오나?"

아버지가 어찌나 슬프고 메마른 소리로 중얼거리시던지, 나는 지금 내리는 눈이 가엾은 아버지가 생전에 보는 마지막 눈이 되리라는 것을 대번에 알 수 있었습니다.

10
저는 한 그루 나무입니다

저는 아주 외로운 한 그루 나무입니다. 그래서 비가 올 때마다 울곤 하지요. 제발 지금부터 제가 하려는 말에 귀 기울여 주세요. 잠이 싹 달아나고 눈에 생기가 돌도록 커피를 드세요. 그리고 저를 똑바로 바라봐 주시면 제가 왜 이렇게 외로운지 말씀드리겠습니다.

1. 세밀화가들이 이야기꾼의 배경에 나무도 그려 넣어야 한다고 주장하는 바람에, 저는 풀도 먹이지 않은 거친 종이에 대충대충 그려지곤 합니다. 그래요, 지금 제 곁에는 다른 우아한 나무들도, 잎이 일곱 개인 초원의 풀도, 악마나 인간의 형상을 닮은 울퉁불퉁한 검은 바위나 중국 그림에 나오는 꼬불꼬불한 구름도 없습니다. 그냥 땅과 하늘, 저, 그리고 지평선만

있을 뿐이지요. 그렇지만 제 이야기는 그렇게 단순하지 않습니다.

2. 한 그루 나무인 제가 반드시 책의 일부가 되라는 법은 없습니다. 그렇지만 나무 그림으로서 저 자신이 그 어떤 책의 삽화도 아니라는 사실은 불안하게 느껴집니다. 제가 어떤 이야기책의 일부인 그림이 아니라는 사실 때문에, 나 역시 벽에 걸리고 우상 숭배자나 무신론자들이 내 앞에서 무릎을 꿇고 나를 숭배하게 될까 봐 걱정입니다. 에르주룸 출신의 호자가 들으면 큰일 날 소리지만, 저는 그런 것을 속으로는 뿌듯하게 생각하면서도, 한편으로는 부끄럽고 두렵습니다.

3. 제가 외로운 진짜 이유는 제가 어떤 그림의 일부인지 저 자신도 알지 못하기 때문입니다. 이야기의 일부가 될 뻔했는데, 그만 추풍낙엽처럼 이야기에서 떨어졌지요. 이제부터 그 사연을 말씀드리겠습니다.

우수수 떨어지는 낙엽처럼 내 이야기에서 떨어지다

지금으로부터 사십 년 전, 페르시아에는 우리 오스만 제국의 가장 강력한 적이자, 세상에서 세밀화를 가장 좋아하는 샤[15] 타마스프가 있었습니다. 그런데 그는 노망이 들기 시작하면서부터 각종 유희나 포도주, 음악, 시 그리고 세밀화에 대한

_____

15) 왕, 통치자를 의미한다.

열정까지 잃어버리게 되었습니다. 게다가 커피마저 멀리하게 되자 두뇌 회전도 아주 멈추고 말았습니다. 언제나 상을 찌푸린 채 음습한 망상으로 가득한 늙은 영감쟁이가 되어 버린 그는 오스만 제국의 군대로부터 가능한 한 멀리 떨어지기 위해 수도를 당시 페르시아의 영토였던 타브리즈에서 카즈빈으로 옮겼습니다. 그리고 더 나이를 먹은 어느 날에는 귀신에 씌어 발작을 일으켰습니다. 포도주에 취하고, 어린 소년들을 탐하고, 세밀화에 빠졌던 지난날을 증오하면서 신에게 용서를 빌었지요. 이것만 보더라도 이 위대한 샤가 커피를 즐기는 걸 그만둔 다음부터 정신이 나가 버린 것이 분명했습니다.

상황이 이렇게 되자 지난 이십 년 동안 타브리즈에서 세기의 걸작들을 만들어 냈던 기적의 손을 가진 제본가, 서예가, 금박 세공사, 세밀화가 들은 모래알처럼 뿔뿔이 여러 도시로 흩어졌습니다. 샤 타마스프의 조카이자 사위인 이브라힘 미르자 술탄은 그 대가들 중에서도 재능이 가장 출중한 이들을 자신이 통치하는 토후국으로 불러들였습니다. 그들을 화원에 머물게 한 뒤, 티무르 시대에 헤라트에서 가장 위대한 시인이었던 자미의 『일곱 왕좌』에 나오는 일곱 편의 마스나비[16]를 멋진 책으로 만들게 했습니다. 샤 타마스프는 똑똑하고 사람 좋은 조카를 마음에 들어 하면서도 한편으로 질투하면서 자기 딸을 그에게 준 것을 후회해 왔습니다. 그리고 그 멋진 책 이야기를 듣자 그의 질투심은 더욱 불타올랐지요. 화가 난 그는

16) 서로 대구를 이루는 2행으로 된 운율시.

조카에게서 토후국의 통치권을 박탈하고 처음에는 카인 시(市)로, 그다음에는 더 작은 도시인 세부지와르로 유배를 보냈습니다. 토후국에 있던 서예가들과 세밀화가들도 할 수 없이 다른 도시, 다른 나라, 다른 술탄, 다른 왕자들의 화원으로 흩어지고 말았습니다.

그러나 술탄 이브라힘 미르자의 그 멋진 책은 기적적으로 계속 제작되었습니다. 왜냐하면 진정으로 책을 사랑한 한 사람이 있었기 때문이지요. 그는 뛰어난 금박 장인이 시라즈에 있다는 소문을 듣고 그 먼 곳까지 찾아갔으며, 그곳에서 정교한 네스탈릭 서체를 쓰는 서예가에 대한 이야기를 듣고는 종이 두 장을 들고 에스파한에 가기도 했습니다. 나중에는 산을 넘어 부하라까지 가서 우즈베키스탄왕의 휘하에서 그림을 그리던 장인들에게 그림 배치와 등장인물 묘사를 맡겼습니다. 한번은 헤라트에서 거의 장님이 된 나이 든 장인에게 풀과 잎사귀가 바람에 흔들리는 모양을 기억에 의지해 그려 달라고 부탁했습니다. 또 헤라트에 살고 있는 다른 서예가에게 들러 그림 속, 문 위에 걸린 현판 글씨를 금박 입힌 흘림체로 쓰게 한 다음, 곧바로 남쪽에 있는 카인 시에 갔습니다. 이렇게 육 개월 동안 여행하며 만든 페이지들은 책의 절반 분량가량 되었는데, 이것을 이브라힘 미르자에게 보여 주어 칭찬을 들었습니다.

그렇지만 이런 식으로 해서는 도저히 책을 완성할 수 없음을 깨달은 그는 타타르인 파발꾼들을 고용해 글을 쓰고 그림을 그릴 종이와 예술가들에게 주문 내용을 설명한 편지를 전해 주도록 했지요. 이렇게 해서 페르시아 전국, 호라산, 우즈베키스탄, 트란속사니아로 파발꾼들이 파견되었습니다. 그러자 발 빠른 파발꾼들만큼이나 책의 제작 속도도 빨라졌습니다. 한번은 57번째 장을 책임진 파발꾼과 162번째 장을 맡은 파발꾼이 눈 오는 밤 늑대 울음소리가 들리는 대상(隊商)들의 숙소에서 마주쳤습니다. 두 사람은 서로 담소를 나누다가 그들이 같은 책을 위해 일한다는 것을 알고는 방으로 들어갔습니다. 그러고는 자신들이 갖고 있는 페이지가 어떤 마스나비의 어느 행(行)인지 알아보려고 그림을 들여다보았답니다.

오늘 저는 책이 완성되었다는 소식을 슬픈 마음으로 전해 들었습니다. 그 책의 한 페이지에 저도 들어갈 계획이었으니까요. 그런데 불행하게도 추운 겨울날 저를 품에 지니고 바윗길을 지나가던 타타르인 파발꾼의 앞을 도적들이 가로막았지요. 그들은 가엾은 타타르인을 두들겨 패고는 도적의 관습에 따라 그의 짐을 털었습니다. 그러고는 죽여 버렸지요. 이렇게 해서 저는 제가 어떤 페이지에서 떨어졌는지 모르게 되었답니다. 혹 여러분께서 저에게 알려 주실 수 있을는지요. 양치기로 변장하고 레일라의 천막으로 들어온 메즈눈에게 그늘이 되어 줄 나무가 저였을까요? 절망적인 무신론자의 영혼에 깃든 어둠을 묘사하기 위해 밤 속으로 사라졌을까요? 솔직히 말하면 저는 세상에서 도망쳐 바다를 건너다가 새와 과일이 풍성한 섬에서 안식처를 찾은 연인의 행복한 풍경의 일부였으면 했습니다! 인도 정복 길에서 일사병으로 며칠 동안 코피를 흘리다 죽은 알렉산드로스 대왕의 최후의 순간에 그늘이 되었으면 했습니다! 아니면 아들에게 사랑과 인생에 관해 충고하는 아버지의 힘과 나이를 상징하기 위해 제가 필요했을까요? 제가 어떤 이야기에 의미와 우아함을 더해 주었을까요?

아무튼 파발꾼을 죽인 뒤 저를 가지고 산과 도시를 종횡무진하던 도적들 중 한 명이 저의 가치를 알아보았습니다. 실제 나무를 보는 것보다 나무 그림을 보는 게 더 멋지다는 것을 아는 자였지요. 그렇지만 제가 어떤 이야기의 일부인지 몰랐기 때문에 곧 싫증을 내고 말았습니다. 그는 저를 가지고 수많은 도시를 돌아다니면서도 제가 두려워했던 것처럼 저를 찢어 버리지는 않았습니다. 그러다가 어느 여인숙에서 대상들 가운데 교육을 좀 받은 어떤 사내에게 포도주 한 잔에 저를 팔아 버렸습니다. 섬세한 영혼을 소유한 이 불행한 남자는 때때로 촛불 밑에서 저를 바라보며 눈물을 흘리곤 했습니다. 그가 슬픔을 이기지 못하고 죽자 그의 모든 유품들과 함께 저는 팔려 나갔습니다. 이렇게 해서 저는 저를 산 이야기꾼을 따라 이스탄불까지 오게 되었습니다. 지금 저는 아주 행복합니다. 오늘 밤 여기에서 오스만 제국 술탄의 기적을 만드는 손, 독수리같이 날카로운 눈, 강철 같은 의지, 우아한 손목, 섬세한 영혼을 가진 화가와 서예가 사이에 있게 된 것을 영광으로 여깁니다. 그러니 제발 어떤 화가가 그냥 벽에 걸기 위해서 저를 값싼 종이에 아무렇게나 그렸다고 하는 이들의 말을 절대로 믿지 마세요. 부탁입니다.

이 세상에 얼마나 많은 거짓말과 모함과 중상모략이 퍼져 있는지 보십시오! 어젯밤만 해도 이곳 벽에 개 그림을 걸어 놓고서 이야기꾼이 저질 개의 모험 이야기를 하지 않던가요? 그리고 에르주룸 출신인 후스렛 호자의 모험도 이야기했지요. 그래서 누스렛 호자를 존경하던 수많은 사람들의 오해를 사지 않았습니까! 그들은 이야기꾼이 누스렛 호자를 겨냥해 비방한 거라고 생각하고 있습니다. 그 위대한 성인 설교자의 아버지가 누군지 확실치 않다고 말하다니! 세상에, 그게 도대체 상상이나 할 수 있는 일입니까? 얼마나 악의적이고 유치한 거짓말입니까!

잠깐, 여러분께서 에르주룸 출신의 후스렛을 에르주룸 출신인 누스렛과 혼동하시니, 제가 시바스 출신의 사팔뜨기 네스렛 호자와 나무 이야기를 해 드려야겠군요. 사팔뜨기 네스렛 호자도 미소년들을 좋아하고 그림을 저주했으며 커피는 악마의 음료기 때문에 그걸 마시는 사람은 지옥에 떨어진다고 말했답니다. 여보시오, 시바스 출신 호자 양반, 나의 이 커다란 가지가 어떻게 해서 구부러지게 되었는지 잊었소? 그 사연은 여러분께만 살짝 들려드리지요. 하지만 말도 안 되는 모함을 받고 싶지는 않으니, 제발 아무한테도 말하지 않겠다고 맹세하세요. 하여간, 어느 날 아침, 키가 크고 사자처럼 거대한 체구의 남자가 그 시바스 출신 사팔뜨기 네스렛 호자하고 같이 저의 가지 위로 올라오더니 저의 풍성한 나뭇잎들 사이에 숨어 개들처럼 그 짓을 하지 뭡니까? 나중에 저는 그 거구의 사내가 악마임을 알게 되었지요. 그 거구는 우리의 주인공 호자와 섹스를 하면서 호자의 아름다운 귀에 입을 맞추며 속삭였습니다. "커피는 죄악이야, 죄악⋯⋯." 이제 여러분은 커피의 해악을 믿는 사람들이 우리 종교가 아니라 악마를 믿는 것임을 아셨겠죠.

마지막으로 이교도 화가에 대해 한마디만 더 하겠습니다. 혹 여러분 중에 그들을 닮고 싶어 하는 속물이 있다면 제 얘기를 새겨듣고 반성하시기 바랍니다. 이교도 화가들은 왕과 신부, 신사, 게다가 여자들의 얼굴을 실물과 어찌나 똑같이 그리는지, 그 인물화를 본 후에 우연히 거리에서 그림 속 주인공을 마주치면 당장 알아볼 수 있답니다. 그리고 부인네들은 마음대로 거리를 활보하고 다니지요. 그다음은 여러분의 상상에 맡기겠습니다. 그것만이 아닙니다. 그자들은 이보다 한 걸음 더 나아갔습니다. 저는 지금 매춘 얘기를 하고 있는 게 아니라 그림 얘기를 하고 있다는 것을 잊지 마세요.

유럽의 유명한 화가가 또 다른 유명한 화가와 함께 들판에서 산책을 하며 장인 정신과 예술에 관해 대화를 나눴습니다. 대가가 다른 화가에게 말했습니다.

"새로운 스타일로 그림을 그리는 일은 아주 숙련된 다양한 기술을 필요로 하지. 이 숲에 있는 나무들 중 하나를 그리면, 그 그림을 본 호기심 많은 사람이 이곳에 와서 그 나무를 다른 나무들과 구별해서 찾아낼 수 있을 정도라네."

여러분께서 보고 있는 나무 그림인 제가 이런 사고방식으로 그려지지 않아서 얼마나 신께 감사하고 있는지, 여러분은 모르실 겁니다. 제가 만일 그런 식으로 그려졌다면 저를 진짜 나무로 여긴 이스탄불의 개들이 제 발치에다 오줌을 쌀까 봐 걱정되어서가 절대 아닙니다. 저는 그저 한 그루 나무이기보다는 어떤 의미가 되고 싶습니다.

11
내 이름은 카라

늦은 시간에 내리기 시작한 눈은 아침까지 계속되었다. 세큐레의 편지를 밤새 읽고 또 읽었다. 텅 빈 집으로 돌아온 나는 방 안에서 안절부절못하고 서성이다가 마침내 촛대 쪽으로 다가가 흔들리는 초의 불빛에 편지를 비춰 보았다. 내 연인의 화난 글자들이 긴장으로 떨려 있는 모양새, 내게 거짓말을 하기 위해 재주를 부린 문장들, 오른쪽에서 왼쪽으로 꼬리를 치듯 살랑거리며 써 내려간 글씨체를 보자, 돌연 눈앞의 덧문이 열리고 내 사랑하는 연인의 얼굴과 슬픈 미소가 떠올랐다. 나의 기억 속에 간직해 왔던 세큐레의 얼굴들, 시간이 갈수록 더욱 붉고 탐스러워졌던 그 앵두빛 입술은 실제로 그녀를 보자마자 잊어버리고 말았다.

밤이 깊어지자 나는 그녀와의 결혼 생활에 대한 꿈에 빠져

들었다. 상상 속의 나는 내 사랑과 그 사랑이 행복감에 충만한 결혼으로 보답받으리라는 사실을 추호도 의심하지 않았다. 그러나 계단이 있는 멋진 집에서 시작된 상상 속의 행복은 내가 이렇다 할 일거리도 찾지 못하고, 아내에게 큰소리도 치지 못하는 무능한 남자가 되자 이내 산산조각이 나 버렸다.

그러고는 이 어두운 상상이 어느 밤인가 아라비아에서 읽었던 알 가잘리의 『종교학의 부활』에 언급된 '결혼의 해악' 부분에서 비롯된 것임을 깨달았을 때, 같은 페이지에 결혼의 장점에 대해 훨씬 더 많이 적혀 있었다는 사실이 떠올랐다. 그러나 아무리 기억을 더듬어도 그 많은 장점들 중 오직 두 가지만 생각났다. 하나는 "남자가 결혼을 하면 집안일을 다른 사람이 정돈해 준다."였지만 내 상상 속의 계단이 있는 집은 전혀 정돈되어 있지 않았다. 다른 하나는 "죄책감에 시달리며 자위를 하거나, 더 큰 죄책감에 짓눌리면서 창녀를 찾아 어두운 뒷골목의 뚜쟁이를 따라가는 일에서 해방된다."였다.

밤이 이슥한 시각에 그런 해방감을 떠올리자 자위를 하고 싶은 충동이 일었다. 단순한 욕망에 사로잡힌 나는 억제할 길 없는 조급증을 해결하기 위해 여느 때처럼 방구석으로 자리를 옮겼다. 그러나 잠시 후, 나는 내가 자위를 하고 있지 않다는 것을 깨달았다. 나는 십이 년 만에 다시 사랑에 빠져 버린 것이다!

이런 생각이 나에게 너무도 큰 흥분과 두려움을 안겨 주었기에 나는 촛불처럼 이리저리 흔들리는 가슴으로 방 안을 서성였다. 셰큐레, 그녀는 창문을 통해 자기 모습을 보여 주었으면서 편지에는 왜 정반대의 말을 썼을까? 그녀의 아버지는 대체 왜 나를 부른 것일까? 나는 오락가락하면서 생각에 잠겼다. 문이며 벽, 삐걱거리는 마룻바닥이 마치 나의 질문에 대답하려고 더듬거리는 것처럼 느껴졌다.

나는 수년 전에 내가 그렸던 그림, 쉬린이 나뭇가지에 걸린 휘스레브의 그림을 보고 그를 사랑하게 되는 장면을 묘사한 그림을 들여다보았다. 하지만 그 그림을 떠올릴 때마다 느꼈던 당혹감은 일지 않았고, 행복했던 젊은 시절의 추억에 젖어들지도 않았다. 새벽 무렵 나는 상황을 분명하게 판단할 수 있었다. 셰큐레는 그림을 내게 돌려보냄으로써 이 사랑의 체스 게임에서 노련한 방식으로 나에게 일격을 가한 것이다. 나는 촛불 밑에 앉아서 셰큐레에게 답장을 썼다.

잠시 눈을 붙인 뒤, 날이 밝자 나는 편지를 품에 넣고 거리로 나가 오랫동안 산책을 했다. 눈은 이스탄불의 좁은 골목들을 넓혀 놓았고 도시를 한적하게 만들었다. 내 어린 시절에 그랬듯이, 모든 것이 좀 더 조용하고 느리게 움직이는 듯했다. 또 어린 시절의 눈 오는 겨울날처럼 이스탄불의 지붕과 사원의 돔과 정원을 온통 까마귀들이 점령한 것 같았다. 나는 눈 위에 발자국이 찍히는 소리를 들으며, 그리고 입에서 나오는 하얀 김을 보며 빠르게 걸었다. 에니시테가 가 보라고 한 궁정 화원도 이 거리처럼 고요하리라는 생각이 들자 가슴이 두근거렸다. 유대인 마을로 들어서기 전, 나는 길에서 놀고 있는 꼬마 녀석을 붙들어 에스테르에게 가서 정오 기도 시간 전에 만나자는 말과 만날 장소를 전하도록 일렀다.

나는 조금 일찍 아야 소피야 사원 뒤에 있는 궁정 세밀화가들의 작업장에 도착했다. 꼬마 견습생으로 일했던 시절, 내 스승과 함께 자주 들락거렸던 그 화원은 처마에 매달린 고드름을 제외하면 변한 것 하나 없이 옛 모습 그대로였다.

나는 젊고 잘생긴 견습생의 뒤를 따라 아교 냄새에 취해 정신이 혼미해진 늙은 제본가들, 나이보다 빨리 등이 굽은 화공들, 화덕의 불길에 슬픈 시선을 고정시킨 채 무릎에 놓인 그릇은 들여다보지도 않고 물감을 섞고 있는 젊은이들 사이를 지나갔다. 한쪽 구석에는 타조 알을 품에 안고 정성스레 색칠 작업을 하고 있는 노인, 서랍 표면에 즐겁게 그림을 그리고 있는 사내, 그리고 그들을 존경스러운 눈길로 바라보고 있는 어린 학생이 눈에 띄었다. 열린 문 사이로 스승에게 혼나고 있는 어린 학생들의 모습이 보였다. 아이들은 자신들이 저지른 실수가 뭔지 알아내려고 벌겋게 상기된 얼굴로 앞에 놓인 종이를 뚫어지게 바라보고 있었다. 다른 방에서는 슬픔과 우수에 잠긴 한 견습생이 물감이며 종이, 그림 따위는 까맣게 잊은 채, 조금 전 내가 가슴 두근거리며 걸어왔던 길을 바라보고 있었다.

안내인과 나는 얼어붙은 계단을 올라갔다. 화원 건물 2층을 사방으로 에워싸고 있는 주랑(柱廊)을 따라 걸었다. 아래쪽 눈 덮인 마당에서는 어린 학생 두 명이 두터운 양모로 된 긴 겉옷을 걸치고도 덜덜 떨면서 뭔가를 기다리고 있었다. 아마도 벌을 받기 위해 기다리고 있는 듯했다. 그러자 어린 시절, 게으름을 피우거나 비싼 물감을 낭비한 학생들에게 떨어지던 매질,

피가 날 때까지 발바닥을 내리치던 그 몽둥이가 떠올랐다.

따뜻한 방 안으로 들어갔다. 화공 둘이 편안하게 가부좌를 틀고 앉아 있었다. 그들은 노련한 화공들이 아니라 견습 생활을 막 마친 젊은이들이었다. 한때 이 방은 나에게 지나칠 정도의 존경과 흥분을 불러일으켰다. 그러나 화원장 오스만이 예명을 지어 준 경험 많은 화공들은 이제 각자 자기 집에서 작업을 하는 까닭에, 이곳은 더 이상 술탄의 화원 같지 않고 마치 동부의 한적한 산중에 잊힌 채 서 있는 대상들의 숙소 안방처럼 보였다.

방으로 들어서자마자 한쪽 구석에 놓인 길쭉한 앉은뱅이책상 앞에 앉아 있는 화원장 오스만을 알아볼 수 있었다. 여행을 다니면서도 그림 그리는 것을 상상할 때면, 언제나 그가 비흐자드인 양 경외의 대상으로 떠오르곤 했다. 그 위대한 화공은 아야 소피야 사원 쪽으로 난 창문에서 들어오는 눈의 흰빛 속에서 흰옷을 입고 있어서 마치 이미 오래전에 다른 세계로 떠나간 영(靈) 같아 보였다. 나는 검버섯이 뒤덮인 그의 손등에 입을 맞추고 그에게 나를 소개했다. 어렸을 때 에시니테 에펜디께서 나를 이곳에 들여보내 주셨지만 서기 일이 더 마음에 들어 화원을 떠났으며, 몇 년 동안 여행을 했고, 동부의 도시에서 파샤들의 비서나 서기관으로 일하기도 했고, 또 세르핫 파샤 및 다른 파샤들과 함께 타브리즈에서 알게 된 서예가와 화가들에게 책을 제작하도록 지휘하는 일을 했으며, 바그다드와 알레포, 반, 티플리스에도 가 보았고 수많은 전쟁을 목격했다고 말했다.

"아, 티플리스!"

화원장은 창에 덮인 방수포를 뚫고 비쳐 드는, 눈 덮인 정원의 빛을 물끄러미 바라보며 말했다.

"그곳에도 지금 눈이 오는가?"

그는 마치 예술의 지고한 경지에 이르자 눈이 멀어 버려서 반은 성자요 반은 노망든 노인이 되었다는 전설적인 옛 페르시아의 대가들처럼 행동하고 있었다. 그러나 나는 요정처럼 또렷한 그의 눈빛을 통해서 그가 에니시테를 격렬히 증오하고 있으며, 나를 수상하게 여긴다는 것을 대번에 알아보았다. 그래도 나는 그에게 아랍의 사막에서는 눈이 아야 소피야 사원에 내리듯이 그냥 땅으로 떨어지지 않고, 추억 위로 내린다고 말해 주었다. 나는 또 티플리스의 성채에 눈이 내릴 때면 빨래하는 여인들이 꽃 빛깔의 노래를 부르고 여름이면 아이들은 베개 밑에 아이스크림을 감춰 놓는다고 장광설을 늘어놓았다.

화원장이 말했다. "네가 가 본 나라에서는 세밀화가들이 무엇을 그리는지 말해 다오."

그러자 방 안의 다른 화가들과 나누어 쓰고 있는 작업대에서 페이지 테두리에 선 긋기를 하고 있던 젊은 세밀화가가 몽상에 잠긴 듯한 표정으로 고개를 들었다. 그는 자신들에게 사실대로 다 말해 달라는 듯한 시선으로 나를 쳐다보았다. 이들 세밀화가들은 대부분 동네 구멍가게 주인이 누구인지, 이웃이 야채 가게 주인과 왜 다투었는지, 요즘 빵값은 얼마인지 같은 것들은 전혀 모르면서도, 타브리즈나 카즈빈, 시라즈 그리고 바그다드에서 누가 어떻게 그림을 그리고, 어떤 칸이나 샤, 술탄과 왕자들이 책을 위해 얼마나 돈을 쓰는지는 잘 알았다. 이들이 세밀화가들 사이에서 흑사병처럼 빨리 번지는 소문과 험담을 물리도록 들었을 게 분명했지만 그래도 나는 이야기를 해 주었다. 왜냐하면 나는 끊임없이 전쟁을 벌이고 도시들을 약탈하고 불태우면서도, 지난 수백 년 동안 가장 훌륭한 시와 그림 작품이 나왔던 나라인 페르시아에서 돌아왔기 때문이다.

"오십이 년 동안 왕좌를 지켰던 샤 타마스프는, 아시는 바와 같이 그의 말년에 책과 삽화와 그림에 대한 사랑을 버리고 시인과 화가와 서예가들에게서 등을 돌린 채 기도에만 전념하다 죽었고, 지금은 그 자리에 아들 이스마일이 들어섰지요. 아들의 괴팍하고 삐딱한 성격을 잘 알고 있던 샤 타마스프는 이십 년 동안이나 그를 감금했는데, 이스마일은 왕으로 등극하자마자 미친 듯이 형제들을 목 졸라 죽이거나 장님으로 만들어 내쫓아 버렸습니다. 그러나 결국 그의 적들은 이스마일을 아편 중독자로 만들어 독살시킨 다음, 머리가 좀 모자라는 그의 형 무함마드 후다벤데를 왕으로 추대했습니다. 그의 재위 시기에는 모든 왕자들과 형제들, 지방 영주들부터 우즈베크인들까지 너 나 할 것 없이 전부 반란을 일으켰습니다. 이들은 서로 싸웠고, 우리의 세르핫 파샤와도 큰 전쟁을 벌이다 보니 페르시아에는 남아나는 물건이라곤 하나도 없이 전부 먼지와 연기로 사라져 버리고 말았지요. 지금의 페르시아 왕은 돈도 없고 머리도 모자란 데다 반은 장님이라 책이나 그림의 제작을 명령할 상태가 아닙니다. 그래서 카즈빈과 헤라트의 전설적인 세밀화가들, 샤 타마스프의 화원에서 걸작들을 만들던 나이 든 장인들과 견습생들, 붓 하나로 말들을 질주하게 만들고 책장 위에서 나비들을 날게 했던 화가들, 색의 대가들, 제본가들, 서예가들이 모두 돈 한 푼 없이 거리로 나앉게 되었습니다. 그래서 어떤 이는 우즈베크인을 따라 북쪽으로 갔고, 어떤 이는 인도로 들어갔습니다. 자신의 능력과 명예를 팽개쳐 버리고 전혀 다른 일을 하는 이들도 생겨났습니다. 물론 여전히 서로 으르렁거리며 싸우는 나이 어린 왕자들이나 지방 영주들에 빌붙어 그림이라곤 기껏해야 대여섯 장 들어가는 손바닥만 한 책을 만들어 주는 사람들도 있었지요. 글씨도 대강대강 쓰고 그림도 아무렇게나 그린 책들, 무지렁이 병사들이나 촌스러운 파샤들, 버릇없는 왕자들의 입맛에나 맞을 싸구려 책들이 사방에 넘쳐나고 있습니다."

화원장 오스만이 물었다. "그런 책들은 얼마 정도에 팔리나?"

"그 유명한 사디키 베이가 우즈베크인 기마병을 위해 겨우 금화 마흔 개를 받고 『낯선 피조물들』의 복사본을 그렸다고 들었습니다. 또 동부 원정을 마치고 에르주룸으로 돌아온 어떤 상스러운 파샤의 막사에서 저는 외설적인 그림으로 가득한 화집을 보았는데, 그중에는 천재적인 대가 시야부시의 그림도 들어 있었습니다. 그림을 포기할 수 없었던 몇몇 장인들은 어떤 이야기의 일부도 되지 못하는 그림들을 낱장으로 그려 팔고 있습니다. 그림에 문외한인 사람들은 그 낱장 그림을 보고는 그것이 어떤 이야기의 어떤 장면인지도 모르면서, 그저 그림 자체를 보는 것만으로 즐거워하며 '아, 이건 정말 진짜 말 같군, 아름다워!' 하면서 화가에게 돈을 줍니다. 전쟁화와 음화도 별 볼 일 없게 되어서, 치열한 전투 장면을 그린 그림 가격이 300악체까지 떨어졌는데 그것마저 주문하는 사람이 거의 없습니다. 어떤 화가들은 싸게 팔아야 더 많이 팔릴 거라는 생각으로 광택 없는 질 나쁜 종이에다 물감도 칠하지 않고 먹으로만 쓱쓱 그린 그림들을 내놓기도 합니다."

"금박 입히는 솜씨가 뛰어난 장인이 한 사람 있었지." 오스만이 불쑥 입을 열었다. "그가 금박을 입힌 그림들이 얼마나 우아했던지 우리는 그를 엘레강스라고 불렀다네. 그런데 그가 우리를 두고 가 버렸어. 벌써 엿새가 지났는데 그를 봤다는 자가 아무도 없네. 가뭇없이 사라져 버리고 말았어."

"아니, 이렇게 훌륭한 화원, 이런 행복한 집을 어떻게 떠날 수 있답니까?"

"도제 시절부터 내가 길러 낸 네 명의 젊은 장인들, 나비, 올리브, 황새 그리고 엘레강스는 술탄의 명으로 이제 집에서 그림을 그린다네."

이것은 표면적으로 화원의 화가들 전부가 관여하고 있는 『축제의 서』를 좀 더 편히 작업하도록 내려진 조치였다고 오스만은 설명했다. 술탄이 이번에는 화가들을 위해 따로 궁정에 화원을 마련해 주는 대신, 각자 집에서 그리도록 명령했다는 것이다. 술탄은 분명 에니시테가 작업을 수월히 하도록 배려해서 그런 명령을 내렸을 것이다. 그것을 깨달은 순간, 나는 입을 다물었다. 화원장은 어떤 의도로 이런 얘기를 하는 것일까? 그때 그가 등이 굽고 안색이 창백한 한 세밀화가를 불러 말했다.

"누리 에펜디, 카라에게 개관을 해 주게."

'개관'은 세밀화가들에 대한 술탄의 관심이 지극했던 시절에, 두 달에 한 번씩 화원을 방문하는 술탄을 위해 치러졌던 의식이다. 재무 대신 하즘 아아, 운율시로 이루어진 왕들의 연대기 『왕서(王書)』의 편찬자 로크만, 그리고 화원장 오스만의 지휘에 따라 화원의 장인들 중 누가 어떤 책의 어떤 장을 작업하고 있는지를 술탄에게 보고하고, 화원의 수석 세밀화가를 비롯한 모든 화공들, 금박 전문가, 색칠 작업 전문가, 선 긋기 전문가 등이 각각 자신이 하고 있는 작업을 술탄에게 설명하곤 했다.

세밀화가 그려지는 책들의 대부분을 집필하던 로크만 에펜디가 거동이 불편해 집에서 나오지 못하게 되고, 화원의 가장 뛰어난 화공들인 나비, 올리브, 황새, 엘레강스가 각자 집에서 작업을 하게 되자 분개한 화원장 오스만도 자주 모습을 드러내지 않게 되었다. 게다가 술탄마저 화원에 대해 열성적인 관심을 보이지 않자, 그 멋진 의식은 이제 화려했던 옛 시절의 흉내만 내는 정도에 불과하게 되었고 그러한 사실이 나를 우울하게 만들었다. 누리 에펜디는 예술 활동에서 장인의 경지에 올라 보지도, 인생을 맛보지도 못한 채 헛되이 늙어 버렸다. 하지만 그렇다고 그가 작업장에서 보낸 무수한 나날들이 모두 다 헛된 것만은 아니었다. 그는 화원에서 일어나는 일들과 누가 어떤 책의 페이지를 만들고 있는지를 늘 주의 깊게 관찰해 왔다.

나는 난생처음으로 『축제의 서』에 나오는 전설적인 페이지들을 보게 되어 매우 흥분했다. 모든 직업에 종사하는 사람들, 모든 길드의 회원들, 이스탄불의 모든 사람들이 참가한 가운데 술탄의 아들들의 할례 의식이 오십오 일 동안 베풀어졌고, 이 성대한 의식을 기념하기 위한 책을 펴내려고 준비 중이라는 얘기를 나는 페르시아에 있을 때 전해 들었다.

내 앞에 놓인 첫 번째 그림에서는 세상의 지배자이신 술탄이 타계한 이브라힘 파샤의 궁전 발코니에 기대어 저 아래쪽 마장(馬場)에서 벌어지는 축제를 만족스러운 눈빛으로 구경하고 있었다. 그의 얼굴은 다른 사람과 구분될 수 있을 정도로 정교하지는 않았지만 화가가 존경에 가득 차 정성스레 그린 흔적이 역력했다. 술탄의 왼쪽으로 이어지는 두 폭짜리 그림에는 창문과 아치 안에 서서 마장을 내려다보고 있는 대신들, 장군들, 페르시아와 타타르와 유럽 그리고 베네치아에서 온 대사들이 그려져 있었다. 하지만 그들은 술탄이 아니기 때문에 서둘러서 아무렇게나 그렸는지, 초점 없는 눈동자들은 하나같이 마장에만 고정되어 있었다. 나중에 본 다른 그림들도 전부 같은 자세와 구도를 택하고 있었고, 심지어 벽화조차 다 똑같이 그려져 있었다. 나무들이며 지붕들도 비록 모양과 색깔은 다르지만 구성 방식은 반복된다는 것을 알 수 있었다. 그래서 서예가들이 글씨를 쓰고 화가들의 그림이 완성되어 마침내 『축제의 서』가 제본되었을 때, 책장을 넘기는 독자들은 항상 같은 자세로 광장을 굽어보고 있는 술탄과 많은 손님들의 눈길 아래로, 마장에서는 매번 다른 움직임이 각기 다른 색채들 속에서 펼쳐지고 있는 것을 보게 되는 것이다.

그림 속에서는 마장 안에 놓인 수백 개의 밥그릇을 서로 집으려고 덤비는 사람들과, 쇠고기 튀김을 훔치려다 그 안에서 살아 있는 토끼와 새가 튀어나오자 기겁을 하는 사람들이 보였다. 마차에 타고 무리를 지어 술탄 앞을 지나가는 이들 중에는 벌거벗은 채 누워 있는 자도 있었다. 그의 가슴 위에는 대장간용 작업대가 올려져 있고, 노련한 대장장이가 누운 남자가 다치지 않도록 솜씨 좋게 망치질을 하고 있었다. 다른 마차들도 눈에 띄었다. 마차에 탄 채로 유리판 위에 카네이션과 삼나무를 그리는 유리 세공사들. 설탕 자루를 싣고 설탕으로 만든 앵무새가 들어 있는 새장으로 장식한 낙타를 타고 나가면서 달콤한 시를 읊는 설탕 장수들. 다양한 모양의 자물쇠들, 맹꽁이자물쇠, 나사와 톱니가 있는 자물쇠 따위를 마차에 진열해 놓고 새로운 시대의 새로운 문들의 해악에 대해 불평하는 상인의 모습도 보였다. 세밀화가 '나비', '황새', '올리브'는 마술사를 묘사한 장면을 그렸다. 마술사 중 한 명은 가느다란 막대기가 마치 널찍한 대리석 판인 듯, 그 위에 계란을 올려놓고 한 개도 떨어뜨리지 않으면서 굴리고 있고, 그 옆에는 사내 하나가 장단에 맞춰 탬버린을 치고 있었다. 또 다른 마차에서는 대해를 누비는 선장 클르츠 알리 파샤가 다른 나라에서 노예로 잡아온 이교도들에게 진흙으로 이교도의 신을 빚게 한 뒤 모두 마차에 태운 다음 술탄 앞에서 신상 안에 장착해 둔 폭약을 터뜨려서, 자신이 이교도의 나라들을 대포로 쩌렁쩌렁 울리게 했던 방법을 과시하는 장면이 아주 정확하게 묘사되어 있었다. 마차 행렬의 다른 광경들도 흥미로웠다. 손에는 고기 써는 칼을 들고 장밋빛과 가짓빛 옷을 걸친, 여자처럼 수염이 없는 푸줏간 주인이 가죽을 벗겨 갈고리에 걸어 놓은 분홍빛 양들을 보며 웃고 있는 장면도 있었고, 술탄 앞에서 사자를 놀려 대는 조련사들과 눈이 벌겋게 된 사자들을 보고 환호하는 구경꾼들도 보였다. 이슬람을 상징하는 이 사자는 책의 다른 장에서는 이교도를 상징하는 회색과 분홍색 돼지를 추격하고 있었다. 나는 마차 위에 꾸민 이발소에서 향기로운 비눗물이 담긴 은 대야를 들고 서서 손님의 팁을 기다리는 이발소 조수의 그림을 한참 동안 들여다본 다음, 이 멋진 그림을 누가 그렸는지 물었다.

"그림은 그 아름다움을 통해서 인간의 마음속에 삶의 풍요로움과 사랑, 신이 창조한 세계의 다채로움에 대한 존경심과 신앙심을 불러일으키는 것이 중요합니다. 화가가 누군지는 중요하지 않죠."

이 누리라는 자는 내가 짐작했던 것보다 훨씬 눈치가 빨라서 에니시테가 이곳을 염탐하라고 나를 보낸 것을 알고 말을 삼가는 것일까? 아니면 화원장 오스만이 가르쳐 준 말을 무조건 따라 하는 앵무새에 불과한 걸까?

"이 그림들의 금박 작업은 엘레강스 에펜디가 했나요? 그럼 지금은 누가 그걸 대신하고 있습니까?"

앞마당을 향해 열린 문 사이로 아이의 고함 소리와 비명 소리가 들려왔다. 호주머니에 빨간 잉크 가루나 금박 잎사귀를 넣은 종이를 접어 감추고 있을 게 틀림없는 도제가 조금 전 추위 속에 떨며 기다리던 두 견습생들의 발바닥에 매질을 시작한 모양이었다. 그러자 장난칠 기회만 엿보고 있던 젊은 화공들이 구경을 하러 문 쪽으로 우르르 몰려갔다.

누리 에펜디가 조심스럽게 입을 열었다.

"견습생들이 그림 속의 광장 바닥을 원장님이 명한 대로 분홍색으로 전부 칠할 때까지 엘레강스 에펜디도 꼭 돌아와서 이 그림 두 장에 금박 입히는 작업을 끝낼 수 있었으면 좋겠습니다. 오스만 원장님은 엘레강스 에펜디가 마장의 흙바닥을 이야기의 내용에 따라 각기 다른 색으로 칠했으면 하셨습니다. 장밋빛이 감도는 분홍색, 초록색, 주황색, 노란색이나 거위 똥 색깔 등등으로 말이지요. 그림을 보는 사람들은 첫 번째 그림의 황토색을 보고 그곳이 광장임을 알게 될 테니, 두 번째, 세 번째 그림에서는 다른 색깔들로 칠해야 감상자의 눈이 즐겁지 않겠습니까. 그림이란 책의 페이지들에 생기를 불어넣기 위해서 그려지는 것이니까요."

나는 한쪽 구석에서 조수 중 누군가가 두고 간 종이 몇 장을 발견했다. 「승전도」의 한 부분을 그리고 있었는지, 종이에는 전함이 출정하는 광경이 그려져 있었다. 그는 매를 맞는 친구들의 비명 소리를 듣고 뛰어나간 것이 분명했다. 배의 견본 그림을 놓고 여러 차례 따라 그리는 연습을 한 뒤에 그렸을 그 전함들은 전혀 바다 위에 떠 있는 것 같지 않았다. 돛이 바람에 흔들리지도 않는 부자연스러운 그림은 배의 견본 그림이 부정확해서라기보다는 젊은 화공의 재능이 부족한 탓일 가능성이 더 컸다. 견본 그림이 어떤 것인지는 알 수 없었지만, 오래된 책에서, 어쩌면 화집 같은 데서 아무렇게나 잘라 내 갖다 붙인 듯한 그 그림을 보자 나는 슬픈 생각이 들었다. 오스만 원장은 이제 화원 일에 별로 신경을 쓰지 않는 것이 분명했다.

이윽고 자신의 작업대 앞에 이른 누리 에펜디는 삼 주 동안 작업을 했다며, 금박을 입힌 술탄의 공식 서명을 자랑스럽게 보여 주었다. 누구에게 어떤 목적으로 보내는 문서인지 모르도록 빈 종이에 그린 술탄의 머리글자와 금박을 칠한 부분을 나는 세심하게 살펴보았다. 불만에 가득 찬 동부 지방의 장군들이 술탄의 머리글자에 깃든 고귀하고 힘찬 아름다움을 보고 반란을 포기했다는 이야기가 수긍이 갔다.

다음으로 우리는 서예가 제말이 쓴 마지막 걸작을 보았는데, 진정한 예술은 서체 그 자체이며 그림은 글씨를 돋보이도록 해 주는 부차적인 요소에 불과할 뿐이라고 주장하며 색과 장식화를 무시하는 자들에게 동조하지 않기 위해서 얼른 그곳을 지나쳤다.

선 긋기 전문가 나스르는 티무르의 아들 시대부터 전해 내려오는 네자미의 5부작 장편 서사시 『함세』의 한 장면, 즉 목욕하는 쉬린을 훔쳐보는 휘스레브를 묘사한 그림을 복원하는 중이라고 했는데, 내가 보기에는 오히려 그림을 망치고 있었다.

반쯤 눈이 먼 92세의 이 장인은 자신이 육십 년 전, 타브리즈에서 거장 비흐자드의 손등에 입맞춤을 했는데, 그 당시 그 위대한 예술가가 이미 장님에 알코올 중독자였다고 주장하는 것 말고는 별로 할 이야기가 없었는지, 석 달 후에 완성해 축제일 선물로 술탄에게 바칠 장식을 넣은 필통을 떨리는 손으로 보여 주었다.

여든 명에 가까운 화공들, 학생들, 그리고 견습생들이 일하는 좁고 긴 작업대가 놓인 아래층과 화원 전체가 정적에 휩싸여 있었다. 일찍이 나 역시 매질이 끝난 뒤 찾아오는 이런 정적을 자주 경험했다. 때로 신경을 건드리는 웃음소리나 농담에, 때로는 간헐적인 흐느낌이나 울음을 참으려다 흘러나오는 신음 소리에 깨져 버리곤 하는 이 정적은 숙련된 화공들에게도 도제 시절에 맞았던 매를 떠올리게 만든다. 하지만 반은 장님이 된 92세의 장인은 한순간, 모든 전쟁과 혼란으로부터 멀리 떨어져 있는 이곳에서 나에게 더 심오한 무언가를, 모든 것이 끝나 가고 있음을 느끼게 해 주었다. 종말이 오기 직전의 정적이 아마도 이러하리라.

그림은 이성의 침묵이며 응시의 음악이다.

오스만의 손등에 작별 키스를 할 때, 나는 그를 향한 커다란 존경심과 더불어 내 영혼 속으로 들어와 혼란을 일으키는 어떤 감정, 성자를 대할 때 느껴지는 선망과 연민이 뒤섞인 형언할 수 없는 감정과 이상한 죄책감 같은 것을 느꼈다. 어쩌면 서양 화가들의 화풍을 완벽하게 모방하는 작업을 비밀리에 추진하고 있는 에니시테가 그의 경쟁자라는 사실을 의식했기 때문이었는지도 모른다.

그리고 불현듯, 어쩌면 이것이 이 위대한 장인의 생전 모습을 보는 마지막 순간일지 모른다는 생각이 들었고, 그를 기쁘게 해 주고 싶은 마음에 나는 엉뚱한 질문을 던졌다.

"존경하는 어르신, 진정한 화가와 평범한 화가를 구분하는 기준은 무엇입니까?"

나는 약간은 아첨하는 듯한 이런 유의 질문에 익숙한 화원장이 무성의하게 대답하리라고 생각했다. 그러나 그는 진지하게 대답했다.

"진정한 화가와 재능 없고 신앙심 없는 화가를 구분하는 유일한 판단 기준은 없다네. 그것은 시대에 따라 변하지. 그러나 화가가 우리의 예술을 위협하는 악에 대항하기 위해 어떤 윤리와 기법을 따르는가는 중요하지. 나는 오늘 한 젊은 화공이 얼마나 진지한지 알아보기 위해 그에게 세 가지 질문을 던졌네."

"그 질문이 무엇입니까?"

"중국인과 서양인들의 영향으로 일어난 새로운 유행을 따라서, 자신만의 개성적인 화풍을 가지고자 하고 다른 화가들과 구분되는 자신만의 분위기를 만들어 내려 하고 또 그것을 증명하기 위해 이교도들처럼 그림에 서명을 새겨 넣는 행위를 어떻게 여기는지 알아보기 위해 먼저 스타일과 서명에 대해 물었지."

"그다음 질문은 무엇이었습니까?"

나는 존경스레 물었다.

"우리에게 책을 주문한 왕과 술탄이 죽고, 그 책들의 주인이 바뀌고, 우리가 그린 그림들이 페이지에서 각각 떨어져 나와 다른 시대에, 다른 책 속에서 사용된다면 그것을 그린 화가는 어떤 생각을 하게 될까? 이런 문제는 상심하거나 혹은 기뻐하는 것으로 극복할 수 없는 예민한 것이기 때문에 나는 화가에게 시간에 대해 묻곤 한다네. 자네는 화가의 시간과 신의 시간을 이해했나?"

나는 아니라고 대답하지 않고 다시 물었다.

"세 번째 질문은 무엇입니까?"

"세 번째는 '눈멂'에 관해서네."

그렇게 말하더니 그는 이 문제는 모두가 알고 있어서 더 이상 설명이 필요 없다는 듯 입을 다물었다. 당황한 나는 어쩔 줄 몰라 하며 물었다.

"눈이 머는 것의 무엇을 말씀하시는 겁니까?"

"눈이 먼다는 건 고요해지는 것이라네. 내가 조금 전에 말한 첫 번째와 두 번째가 합쳐지면 눈멂이 오지. 그림이 가장 심오한 경지에 이르는 것은 신이 어둠 속에서 나타나는 것을 볼 때라네."

나는 입을 다물었다. 밖으로 나와 얼음이 언 계단을 서두르지 않고 내려왔다. 내가 그 위대한 장인의 세 가지 질문을 나비와 올리브 그리고 황새에게 던지게 되리라는 것을 알 수 있었다. 그저 말문을 트기 위해서가 아니라, 살아 있는 동안 전설이 된 나의 이 동갑내기 친구들을 이해하기 위해서.

하지만 곧장 그 대가들의 집으로 향하지는 않았다. 유대인 마을과 가까운, 할리치만의 물살이 보스포루스 해협으로 흘러 나가는 것이 내려다보이는 언덕 위에 있는 새로 생긴 시장에서 나는 에스테르와 만났다. 자신이 유대인임을 강조하기 위해 일부러 입은 분홍색 옷, 활기로 가득한 커다란 몸, 쉬지 않고 떠들어 대는 입, 연신 눈썹을 치키며 나에게 추파를 던지는 눈동자…… 이 모든 것의 소유자인 에스테르는 생기발랄함 그 자체였다. 장터는 물건을 사는 여자들, 노예들, 빛이 바래고 헐렁해진 웃옷을 걸친 가난한 마을의 여인들, 당근, 모과, 양파, 무 다발에 정신이 팔린 사람들로 북적였다. 장터에 있는 사람들 전부가 우리를 염탐하고 있는 것만 같아서 나는 다른 사람들이 눈치채지 않도록 에스테르의 헐렁한 바지 속에 슬쩍 편지를 밀어 넣었다. 그녀는 셰큐레가 나를 생각하고 있다는 말을 하면서 사례금을 받았다.

나는 "서둘러 당장 전해 주게."라고 했지만 그녀는 아직 할 일이 많이 남아 있다며 자기 보따리를 가리켰다. 그러고는 정오쯤에 셰큐레에게 들르겠다고 했다. 나는 내가 위대한 세 명의 젊은 화가들을 만나러 간다는 말도 셰큐레에게 전해 달라고 부탁했다.

12
나를 나비라 부른다

정오 기도 시간 전이었다. 누군가가 문을 두드렸다. 나는 자리에서 일어나 문을 열어 보았다. 카라가 와 있었다. 그는 한때나마 우리와 함께 도제 생활을 한 적이 있었다. 우리는 서로를 부둥켜안으며 볼에 입을 맞추었다. 나는 카라가 에니시테로부터 기별을 가져올지 궁금해하고 있던 참이었다. 그는 내가 그린 그림도 볼 겸 옛 우정을 생각해서 왔다고 말했다. 그러고는 술탄의 이름으로 나에게 던질 질문이 있다고도 덧붙였다.

"그러게나. 그래, 내가 대답해야만 하는 질문이란 도대체 무엇인가?"

그가 나에게 질문을 했다.

"알겠네, 대답하지!"

스타일과 서명

"보는 즐거움과 믿음을 위해서가 아니라 돈과 자신의 명성만을 위해 그림을 그리는 타락한 세밀화가들이 늘어나면 늘어날수록 우리는 스타일과 서명에만 열중하는 추하고 탐욕스러운 행태를 보다 더 많이 목격하게 될 것이네."

내가 이렇게 말문을 연 까닭은 내가 정말로 그렇게 생각해서가 아니라 으레 그렇게들 말하기 때문이었다. 진정한 재능과 능력은 돈이나 명성에 의해 부패되지 않는다. 더 나아가 진실을 말하자면, 돈과 명성이야말로 재능 있는 자의 몫임이 틀림없다. 나의 경우를 봐도 그렇듯이, 결국 돈과 명성은 뛰어난 세밀화가들이 위대한 작품을 만드는 데 영감을 불어넣기만 할 뿐이다. 그러나 내가 드러내 놓고 이렇게 말하면 세밀화가 집단의 재능 없이 평범한 화가들은 당장에라도 질투심에 불타서 나를 비난하며 공격하러 나설 테고, 그러면 나는 내가 그들보다 그림 그리기를 더 좋아한다는 것을 증명하기 위해 쌀알에다 나무를 그려야 할 것이다. 유럽인 예수회 신부들이 가져온 그림들과 몇몇 타락한 중국 화가들의 영향으로 서명과 화풍, 그리고 개성에 대한 동경이 우리 가까이에 와 있다는 것을 나는 아주 잘 알고 있다. 그렇기에 나는 이 주제와 관련해 세 가지 이야기를 들려주고 싶다.

스타일과 서명에 관한 세 가지 일화

엘리프[17]

옛날에 헤라트 북쪽 산에 자리 잡은 성에 삽화와 그림에 관심이 많은 젊은 칸이 살았다. 이 칸은 자신의 하렘에 있는 수많은 여인들 중 오직 한 명만을 사랑했다. 그가 광적으로 사랑한 타타르인 절세미인 또한 칸을 사랑했다. 그들은 뒤엉킨 채로 아침까지 땀을 뻘뻘 흘리며 사랑을 나누었고, 그들의 유일한 소망은 영원히 그 황홀경 속에서 사는 것이었다. 그리고 그들은 곧 자신들의 바람을 이루는 가장 좋은 방법은 책을 펼치고 옛 대가들이 그린 놀랍고도 완벽한 그림들을 몇 시간이고, 며칠이고 하염없이 바라보는 것이라는 사실을 깨닫게 되었다. 같은 이야기가 끊임없이 반복되는 그 완벽한 그림들을 보면 볼수록 그들은 시간이 멈추고 이야기 속 황금시대의 완전한 행복과 자신들의 그지없는 행복이 뒤섞이는 것을 느꼈다.

칸의 화원에는 같은 책, 같은 페이지에 들어갈 같은 그림을 완벽하게 그려 내는 세밀화의 대가가 있었다. 그는 관례대로 쉬린을 향한 짝사랑으로 괴로워하는 페르핫의 모습, 메즈눈과 레일라가 애타는 그리움과 황홀함으로 서로를 바라보는 시선, 또는 동화 속 천국 같은 정원에서 휘스레브와 쉬린이 의미심장하게 눈짓을 나누는 모습을 책장에 그리면서 아주 미묘한

---

17) 오스만어 알파벳의 첫 글자.

변화를 주었다. 그 전설적인 연인들이 칸과 타타르인 미녀의 모습이 되도록 완성시킨 것이었다. 그 그림들을 보는 동안 칸과 그의 연인은 자신들의 환희가 영원하리라 믿을 수 있었고, 그래서 그들은 화가가 칭찬과 황금 속에 파묻히도록 만들어 주었다.

그러나 칸과 그 연인의 지나친 찬사는 결국 화가의 훌륭한 감각을 망쳐 놓고 말았다. 악마의 꾐에 빠진 화가는 자기가 그린 그림의 완벽함은 옛 거장들 덕분이라는 사실을 잊어버렸고, 자신만의 고유한 붓놀림을 드러낸다면 자신의 작품이 더 큰 호소력을 가지게 되리라는 오만한 생각에 사로잡혔다. 그렇지만 칸과 미녀는 장인의 이러한 시도에 몹시 불안해졌다. 대가의 세밀화 위에 한 개인의 스타일이 드러나는 붓놀림이 더해지는 것이 그들에겐 불완전함으로만 보일 뿐이었다. 칸은 자신의 행복이 그림 속에서 여러 가지 방식으로 망쳐졌다고 느꼈으며, 타타르 미녀를 그린 그림에서 화가의 고유한 손길이 묻어난다는 사실을 질투하게 되었다. 그러고는 타타르 미녀의 질투심을 불러일으키기 위해 다른 후궁들과 사랑을 나누었다. 하렘의 수다쟁이들로부터 칸의 배신에 대한 소문을 들은 타타르 미녀는 너무나 슬픈 나머지 하렘 마당의 삼목나무에 조용히 목을 매달았다. 그제야 칸은 자신이 실수를 저질렀으며, 이 끔찍한 사태는 바로 화가가 자신의 화풍에 집착한 데서 비롯되었음을 깨달았고, 악마의 꼬임에 빠진 세밀화가를 당장 장님으로 만들어 버렸다.

베[18]

옛날에 동방의 어느 나라에 삽화와 그림 장식, 세밀화를 사랑하는 늙은 술탄이 살았다. 그는 아름다운 중국인 아내와 행복하게 살고 있었다. 그런데 젊은 부인은 술탄의 전처가 낳은 미남 아들과 사랑에 빠져 버렸다. 아버지를 배신했다는 두려움과 금지된 사랑에 대한 부끄러움으로 아들은 화원에 파묻힌 채 그림에만 열중했다. 사랑의 힘과 슬픔으로 그린 그 그림들이 어찌나 아름다웠던지 사람들은 그의 그림을 옛 거장들의 그림과 구별해 내지 못했다.

아버지인 술탄은 아들을 몹시 자랑스럽게 생각했다. 그런데 그림을 본 젊은 중국인 부인은 "그래요, 정말 굉장하군요! 하지만 서명이 없으면 세월이 흐른 뒤에 이 걸작을 그린 화가가 누군지 아무도 모를 거예요." 하고 말했다. 그러자 술탄은 "내 아들이 그림에 서명을 한다면 옛 대가들의 화풍과 기법을 부당하게 자기 것으로 취하는 꼴이 되지 않겠소? 게다가 서명을 한다는 건 자기 그림에 결점이 있다고 인정하는 것과 마찬가지요."라고 대답했다. 중국인 부인은 서명에 관한 한 늙은 남편을 설득할 수 없음을 알았다. 그러나 화원에 파묻혀 있던 젊은이를 설득하는 데는 성공했다.

자신의 사랑을 숨겨야만 한다는 사실에 깊은 상처를 입고 있던 젊은이는 악마의 부추김에 넘어가 젊고 아름다운 계모가 일러 준 대로, 누구도 알아차리지 못하리라고 생각되는 그

---

18) 오스만어 알파벳의 두 번째 글자.

림 한쪽 구석, 담장과 잔디 사이에 자기 이름을 써 넣었다. 그가 서명한 첫 번째 그림은 휘스레브와 쉬린 이야기의 한 장면이었다. 여러분 역시 그 장면을 알고 있을 것이다. 휘스레브가 쉬린과 결혼한 후, 그의 전처소생 아들 쉬루에는 계모인 쉬린을 사랑하게 된다. 어느 날 밤, 쉬루에는 창문을 통해 아버지의 침실로 들어가 쉬린 옆에서 잠자던 아버지의 심장에 단검을 꽂는다. 이 장면을 묘사한 아들의 그림을 보았을 때, 술탄은 그림에 어떤 결함이 있음을 감지했다. 그는 무심코 서명을 보았지만, 자신이 본 게 무엇인지 알아채지 못했기 때문에 그저 그림에 어떤 결함이 있다고만 생각했다. 그런데 옛 대가들은 결코 사소한 실수도 범하는 법이 없기에 늙은 술탄은 몹시 당황했다. 그는 자신이 보고 있는 그림이 전설이나 이야기를 재현한 것이 아니라, 책으로는 절대 걸맞지 않은 무엇, 그러니까 현실 그 자체를 그리고 있음을 느꼈고, 그걸 감지한 순간 공포에 휩싸였다. 바로 그때 화가인 아들이 자신이 그린 그림에서처럼 창문으로 넘어 들어와, 그림 속 인물처럼 휘둥그레진 아버지의 눈동자에 시선 한 번 주지 않고 단숨에 그의 심장에 커다란 검을 꽂아 버렸다.

짐[19]

지금으로부터 약 250년 전에 쓰인 라쉬둣딘의 『카즈빈사(史)』에 따르면, 카즈빈에서 가장 높이 평가되고 사랑받았던

---

19) 오스만어 알파벳의 세 번째 글자.

예술은 장정(裝訂) 예술과 서예 그리고 삽화였다. 당시 카즈빈의 왕은 비잔틴에서 중국에 이르는 사십 개국 이상의 광활한 영토를 다스렸는데(아마도 책에 대한 사랑이 그의 막강한 통치력의 비밀이었을 것이다.) 불행하게도 왕위를 물려줄 아들이 없었다. 왕은 사후에 자신이 정복한 나라들이 분할되는 걸 막기 위해서 자신의 아름다운 딸에게 영리한 세밀화가를 남편으로 맺어 주기로 결심하고는, 궁정 화원에 소속된 미혼의 젊은 대가 셋을 불러 경연을 하도록 했다. 라쉬둣딘의 기록에 의하면, 그것은 아주 간단한 시합이었다. 가장 뛰어난 그림을 그리는 자가 승자였다!

라쉬둣딘과 마찬가지로 젊은 세밀화가들 역시, 가장 뛰어난 그림이란 옛 거장들의 기법을 가장 충실하게 재현한 그림이라는 것을 알고 있었고, 그래서 세 사람 모두 가장 널리 사랑받고 있는 장면을 각자 자신들의 해석에 따라 그렸다. 천국을 연상시키는 정원에서 삼나무와 삼목나무, 겁먹은 토끼와 허둥대는 제비에 둘러싸여 실연의 슬픔에 잠겨 고개를 숙이고 있는 젊고 아름다운 처녀를. 우연히도 세 명의 화가 모두 똑같은 장면을 옛 대가의 그림과 한 치도 다르지 않게 그려 냈다. 그런데 그중 한 화가가 그림의 아름다움을 자신의 고유한 것으로 만들고 자신의 그림을 다른 사람들의 것과 구분할 수 있도록 그림 속 정원의 가장 한적한 곳, 즉 수선화들 사이에 몰래 자신의 이름을 써 넣었다. 옛 거장들의 겸손함과는 거리가 먼 이 건방진 태도 때문에 그는 당장 중국으로 유배되었다.

그리하여 이번에는 남은 두 명의 화가가 다시 경합을 벌였다. 이번에도 두 사람 다 아름다운 처녀가 근사한 정원에서 말을 타고 있는 광경을 시처럼 사랑스러운 그림으로 표현했다. 그런데 둘 중 한 화가가 붓이 미끄러져서 그랬는지 아니면 의도적으로 그랬는지는 모르겠지만, 중국인처럼 눈꼬리가 올라가고 광대뼈가 붉어진 처녀가 타고 있는 백마의 콧구멍을 약간 이상하게 그렸고, 이것은 대번에 왕과 그의 딸에게 결함으로 비쳤다. 물론 그는 그림에 서명을 하지는 않았지만 말의 콧구멍을 독특하게 변형시킴으로써 그것이 자신의 그림임을 드러낸 것이다. 왕은 "스타일은 곧 불완전함이다!"라고 선언하고 화가를 비잔틴 제국으로 귀양 보냈다. 그리하여 서명이나 변형을 전혀 하지 않고 옛 거장들의 그림을 정확하게 재현해 낸 재능 있는 화가와 왕의 딸의 결혼이 준비되고 있을 즈음, 라쉬둣딘의 그 두꺼운 『카즈빈사(史)』에 따르면, 마지막 사건이 터졌다.

결혼식을 하루 앞두고, 왕의 딸은 다음 날이면 자신의 남편이 될 젊고 잘생긴 대가의 그림을 하루 종일 슬픔에 가득 차 바라보았다. 그러고는 어둠이 내린 뒤 아버지를 찾아가 말했다.

"옛 거장들은 멋진 그림 속의 아름다운 처녀를 늘 중국인처럼 그리곤 했어요. 그건 동방에서 온 불변의 규칙이지요. 예, 그래요. 그렇지만 누군가를 사랑한다면 그 미녀의 눈썹, 눈, 입술, 머리, 미소 또는 속눈썹에 사랑하는 사람의 흔적을 남길 거라고 생각해요. 그림에 담긴 그 비밀스런 변형은 서로 사랑하는 두 사람만이 알 수 있는 표시겠지요. 아버님, 저는 오늘 하루 종일 말 탄 미녀의 그림을 바라보았지만 그녀의 그 어디에도 저의 흔적은 없었어요. 그 화가는 대가임에 틀림없고 젊고 잘생겼지만 저를 사랑하지는 않아요."

왕은 당장 결혼식을 취소시켰고, 아버지와 딸은 죽을 때까지 단둘이서 살았다.

"자네의 이야기에 따르면, 불완전함이야말로 우리가 스타일이라 부르는 것의 근원이겠군." 카라는 무척 정중하고 존경스런 어조로 말했다. "그런데 거장이 누군가를 진정 사랑하게 된다면 그가 그린 미녀의 얼굴이나 눈 혹은 미소에는 비밀스런 서명이 있어야 한다는 뜻인가?"

"아닐세." 나는 확신과 자부심에 차서 대답했다. "거장이 그림에 반영하는 자신의 연인은 궁극적으로는 불완전함이나 결함이 아니라 새로운 예술적 규범이 되지. 왜냐하면 시간이 흐른 뒤에는 모든 사람들이 그 거장을 모방하면서 거장의 연인과 똑같은 여인을 그리게 되기 때문이네."

우리는 잠시 말을 멈추었다. 내가 들려주는 세 가지 일화를 눈 하나 깜짝 않고 듣고 있던 카라가 현관과 옆방을 오가는 내 아름다운 아내의 인기척에 귀를 기울였다. 나는 그의 눈을 뚫어져라 들여다보았다.

내가 입을 열었다. "첫 번째 이야기는 스타일이 곧 불완전함이라고 말하고 있네. 두 번째 이야기에서는 완벽한 그림이라면 서명이 필요 없다는 걸 말하고 있지. 세 번째 이야기는 첫 번째와 두 번째 이야기의 교훈을 합한 것이네. 그러니까 서명과 스타일이란 결함 있는 그림을 그리고도 뻔뻔하고 어리석게 자만하는 자의 변명일 뿐이라는 거지."

그런데 내가 한 수 가르쳐 주고 있는 이 남자는 과연 그림을 얼마나 이해하고 있는 걸까? 나는 계속 말했다.

"자네는 내가 들려준 이야기를 통해서 내가 어떤 사람인지 알았는가?"

"물론일세."

그는 자신 있게 대답했지만 내게는 그다지 믿음직하게 들리지 않았다. 그래서 나는 여러분이 카라의 관점과 이해력을 통해서만 나를 파악하려 애쓰지 말고, 내 입으로 직접 말하도록 허락해 주었으면 한다.

나는 무엇이든 할 수 있다. 나는 카즈빈 출신의 노대가들처럼 즐거움과 환희에 차서 선을 그리고 색을 칠한다. 나는 누구보다도 실력이 좋다. 이 말을 나는 웃으면서 할 수 있다. 그리고 나는 카라가 나를 찾아온 이유(내 짐작이 맞는다면)인 엘레강스의 실종과는 아무런 상관이 없다.

카라는 나에게 결혼 생활과 예술을 어떻게 함께 유지하느냐고 물었다. 나는 즐기면서 열심히 일한다. 얼마 전에는 이 마을에서 가장 아름다운 처녀와 결혼도 했다. 삽화를 그리지 않을 때면 나는 아내와 미친 듯이 사랑을 나눈다. 그런 다음 또 일을 한다. 하지만 그에게 이런 말은 하지 않았다. 그저 "그것은 참으로 어려운 문제네."라고만 했다.

"만일 화가의 붓이 종이 위에 멋진 것을 쏟아붓는다면, 아내에게는 같은 즐거움을 쏟아붓지 못하겠지. 그러니까 반대로 화가의 페니스가 아내를 만족시킨다면, 그의 붓은 종이 위에서는 시들고 마는 거야."

그러자 화가의 재능을 질투하는 모든 사람들처럼 카라 역시 이 거짓말을 믿고 즐거워했다.

그는 내가 최근에 그린 삽화들을 보고 싶다고 했다. 나는 그를 물감과 물감 병, 종이에 광택을 내는 돌, 붓, 연필 그리고 연필깎이 등이 널려 있는 내 작업대로 안내했다. 카라가 우리 왕자님의 할례 의식을 묘사한 『축제의 서』에 들어간 두 장의 그림을 보는 동안 나는 그 옆에 있는 빨간 방석에 앉아 있었다. 그러다 방석에 남은 온기 때문에 조금 전 그곳에 엉덩이가 기가 막히게 예쁜 내 아내가 앉아 있었음을 깨달았다. 내가 갈대 연필로 술탄 앞에 있는 불행한 죄수들의 운명을 그리고 있을 때면, 영리한 아내는 곁에 앉아 내 '물건'을 만지작거리곤 했다.

내가 그리고 있는 두 장의 그림은 빚을 못 갚아 감옥에 들어간 죄수들과 그 가족들이 술탄의 은전(恩典)으로 구제되는 장면을 묘사하고 있다. 나는 내가 실제로 본 의례 장면처럼 은화로 가득한 자루들로 뒤덮인 카펫의 한쪽 구석에다 술탄을 그렸다. 술탄의 뒤쪽에는 재무 대신을 앉히고, 그가 손에 들고 있던 채무자 목록을 술탄에게 건네는 모습을 묘사했다. 또 사슬로 목을 묶어서 서로서로 엮어 놓은 죄수들이 고통으로 얼굴을 찡그리고 눈썹을 치키는 모습, 눈물을 흘리는 모습도 그려 넣었다. 술탄이 그들을 감옥에서 꺼내 주면서 은화 자루를 열어 호의를 베풀면 모두들 행복에 겨워 기도와 시를 읊는다. 이에 장단을 맞추는 우드와 탬버린은 빨간색으로 칠했다. 빚더미에 올라앉은 사람들의 고통과 부끄러움을 잘 표현하기 위해서 나는, 의도적으로 그랬던 것은 아니지만 죄수들의 행렬의 마지막 줄에 있는 죄수 옆에 그의 아내와 딸도 그려 넣었다. 너무도 가난한 죄수의 아내에게는 추레한 보라색 옷을 입혔고, 슬픔에 차 있음에도 불구하고 여전히 아름다운 딸의 기다란 머리채에는 빨간 두건을 씌워 주었다. 그걸 그리면서 나는 사슬에 묶인 채무자들을 어떻게 두 장에 걸쳐 줄줄이 그려 넣었으며, 그림 안의 빨간색에는 어떤 비밀스러운 의미가 숨겨져 있는지, 가장자리에 그려 넣은 개와 술탄의 공단 겉옷을 왜 같은 색으로 칠했는지를 아내에게 웃으면서 얘기해 주었다. 눈을 치켜뜨고 그림을 들여다보고 있는 카라에게 그런 얘기들을 막 설명하려는데, 그가 나에게 아주 버릇없는 질문을 던졌다.

가엾은 엘레강스가 어디에 있는지 혹시 내가 아느냐고? 가엾다니 대체 그게 무슨 말인가! 물론 나는 그가 한 푼어치도 안 되는 모사 화가에 불과하며 금박 입히기를 돈벌이로만 아는 욕심쟁이에, 예술적 영감이라곤 하나도 없는 바보라고 말하지는 않았다. 나는 그저 "아니, 모르겠네."라고만 했다.

에르주룸 출신의 설교자를 추종하는 난폭하고 잔인한 자들이 엘레강스에게 해를 끼쳤을지도 모른다는 생각을 해 본 적이 한 번도 없느냐고? 나는 엘레강스 역시 그 추종자들 가운데 한 명이었음이 틀림없다는 말을 입 밖에 내는 것을 가까스로 참았다. 그러고는 "아니, 그런데 왜 그러나?" 하고 물었다.

이스탄불에 만연한 빈곤, 흑사병, 부도덕, 그리고 수치스러운 일들은 예언자 시대의 이슬람과는 거리가 먼, 새롭고도 추한 관행들을 우리가 행했기 때문이며, 또한 서양의 감성이 우리에게 침투되었기 때문이다. 설교자 에르주룸인도 그렇게 말하고 있다. 그러나 그들의 적들은 에르주룸 신도들이 음악을 연주하는 기도원을 습격하고, 성인들의 묘를 파손시킨다고 주장하며 술탄을 속이고 있다. 카라는 내가 그 에르주룸 출신 성인에게 적의를 갖고 있지 않음을 알기에, 정중하게 "자네가 엘레강스를 죽였나?" 하고 묻고 싶은 것이다.

오래전부터 세밀화가들 사이에서 그런 소문이 떠돌고 있었겠구나 싶자 나는 갑자기 뒤통수를 얻어맞은 듯했다. 감각도 재능도 없는 놈들이 내가 짐승 같은 살인자라는 말을 신나게 퍼뜨리고 있을 것이다. 이 바보 같은 체르케스인 카라가 질투심 많은 그 화가들의 비방을 심각하게 받아들인다는 이유만으로 나는 그의 머리를 물감 병으로 내리치고 싶은 마음이 일었다.

카라는 눈에 보이는 모든 것을 머릿속에 담아 두려는 듯한 눈초리로 내 화실을 구경했다. 긴 종이를 자르는 가위, 노란 물감이 가득 든 질그릇, 물감 접시, 일하면서 한 입씩 먹던 사과, 뒤편 화롯가에 놓여 있는 커피 끓이는 기구, 커피 잔들, 방석, 창문 틈새로 새어 드는 빛, 종이의 상태를 검사하기 위해 쓰는 거울, 소매 달린 내 셔츠, 그리고 문 두드리는 소리에 황급히 방을 나가다가 아내가 떨어뜨린, 구석에 죄 지은 듯 놓여 있는 아내의 빨간 허리띠까지 주의 깊게 살펴보았다.

　나는 내 속마음을 그에게 감추고는 있었지만 내가 그린 그림, 그리고 내가 사는 방을 그의 대담하고 공격적인 눈길에 넘겨주고 있었다. 나의 이런 자부심에 여러분이 충격을 받으리라는 것은 알고 있다. 하지만 나는 돈을 가장 많이 버는 화가이고, 그러니까 가장 훌륭한 화가다! 신은 삽화 예술이 황홀경에 이르기를 원했으므로, 볼 줄 아는 눈을 가진 이에게 마땅히 이 세계가 황홀경임을 보여 줘야 한다.

13
나를 황새라 부른다

정오 기도 시간에 누군가가 문을 두드렸다. 어린 시절부터 알고 지내던 카라였다. 우리는 서로 얼싸안았다. 그는 추위에 떨고 있었다. 나는 어떻게 우리 집을 찾아왔느냐고 묻지도 않고 그를 곧장 안으로 들였다. 실종된 엘레강스의 소재에 대해 내가 뭔가 알고 있는지 알아보도록 에니시테가 그를 보낸 것이리라. 그런데 그는 그것뿐만 아니라 나의 스승 오스만의 전갈까지 가져왔다.

카라가 말했다.

"내가 질문 하나 해도 되겠나? 오스만 화원장께선 진정한 화가와 그렇지 않은 화가들을 구분하는 것은 시간이라고 하셨네."

그림의 시간에 대한 나의 생각이 궁금하시단 말씀이지? 그렇다면 잘 들어 보길 바란다.

그림과 시간

다들 아는 대로, 옛날 우리 세계의 화가들은, 물론 페르시아의 옛 거장들도 마찬가지로, 오늘날 이교도 유럽인들이 보는 방식으로 세상을 인식했기 때문에 부랑자들이나 얼간이들, 가게 점원의 수준에서 세상을 묘사했다. 그러니까 오늘날 유럽 화가들이 뽐내며 자랑하는 원근법을 몰랐던 그들은 부랑자나 얼간이처럼 단순한 눈으로 세계를 따분하고 제한적으로 그렸다. 그런데 어떤 굉장한 일이 벌어져 우리의 회화 세계가 완전히 변해 버렸다. 내 이야기는 여기서부터 시작된다.

그림과 시간에 관한 세 가지 일화

엘리프

지금으로부터 350년 전, 바그다드가 몽골인 점령자들에 의해 무참히 약탈당했던 혹독한 2월이었다. 젊은 나이에도 불구하고 당시 페르시아뿐만 아니라 전 이슬람 세계에서 가장 유명하고 실력 있는 필경사로 인정받았던 이븐 샤키르는 훌라구의 군사들이 모조리 뜯어내거나 찢고 불태운 다음 티그리스강에 던져 버려서 오늘날은 전설이 되어 버린 자신의 마지막 책을 완성하기 위해 밤새도록 흔들리는 촛불 아래에서 작업을 하고 있었다. 그때까지만 해도 세계적으로 유명한 바그다드의 모든 도서관에는 그가 쓴 스물두 권의 책(대부분은 코란이었다.)이 소장되어 있었다. 지구가 멸망하더라도 자신의 책들만은 영원히 남아 있을 거라고 굳게 믿었던 이븐 샤키르에게 시간이란 개념은 언제나 깊고 무한했다. 밤샘 작업을 마친 그는 쌀쌀한 새벽에 칼리프 사원 첨탑으로 올라갔다. 해 뜨는 방향을 등지고 지평선을 바라보는 것은 전통과 책의 불멸을 믿는 위대한 페르시아의 필경사들이 장님이 되지 않기 위해 눈을 쉬게 했던, 오 세기부터 전해 내려오는 방법이었다. 그리고 첨탑 안의 기도문을 읽는 곳에서 그는 500년 동안 이어져 내려온 필사(筆寫)의 전통의 막을 내리게 할 모든 것을 목격했다. 그는 훌라구의 잔인한 군사들이 바그다드로 입성하는 것을 최초로 보았던 것이다. 도시가 약탈되고 파괴되는 광경, 수천 명의 사람들이 매서운 칼날 앞에서 쓰러지는 광경, 500년 동안 바그다드를 통치한 이슬람 최후의 칼리프[20]가 죽는 광경, 여자들이 능욕을 당하는 광경, 수만 권의 책들이 티그리스강으로 던져지는 그 모든 장면을 그는 보았다. 이틀 뒤, 시체 썩는 냄새와 죽음의 절규 속에서, 책에서 번져 나온 잉크 때문에 붉게 물든 티그리스강을 바라보면서 그는 그토록 아름다운 글씨로 쓰인 자신의 책들이 이 처참한 학살과 파괴를 저지하는 데에는 전혀 쓸모가 없음을 깨닫고 다시는 글씨를

20) 절대자, 최고 권력자를 뜻하며, 세속적, 종교적 수장을 가리키는 존칭.

쓰지 않겠노라 맹세했다. 그리고 그전까지는 신에 대한 모독이라 여겨 무시해 왔던 그림을 통해 자신의 고통과 재앙을 표현하고 싶은 강한 열망에 사로잡혔고, 항상 가지고 다니던 종이에다 첨탑에서 내려다보이는 것들을 그리기 시작했다. 몽골의 침략 이후에도 이슬람 회화가 300년 동안 유지될 수 있었던 저력은, 그리고 그것이 우상 숭배자들과 기독교인들의 회화와 구분되는 까닭은, 바로 그가 신과 같이 높은 곳에서 내려다보며 그렸던 그 고통에 찬 지평선의 행복한 기적 덕택이다. 그리고 대학살 이후 그림에 대한 열정을 가슴에 품고 몽골 군사들이 온 북쪽으로 가서 중국 화가들의 그림을 배워 온 덕택이기도 하다. 이렇게 해서, 500년 동안 페르시아 필경사들의 가슴속에 있던 영원한 시간의 개념은 글씨가 아니라 그림에서 실현되리라는 것이 분명해졌다. 비록 책은 제본이 뜯겨 없어지더라도, 그 안에 있던 그림들은 다른 책들 속으로 끼어들어가 영원히 살아 있음으로써 신의 세계를 계속 보여 주는 것이다.

베

그리 가깝지도 멀지도 않은 옛날, 모든 것이 다른 모든 것을 그대로 모사(模寫)하고, 그래서 아무것도 늙거나 죽지 않아서 인간이 시간의 흐름을 알지 못했던 시절이 있었다. 정말로 시간이 전혀 흐르지 않는 것처럼 반복적으로 똑같은 이야기를 쓰고 똑같은 그림을 그리던 시절이었다. 사마르칸트 출신 역사가 살림이 『간추린 역사』에 썼듯이 파히르 샤의 소규

모 군대는 셸라핫딘 칸의 군사들을 혼비백산하게 했다. 승리자 파히르 샤는 포로로 잡은 셸라핫딘 칸을 고문해 죽인 후, 관례에 따라 제일 먼저 죽은 칸의 도서관과 하렘을 방문했다. 그리고 새로운 통치자의 소유임을 확실히 하기 위해, 그는 경험 많은 제본가를 시켜 도서관에 소장된 죽은 칸의 책들을 뜯고 페이지들을 섞어 새로 제본하도록 했다. 서예가들은 책에 쓰인 '항상 승리하는 셸라핫딘 칸'이란 문구를 '승리자 파히르 샤'로 고쳐 썼고, 화가들은 책에 삽입된 아름다운 그림들 속에 있었으나 이제는 고인이 되어 잊힐 수밖에 없는 셸라핫딘 칸의 얼굴을 지우고, 대신 훨씬 젊은 파히르 샤의 얼굴을 그려 넣었다. 한편 하렘에 들어간 파히르 샤는 대번에 그곳에서 가장 아름다운 여인을 알아보았다. 그러나 책과 그림을 깊이 이해하는 통치자였던 파히르 샤는 그녀를 강제로 취하는 대신 그녀의 마음을 열기 위해 대화를 나누었다. 셸라핫딘 칸의 절세미인 아내 네리만 술탄은 눈물에 젖은 채, 새 남편이 될 파히르 샤에게 한 가지 소원을 말했다. 그녀의 바람은 전설적인 사랑 이야기를 기록한 책 『레일라와 메즈눈』에서 레일라로 묘사된 자신의 맞은편에 메즈눈으로 그려진 남편 셸라핫딘 칸의 얼굴을 긁거나 지우지 말아 달라는 것이었다. 수년에 걸쳐 제작된 책을 통해 죽은 남편이 얻고자 했던 불멸의 권리를 단 한 페이지만이라도 남겨 놓는 선의를 베풀어 달라는 것이었다. 승리자 파히르 샤는 그녀의 이 작은 바람을 너그러이 받아들여, 화가들에게 그 그림에만은 손을 대지 말라고 명했다. 네리만은 곧 파히르와 잠자리를 같이했고, 얼마 지나지 않아

진심으로 그를 사랑하게 되었으며, 과거의 끔찍한 일은 모두 잊었다. 그러나 파히르 샤만은 『레일라와 메즈눈』에 남아 있는 그 그림을 잊을 수 없었다. 그의 심기를 불편하게 한 것은 아내가 그림 속에서 전남편과 함께 있다는 사실에 대한 질투가 아니었다. 그의 마음을 갉아먹은 것은 그 멋진 책에, 옛 전설 속에 자신이 그려져 있지 않다는 것, 그리고 부인과 함께 영원불멸의 시간 속으로 들어가지 못하리라는 생각이었다. 오년 동안 이 생각에 시달린 끝에 파히르 샤는 어느 날 밤, 네리만과 아주 오래도록 행복하게 사랑을 나눈 뒤에, 촛불을 들고 도둑처럼 몰래 도서관으로 들어가 『레일라와 메즈눈』 속에 그려진 아내의 죽은 남편의 얼굴 위에 자신의 얼굴을 그려 넣었다. 그러나 그림을 좋아하는 왕들이 대개 그렇듯, 서툰 화가였던 그는 자신의 얼굴을 잘 그리지 못했다. 아침에 뭔가 이상한 느낌이 들어 그 책을 펼쳐 본 사서는 네리만의 얼굴을 한 레일라 앞에 죽은 셀라핫딘 칸이 아닌 새로운 인물이 그려져 있는 것을 발견했다. 그러고는 그것이 파히르 샤가 아니라 샤의 숙적인 젊고 잘생긴 압둘라 샤의 얼굴이라고 했다. 이 소문은 파히르 샤의 병사들의 사기를 떨어뜨렸을 뿐만 아니라, 공격적인 성격으로 널리 알려진 이웃 나라의 새 통치자 압둘라 샤에게 용기를 주었다. 첫 전쟁에서 파히르 샤는 대패했고, 압둘라 샤는 포로로 잡은 그를 죽여 버리고 그의 하렘과 도서관을 차지했으며, 여전히 아름다운 네리만 술탄의 새 남편이 되었다.

집

이스탄불에서는 우준 메흐멧으로, 페르시아에서는 호라산의 무함마드로 알려진 전설적인 세밀화가의 이야기는 대부분의 화가들 사이에서 장수(長壽)와 눈멂의 예로 언급되곤 한다. 그러나 이것은 사실 그림과 시간에 관한 일화다. 아홉 살에 견습생으로 일을 시작한 것을 감안하면 거의 110년 동안 그림을 그리고도 장님이 되지 않은 이 대가의 가장 큰 특징은, 특징이 없다는 것이었다. 이것은 말장난이 아니며, 나는 진심으로 그를 찬미한다. 그는 다른 모든 사람들처럼 언제나 위대한 옛 화가들의 기법에 따라 그림을 그렸고, 이 때문에 가장 위대한 화가가 될 수 있었다. 그림에 헌신하는 것을 곧 신에 대한 봉사로 여겼던 그의 겸손함은 자신이 몸담고 있는 화원 안에서 일어나는 권력 다툼과 화원장이 되려는 욕망으로부터 스스로를 멀리하게 만들었다. 110년 동안 그는 그림 테두리 구석구석과 페이지의 여백을 메우기 위해 풀들, 수천 개의 나뭇잎, 구불구불한 모양의 구름, 한 올 한 올 빗겨 준 자국이 선명한 말갈기, 벽돌들, 반복되는 수많은 벽 장식, 위로 올라간 눈꼬리, 섬세한 턱, 똑같은 수만 개의 얼굴을 지치지도 않고 열심히 그렸다. 그는 아주 행복했고 조용한 사람이었다. 그림 속에서 자신을 전혀 드러내려 하지 않았고 자신만의 화풍이나 개성을 내세우지도 않았다. 어떤 왕, 어떤 왕자의 화원에서 일하든 그곳을 자신의 집으로, 자신은 그 집에 속한 물건으로 여겼다. 칸과 샤가 서로를 죽이면 화가들도 하렘의 여인들처럼 이 도시에서 저 도시로 새 주인을 따라가기 마련이다. 그런데 그가 새 주인의 화원으로 옮겨 갈 때마다, 그 화원의 화풍은 그가 그린 잎사귀, 잔디, 바위의 굴곡, 그의 끈기에서 나오는 비밀스러운 곡선으로 규정되곤 했다. 그리하여 그가 여든 살이 되자 언젠가는 그도 죽는다는 사실은 잊히고, 그가 자신이 그린 전설 속에서 살고 있다고 사람들은 믿기 시작했다. 이 때문인지는 몰라도 어떤 이들은 그가 시간 밖에 존재하기 때문에 아무리 늙어도 결코 죽지 않을 거라고 말하곤 했다. 집도 국적도 없이 일생 동안 화원과 천막에서 밤을 새우고, 대부분의 시간을 종이를 들여다보며 지냈음에도 불구하고, 그가 끝내 장님이 되지 않은 까닭은 그에게는 시간이 멈췄기 때문이라고 말하는 사람들도 있었다. 어떤 이들은 그가 장님이 됐지만 모든 것을 외워서 그리기 때문에 실은 볼 필요도 없어졌다고도 했다. 그런데 한 번도 결혼한 적이 없고 여자와 자 본 적도 없는 이 전설적인 화가는 자신이 백 년 동안 그려 왔던, 가늘고 위로 올라간 눈초리와 뾰족한 턱을 가진 아름다운 남자 모델을 만나게 되었다. 그 모델은 견습생으로 샤 타마스프의 화원에 들어온, 중국인과 크로아티아인의 혼혈인 혈기 왕성한 열여섯 살 소년이었다. 이 소년을 보자마자 당시 119세였던 그는 그 자리에서 사랑에 빠져 버렸다. 그는 믿을 수 없을 정도로 아름다운 견습생을 차지하기 위해, 열정적인 애인이라면 누구나 그러하듯 다른 화가들과 권력 다툼을 벌이고, 책략과 술수를 쓰고, 거짓말을 하기 시작했다. 백 년 동안 멀리했던 욕망에 도달하려는 이 시도는, 처음에는 호라산 출신의 이 위대한 화가를 꽃피게 했지만, 곧 전설적인 시간의 영원

성으로부터 멀어지게 했다. 아름다운 견습생을 바라보며 취해 있던 어느 날 오후, 그는 열린 창으로 들어온 타브리즈의 차가운 바람을 맞아 감기에 걸렸고, 그다음 날 재채기를 하다가 장님이 되었다. 그리고 이틀 뒤, 화원의 높은 계단에서 굴러떨어져 죽고 말았다.

카라가 말했다. "호라산 출신의 우준 메흐멧의 이름은 들은 적이 있지만 그런 이야기가 있었는지는 몰랐네."

그는 내 이야기가 끝난 것을 알고, 자신의 머릿속이 내가 설명한 것들로 가득 차 있음을 알리기 위해서 그렇게 말했다. 그가 나를 마음껏 바라볼 수 있도록 나는 잠시 말을 멈췄다. 손을 움직이지 않으면 불안했기 때문에 나는 두 번째 이야기를 시작하면서, 카라가 문을 두드리는 바람에 멈춘 부분부터 다시 그림을 그리기 시작했다. 언제나 내 무릎 근처에 앉아 물감을 섞고 연필을 깎으면서 이따금 내가 실수한 부분을 고쳐주는 나의 아름다운 도제 마흐뭇은 옆에서 말없이 내 이야기에 귀를 기울이며 앉아 있었고, 집 안에서는 아내가 뭘 하는지 달그락거리는 소리가 들려왔다.

"오, 술탄이 서 있군!"

그는 내 그림을 보며 감탄하는 어조로 말했다. 나는 어째서 그가 내 그림에 감탄하는지 궁금하지 않은 것처럼 행동했다. 그렇지만 여러분께는 솔직히 얘기하겠다. 화원의 장인들이 제작한 『축제의 서』의 할례 의식 장면을 그린 백 점의 그림에서는, 오십이 일 동안 발코니 창을 통해 상인과 길드에 속한 장인들, 군중, 병사 그리고 도둑의 행렬을 지켜보는 술탄이 언제나 고매하게 앉아 있는 모습으로 그려졌다. 그런데 내가 그린 이 그림에서만은 유독 술탄이 일어서서 광장의 군중들에게 금화가 가득 든 자루에서 돈을 꺼내 던지는 모습으로 묘사되어 있다. 서로 돈을 집으려고 법석을 떨며 주먹질과 발길질을 하고 땅바닥에 떨어진 돈을 줍느라고 엉덩이가 하늘을 향해 있는 군중들의 기쁨과 즐거움을 표현하기 위해서 그렇게 그린 것이다.

나는 말했다. "어떤 그림의 주제가 사랑이라면 그 그림은 사랑으로 그려져야만 하네. 고통이라면 그림에서 그 고통이 묻어 나와야 하지. 그렇지만 그 고통은 그림에 있는 사람들의 표정이나 눈물 때문이 아니라, 그림을 처음 본 순간 느껴지는 그림 내부의 조화에서 나와야 하네. 나는 수세기 동안 수많은 화가들이 그려 온 감탄하는 사람의 전형적인 모습, 그러니까 딱 벌어진 입속에 검지를 넣고 있는 사람을 그리지 않고, 일어서 있는 술탄을 그려서 그림 자체를 경탄할 만한 것으로 만들었지."

나는 어떤 실마리를 찾으려는 듯 내 물건들과 화구들, 아니 나의 삶 전부를 훑어보고 있는 카라의 시선이 적잖이 신경 쓰였다. 시간이 흐를수록 그의 눈 속에 들어 있는 내 집이 보이는 것만 같았다.

한동안 타브리즈와 시라즈에서 궁전과 목욕탕과 성을 그린 그림들이 제작된 적이 있었다. 화가들은 그 그림이 모든 것을 보고 이해하는 위대한 신의 통찰력 있는 시선을 닮았으면 하는 바람을 가졌다. 세밀화가는 마치 궁전의 한가운데를 거대한 마술 면도칼로 잘라 낸 것처럼, 궁전 안에 있는 주방 기구와 컵, 밖에서는 절대로 보이지 않는 벽 장식, 새장 속의 앵무새, 궁전 안의 내실, 베개, 햇빛 한 번 본 적 없이 방석 위에 앉아 있는 미녀들까지 그려 넣곤 했다. 내 그림을 감탄하며 바라보던 카라는 나의 물감, 책, 아름다운 조수, 유럽 여행가들을 위해 그린 『의복의 서』, 화집, 어떤 파샤를 위해 비밀리에 그린 음화들, 유리와 청동 또는 찰흙으로 만든 물감 병, 상아로 만든 연필깎이, 금으로 된 연필, 그리고 아름다운 내 조수의 눈길을 둘러보았다.

나는 나의 존재감으로 정적을 대신하기 위해 입을 열었다.

"옛 화가들과는 달리, 나는 수많은 전쟁을 목격했네. 정말 많이 봤지. 그래서 전쟁의 무기, 대포, 군대, 시체들, 술탄과 장군의 막사, 천장 등을 다 그릴 수 있었지. 전쟁이 끝나고 이스탄불로 돌아오면 모두들 잊어버리는 전장의 모습을 나는 그림으로 기록했네. 두 동강이 난 시체, 싸우는 병사들, 포위된 성의 들쑥날쑥한 탑 사이로 우리 대포와 군대를 두려운 듯 바라보는 이교도 병사들, 머리가 잘린 반역자들, 전속력으로 달리는 말의 경쾌함. 난 내가 본 모든 것을 기억하네. 새로 문을 연 커피숍, 전에는 한 번도 본 적이 없는 모양의 창살, 대포, 유럽 장총에 달린 희한하게 생긴 방아쇠, 그리고 연회에서 누가 무슨 색의 옷을 입고, 무엇을 먹고, 누구는 손을 어디에 어떻게 놓았는지까지……."

"자네가 말한 그 세 가지 이야기의 교훈이 뭔가?"

카라는 모든 것을 요약해 달라는 듯한, 그리고 약간은 책임을 추궁하는 듯한 어조로 물었다.

"첨탑이 나오는 첫 번째 이야기는 세밀화가의 재능이 얼마나 되든지 간에 그림을 완벽하게 만드는 것은 시간이라는 것을 말해 주지. 그리고 하렘과 책이 나오는 두 번째 이야기는 시간을 초월하는 유일한 방법은 연마된 기술과 그림 그리기라는 것을 가르쳐 주지. 세 번째는 자네가 말해 보게나."

카라가 자신에 찬 목소리로 말했다.

"119세의 세밀화가가 나오는 세 번째 이야기는 첫 번째와 두 번째 이야기를 결합한 것인데, 완벽한 인생과 완벽한 그림을 버린 사람이 언제 죽고, 또 언제 그의 시간이 끝나는지를 말해 주는 것이겠지."

14
나를 올리브라 부른다

정오 기도 시간이 끝난 직후였다. 즐거운 마음으로 서둘러 소년의 얼굴을 그리고 있는데 누군가가 문을 두드렸다. 흥분이 되어 손이 떨렸다. 나는 연필을 내려놓고 품에 있던 화판을 조심스럽게 한쪽으로 치운 뒤, 뛰듯이 달려 나갔다. 문을 열기 전에 나는 기도를 올렸다. 신이시여……! 지금 내가 말하려는 것을 이 책을 통해 듣게 될 여러분은 우리가 속한 이 더럽고 가련한 세상보다, 술탄의 저속한 종들보다 신에게 더 가까우므로, 나는 아무것도 감추지 않을 생각이다. 최근 인도의 황제이자 세상에서 가장 부자인 악바르 칸이 영원히 인구에 회자될 책을 만들도록 지시했다고 한다. 그는 이슬람 세계 전체에 사신을 보내 최고의 실력을 갖춘 세밀화가들을 초청했다. 그리고 어제 칸이 이스탄불에 보낸 사신들이 나를 찾아와

인도로 와 달라고 청했다. 하지만 지금 문 앞에 서 있는 사람은 칸의 사신이 아니라 도제 시절 이후로 잊고 지냈던 카라였다. 예전에 그는 우리 틈에 끼지도 못하고 질투만 했다.

그는 나와 이야기를 나누고, 내 그림을 보기 위해 찾아왔다고 했다. 나는 기꺼이 모든 걸 보여 주겠노라며 그를 안으로 안내했다. 그는 얼마 전 화원장 오스만을 방문했는데, 오스만이 자신에게 의미심장한 이야기를 들려주었다고 했다. "눈멂과 기억에 대해 어떤 생각을 갖고 있는지를 통해 그 화가의 자질을 알아볼 수 있다."라는 것이었다. 그렇다면 어디 한번 알아보라지.

눈멂과 기억

삽화 예술 이전에도 어둠은 있었고, 삽화 예술 이후에도 어둠은 여전히 존재할 것이다. 그러나 색채와 그림, 예술과 사랑을 통해 우리는 신께서 우리에게 "보라!" 하고 명령했던 것이 무엇인지를 기억한다. 안다는 것은 본 것을 기억하는 것이며, 본다는 것은 기억하지 않고도 아는 것이다. 그러므로 그림을 그린다는 것은 어둠을 기억하는 것이다. 그림을 사랑하고, 색채와 시각이 어둠으로부터 나온 것임을 인식한 위대한 화가들은 색을 통해 신의 어둠 속으로 돌아가기를 갈망한다. 기억할 줄 모르는 화가는 신도, 신의 어둠도 기억하지 못한다. 모든 위대한 장인들의 작품은 색채 안에서 시간 너머에 있는 깊은 어둠을 찾는다. 헤라트의 위대한 옛 장인들을 통해 알려진 '어둠을 기억한다는 것'의 의미를 여러분도 이해할 수 있도록 설명해 보겠다.

눈멂과 기억에 관한 세 가지 이야기

엘리프

시인 자미가 성자들의 이야기를 기술한 『친밀의 선물』의 투르크어 번역본을 보면, 흑양 왕조(黑羊王朝)의 통치자 지한 샤의 화원에서 명성을 떨친 장인 세흐 알리가 『휘스레브와 쉬린』의 멋진 판본을 그렸다고 쓰여 있다. 내가 들은 바에 의하면, 장인 중의 장인인 세흐 알리는 정확히 십일 년 만에 이 전설적인 삽화를 완성했는데, 그것은 위대한 옛 세밀화가 비흐자드에 필적할 만한 걸작이었다고 한다. 그런데 자신이 세상에서 둘도 없는 훌륭한 책을 소유하게 되리라는 것을 책이 완성되기도 전에 알게 된 지한 샤는 걱정이 앞섰다. 자신의 숙적인 백양 왕조(白羊王朝)의 젊은 통치자 우준 하산에 대한 두려움과 질투심 때문에 늘 마음이 편치 않았던 지한 샤는 그 멋진 책이 완성되었을 때 자신에게 바쳐질 존경을 기뻐하기에 앞서, 백양 왕조의 하산이 자신보다 더 멋진 책을 소유하게 될 수도 있다는 생각 때문에 기분이 언짢아졌다. 지한 샤는 다른 사람들도 나처럼 행복해지면 어쩌나 하는 걱정으로 자신의 행복을 망쳐 버리는 질투심 많은 인물이었던 것이다.

만일 세밀화가 세흐 알리가 이 책보다 더 멋진 책을 또 그리게 된다면, 그것은 자신의 숙적인 우준 하산을 위한 책이 될 거라고 생각한 그는 자신 외에는 그 누구도 아름다운 책을 소유하지 못하도록, 책이 완성된 뒤에 화가를 죽이기로 마음먹었다. 그러나 지한 샤의 하렘에 있는 마음씨 착한 체르케스인 미녀는 세밀화가의 눈을 멀게 하는 것만으로도 충분할 거라고 충고했고, 샤는 그녀의 말을 받아들였다. 샤는 아첨에만 능한 신하들에게 자신의 이런 뜻을 밝혔고, 이 소식은 곧 세흐 알리의 귀에도 들어갔다. 그러나 그는 평범한 다른 화가들과는 달랐다. 작업을 중지하지도 않았고 타브리즈를 떠나지도 않았다. 장님이 되는 것을 미루려고 작업 속도를 늦추거나 책의 완성도를 떨어뜨리기 위해 아무렇게나 대충 그리지도 않았다. 오히려 여느 때보다 더 강한 정열과 집념으로 작업에 임했다. 아침 기도가 끝나자마자 작업을 시작했고, 자정이 넘어서도 촛불 밑에서 피곤한 눈에서 눈물이 날 때까지 항상 같은 말, 삼나무, 연인들, 용, 그리고 잘생긴 왕자들을 그렸다. 그는 헤라트파의 옛 거장들이 그린 그림을 며칠 동안 바라보았고, 나중에는 그 그림들을 전혀 보지 않고도 종이에 똑같이 그릴 수 있게 되었다. 그리하여 마침내 지한 샤를 위한 책이 완성되었고 세밀화가는 기대했던 대로 수많은 찬사를 들었다. 하지만 뾰족한 꼬챙이로 눈을 찔리는 운명을 피할 수는 없었다. 세흐 알리는 아픔이 채 가시기도 전에 헤라트를 떠나 백양 왕조의 통치자인 우준 하산에게 가서 이렇게 말했다.

"저는 장님입니다. 하지만 최근 십일 년 동안 그렸던 책의 모든 아름다움, 연필의 터치, 붓놀림은 전부 제 기억 속에 있습니다. 제 손은 그것 전부를 보지 않고 외워서 그릴 수 있습니다. 전하, 저는 이 세상에 전무후무할 가장 아름다운 책을 당신께 그려 드리겠습니다. 이제 저의 눈은 이 세상의 더러움을 전혀 볼 수 없기 때문에 신의 모든 아름다움을 제 기억만으로 가장 순수하게 그릴 수 있습니다."

우준 하산은 이 위대한 장인의 말을 그대로 믿었고 장인도 자신의 약속대로 기억에 의지해 이 세상에 둘도 없는 멋진 책을 왕에게 그려 주었다. 나중에 백양 왕조의 우준 하산은 흑양 왕조의 지한 샤를 빈콜 근방에서 급습해 살해했다. 이 승리가 우준 하산의 새 책이 그에게 준 정신적인 힘 때문이었다는 사실은 누구나 알고 있다. 그 멋진 책은 우준 하산이 오투룩벨리 전투에서 타계하신 우리의 정복자 메흐멧 술탄에게 패배한 뒤 장인 세흐 알리가 지한 샤에게 그려 준 책과 함께 우리 술탄의 금고로 들어왔다. 그림을 본 사람들은 모두 알고 있을 것이다.

베

지금은 천당에 계실 쉴레이만 대제는 세밀화가들보다는 서예가를 더 중요하게 여겼으므로, 당시의 불행한 세밀화가들은 '글자보다 그림이 더 중요하다.'라는 말을 할 때 지금부터 내가 하려는 이야기를 예로 들곤 했다. 하지만 섬세한 사람이라면 다 알 수 있겠지만 이 이야기는 눈멂과 기억에 관한 것이다. 세상의 통치자였던 티무르가 죽은 후, 서로 적이 되어 참혹한 전쟁을 치룬 아들과 손자들이 서로의 도시를 정복한 후 행했던 첫 번째 일은 자신의 이름으로 주화를 발행하고 사원에서 예배를 올리도록 하는 것이었다. 두 번째 일은 빼앗은 책들을 분해하고 책 표지에 자신을 '세계의 통치자'라고 찬양하는 새로운 헌사와 간행사를 붙여 다시 제본하게 함으로써, 그 책을 본 사람들에게 세계의 통치자가 누구인지 알도록 하는 것이었다. 이들 중 티무르의 손자 울루 베이의 아들 압둘라티프는 헤라트를 점령하자마자 아버지의 이름으로 책을 만들기 위해 세밀화가와 서예가 그리고 제본가들을 동원해 신속히 작업에 착수하도록 했다. 그러나 제본이 뜯어진 책들에서 나온 그림과 글의 일부가 찢어지고 불살라지면서 서로 뒤죽박죽으로 섞이게 되었다. 그러나 만들고자 하는 책의 페이지가 원래 어떤 책의 어떤 이야기에 속했었는지를 무시하고 끼워 맞추기 식으로 대충 제본하는 것은 그림 애호가였던 아버지 울루 베이에 대한 예의에 어긋난다고 여겼기에, 아들은 헤라트의 화가들을 모두 모아 놓고 그림을 원래 순서대로 나열할 수 있도록 이야기를 하라고 명령했다. 그러나 화가들이 각자 다른 이야기를 하는 바람에 그림들은 더욱더 뒤섞이게 되었다. 그리하여 최근 오십사 년간 헤라트를 통치한 모든 왕과 왕자들의 책을 제작하느라 시력을 잃은, 이미 오래전에 잊힌 늙은 세밀화가를 찾아내도록 했다. 그런데 그가 장님이라는 사실이 밝혀지자 모두들 당황했으며, 그중에는 코웃음을 치는 사람들도 있었다. 그러나 늙은 장인은 태연하게 채 7세가 안 된, 영리하지만 읽고 쓸 줄은 모르는 아이를 자기에게 데려다 달라고 했다. 사람들은 즉시 그가 말한 조건에 맞는 아이를 찾아 데려 왔다. 늙은 세밀화가는 아이 앞에 그림을 놓고 보이는 대로 얘기해 달라고 했다. 아이가 그림을 보며 설명을 시작하자 늙은 화가는 보이지 않는 눈을 허공에 고정시킨 채 주의 깊게 들으며 말했다.

"그건 페르도우시가 쓴 『왕서』에서 알렉산드로스 대왕이 죽은 다리우스를 껴안는 장면이군. 그것은 사디의 『장미 정원』에서 아름다운 제자를 보고 사랑에 빠진 스승의 이야기일세. 그 그림은 네자미가 쓴 『비밀의 보물』에서 의원들이 서로 경쟁하는 장면이고……."

그러자 다른 화가들이 화를 내며 말했다.

"우리도 그 정도는 말할 수 있소. 그것들은 가장 유명한 이야기 중에서도 가장 널리 알려진 장면 아니오."

늙은 장님 세밀화가는 이번에는 가장 어려운 그림을 아이 앞에 놓게 한 뒤, 다시 아이의 말을 주의 깊게 들었다.

"그것은 페르도우시가 쓴 『왕서』에서 휴르므즈가 서예가들을 차례로 독살하는 장면이야. 그건 루미의 『마스나비』에서 아내와 아내의 정부를 배나무 꼭대기에서 찾아낸 남편에 관한 형편없고 값싼 그림이로군."

이렇게 해서 그는 모든 그림을 보지도 않고 아이의 설명만으로 알아냈고 결국 책의 제본을 완성했다. 아들에 이어 군대를 이끌고 헤라트에 입성한 울루 베이는 늙은 장님 세밀화가에게 다른 화가들은 눈으로 보고도 이해하지 못했던 이야기를 어떻게 알 수 있었는지 그 비밀을 물었다.

"그것은 장님인 저의 기억력이 뛰어나서가 아닙니다. 저는 시각적인 이미지를 통해서뿐만 아니라 단어를 통해서 환기되는 이야기를 절대로 잊지 않습니다."

울루 베이는 그 단어들과 이야기들은 화가들도 다 알고 있었지만 그래도 그림을 순서대로 나열하지 못했다고 말했다.

"왜냐하면 그들은 자신들의 기교와 예술로 그려진 그림들은 아주 잘 알고 있지만, 옛 장인들이 신의 기억으로 그림을 그렸다는 사실을 모르기 때문입니다."

그렇다면 아이는 어떻게 그것을 알 수 있었는지 울루 베이가 다시 물었다.

"아이는 모릅니다. 단지 눈먼 늙은 화가인 저는 신께서 이 세상을 7세짜리 아이가 보고 싶어 하는 대로 창조했다는 걸 알고 있습니다. 왜냐하면 신은 우리가 볼 수 있도록 세상을 창조했기 때문입니다. 그리고 우리가 본 것을 이야기하며 서로 공유하도록 우리에게 단어를 주었습니다. 그런데 사람들은 단어로 이야기를 만들고 그 이야기를 위해 그림을 만들었다고 생각합니다. 하지만 그림은 신의 기억을 되찾는 것이며, 세상을 그가 본 대로 다시 보는 것을 뜻합니다."

짐

충분히 이해할 수 있는 일이지만, 언젠가 자신도 눈이 멀지 모른다는 두려움에 늘 시달리던 페르시아의 세밀화가들 사이에서는 한때 동틀 무렵 서쪽 지평선을 오랫동안 바라보는 것이 관습이었다. 또 한 세기 뒤에 시라즈에서는 대부분의 세밀화가들이 매일 아침 공복에 호두와 함께 으깬 장미 꽃잎을 먹었다고 알려져 있다. 또 같은 시기에 에스파한의 늙은 화가들이 페스트에 전염된 것처럼 차례로 장님이 되었다는 이유로, 햇빛이 직접 작업대에 닿지 않도록 어두운 방구석 촛불 아래에서 일하곤 했다. 부하라에 있는 우즈베키스탄 화원들에서는 세밀화가들이 하루가 저물 때마다 성수로 눈을 씻곤 했다. 이런 모든 처방들 중 가장 순정한 것은 물론 위대한 장인 비흐자드의 스승이자 헤라트파의 대가인 세이트 미렉이 창안해 낸 것이다.

미렉의 말에 따르면 눈이 머는 것은 재앙이 아니라, 신의 아름다움을 그려 내는 데 일생을 바친 화가들에게 신께서 주시는 마지막 행복이다. 왜냐하면 그림이란 신이 세상을 어떻게 보았는지를 찾아내는 작업이기 때문이다. 그리고 이 그지없이 아름다운 광경은 그것을 그려 내기 위해 모든 것을 다 바친 화가가 결국 눈이 먼 다음에야 기억되고 완성된다는 것이다. 즉 신이 세상을 어떻게 보았는지는 장님 화가들의 기억 속에서만 알 수 있다는 말이다. 결국 화가는 그 경이의 순간이 자신에게 다가왔을 때, 실명의 어둠 속에서 신의 광경이 드러날 때, 그 아름다운 그림을 보지 않고도 그릴 수 있도록 평생 동안 손을 연습하는 것이다.

헤라트파 화가들과 그들의 공적을 기록한 역사가 미르자 무함마드 하이다르 두그랏에 의하면, 장인 미렉은 그림에 대한 자신의 견해를 말을 그리는 화가의 예로 설명했다고 한다. 그의 말에 따르면, 가장 재능 없는 화가조차도 오늘날 서양 화가들이 하듯 살아 있는 말을 보면서 그림을 그리더라도 사실은 기억을 통해서 그림을 그리는 것이라고 한다. 왜냐하면 그 누구도 말과 말을 그리고 있는 종이를 동시에 볼 수는 없기 때문이다. 화가는 먼저 말을 본 다음, 머릿속에 있는 것을 재빨리 종이에 옮긴다. 그사이가 비록 눈 한 번 깜박할 동안이라도, 화가가 종이에 그리는 것은 보고 있는 말이 아니라 방금 전에 본 말에 대한 기억인 것이다. 이것은 가장 재능 없는 화가라도 그림을 그린다는 것은 오직 기억을 통해서만 가능하다는 사실을 뒷받침하는 증거다.

기억에 의지해 그림을 그리게 되는 행복한 눈멂의 시간을 준비하는 것이 곧 세밀화가의 일생이라는 이러한 해석은 시간이 흐르면서 의외의 결과를 낳았다. 당시 헤라트파의 장인들은 책 애호가인 왕이나 왕자들을 위해 그리는 그림을 손을 숙달시키는 일종의 연습으로 보게 되었고, 하루 종일 쉬지 않고 촛불 아래에서 그림 그리는 것을 장님이 되기 위한 행복한 준비로 받아들였다. 그리고 실제로 미렉은 평생 동안, 어떤 때는 손톱이며 쌀알, 심지어 머리카락에까지 잎사귀나 나무들을 정교하게 그렸다. 일부러, 하루빨리 장님이 되기 위한 행동이었다. 때로는 햇볕이 잘 드는 평화로운 정원을 그리면서 '영원한 어둠'이 찾아오는 시기를 조심스레 연기하기도 했다. 가장 행복한 최후에 도달하는 데 가장 적당한 때를 찾기 위해서였다.

미렉이 70세가 되었을 때, 술탄 후세인 바이카라는 이 위대한 장인을 치하하기 위해 삼엄한 경계 속에서 지켜 온 보물 창고에 가득 쌓인 수천 권의 책과 그림을 보여 주었다. 장인 미렉은 무기와 비단과 벨벳과 황금으로 가득 찬 보물 창고에서 금 촛대에 타고 있는 촛불에 의지해 헤라트파의 옛 장인들의 전설적인 책과 그림을 사흘 동안 쉬지 않고 본 후에 장님이 되었다. 그는 신의 천사들을 맞이하듯 신에게 운명을 맡기고 겸허하게 순종적으로 그 상황을 받아들였으며, 그 후 다시는 말도 하지 않고 그림도 그리지 않았다. 『라시드사(史)』를 쓴 미르자 무함마드 하이다르 두그랏은 이에 대해, 신의 불멸의 시간에 도달한 화가는 다시는 평범한 사람들을 위한 삽화로 돌아갈 수 없다고 하면서, 장님 화가의 기억이 신에게 도달한 곳에는 오직 절대적인 고요와 행복한 어둠 그리고 빈 페이지들의 영원함만 있을 뿐이라고 말했다.

카라는 진심으로 눈멂과 기억에 대한 화원장 오스만의 질문에 대한 나의 대답을 알고 싶었던 것이 아니라, 나의 물건들과 작업실, 그리고 내 그림들을 편안히 살펴보기 위해 그 질문들을 던졌다는 사실을 나는 잘 알고 있었다. 그래도 내가 해 준 이야기에 그가 감동받는 것을 보자 나는 행복했다.

나는 말했다. "눈이 먼다는 건 악마나 죄악이 침범할 수 없는 행복한 세계라네."

나의 말에 카라가 응수했다.

"미렉의 영향으로 눈이 머는 것을 신의 은총 가운데서도 가장 커다란 은총으로 여겼던 타브리즈의 옛 세밀화가 중 몇몇은 나이가 들어 가는데도 장님이 되지 않은 것을 부끄러워했지. 그 이유가 자신들의 재능이나 기예의 부족으로 여겨질까 두려워한 나머지, 일부러 장님 흉내를 내기도 했다더군. 카즈빈 출신인 제말렛딘의 영향도 있었지. 그들은 이런 생각 때문에 장님처럼 보이기 위해 어둠 속에서, 거울들 사이에서, 그리고 희미한 기름등잔 밑에서 식음을 전폐한 채 옛 헤라트파 세밀화가들의 그림을 몇 주씩이나 바라보곤 했다네."

그때 누군가가 문을 두드렸다. 열어 보니 아름다운 눈을 가진 화원 견습생이 서 있었다. 그는 금박 세공사 엘레강스 에펜디의 시체가 어느 어두운 우물에서 발견되었고, 그의 장례식이 미흐리마흐 사원에서 점심 기도 시간에 행해질 거라고 말했다. 그 견습생은 말을 마치자마자 다른 사람들에게도 소식을 전하기 위해 급히 뛰어가 버렸다.

신이시여, 우리를 보호하소서…….

15
저는 에스테르랍니다

사랑이 사람을 바보로 만드는 걸까요, 아니면 바보들만 사랑에 빠지는 걸까요? 저는 오래전부터 방물장수 겸 중매쟁이 노릇을 해 왔지만, 이 물음에 대한 답은 여전히 잘 모르겠습니다. 서로 불이 붙을수록 더 영리해지고 약아지며 지능적으로 술수를 쓰는 연인들 중에서도 특히 남자 쪽이 저는 아주 궁금하답니다. 제가 아는 바로는 술수나 속임수를 쓰는 남자는 사랑에 빠지지 않은 것이거든요. 전 카라가 벌써부터 이성을 잃었다는 것을, 저에게 셰큐레에 관해 이야기를 할 때 이미 정도를 넘어섰다는 것을 알 수 있었어요.

시장에서 카라를 만났을 때 저는 셰큐레가 줄곧 그를 생각하고 있고 제게 그에 관한 소식을 물었으며, 그런 그녀의 모습은 예전에는 본 적이 없다는 둥 흔해 빠진 이야기를 나오는 대로 해 줬지요. 제 말을 듣는 그의 눈빛이 얼마나 열정적이던지 측은하게 느껴질 정도였답니다. 그는 제게 편지를 주면서 '지금, 당장' 세큐레에게 전해 달라고 하더군요. 바보들은 언제나 자신의 사랑이 촌각을 다투는 시급한 일이라도 되는 듯 성급하게 마음을 드러내는 바람에 상대의 손에 칼자루를 쥐여 주지요. 영리한 연인은 결코 서둘러 반응을 보이지 않는 법입니다. 결론은, 서두르면 사랑의 열매가 늦게 맺는다는 거지요.

그러니까 카라가 "지금, 당장."이라며 건네준 편지를 제가 곧바로 전해 주지 않고 다른 곳으로 먼저 가져갔다는 것을 알면 그도 저에게 고마워했을 거란 얘깁니다. 시장에서 그를 기다리는 동안 얼어붙은 몸을 데우려고, 가는 길목에 있는 제 아기네 집에 들렀거든요. 저는 제가 편지를 전해 줘서 결혼한 처녀들을 '제 아기'라고 부른답니다. 그 못생긴 계집애는 지금까지도 저에게 너무나 고마워하고 있답니다. 제가 집에 들를 때마다 제 주위를 떠나지 않을뿐더러 꼭 잊지 않고 몇 악체씩 손에 쥐여 주곤 하지요. 그 아이는 임신을 해서 매우 기뻐하고 있었어요. 저는 그 애가 건네준 보리수차를 음미하며 마셨습니다. 그리고 혼자 있게 되었을 때 카라가 준 돈을 세어 보았지요. 20악체더군요.

다시 길을 나섰지요. 눈과 진흙 범벅이 된 길은 꽝꽝 얼어붙어 걷기조차 힘들었습니다. 불길한 골목길을 지나 어느 집 대문 앞에 서서 문을 두드렸죠. 저는 장난기가 발동해서 소리를 질렀어요.

"방물장수가 왔어요, 방물장수! 술탄께나 어울릴 최상품

모슬린으로 만든 베일 있어요. 카슈미르에서 온 멋진 스카프, 부르사산(産) 벨벳으로 만든 허리띠용 옷감, 가장자리를 비단으로 댄 최고급품 이집트산 셔츠감, 수놓은 망사 테이블보, 침대 시트, 형형색색의 손수건, 뭐든 다 있어요. 방물장수가 왔어요!"

문이 열렸습니다. 안으로 들어갔지요. 집 안에서는 늘 그렇듯 침대와 잠의 냄새, 기름 냄새 그리고 습기의 냄새가 났어요. 나이 든 노총각들에게서 풍기는 그 퀴퀴한 냄새!

"이 늙은 마녀야, 소리는 왜 질러!"

그가 말했지만 난 아무런 대꾸도 않고 편지를 꺼내 하산에게 건네주었습니다. 반쯤 그늘진 방 안쪽에 있던 그는 그림자처럼 다가와 눈 깜박할 사이에 제 손에 들린 편지를 낚아채더니 옆방으로 갔습니다. 그 방엔 항상 불이 켜져 있거든요. 저는 문턱에 멈춰 서서 물었습니다.

"아버님은 안 계시우?"

그는 대꾸할 생각도 않고 정신없이 카라의 편지를 읽어 내려갔어요. 전 계속 읽게 내버려 뒀죠. 그는 호롱불 뒤에 있었기 때문에 얼굴이 보이지 않았어요. 그는 편지를 다 읽고 나더니 한 번 더 읽더군요. 제가 불쑥 끼어들며 물었죠. "뭐라고 써 있수?"

하산이 편지를 낭독하기 시작했습니다.

나의 가장 사랑하는 셰큐레. 나 역시 수년간 오직 한 사람만을 생각하며 살았기에 당신이 남편을 기다리고 있고, 그 외에는 다른 누구도 생각하지 않는다는 것을 진심으로 이해할 수 있소. 당신 같은 여인에게 정직함과 정숙함 이외에 무엇을 기대하겠소?(이 대목에서 하산은 폭소를 터뜨렸습니다.) 그렇지만 내가 그림 때문에 당신 아버지를 뵈러 가는 것은 당신을 괴롭히기 위해서가 아니오. 그런 일은 꿈도 꾸지 않았소. 당신으로부터 어떤 비밀스러운 신호를 받아 용기를 냈다고 주장하려는 것도 아니오. 창문으로 당신의 얼굴이 햇살처럼 환하게 비쳤을 때, 난 그것이 신이 내게 주신 선물이라는 것 말고는 아무 생각도 하지 않았소. 왜냐하면 당신의 얼굴을 보며 느꼈던 행복감만으로도 난 만족하니까.(하산은 "이 부분은 네자미를 베낀 거야." 하며 투덜거리더군요.) 그런데도 당신은 "제게 다가오지 마세요."라고 말하고 있구려. 그렇다면 당신이 천사란 말이오? 그래서 당신에게 다가가는 것이 그토록 끔찍한 일이오? 내 말을 좀 들어 보오. 주인에게 희망이라곤 없고 손님은 도망친 죄수들뿐인 황량하고 외딴 여관에서 나보다 더 불행한 외로운 늑대들이 울부짖는 소리를 들으며 잠을 청하던 시절, 창문을 통해 벌거벗은 산을 비추는 달빛을 바라보면서 나는 상상하곤 했다오. 일전에 당신 집 창문에서 보았던 것처럼 어느 날 갑자기 당신이 내 앞에 나타나는 모습을 말이오. 이제 술탄의 밀서 제작 문제로 당신 아버지를 방문한 나에게 당신은 내가 어린 시절 선물한 그림을 돌려주었소. 그리고 난 알고 있소, 그것은 당신을 되찾았다는 징표라는 것을. 당신의 아들 오르한을 보았소. 아버지를 잃은 가련한 아이, 내가 그 애의 아버지가 되어 주고 싶소.

저는 "어쩜, 잘도 썼네. 시인이 되겠는걸." 하고 말했어요. 그
러자 하산이 얼른 대꾸했죠. "'당신이 천사란 말이오? 그래서
당신에게 다가가는 것이 그토록 끔찍한 일이오?' 이 부분은
이븐 제르하니의 문장을 베낀 거야. 난 이것보다 더 잘 쓸 수
있어." 그러고는 호주머니에서 자기 편지를 꺼내며, "이걸 셰큐
레에게 갖다주게."라고 했어요.

그가 자신의 편지와 함께 건네준 돈이 제 마음을 불편하게
하더군요. 그런 적은 처음이었지요. 이 남자가 응답받을 수 없
는 사랑에 미친 듯이 매달리는 걸 보면서 역겨운 뭔가를 느꼈
어요. 그는 마치 제 예감을 확인시켜 주기라도 하듯, 오랜만에
신사적인 태도를 거두고 허세를 부렸어요.

"가서 셰큐레에게 말해. 내가 원하면 법의 힘으로 우리 집
으로 도로 데려올 수도 있다고."

"정말로 말할까요?"

잠시 정적이 흘렀어요.

"말하지 마."

방 안의 촛불이 그의 얼굴을 비추었어요. 그는 자기 잘못을
아는 아이처럼 앞쪽을 바라보고 있었습니다. 그의 이런 모습
을 알기에 저는 그의 사랑을 존경하고 또 편지를 전달해 주지
요. 그가 생각하는 것처럼 돈 때문에 그러는 것이 아니랍니다.

집에서 막 나오려고 하는데 하산이 문 앞에서 날 불러 세
웠어요.

"셰큐레에게 내가 얼마나 그녀를 사랑하고 있는지 전해 줄
테지?"

그는 흥분해서 어리석은 질문을 하고 있었습니다.

제가 물었죠. "편지에 쓰지 않았나요?"

"그녀와 그녀 아버지를 어떡하면 설득할 수 있을지 내게 말해 줘."

나는 문 쪽으로 걸어가며 "좋은 사람이 되면 되겠지요."라고 대답했습니다.

"그러기엔 너무 늦었어……."

그는 진심으로 가슴 아파하며 말했어요.

"하산 에펜디. 당신은 돈을 많이 벌기 시작했잖아요. 그게 당신을 좋은 사람으로 만들어 줄 거예요……."

저는 이렇게 말해 주고 그 집을 나왔습니다.

집 안이 얼마나 어둡고 음침했던지 바깥 날씨가 더 따스하게 느껴졌어요. 햇살이 얼굴에 와 닿더군요. 저는 셰큐레가 행복해지길 바랍니다. 그렇지만 그 눅눅하고 어두운 집에 있는 그 가련한 남자도 나름대로 존경해요. 저는 아무 생각 없이, 그저 발길 닿는 대로 랄레리에 있는 향신료 파는 시장 쪽으로 걸어갔어요. 계피며 사프란, 매운 고추 냄새를 맡으면 정신이 들 것 같았는데 별 효과가 없었어요. 두 남자의 편지를 받은 셰큐레는 먼저 카라에 대해 묻더군요. 사랑의 불길이 사방에서 타올라 그를 무참하게 에워싸고 있더라는 제 말에 셰큐레는 좋아했어요.

"집에서 뜨개질하는 여자들까지 모두 가엾은 엘레강스 에펜디가 무슨 이유로 살해당했는지에 대해 궁금해하고 있더군요."

저는 일부러 화제를 돌렸습니다. 그러자 셰큐레가 하이리예를 불러 말했어요.

"헬와를 만들어서 불쌍한 엘레강스 에펜디의 부인, 칼비에에게 갖다 주렴."

저는 또 한마디 했죠.

"장례식에 에르주룸 사람들이 많이 온다는데, 그 사람의 친척들이 꼭 복수를 하겠다고 벼르고 있대요."

하지만 셰큐레는 벌써 카라의 편지를 펼쳐 읽기 시작하더군요. 저는 그녀의 얼굴을 유심히 지켜봤어요. 이 여자는 어찌나 여우 같은지 얼굴에 드러나는 감정을 아주 잘 제어하거든요. 그녀는 자기가 편지를 읽는 동안 제가 입을 다물고 있는 걸 좋아하지요. 그것이 자신이 편지에 중요성을 부여하고 있음을 저도 인정하는 것으로 받아들이거든요. 아무튼 그녀는 편지를 다 읽고 난 후에 미소를 지으며 저를 바라보았어요. 저는 셰큐레의 기분을 맞춰 주기 위해 한마디 물어야만 했어요.

"뭐라고 그래요?"

"어렸을 때와 같아…… 나를 사랑해."

"당신은 어떻게 생각하는데요?"

"난 결혼한 여자야. 남편을 기다려야지."

여러분의 예상과는 반대로, 제가 관심을 가져 주길 원한 다음에 그녀가 이런 식으로 거짓말을 하는 것이 저는 별로 언짢지 않았어요. 반대로 마음이 편해졌지요. 제가 편지를 배달하고 인생에 대한 충고를 해 주었던 많은 아가씨들이 이렇게 셰큐레만큼만 주의해 주었다면 저와 그녀들의 일은 아마 반 이상 쉬워졌을 거예요. 그중 몇몇 아가씨들은 더 좋은 배필을 만날 수 있었을 테고요. 그래도 저는 다음 질문을 해야만 했습니다.

"다른 편지에서는 뭐라고 그래요?"

"하산의 편지는 지금 읽고 싶지 않아. 그런데 카라가 이스탄불로 돌아온 걸 하산이 알아?"

"카라의 존재도 모르는걸요."

저의 대답에 셰큐레는 그 아름다운 눈을 크게 뜨며 물었어요.

"하산과 직접 얘기도 해?"

"당신이 원하니까요."

"내가 그랬나?"

"하산은 고통받고 있어요. 당신을 아주 사랑하죠. 당신 마음이 다른 사람에게 기울어지더라도 그에게서 벗어나긴 힘들 거예요. 그의 편지를 받아 준 것이 그에게 희망을 준 거예요. 그 사람을 조심하세요. 왜냐하면 당신을 집에 다시 들어오게 하려고 할 뿐만 아니라, 형의 죽음을 증명해서 당신과 결혼할 준비를 하고 있으니까."

저는 제 마지막 말의 위협적인 어조를 누그러뜨리고, 하산의 대변인으로 보이지 않기 위해 미소를 지어 보였어요.

"그 사람은 뭐라 그래?"

그 사람이 누구인지 제가 모를 리 있겠어요. 하지만 저는 딴청을 피웠죠.

"세밀화가 말인가요?"

"아, 머리가 복잡해." 그녀는 갑자기 뭔가를 생각하기 두려운 듯 말을 이었어요. "모든 게 더 복잡해질 것 같아. 아버지도 이제 늙으셨어. 앞으로 우리에게, 아버지 없는 내 아이들에게 무슨 일이 일어날까? 우리 모두에게 나쁜 일이 다가오고, 악마가 우리에게 나쁜 짓을 할 준비를 하고 있는 것 같아. 에스테르, 내가 행복할 수 있도록 무슨 말이든 해 줘."

"셰큐레, 아무 걱정도 하지 말아요. 당신은 아주 영리하고 아름다워요. 언젠가는 잘생긴 남편과 함께 잠자리에 들 것이고, 그를 안으며 모든 고통을 잊고 행복해질 거예요. 당신 눈을 보면 다 알 수 있어요."

그녀가 너무나 기뻐하는 바람에 저도 모르게 눈시울이 뜨거워졌어요.

"다 좋은데, 누가 내 남편이 될까?"

"당신의 영리한 마음이 말해 주지 않나요?"

"내 마음이 뭐라고 하는지 알 수 없어서 난 불행해."

잠시 정적이 흘렀어요. 갑자기 셰큐레가 저를 전혀 신용하지 않으며, 지금 제게서 뭔가를 끄집어내려 하고 있고, 제가 그녀를 불쌍히 여기도록 유도하고 있다는 생각이 들었어요. 저는 그녀가 그 편지들에 대한 답장을 당장 주지 않을 거라는 걸 알고, 저의 모든 딸들에게 해 주었던 말을 던지며 마당으로 나가 사라졌어요.

"두 눈을 크게 뜨면 나쁜 일이 생기지 않을 거예요. 걱정 마요."

16
나는, 셰큐레

옛날에는 방물장수 에스테르가 찾아올 때마다, 그녀가 과부이긴 해도 나처럼 똑똑하고 아름다우며 정숙한 여자의 가슴을 쿵쿵 뛰게 만들 멋진 남자의 연애편지를 전해 주는 상상에 잠기곤 했습니다. 그리고 그 편지들이 매번 같은 사람이 보낸 것임을 확인하고는, 적어도 남편을 기다리기 위한 힘과 인내를 다질 수 있었습니다. 그런데 이번에는 방물장수 에스테르가 돌아가고 나자 머리가 복잡해지고 나 자신이 더욱더 비참하게 느껴집니다.

분주한 생활의 소음이 들려오고 있습니다. 부엌에서는 물 끓는 소리와 레몬, 양파 냄새가 흘러나오네요. 하이리예가 호박을 삶고 있어요. 셰브켓과 오르한은 마당의 석류나무 근처에서 떠들며 엎치락뒤치락 칼싸움을 하고 있고요. 아버지는 소리 없이 옆방에 계십니다. 하산의 편지를 펴서 읽었습니다. 궁금해할 만한 내용이 전혀 없다는 걸 다시 한번 느꼈어요. 그저 그가 조금 더 두려워졌을 뿐이에요. 그와 한집에 살 때 그의 품에 안기지 않으려고 필사적으로 저항했던 나 자신이 새삼 기특했어요. 그다음, 카라의 편지를 깨지기 쉬운 물건을 다루듯 조심스레 펼쳐 들고 읽었답니다. 머리가 더 복잡해졌어요. 편지 읽는 것을 그만두었습니다. 구름 속에서 해가 나왔어요. 문득 이런 생각이 들더군요. 어느 날 밤, 하산의 품에 안겨 그와 사랑을 나눴더라도 아무도 그 사실을 몰랐을 거라고. 신을 제외하면 말이에요. 그는 실종된 남편과 꼭 닮았거든요. 아아, 때때로 이런 엉뚱하고 이상한 생각이 불쑥불쑥 떠올라요. 해가 나와서 갑자기 따스해지자 나도 육체가 있고, 살갗과 목덜미와 젖꼭지가 있다는 것이 느껴졌어요. 열린 문을 통해 들어오는 햇볕에 몸을 맡기고 있는데 오르한이 슬그머니 안으로 들어왔어요.

"엄마, 뭐 읽고 있어?"

조금 전에 내가 에스테르가 가져온 편지를 더 이상 읽지 않았다고 했지요? 실은 여러분께 거짓말을 했어요. 또 읽고 있었거든요. 그렇지만 이번에는 정말로 편지들을 접어 품속에 넣고 오르한에게 말했습니다.

"엄마한테 오너라."

오르한이 다가왔어요.

"어머나, 세상에. 정말로 무겁구나. 이제 다 컸는걸."

이렇게 말하면서 아이의 볼에 입을 맞췄어요.

"몸이 얼음장 같구나……."

내가 말하고 있는데 오르한이 불쑥 "엄마는 정말 따뜻해." 하더니 내 가슴에 등을 기댔어요. 우리는 그렇게 서로에게 바싹 기댄 채 아무 말도 하지 않고 앉아 있는 걸 좋아한답니다. 오르한의 목덜미에 코를 대고 냄새를 맡은 뒤, 거기에 입을 맞췄어요. 그러고는 더 꼭 껴안았답니다. 오르한은 조용히 그렇게 있었어요.

잠시 후, 오르한이 말했어요.

"엄마, 간지러워."

나는 짐짓 심각한 목소리로 물었습니다.

"자, 지금 말해 보렴. 요정의 왕이 와서 소원을 말하라고 하면 넌 어떤 소원을 빌래?"

"셰브켓 형이 우리랑 같이 살지 않게 해 달라고 할 거야."

"또 다른 것은? 아빠가 있으면 좋지 않을까?"

"아니. 난 크면 엄마랑 결혼할 거야."

정말로 불행한 일은 늙어서 추해지고 남편이 없거나 가난해지는 것이 아니라, 아무도 나를 질투하지 않는 것이라는 생각이 들었습니다. 나는 따뜻해진 오르한을 품에서 내려놓았어요. 그리고 나처럼 사악한 여자는 선한 영혼을 가진 남자와 결혼해야 한다고 생각하며 아버지 곁으로 갔습니다.

"술탄께서 책이 완성된 것을 보시면 아버지께 후한 상을 내리실 거예요. 그러면 또 베네치아에 가시겠네요."

"모르겠다. 그 살인 사건이 날 두렵게 하는구나. 우리의 적은 꽤 강한 것 같다."

"제 처지도 그들에게 용기를 주고, 오해와 근거 없는 희망의 원인이 됐다는 걸 알고 있어요."

"너, 그게 무슨 말이냐?"

"이제 하루빨리 결혼해야겠어요."

"뭐? 누구하고? 너는 이미 결혼했지 않느냐? 갑자기 그게 무슨 말이냐? 누가 네게 구혼이라도 했느냐? 설령 아주 이상적인 혼처가 있다고 해도 지금 네가 어떤 남자를 좋아하리라고는 생각지 않는다. 무엇보다도 네가 결혼하려면 먼저 해결해야만 하는 심각한 문제가 있다는 것은 알고 있겠지?"

이성적인 아버지는 그렇게 내 불행한 처지를 요약하셨지요. 그러곤 한동안 뜸을 들이다가 다시 말씀하셨습니다.

"나를 놔두고 떠나고 싶은 게냐?"

"어제 꿈에서 남편이 죽은 것을 봤어요."

나는 그렇게 말했지만 그런 꿈을 꾼 여자처럼 울지는 않았어요.

"그림을 보며 그것을 읽어 내듯이 꿈을 읽는 법도 배워야 한다."

"제가 꾼 꿈을 아버지께 말씀드려도 될까요?"

잠시 정적이 흘렀어요. 함께 나눈 이야기에서 예상할 수 있는 모든 결과를 재빨리 알아차리는 영리한 사람들이 다들 그러듯, 우리는 서로를 마주 보며 미소를 지었습니다.

"해몽을 해서 그가 죽었다고 믿을 수는 있겠지. 하지만 네 시아버지와 시동생 그리고 그들의 말에 귀 기울일 재판관은 다른 증거들을 원할 게다."

"아이들을 데리고 친정으로 온 지 벌써 두 해가 지났지만 시아버지와 시동생은 저를 시댁으로 데려가지 않았잖아요."

"자신들의 잘못을 알고 있기 때문이겠지. 그렇다고 그게 너의 이혼에 찬성한다는 뜻은 아니다."

"말리키 법학파나 한발리 법학파에선 남편이 실종되고 사년만 지나면 재판관이 이혼을 허락해 줘요. 게다가 위자료까지 주고요. 하지만 우리는 고맙게도 하나피파라서 그럴 수가 없죠."

"위스퀴다르 지방 판사의 대행자인 샤피들에 대해 내게 말하지 마라. 그들이 하는 일은 전부 부패한 짓거리들이야."

"남편이 전쟁터에서 실종된 모든 이스탄불 여자들이 이혼하기 위해서 증인들을 데리고 그에게 간대요. 샤피는 남편이 실종되었느냐, 실종된 지 얼마나 지났느냐, 생활고를 겪고 있느냐, 이를 증명해 줄 증인이 있느냐만 물어보고 그 자리에서 이혼을 허락해 준대요."

"사랑하는 딸아, 누가 네게 그런 이야기를 해 주더냐? 네 혼을 빼 간 남자가 누구냐?"

"이혼한 다음 저를 정말 좋아해 줄 수 있는 사람이 있다면 아버지가 제게 말씀해 주세요. 제가 누구와 결혼할지는 전적으로 아버지의 결정에 따를 테니까요."

눈치 빠른 아버지는 딸도 자신만큼이나 영악하다는 것을 알고는 눈을 껌벅거리셨어요. 아버지가 그렇게 눈을 껌벅이는 것은 다음 세 가지 경우 중 하나죠. 첫째는 궁지에 몰려 빠져나갈 구멍을 찾으려고 재빨리 머리를 굴릴 때. 둘째는 속수무

책이거나 혹은 슬픔 때문에 정말로 울고 싶을 때. 셋째는 궁지에 몰렸을 때 첫 번째와 두 번째 이유를 교활하게 결합시켜 자신이 너무나 슬픈 나머지 금방이라도 눈물이 흐를 것 같은 인상을 상대방에게 주고 싶을 때.

"애들을 데리고 나가서 이 늙은 아비를 혼자 남겨 둘 심산이냐? 우리의 책(그래요, 아버지는 분명 우리의 책이라고 하셨어요.) 때문에 살해당할까 봐 나는 지금 너무나 두렵다. 그런데 너까지 애들을 데리고 나가 버리겠다니 정말이지 죽고 싶구나."

"제가 그 못된 시동생에게서 벗어나려면 이혼하는 길밖에 없다고 항상 말씀하신 분은 아버지가 아니셨던가요?"

"네가 날 버리고 가는 것은 원하지 않는다. 네 남편이 어느 날 돌아올 수도 있지 않느냐? 돌아오지 않더라도 네가 기혼녀라는 것이 그리 해가 되지는 않아. 이 집에서 나와 함께 살자꾸나."

"이 집에서 아버지와 함께 살 수만 있다면 전 아무것도 더 바라지 않아요."

"얘야, 방금 너는 네 입으로 하루빨리 결혼하고 싶다고 하지 않았느냐?"

아버지와 언쟁을 하면 항상 이런 식이 돼 버려요. 결국 내가 부당하다고 나 스스로 믿게 되지요.

"그렇게 말했지요."

나는 앞쪽만 뚫어져라 쳐다보며 대답했어요. 그러고는 울지 않으려고 꾹 참았어요. 그때 불현듯 내가 옳다는 느낌이 들었고, 그러자 용기가 났어요.

"그렇다면 저는 다시는 결혼하지 못한단 말씀이신가요?"

"너를 내게서 멀리 데려가지 않을 사위가 있다면 언제든 난 네 결혼에 찬성한다. 너를 원하는 사람이 누구냐? 우리와 이 집에서 함께 살 수 있다더냐?"

나는 입을 다물었어요. 설령 우리와 함께 살 사위가 있더라도, 아버지가 그를 점점 더 무시하리라는 것은 아버지도 알고 나도 알고 있었거든요. 데릴사위라고 아버지가 얼마나 교묘하고 교활하게 그를 무시할까. 나는 무시당하는 남편은 원하지 않아요.

"내 허락 없는 결혼은 불가능하다는 것을 너도 잘 알고 있겠지? 난 네가 결혼하는 것을 원하지 않는다. 그러니 허락할 수도 없어."

"저는 결혼이 아니라 이혼을 하고 싶어요."

"자기 이익 말고는 아무것도 생각하지 않는 짐승 같은 놈이 네 마음을 아프게 할 수도 있어. 얘야, 내가 널 얼마나 사랑하는지 알고 있지? 게다가 우리의 책도 완성시켜야 하지 않느냐."

나는 입을 굳게 다물었어요. 한마디만 더 하면 나의 분노를 감지한 악마가 나를 선동할 것 같았고, 그러면 아버지의 면전에 대고 아버지가 밤마다 하이리예를 침대로 끌어들이고 있다는 것을 안다고 말해 버릴 것만 같았거든요. 하지만 아버지가 하녀와 동침하는 것을 알고 있다고 말하는 게 나처럼 정숙한 여자에게 어울리기나 하나요?

"너랑 결혼하고 싶다는 사람이 누구냐?"

나는 계속 앞을 바라보며 대답하지 않았어요. 부끄러워서
가 아니라 화가 났기 때문에 말을 할 수가 없었어요: 그리고
나를 더욱 화나게 한 것은 그렇게 화가 나 있으면서도 한마디
도 할 수 없다는 사실이었죠. 솔직히 말하면 난 순간 침대 위
에서 우스꽝스럽고 역겨운 자세로 함께 있는 아버지와 하이리
예를 상상하고 있었어요. 거의 울음을 터뜨릴 지경이 된 저는
앞을 노려보면서 말했어요.

"화덕에 호박을 삶으려고 올려놨는데 탈까 봐 걱정돼요."

그렇게 말하곤 열리지 않는 창문이 우물 쪽으로 나 있는
계단 옆 방을 지나서 내 방으로 갔어요. 어둠 속을 더듬어 서
둘러 침구를 찾아 깔고 그 위에 몸을 던졌습니다. 아, 억울한
일로 속이 상하면 침대에 누워 엉엉 울며 잠들 수 있었던 어
렸을 때가 얼마나 좋았던지! 나를 정말로 사랑해 주는 사람은
나 자신뿐인 것 같아요. 이런 외로움은 또 얼마나 가슴 아픈
지! 외로움에 지쳐 울고 있을 때 내 흐느낌과 신음 소리에 귀
를 기울이고 도와줄 사람은 여러분뿐이네요.

잠시 후에 보니 어느새 오르한이 곁에 누워 있었어요. 내
가슴에 머리를 파묻고 훌쩍거리고 있더군요. 나는 아이를 가
슴에 꼭 껴안았어요. 오르한이 말했어요.

"엄마 울지 마. 아빠는 전쟁터에서 꼭 돌아올 거야."

"네가 그걸 어떻게 아니?"

오르한은 아무 대답도 하지 않았어요. 그러나 나는 그 애
가 얼마나 사랑스럽던지 한 번 더 꼭 끌어안았어요. 그렇게 하
니까 모든 걱정이 다 사라지는 것 같더군요. 그런데 가냘프고

여린 오르한을 껴안고 잠들려는 순간, 다시 걱정거리 하나가 떠올랐어요. 조금 전에 화가 나서 아버지와 하이리예의 관계에 대해 여러분께 말한 것이 후회돼요. 물론 거짓말은 아니었어요. 그래도 그걸 발설해 버린 나 자신이 너무나 부끄러워요. 그러니 여러분께선 제발 그 말은 잊어 주세요. 나는 그런 말을 한 적이 없고, 아버지와 하이리예도 그렇고 그런 사이가 아니라고 생각해 주세요, 네?

17
나는 여러분의 에니시테요

　딸자식을 키우기란 정말 쉽지 않다. 자기 방에서 울고 있는 딸애의 흐느끼는 소리가 여기까지 들린다. 그렇지만 나는 손에 든 책을 보는 것 말고는 달리 할 수 있는 게 없다. 내가 지금 읽고 있는 『천계(天啓)의 서』에는 죽은 후 사흘이 지난 영혼이 신의 허락을 받아 자신이 살았던 육체를 방문하는 이야기가 쓰여 있는 장이 있다. 영혼은 자신의 옛 육체가 무덤 속에서 피와 썩은 물속에 있는 걸 보고는 "가련한 육체, 사랑하는 나의 가련한 옛 육체."라고 울먹이며 명복을 빈다. 나는 한동안 엘레강스의 불운한 종말과 그가 우물 바닥에 있던 모습을 떠올리며, 어쩌면 그의 영혼이 자신의 무덤이 아니라 우물에 찾아와서 몹시 가슴 아파했을지 모른다고 생각했다.

　셰큐레의 흐느낌 소리가 잦아들었다. 나는 죽음에 관한 책을 내려놓고 안에 양모로 된 옷을 겹겹이 껴입은 다음, 두꺼운 펠트 천으로 만든 넓은 띠를 허리에 둘렀다. 토끼털로 된 헐렁한 바지로 갈아입고 집을 나서려는데 문 앞에 셰브켓이 서 있었다.

"할아버지, 어디 가세요?"

"안으로 들어가라. 나는 장례식에 다녀오마."

눈 덮인 텅 빈 거리로 나서서, 사방이 썩고 기울어져 힘겹게 서 있는 가난한 집들과 화재 터를 지났다. 가난한 마을의 밭과 논 사이, 마차 부속품을 파는 상점, 철물점, 가죽과 말안장을 파는 가게, 보석 가게와 대장간 앞을 지나 빙판 길에 미끄러지지 않으려고 조심하면서 노인처럼 뒤뚱거리는 걸음으로 성벽을 따라 오랫동안 걸었다.

엘레강스의 장례식을 왜 그 먼 에디르네카프 구역의 미흐리마흐 사원에서 치르려는 건지 알 수가 없었다. 사원에 도착한 나는 화가 나 있고 거만해 보이는 멍청이 같은 고인의 형제들과 껴안았다. 그리고 세밀화가들, 서예가들과 껴안고 울었다. 장례식이 거행될 즈음 갑자기 짙은 회색빛 안개가 내려앉아 사방을 뒤덮었다. 나는 묘석 위에 올려져 있는 관을 바라보며 엘레강스를 죽인 저질스러운 놈에 대한 분노에 사로잡혔다. 너무나 화가 나서 고인의 영혼을 위해 올리는 기도조차 머릿속에서 뒤죽박죽이 돼 버렸다.

장례 예배가 끝나고 조문객들이 관을 어깨에 멜 때도 나는 계속 세밀화가들, 서예가들과 함께 있었다. 황새와 함께 희미한 불빛 아래에서 새벽까지 책 제작에 몰두하던 어느 날인

가, 그가 엘레강스의 금박 작업이 보잘것없고 색을 사용할 때
도 호사스러운 분위기를 내려고 군청색을 쓸데없이 여기저기
처 바르는 등 안목이 모자라다고 날 설득한 적이 있었다. 나도
황새의 말에 동의하긴 했지만 "그래도 다른 적격자가 없어."라
고 대답했다. 그런 대화를 주고받았다는 사실조차 까맣게 잊
은 척하며 나와 황새는 서로 울먹이며 부둥켜안았다. 올리브
가 호의적이며 존경스런 눈빛으로 날 껴안았을 때는(포옹할 줄
아는 사람은 좋은 사람이다.) 너무 기분이 좋아서 모든 세밀화가
들과 서예가들 중에서 내 책의 가치를 가장 잘 알아주는 사
람이 바로 그일 거라는 생각마저 들었다.

사원 마당의 문 앞 계단에서는 화원장 오스만과 어깨를 나
란히 했지만 서로 무슨 말을 해야 할지 몰랐다. 어색하고 긴장
된 순간이었다. 그때 고인의 형제들 중 한 명이 꺽꺽 울기 시
작했고, 남의 눈길을 끌기 좋아하는 누군가가 큰 소리로 "신은
위대하다!"고 외쳤다.

오스만이 그저 의례적인 질문을 던지듯 내게 물었다.

"어느 묘지에 묻는다고 하던가?"

잘 모르겠다고 하면 적의를 풍길 것 같아 나는 당황했다.
그래서 대답하는 대신 계단에 있던 다른 사내를 향해 "어떤
묘지에 묻는답디까? 에디르네카프 묘지입니까?" 하고 물었
다. 턱수염을 기른 멍청해 보이는 젊은 남자는 퉁명스럽게 대
답했다.

"에윱 묘지요."

나는 오스만을 돌아보며 "에윱 묘지랍니다." 하고 말했다.

물론 그 역시 턱수염을 기른 젊고 아둔해 보이는 사내의 말을 들은 터였다. 화원장 오스만은 알았다는 시선으로 나를 보았다. 그가 나와의 대화가 더 이상 길어지길 원치 않는다는 걸 단번에 알아챘다.

우리 술탄께서 비밀스러운 책을 쓰고 삽화를 그리는 일을 내게 맡기는 성은을 베푼 일에 대해 화원장 오스만은 물론 언짢을 것이다. 또한 술탄께서 나의 영향으로 서양의 화풍에 관심을 갖게 된 것도 그의 심기를 불편하게 했을 것이다. 한번은 술탄께서 자신의 초상화를 베네치아 화가가 그린 것처럼 그려 오라고 오스만에게 명한 적이 있었다. 오스만은 역겨워하면서 그 그림을 그렸고, 그런 일을 하게 된 게 다 나 때문이라고 했다는 것도 알고 있다. 물론 그의 말이 틀린 것은 아니다.

나는 계단 중간에 서서 한참 동안 하늘을 바라보았다. 장례 행렬과의 간격이 충분히 멀어졌다 싶어진 뒤 다시 얼어붙은 계단을 내려가기 시작했다. 천천히 두어 계단쯤 내려갔을 때 누군가가 다가와 내 팔짱을 꼈다. 카라였다.

"날씨가 차갑군요. 춥지 않으십니까?"

세큐레의 머리를 혼란스럽게 한 자가 이놈이라는 건 의심의 여지가 없었다. 내 팔짱을 척하고 낀 자신감만 봐도 알 수 있었다. 그의 태도에는 '십 년 동안 일했습니다. 이젠 저도 한몫하는 사람이 됐습니다.'라는 뜻이 담겨 있었다. 계단을 다 내려왔다. 카라는 화원에서 알아낸 것들을 나중에 내게 얘기해 줄 것이다.

"네가 앞장서라. 행렬에 뒤처지지 말고."

그는 놀랐지만 내색은 하지 않았다. 게다가 조심스레 내 팔에서 자기 팔을 거두고 걸어가는 품이 썩 마음에 들기도 했다. 셰큐레를 이놈에게 주고 한집에서 살까?

에디르네카프 구역에서 도시 밖으로 나갔을 때, 저 아래쪽에서 안개 속에 사라지고 있는 관과 그것을 어깨에 메고 할리치만을 향해 빠르게 언덕을 내려가고 있는 세밀화가들과 서예가들, 그리고 견습생들이 보였다. 그들은 어찌나 빨리 걸어가는지, 눈 덮인 계곡에서 에윱 묘지로 내려가는 진흙 길을 벌써 절반이나 지나가 버렸다. 정적과 안개 속에서 왼편에 있는 왕실 소유의 양초 공장 굴뚝에서 나오는 연기가 보였다. 도시의 성벽 밑에는 에윱 지역에 사는 그리스인 푸주한들을 위해 분주히 움직이는 백정들과 가죽 상인들이 보였다. 거기에서 흘러나오는 썩은 시체 냄새가, 안개 속에서 희미한 윤곽을 드러내고 있는 에윱 사원의 지붕과 묘지가 있는 삼나무 계곡으로 퍼져 나가고 있었다. 조금 더 걸어가자, 언덕 아래쪽 발라트에 있는 유대인 마을 아이들의 고함 소리가 들려왔다.

에윱의 평평한 길로 내려왔을 때 나비가 다가와 내게 팔짱을 끼었다. 그는 늘 그렇듯 흥분된 목소리로 다급하게 말을 꺼냈다.

"이 일은 올리브와 황새가 저질렀을 겁니다. 저와 고인의 관계가 좋지 않았다는 것은 다른 사람들은 물론 그 두 사람도 잘 알고 있었으니까요. 그리고 그들은 모든 사람들이 그 사실을 알고 있다는 것까지도 알고 있습니다. 오스만의 뒤를 이어 누가 화원장이 되느냐 하는 문제 때문에 우리 사이에는 늘 질투와 논쟁이 있어 왔습니다. 서로 적의와 적대감까지 품고 있습니다. 이제 그들은 제게 살인죄를 뒤집어씌울 겁니다. 그렇게 되면 재무 대신이 술탄을 조종해서 술탄께서 저와, 아니 우리와 멀어지게 되리라고 계산하고 있을 겁니다."

"자네가 말하는 '우리'는 어떤 자들인가?"

"우리는 궁정 화원이 전통적인 법도를 지키고 페르시아의 장인들과 같은 길을 걸어야 하며 돈 때문에 아무것이나 닥치는 대로 그려서는 안 된다고 생각합니다. 우리는 우리의 책에 무기와 군대와 노예들과 정복 장면 대신 옛 전설과 이야기가 들어가야 한다고 주장하며, 견본 그림을 무시하거나 서너 푼을 더 벌기 위해 시장 바닥에서 아무에게나 그림을 그려 주는 짓을 해선 안 된다고 말하는 사람들입니다. 술탄께서는 우리의 생각이 옳다고 하실 겁니다."

나는 그의 말이 길어지는 것을 막기 위해 입을 열었다.

"자네는 쓸데없이 스스로를 비방하는군그래. 화원에서 그런 일을 하는 사람이 아무도 없다는 것은 나도 알고 있네. 우리는 모두 형제일세. 옛날에는 그리지 않았던 서너 가지 소재를 더 그린다고 해서 적의를 가질 필요는 없지."

그렇게 말하면서 나는 마치 엘레강스의 부고를 처음 들었던 순간처럼 어떤 한 가지 사실에 확신을 갖게 되었다. 엘레강스를 죽인 자는 궁정 화원의 탁월한 장인들 중 한 명이며 그는 지금 내 앞에서 묘지의 언덕을 올라가는 조문객들 사이에 끼어 있다. 살인자는 틀림없이 사악한 짓을 계속할 것이며, 내가 만드는 책에 적의를 가진 채 앞으로도 계속 우리 집에 와서 그림을 그릴 것이다. 그렇다면 우리 집을 드나드는 세밀화가들 대부분이 그랬듯이 나비도 내 딸을 사모하고 있을까? 그는 자신의 주장을 펴면서, 어떤 때는 내가 그의 관점과 정반대되는 그림을 그리도록 했다는 사실을 잊은 것일까, 아니면 노련하게 내 의중을 떠본 것일까?

아니다. 나는 곧 그가 내 의중을 떠본 것은 아니라고 판단했다. 나비도 다른 세밀화가들처럼 내게 감사하는 마음을 갖고 있다. 그들은 모두 전쟁과 술탄의 무관심 때문에 국고에서 세밀화가들에게 주는 돈과 선물이 중단됐을 때, 한동안 내 책 덕분에 그나마 밥벌이를 계속할 수 있었다. 물론 그들 모두 나를 시기하고 있다는 것은 알고 있었다. 그 때문에(물론 오로지 그것 때문만은 아니었지만) 나는 그들을 내 집으로 불러 한 명씩 따로 만나야 했다. 하지만 그렇다고 해서 그들이 내게 오로지 적의만을 가졌다고 생각지는 않는다. 나의 세밀화가들은 자신의 이익을 위해 사랑할 수밖에 없는 사람이라면 인간적인 이유를 찾아내서라도 진심으로 좋아할 수 있는 성숙한 자들이었다.

나는 침묵이 계속되지 않도록, 그리고 같은 주제로 돌아가지 않도록 화제를 돌렸다.

"관을 꽤 빨리 옮기는구먼. 벌써 언덕 위에 다다른 모양이야."

"날씨가 추우니까요."

나비가 이를 드러내고 사랑스런 미소를 지으며 말했다.

나는 불현듯 궁금해졌다. 그가 실제로 사람을 죽일 수도 있지 않을까, 가령 시기심 때문에? 그렇다면 혹시 나까지 죽일 수 있지 않을까? '이자가 우리 종교를 비방했소.'라는 한마디만으로 핑계는 충분하겠지. 그렇지만 그는 위대한 장인이고 뛰어난 기예를 갖추었다. 왜 군이 사람을 죽이겠는가? 늙는다는 건 단지 언덕을 힘겹게 올라가는 것만이 아니라 죽음을 두려워하지 않게 되는 것일 수도 있다. 그것은 의욕 상실이기도 하다. 하녀의 침실에 들어가는 것도 욕정 때문이 아니라 금기를 파괴하기 위한 것이다. 나는 그의 얼굴을 쳐다보며 즉흥적으로 떠오른 생각을 말했다.

"이제 책 만드는 일은 그만둘 걸세."

그러자 고개를 돌리고 있던 나비가 말했다.

"뭐라고요?"

"아무래도 징조가 안 좋아. 우리 술탄께서도 돈 지급을 중단하셨네. 올리브와 황새에게도 알려 주게나."

그는 어쩌면 더 물어보려고 했을 것이다. 그러나 갑자기 비탈길에 있는 무성한 삼나무와 키 큰 고사리들 그리고 묘비들이 박힌 묘지 한가운데 있는 우리 자신을 발견했다. 사람들이 여러 겹으로 묘지를 둘러싸고 고인의 명복을 빌며 기도와 호곡을 시작했다. 그제야 시신이 묘혈 안으로 내려지고 있음을 깨달았다.

누군가가 "얼굴이 잘 보이도록 하게나." 하고 말했다.

수의에 싸인 시신의 뭉개진 머리에 눈이 한쪽이라도 남아 있었다면 나는 고인과 눈이 마주쳤을 것이다. 그러나 사람들 뒤에 서 있었기 때문에 아무것도 볼 수가 없었다. 나는 이미 무덤이 아닌 다른 곳에서 죽음의 눈을 본 적이 있었다.

추억 한 가지. 삼십 년 전, 우리 술탄의 조상들은 베네치아 인들로부터 키프로스섬을 뺏기로 마음먹었다. 대(大)율법사 에부수트 에펜디도 한때 이집트 술탄들이 그 섬을 메카와 메디나의 식량 보급지로 선정한 적이 있었다는 것을 기억하고는, 종교적으로 성스러운 곳인 그 섬이 기독교인들의 손에 남아 있으면 안 된다는 유권 해석을 내렸다. 그리고 내게 사신으로서의 첫 임무로, 베네치아 정부에 그 섬을 반환해야 한다는 통보를 전하는 어려운 일이 맡겨졌다. 베네치아에서 나는 교회와 다리와 궁전을 둘러보고 매우 놀랐다. 그리고 가장 부유한 저택에 있는 그림들을 보고 황홀해졌다. 나는 크게 환대를 받았지만 정작 내 임무는 상대에게 위협으로 가득 찬 편지를 건네주는 일이었다. 키프로스섬을 원한다는 우리 술탄의 도도한 음성이 담긴 편지를 말이다. 베네치아인들은 너무나 화가 나서 즉시 의회를 소집한 후, 이런 편지는 논의할 가치조차 없다는 결론을 내렸다. 화가 난 군중들은 나를 총독의 궁전으로 몰아넣었고 경비병과 보초병들을 따돌린 부랑자들이 막 나를 죽이려는 찰나, 총독 측근의 기사 두 명이 나를 궁전의 복도에서 납치해 수로로 연결되는 뒷문으로 빼돌렸다. 그곳에서, 지금 이 묘지를 둘러싸고 있는 것과 같은 안개 속에서, 나를 맞이해 부축한 흰 옷차림의 키가 크고 창백한 사공을 보고, 나는 한순간 그가 죽음 그 자체라고 생각했다. 그의 눈 속을 들여다보며 그 안에서 나 자신을 보았었다.

이 밀서 제작이 끝나면 한 번 더 베네치아에 가 보고 싶다.

나는 흙으로 잘 덮은 무덤 쪽으로 다가갔다. 지금쯤 저 위쪽에서는 천사들이 죽은 자에게 질문을 던지며 시험을 하고 있으리라. 성별과 종교와 예언자에 대해서 묻고 있겠지. 그러자 나의 죽음에 관한 생각이 떠올랐다.

까마귀 한 마리가 옆에서 날아올랐다. 카라의 눈을 따뜻한 마음으로 바라보았다. 그에게 돌아가는 길에 나를 좀 부축해 달라고 했다. 그리고 책을 만들어야 하니 다음 날 아침 일찍 집에서 기다리겠다고 했다. 나의 죽음을 생각하자 어떠한 대가를 치르더라도 반드시 책을 완성해야 한다는 사실이 다시 한번 분명해졌기 때문이다.

18
나를 살인자라고 부를 것이다

　형체를 알아볼 수 없게 갈가리 찢긴 엘레강스의 시체 위로 진흙이 되어 버린 흙덩이가 뿌려질 때 나는 누구보다도 많이 울었다. 죽은 자와 함께 나도 죽고 싶었다. "날 내버려 둬, 나도 함께 땅에 묻히게 해 줘." 하고 소리를 질렀다. 내가 무덤 안으로 떨어지지 않도록 사람들은 내 허리춤을 붙들고 있어야 했다. 내가 숨이 넘어갈 지경이 되자 사람들은 내 이마에 손을 얹고 숨을 쉴 수 있도록 머리를 뒤로 젖혀 주었다. 그러다 문득 고인의 친척들의 눈빛을 통해 내가 지나치게 애통해하고 있음을 깨닫고는 정신을 차렸다. 이렇게까지 슬퍼하는 나를 보면 소문내기 좋아하는 화원 사람들은 엘레강스와 내가 연인 사이였다고 수군댈 수도 있었다.

　더 이상 사람들의 이목을 끌지 않으려고 나는 장례식이 끝날 때까지 플라타너스 뒤에 숨어 있었다. 그런데 내가 지옥으로 보낸 그 멍청이보다 훨씬 더 멍청해 보이는 죽은 자의 친척이 플라타너스 뒤에서 날 찾아내고는 의미심장한 시선으로 나를 뚫어지게 쳐다보았다. 그러고는 한참 동안 나를 껴안고 있다가 이렇게 물었다.

"당신은 토요일이요, 수요일이요?"

"한때 고인의 예명이 수요일이었지요."

내 대답에 그는 놀라는 눈치였다.

아직까지도 우리를 비밀처럼 연결해 주는 궁정 화가들의 예명에 관한 뒷이야기는 단순하다. 나의 도제 시절, 보조 장인에서 장인으로 승진한 세밀화가 오스만을 향한 우리의 존경과 감탄 그리고 흠모는 대단했다. 그는 신이 마법적인 재능과 영민함을 동시에 부여한 사람들의 부류에 속했고, 위대한 세밀화가로서 우리에게 모든 것을 가르쳤다. 그 당시, 우리 견습생들에게는 매일 아침 해야 하는 일과가 한 가지 있었는데, 그것은 우리 중 한 명이 장인의 집으로 가서 그의 연필과 필통, 스케치가 그려진 종이로 가득한 가방을 들고 화원까지 그를 수행하는 일이었다. 우리 견습생들 모두가 그와 가까워지려고 얼마나 애를 썼던지, 서로 장인의 집에 가겠다고 싸움을 하곤 했다.

장인 오스만이 총애하는 견습생이 따로 있긴 했지만, 매일 그에게만 오스만의 집을 방문하도록 하면 세밀화가들 사이에서 험담과 부정한 이야기가 무성해질 터이므로, 장인은 우리가 일주일 중 하루씩 날짜를 정해 번갈아 가며 오도록 했다.

장인은 매주 금요일에만 화실에서 자신의 작업을 하고 다른 요일에는 제자들을 지도했으며, 토요일엔 화실에 가지 않았다. 한편 그에게는 아주 사랑하는 아들이 있었다. 그도 우리처럼 견습 생활을 했는데 나중에 예술을 그만두어 아버지와 우리 모두를 배반했다. 그때는 그 역시 평범한 견습생처럼 월요일마다 아버지와 동행했다. 그리고 우리 중 가장 재능 있는, 마르고 키가 큰 '목요일' 형제가 있었다. 그런데 그는 원인 모를 열병에 걸려 젊은 나이에 죽고 말았다. 이제 고인이 된 엘레강스는 수요일에 오스만의 집에 갔기 때문에 그의 별명은 '수요일'이었다. 나중에 오스만은 우리가 별명을 의미 있고 사랑스럽게 느끼도록 '화요일'을 '올리브'로, '금요일'을 '황새'로, '일요일'을 '나비'로 바꾸어 주었다. 그리고 금박을 칠하는 작업의 섬세함 때문에 '수요일'은 '엘레강스'가 되었다. 아무튼 오스만은 우리 모두에게 그랬던 것처럼 그에게도 한때 매일 아침 "어서 오너라, 수요일아, 잘 지냈느냐?"라고 했을 것이다.

오스만이 나에게 했던 말들이 떠오르자 눈물이 날 것 같았다. 도제 시절에 무수히 매를 맞았지만 대가 오스만은 우리가 그린 그림의 아름다움에 감동해 우리의 손과 팔에 입을 맞추었고, 그가 우리에게 더 자주 입맞춤을 할수록 우리의 기예도 꽃을 피웠다. 그때 우리는 마치 천국에 있는 듯했다.

한 화가가 머리와 손을 그리는 동안 또 다른 화가는 몸과 옷을 그리고 있는 것처럼 나 자신이 둘로 나뉜 것 같은 느낌이다. 나처럼 신을 두려워하는 사람이 예기치 않게 살인자가 된 이 상황에 얼른 익숙해지지 않는다. 결국 나는 과거의 모습 그대로인 나로 살아가기 위해 살인자에게 걸맞은 제2의 목소리를 내게 되었다. 지금 나는 과거의 삶과는 전혀 섞이지 않은, 비아냥거리는 듯한 배신자의 목소리로 말하고 있다. 물론 당신들은 살인자가 되지 않았더라면 여전히 남아 있을 나의 원래 목소리도 때때로 들을 수 있을 것이다. 어쨌든 화원장이 지어 준 예명 아래에서는 나는 결코 '살인자'가 아니다. 나에게는 나를 드러낼 개인적인 스타일이나 결함이 없다. 그러니 누구도 그 둘을 합치고자 하지 않길 바란다. 나는 화풍, 즉 한 화가를 다른 화가들과 구분할 수 있게 하는 그 어떤 것은 곧 결함이라고 믿는다. 몇몇 사람들이 자랑스럽게 말하듯, 그런 것이 개성이라고는 생각지 않는다.

내가 처한 특수한 상황에서 그것이 문제가 될 수 있다는 점은 나도 인정한다. 그러나 대가 오스만이 사랑으로 우리에게 부여한 이름, 에니시테가 즐거이 사용했던 예명의 목소리로 얘기한다면 당신들은 내가 나비인지, 올리브인지, 황새인지 단번에 알아차릴 것이다. 그리고 내 정체를 알자마자 당신들은 헐레벌떡 뛰어가 궁궐 수비대의 고문관(拷問官)들에게 날 고발할 게 아니겠는가?

따라서 나는 모든 것을 생각만 할 뿐, 말하지는 않겠다. 혼자 생각할 때조차 당신들이 나를 보고 있다는 사실도 알고 있다. 나를 드러내 줄 사소한 단서들, 분노 따위는 떠올리지도 않을 것이다. 나는 '엘리프', '베', '짐' 따위의 일화를 말하고 있을 때조차 당신들의 눈길을 항상 염두에 두고 있었다.

내가 수만 번이나 그렸던 전사들, 연인들, 왕자들 그리고 전설적인 영웅들의 몸은 한편으론 그 전설적인 시대에 싸웠던 적들과 사투를 벌였던 용들과 눈물을 흘렸던 미녀들을 향하고 있다. 하지만 그들 몸의 다른 한편은 그 멋진 그림을 바라보고 있는 그림 애호가들을 향하고 있다. 만약 내게 스타일이나 개성이 있다면, 그건 나의 그림이 아니라 내가 행한 살인과 내가 하는 말들 속에 숨겨져 있다. 그러니 당신들은 내 단어들의 색깔로 내가 누구인지 한번 찾아보시라!

만일 내가 붙잡힌다면 가련한 엘레강스의 불행한 영혼이 평안을 찾게 되리라는 생각도 든다. 나는 지금 나무 밑에서, 새들의 지저귐을 들으며 할리치만의 황금빛 물결과 사원의 둥근 지붕을 바라보고 있다. 산다는 것은 얼마나 아름다운 일인지 새삼 느끼고 있는 지금, 시신 위로는 삽으로 뜬 흙이 뿌려지고 있다. 가련한 엘레강스는 최근 눈썹이 위로 뻗쳐 올라간 그 에르주룸 설교자의 추종자들과 친해진 이후로 나를 전혀 좋아하지 않게 되었다. 그러나 우리 술탄을 위해 책에 그림을 그려 온 지난 이십오 년 동안 서로를 가깝게 느꼈던 시절도 있었다. 이십 년 전, 술탄의 타계하신 부왕의 왕족사를 그릴 때, 특히 푸줄리의 시집에 들어갈 여덟 장의 그림을 그리면서 그와 나는 가까워졌다. 당시 그는 세밀화가는 자신이 그리는 그림의 바탕이 되는 문장을 영혼으로 느껴야만 한다고 말했다. 맞는 말이긴 하지만 이성적이라고는 할 수 없는 그의 주장에 공감해 주려고 나는 그를 따라 이곳에 왔다. 어느 여름 저녁 무렵이었다. 제비 떼가 우리 머리 위로 쏜살같이 날아가고 있는 동안 나는 그가 거드름 피우는 태도로 푸줄리의 시집에서 발췌한 시행들을 읽어 주는 것을 인내심을 갖고 들었다. 그날 밤 이후로 "나는 내가 아니다. 나라고 했던 사람은 항상 너였다."라는 시행이 뇌리에서 떠나질 않았다. 그리고 이 시행을 엘레강스라면 어떻게 그림으로 그릴까 스스로에게 질문을 던지곤 했다.

그의 시체가 발견되었다는 소식을 듣자마자 나는 헐레벌떡 그의 집으로 뛰어갔다. 함께 앉아서 시를 읽었던 작은 정원은 눈에 덮여 있었다. 수년의 세월이 흐른 뒤에 보게 되는 장소가 늘 그렇듯 그 정원도 작아진 것 같은 느낌이 들었다. 집도 마찬가지였다. 옆방에서는 여자들이 서로 질세라 목청을 높여 곡을 하고 있었다. 그의 형이 정황을 설명해 줬고 나는 주의 깊게 들었다. 가련한 엘레강스 형제는 얼굴 전체가 찢어지고, 머리는 으깨져 있었다고 했다. 나흘 동안 우물 속에 있다가 건져졌기 때문에 가족들이 그를 알아보는 데 애를 먹긴 했지만, 그의 부인 칼비예는 밤의 어둠 속에서도 누더기가 된 옷을 보고 그임을 확인했다고 한다. 시기심 많은 형제들에 의해 우물에 던져진 유수프(요셉)가 미디아인 상인들의 손에 건져 올려지는 장면이 눈앞에 떠올랐다. 『유수프와 줄라이하』의 이 장면을 그리는 걸 나는 아주 좋아한다. 왜냐하면 삶에서 가장 원초적인 감정이 형제간의 시기심이라는 것을 상기시키기 때문이다.

한순간 정적이 흘렀다. 사람들이 나를 쳐다보고 있는 것이 느껴졌다. 울어야만 하나? 그런데 그때 카라가 눈에 들어왔다. 저질 같은 놈. 그는 우리 모두를 훑어보고 있었다. 에니시테 에펜디가 세밀화가들 사이에서 무슨 일이 일어나고 있는지 알아보려고 그를 보냈을 것이다.

고인의 형이 소리쳤다.

"누가 감히 이런 끔찍한 일을 저지를 수 있단 말이오? 개미 새끼 한 마리도 못 죽이는 내 동생을 어떤 무도한 놈이 죽였단 말이오?"

그가 울면서 던진 이 질문에 나도 진심으로 동조한다는 표정을 지었다. 그리고 나서 혼자 답을 찾기 시작했다. 엘레강스의 적들은 누구일까? 내가 죽이지 않았더라면 다른 누가 그를 죽일 수 있었을까? 한때, 그러니까 『기예의 서』를 준비하던 시기에, 옛 대가들의 기법을 무시한 채 더 싸고 빠르게 금박을 칠하기 위해 우리 세밀화가들이 그렇게 공들여 그린 책의 가장자리를 어울리지 않는 색깔로 칠한다고 그가 어떤 화가들과 싸웠던 기억이 떠올랐다. 그들이 누구였더라? 그러나 나중에는 그 화가들에 대한 그의 적의가 실은 아래층에 있는 아름답고 젊은 제본 견습생에 대한 사랑 때문이라는 소문도 떠돌았다. 하지만 이것은 아주 오래된 이야기다. 하나 더, 엘레강스의 우아함과 섬세함, 그 여성스럽고 얌전한 모습을 보며 가슴앓이를 하는 화가들도 있었다. 그러나 그것보다는 다른 이유들이 더 신빙성이 있다. 엘레강스가 전통적인 화풍만을 지나치게 고집하며, 그림의 색깔이 자신이 입히는 금박과 조화를 이루는지에만 신경을 쓰고, 화원장 오스만 앞에서 다른 세밀화가들, 그중에서도 특히 나의 결점을 정중하지만 잘난 척하는 어투로 폭로했다는 점 등이 그것이다. 또한 마지막 싸움은 한때 화원장 오스만이 아주 민감하게 여겼던 문제로, 궁중 화원 소속 세밀화가들이 몰래 돈을 받고 궁중 바깥의 주문을 받은 일과 관련이 있었다. 그림에 대한 술탄의 관심과 비례해서 재무 대신으로부터 지급되는 돈이 줄어들었던 그 시절, 모든 세밀화가들은 벼락부자가 된 촌뜨기 파샤들의 2층짜리 별장을 찾아갔고 가장 숙련된 화가들조차 밤마다 에니시테의 집을 드나들었다.

에니시테가 불행한 사건 때문이라는 평계로 책 제작을 중단하겠다고 결정한 것에 대해 나는 전혀 기분이 상하지 않았다. 당연히 그는 멍청한 엘레강스가 책 제작에 참여하고 있는 우리 중 한 명에 의해 살해되었다고 짐작하고 있을 것이다. 당신들이 에니시테라면 살인자를 두 주에 한 번씩 밤마다 당신들의 집으로 불러 그림을 그리라고 하겠는가? 아니면 진짜 살인자가 누구며, 누가 가장 훌륭한 세밀화가인지를 먼저 결정하겠는가? 나는 그가 곧 자신의 집에 오는 세밀화가들 가운데 색의 선택과 금박 입히기, 선 긋기, 얼굴 그리기와 페이지 정렬에서 가장 재주가 뛰어난 사람이 누구인지 알게 될 것이고, 그 뒤로는 나하고만 계속 일을 하고 싶어 하리라고 확신한다. 내가 진정한 재능을 가진 세밀화가가 아니라 평범한 살인자라고 생각할 정도로 그가 수준이 낮으리라고는 조금도 생각지 않는다.

나는 에니시테와 그가 데려온 멍청이 카라를 곁눈질로 지켜보고 있다. 그 둘이 묘지에서 흩어진 조문객들과 함께 에윱의 부둣가로 내려가는 것을 확인하고 나도 그들 뒤를 따랐다.

그 둘은 부두에서 노가 네 개 있는 나룻배에 올랐다. 잠시 후 나도 고인과 장례식을 완전히 잊고 웃고 있는 젊은 견습생들과 함께 노가 여섯 개인 나룻배를 탔다. 페네르카프 동(洞)이 보이기 시작하는 바다 근처에서 두 나룻배는 선미가 맞닿을 만큼 가까워졌다. 그때 카라가 에니시테에게 속닥속닥 귓속말로 뭔가 말하는 것이 보였다. 그 순간, 사람을 죽이는 일이 얼마나 간단한지를 느꼈다. 아, 신이시여, 당신은 믿을 수 없을 만큼 강한 힘을 우리 모두에게 주셔 놓고 그 힘을 사용하지 못하게 겁을 주십니다.

하지만 일단 그 공포감을 이기고 실행에 옮기고 나면 순식간에 완전히 다른 인간이 되어 버린다. 예전의 나는 악마는 물론이거니와 내 마음속에서 일어나는 가장 미세한 악의 징후에도 소스라치게 놀라곤 했다. 하지만 지금은 악이 참을 만한 그 어떤 것, 더욱이 세밀화가에게는 꼭 필요한 것이라고 생각한다. 살인을 저지른 후, 며칠 동안 손이 떨린 것을 제외하고는, 그 가련한 몸뚱이의 숨통을 끊어 버린 후부터 그림이 더 잘 그려지고, 더욱 멋지고 과감하게 색을 칠할 수 있게 되었다. 무엇보다도 중요한 것은, 나의 상상력이 이전에는 생각지 못했던 탁월한 것들을 창조해 내고 있음을 느낀다는 점이다. 그렇지만 내가 그린 그 놀라운 그림들의 진가를 인정해 줄 사람이 이 이스탄불에 몇이나 될까?

지르발 근처 선창을 지나는 동안, 할리치만의 바다 한가운데에서 나는 분노에 휩싸여 이스탄불을 바라보았다. 눈으로 뒤덮인 사원의 둥근 지붕이 불쑥 얼굴을 내민 태양 아래에서 빛나고 있었다. 이 도시가 크고 휘황찬란한 만큼 우리가 우리의 죄를 숨길 수 있는 장소도 그만큼 많을 것이고, 도시가 사람들로 붐비는 만큼 각자의 죄도 서로 섞여 분간할 수 없게 될 것이다. 어떤 한 도시의 지적 능력은 그 도시의 학자들과 도서관, 세밀화가들, 서예가들, 그리고 이슬람 학교의 숫자가 아니라, 어두운 거리에서 수천 년 동안 교활하게 저질러진 살인의 횟수로 계산해야만 한다. 이런 의미에서 이스탄불은 전 세계에서 가장 지능적인 도시라는 것을 나는 믿어 의심치 않는다.

운카파느 선착장에서 나는 카라와 에니시테의 뒤를 따라 나룻배에서 내렸다. 그들이 서로에게 몸을 의지한 채 언덕길을 오를 때 나도 그들의 뒤를 따랐다. 그들은 술탄 메흐멧 사원의 뒤에 있는 화재 터에서 멈춰 마지막으로 한 번 더 이야기를 나눈 뒤 헤어졌다. 홀로 남겨진 에니시테는 갑자기 무기력한 노인처럼 보였다. 그의 곁으로 뛰어가, 이제 막 장례식을 치른 그 비열한 놈이 떠들어 댔던 비방들, 그 비방으로부터 우리 자신을 보호하기 위해 내가 했던 일들을 털어놓고 그의 의견을 묻고 싶은 생각이 들었다. "그 말이 정말 맞는지 말씀해 주십시오. 엘레강스가 했던 말, 우리가 그린 그림들이 술탄의 총애를 악용하고, 우리 그림의 전통적인 화풍을 배반하고, 우리의 종교를 비방하고 있다는 말이 맞습니까?"라고.

해 질 무렵 나는 눈 덮인 거리에 멈춰 섰다. 집으로 돌아가는 아이들, 아버지들, 그리고 나와 닮은 유령들, 정령들, 도적들을 보았다. 눈 덮인 나무들의 슬픔 속에 내버려진 어두운 골목도 보았다. 골목길 끝에 서 있는 에니시테 에펜디의 멋들어진 이층집, 앙상한 밤나무 가지 사이로 보이는 그 집 지붕 밑에는 이 세상에서 가장 아름다운 여인이 있었다. 그러나 나는 그녀에게 빠져 미치고 싶은 생각은 없었다.

19
저는 금화올시다

저로 말씀드리자면 오스만 제국에서 통용되는 화폐 중 가장 단위가 높은 22캐럿짜리 금화올시다. 제 몸에는 세계의 피난처이신 술탄의 영광스런 문장(紋章)이 새겨져 있습지요. 장례식으로 인해 슬픔에 잠긴 이 아름다운 커피숍에서 술탄의 위대한 세밀화가들 중 한 명인 황새가 이 늦은 밤에 저를 그렸기 때문에 제 몸 위에 금박을 입히지는 못했지만, 그건 당신들의 상상에 맡기지요. 당신들은 지금 당신들 앞에 있는 저의 모습을 보고 계시지만, 실제로 저는 위대한 장인인 세밀화가 황새의 쌈지 속에 들어 있습니다. 그가 일어서서 쌈지에서 저를 꺼내 당신들에게 보여 드리고 있군요. 대가 예술가 선생님들, 손님 당신들, 안녕하세요, 안녕하세요. 저의 반짝거리는 광채에 눈들이 커지시는구먼요. 기름등잔의 불빛이 제 몸을 비추자 흥분까지 하면서 제 마지막 주인이신 황새를 부러워들 하시는군요. 그 심정 잘 이해합니다. 사실 세밀화가의 재능을 판단하는 척도로는 제가 가장 확실합지요.

장인 황새는 저처럼 생긴 금화를 최근 3개월간 정확히 47 개나 벌었습죠. 우리는 모두 이 쌈지 속에 있습니다. 장인 황새는 우리를 숨기려 하지 않을뿐더러, 이스탄불의 세밀화가들 가운데 자신보다 더 많이 버는 사람이 없다는 것도 알고 있지요. 제가 세밀화가들 사이에서 하나의 척도로서 받아들여지고, 불필요한 논쟁을 불식시킨다는 것을 전 대단한 영광으로 생각합니다. 한때, 멍청한 세밀화가들은 매일 저녁 "아닐세, 자네가 더 재주가 있어.", "아니지, 색을 더 잘 고르는 사람은 나라고.", "나무는 내가 제일 잘 그리지.", "나보다 더 구름을 잘 그리는 사람은 없어." 등등 떠들어 대는 것으로도 모자라, 매일 밤 서로 치고받고 싸워서 이가 부러지기도 했습지요. 그러나 이젠 저의 논리가 모든 것을 지배하게 되면서 화원에는 질서가 생기고 조화가 이루어졌습죠. 그야말로 헤라트 출신의 옛 대가들에게 어울리는 분위기가 된 겁니다.

이런 조화로운 분위기 속에서 저 하나와 맞먹는 가치를 지닌 것들을 한번 헤아려 볼까요. 젊고 아름다운 하녀의 50분의 1인 다리 한쪽, 가장자리를 상감 세공으로 장식한 호두나무로 테를 두른 이발소 거울, 90악체어치의 은으로 꽃잎과 햇살 모양이 장식되어 있고 칠이 잘 된 서랍장 한 개, 신선한 빵 120개, 세 사람분의 묘지와 관, 은팔찌 한 개, 말 한 필의 10분의 1, 늙고 뚱뚱한 하녀의 다리 양쪽, 새끼 물소 한 마리,

품질 좋은 중국산 접시 두 개, 술탄의 화원에 있는 페르시아 세밀화가들 중 타브리즈 사람인 데르비쉬 메흐멧과 그와 비슷한 대부분의 화가들의 봉급 두 달치, 사냥용 매 한 마리(새장도 포함해서요.), 파나요트산(産) 포도주 열 잔, 세계적으로 유명한 미소년 가운데 한 명인 마흐뭇과 함께할 수 있는 천국 같은 한 시간, 그 밖에 셀 수 없이 많은 다른 가능성들……

여기 오기 전에 저는 한때 가난한 구두 견습공의 더러운 양말 속에서 열흘을 보냈습지요. 그 불쌍한 사내는 매일 밤 잠들기 전까지 저를 가지고 살 수 있을 것들의 목록을 끝없이 헤아리곤 했답니다. 자장가처럼 달콤한 그 긴 시행들을 들으면서 저는 이 지상에 돈으로 들어갈 수 없는 장소가 없다는 것을 깨달았지요.

장소라는 말이 나왔으니 하는 얘긴데, 제가 여기 오기 전까지 겪은 것들로 말하자면 책 몇 권은 족히 쓰고도 남을 겁니다. 당신들께서 아무에게도 말하지 않겠다고 약속해 주신다면, 그리고 황새 선생님도 언짢지 않으시다면 저의 비밀을 하나 가르쳐 드리지요. 절대로 발설하지 않겠다고 맹세하시겠소?

좋습니다. 고백하지요. 저는 쳄베르리타시 조폐국에서 발행된 진짜 22캐럿짜리 오스만 제국 금화가 아니올시다. 그렇습니다. 저는 위조 화폐입니다. 베네치아에서 순도 낮은 금으로 만들어 들여와서 오스만 제국의 금이라고 유통시켰습지요. 당신들께서 저를 이해해 주시니 감사합니다.

베네치아에 있는 주전소에서 알게 된 것인데, 벌써 몇 년째 이런 짓을 하고 있답니다. 그러나 최근까지 이교도 베네치아인들이 동양에서 가져와 유통시킨 순도 낮은 금화는, 같은 주전소에서 만든 베네치아 플로린들이었습지요. 물건 위에 적혀 있는 것이 무엇이든 그 논리에 존경을 표하는 오스만 제국은 가짜 금화에 새겨진 것이 진짜와 똑같이 생겼기만 하면 함유된 금의 양에는 신경 쓰지 않습지요. 그래서 가짜 베네치아 금화가 이스탄불 전체에 쫙 깔리게 된 겁니다. 그러다가 금 함량이 적고 구리가 많이 들어간 위조 동전은 진짜보다 더 딱딱하다는 걸 알고 이로 깨물어 보기 시작했습죠. 상황이 이렇게 되었으니, 만일 당신들이 사랑의 욕망으로 활활 타올라 세상 모든 이들의 연인이자 지상 최고의 미소년인 마흐뭇에게 뛰어갔다고 칩시다. 마흐뭇은 당신들이 내민 동전을 이빨로 깨물어 보고 순도가 낮다고 판단되면, 당신들을 한 시간이 아니라 반 시간만 천국으로 데려다주겠지요. 베네치아의 이교도들은 자신들의 화폐가 이런 끔찍한 결과를 낳자, 그렇다면 어차피 눈치채지 못할 테니 오스만 제국의 금화도 가짜로 만들어 보기로 했습죠.

자, 여기서 저는 당신들께서 한 가지 괴상한 점에 주목해 주셨으면 합니다. 베네치아 이교도인들은 그림을 그릴 때는 자신들이 그리는 대상을 '그림'이 아니라 '진짜'로 만들면서, 어찌 된 일인지 돈은 진짜가 아니라 가짜를 만들고 있지 않습니까.

우리는 베네치아에서 철제 궤짝에 담겨 배를 탔습지요. 파도에 이리저리 흔들리며 이스탄불까지 왔습니다. 그리고 정신을 차려 보니 제가 환전소 주인의 마늘 냄새 나는 입속에 있더란 말이죠. 잠시 후, 세상 물정 모르는 촌뜨기가 금화를 팔려고 환전소로 들어옵디다. 사기꾼 같은 환전소 주인은 "당신이 갖고 있는 금화가 진짜인지 알아보려면 깨물어 봐야 하니 이리 주시오." 하고는 촌뜨기의 금화를 받아 입속에 넣었지요.

환전소 주인의 입속에서 만난 촌뜨기의 금화는 오스만 제국 술탄의 진짜 금화였더란 말이지요. 그 금화는 절 보자마자 "자넨 가짜군." 하고 말했습니다. 맞는 말이지요. 그런데 그놈이 너무 뻐기면서 말하는 바람에 자존심이 상한 저는 거짓말을 했습죠. "진짜 가짜는 댁이요."라고요.

그사이 바깥에서는 진짜 금화의 주인인 촌뜨기가 자랑스럽게 말했습지요.

"내 금화는 절대 가짜일 리가 없소! 나는 이걸 이십 년 전에 땅 속에 묻었단 말이오. 그리고 그 시절엔 요즘 같은 못된 짓거리를 하지 않았다오."

과연 이제 무슨 상황이 벌어질까 한창 궁금해지려는데, 환전소 주인이 입속에서 촌뜨기의 금화 대신 저를 꺼내 건네며 말했지요.

"자, 보슈. 댁이 갖고 있던 금화요. 사악한 베네치아 이교도인들의 가짜 돈을 가지고 오다니, 부끄러운 줄이나 아시오."

그는 촌뜨기를 꾸짖기까지 하더란 말이지요. 촌뜨기는 아무 말 못하고 저를 받아 들고 나갔습죠. 그리고 다른 환전소에서도 비슷한 얘기를 듣자 촌뜨기는 그만 마음이 상해 버렸고, 순도 낮은 금화 값인 구십 악체를 받고 저를 팔았습지요.

이렇게 해서 지난 칠 년간 끊임없이 주인이 바뀌었던 저의 여행이 시작되었지요.

영리한 돈이 다들 그렇듯, 저 역시 지난 시간 대부분을 이스탄불의 호주머니에서 호주머니로, 이 전대에서 저 쌈지로 돌아다니며 보냈습죠. 그 점에 대해서 전 큰 자부심을 갖고 있답니다. 한번 악몽 같은 일을 겪은 적이 있었는데, 항아리에 담겨져 어느 정원 돌 밑에서 몇 년 동안 묻혀 있었던 적이 있습지요. 하지만 어쩐 일인지 그 지루한 시기는 빨리 지나갔어요. 저를 손에 넣은 사람들 대부분은, 특히 제가 가짜 돈이라는 것을 알면, 한시라도 빨리 제게서 벗어나려고 했습죠. 그리고 제가 가짜란 걸 알면서도 절 사려는 어수룩한 자에게 경고하는 사람은 이제껏 한 명도 보지 못했습니다. 그러나 제가 가짜라는 것을 모르고 120악체에 산 사람들은 자신이 속은 것을 알자마자, 또 다른 사람을 속여서 저한테서 벗어날 때까지, 분노와 초조함 속에서 가슴을 치더군요. 이 위험한 시간 동안, 그들은 남을 속이려고 계속 시도하지만 결국 성급함과 분노 때문에 항상 실패하곤 했습니다. 그러고는 자신을 속인 그 '망할 놈'에게 진심에서 우러난 욕설을 퍼붓더군요.

지난 칠 년 동안, 저는 이스탄불에서 560명의 손을 거쳤습지요. 여염집, 상점, 시장, 이슬람 사원, 교회, 유대교 예배당 등등 안 가 본 곳이 없답니다. 돌아다니면 돌아다닐수록 제가 생각했던 것 이상으로 저에 대해 많은 이야기가 오가고 전설이 만들어지고 거짓말을 해 대는 걸 보았습죠. 사람들은 이제 저 말고는 다른 무엇도 가치가 없게 되었으며, 슬프게도 제가 이 세상의 토대고, 저로는 무엇이든 살 수 있고, 그리고 제가 가혹하다고 말하면서, 제 면전에 대고 저의 더러움과 저속함에 대해 끊임없이 비판했지요. 제가 가짜라는 걸 알게 된 사람들은 분노에 치를 떨며 더 험악한 말들을 내뱉더군요. 저의 진짜 가치가 떨어질수록 비유의 가치는 더 올라갔습니다. 그러나 이 모든 싸늘한 비유와 생각 없이 던지는 욕설에도 불구하고, 대부분의 사람들은 저를 미치도록 좋아했습니다. 요즘처럼 사랑 없는 시대에 저에게 바쳐지는 그토록 진실하고 풍부한 사랑은 우리 모두를 즐겁게 해 주는 것이라고 저는 믿습니다.

저는 거리와 거리, 마을과 마을, 이스탄불 곳곳을 다 보았답니다. 유대인을 비롯해서 아브하즈인, 페르시아인, 메그렐인 등등 온갖 종족의 손을 보았지요. 딱 한 번 마니사로 가는 에디르네인 호자의 주머니 속에 들어가 이스탄불 밖으로 나간 적이 있습죠. 도적들이 우리 앞길을 가로막고 돈이 아니면 목숨을 내놓으라고 하자, 가엾은 호자는 허둥대며 나를 똥구멍 속에다 밀어 넣었습죠. 그곳은 마을을 좋아하던 환전소 주인의 입속보다 더 고약한 냄새가 났지요. 그런데 다음 순간, 그보다 더 고약한 일이 벌어졌지 뭡니까. 도적들이 이번에는 "돈이 아니면 목숨을 내놔라!" 하지 않고 "정조가 아니면 목숨을 내놔라!" 하더니, 호자의 등 뒤로 줄을 서는 게 아니겠습니까. 그 작은 구멍 속에서 제가 어떤 고통을 당했는지는 세세히 설명하지 않겠습니다. 아무튼 이런 이유로 저는 이스탄불 밖으로 나가는 것을 결코 좋아하지 않습니다!

이스탄불에서 저는 항상 사랑을 받았습니다. 아가씨들은 자신의 이상형 남편이나 되는 것처럼 제게 입맞춤했고, 벨벳 쌈지나 베개 밑, 혹은 커다란 젖가슴 사이 골짜기나 속옷 속에 저를 숨겨 놓고는 제가 거기 잘 있는지 확인하려고 잠결에도 더듬어 보곤 했습지요. 목욕탕 난롯가에, 장화 속에, 좋은 향기가 나는 향수 가게의 작은 병 바닥에, 요리사의 콩 자루 속 비밀스런 호주머니에 숨겨 두곤 했습니다. 낙타 가죽으로 만든 벨트, 알록달록한 이집트산 안감, 안을 비단으로 댄 신발, 형형색색의 헐렁한 바지 속 비밀스러운 곳에 담겨 이스탄불 곳곳을 돌아다녔습지요. 시계 수리공 페트로 씨는 저를 자명종 시계 속에, 그리스인 구멍가게 주인은 치즈 속에 넣어 숨겼습니다. 또한 도장, 귀금속 그리고 열쇠와 함께 비단에 둘둘 말려 굴뚝 안, 아궁이 속, 창문틀 밑, 거친 짚으로 만든 방석 사이, 서랍과 궤짝의 칸막이 속에 숨어 있기도 했고요. 밥상에서 일어나 제가 아직도 잘 감춰져 있나 보려고 숨겨 둔 곳을 들춰 보는 아버지들, 전혀 그럴 필요가 없는데도 저를 입에 넣고 빠는 여자들, 계속 제 냄새를 맡으며 콧구멍에 넣으려는 아이들, 가죽 쌈지에서 꺼내 하루에 일곱 번씩 보지 않고는 마음이 놓이질 않는, 한쪽 발은 벌써 무덤에 들어가 있는 노인들도 보았지요. 유난히 깔끔한 척하는 체르케스인 부인도 있었습니다. 그녀는 하루 종일 집안 구석구석을 청소한 뒤, 우리를 지갑에서 꺼내 나무 솔로 비벼 닦곤 했답니다. 외눈박이 환전소 주인은 언제나 저희들로 탑 쌓기를 했고, 인동덩굴 냄새가 나는 짐꾼과 그의 가족은 경치 구경을 하듯 우리를 바라보았습니다. 이제는 고인이 된, 세밀화에 금박을 입히는 화가도(그 사람의 이름은 따로 언급할 필요가 없겠지요.) 매일 밤 갖가지 모양으로 저희를 바닥에 펼쳐 놓곤 했습니다. 마호가니로 만든 나룻배에도 타 봤고, 궁전에도 들어갔다 나왔지요. 헤라트풍의 책 속, 장미꽃 향기 나는 신발 뒤축, 안장 덮개에 숨은 적도 있습니다. 더럽고 털이 잔뜩 나 있고, 퉁퉁하고, 기름지고, 떨리고, 나이 든 손도 수백 개나 보았습니다. 아편굴과 양초 공장과 고등어자반과 이스탄불의 모든 땀 냄새가 제 몸에 절어 있습니다. 이 모든 흥분과 소란을 겪은 다음, 밤의 어둠 속에서 희생자의 목을 베고 저를 쌈지에 넣은 비열한 도적의 재수 없는 집에서 그가 제게 침을 뱉으며 "이게 다 네놈 때문이다."라고 했을 때, 저는 너무나 깊은 상처를 받아 그 자리에서 사라져 버리고 싶었지요.

그러나 제가 없다면 세밀화가들 중 누가 재능이 있고 없는지 구별할 수 없을 테고, 그러면 세밀화가들은 혼란에 빠져 서로를 죽고 죽이지 않겠습니까. 그래서 저는 사라지지 않았습니다. 가장 재능 있고 가장 영리한 세밀화가의 쌈지에 들어와, 지금 이 자리까지 온 것입니다.

여러분 중에 자신이 황새보다 더 솜씨 있는 세밀화가라고 생각하는 분이 계시다면, 무슨 수를 써서든 저를 손에 넣으십시오.

20
내 이름은 카라

셰큐레와 내가 편지를 주고받는 것에 대해 그녀의 아버지
는 얼마나 알고 있을까? 셰큐레의 편지에서 느껴지는, 아버지
를 두려워하는 어린 계집아이 같은 어투를 보면 그들 사이에
나와 관련된 그 어떤 말도 오가지 않았다는 결론을 내려야겠
지만, 상황이 그렇지만은 않다는 걸 느꼈다. 방물장수 에스테
르의 눈에 나타난 교활함, 셰큐레가 창문에 모습을 드러낸 그
마법 같은 순간, 에니시테가 세밀화가들에게 날 보낼 때 보인
단호함, 그리고 오늘 아침 나를 부른 에니시테가 보여 준 당황
한 듯한 태도는 나를 불안하게 했다.

아침에 에니시테는 자기 앞에 날 앉히자마자 베네치아에서
본 초상화들에 대해 설명하기 시작했다. 그는 이 세계의 수호
자이신 우리 술탄의 사신 자격으로 많은 궁전과 저택과 교회

를 보았으며, 수천 개의 초상화 앞에 며칠을 서 있었고, 팽팽하게 당겨진 캔버스, 판자 위, 액자 틀 속 그리고 벽에 그려진 수천 개의 얼굴들을 보았다고 했다.

"모습이 각기 다른, 유일무이한 인간의 얼굴들!"

그는 그렇게 말했다. 그 초상화들의 다양함, 색채, 그 위에 비친 빛의 부드러움, 호감을 주는 얼굴들, 단호함 그리고 그들 눈 속에 담긴 의미에 그만 반해 버렸다고 했다.

"베네치아인들은 모두 마치 전염이나 된 듯, 자신들의 초상화를 만들고 있었다. 돈과 힘을 가진 사람들은 자기 삶의 목격자 혹은 기념물이 될 초상화를 만들었고, 그것은 자신들의 부와 힘과 권위의 표시가 되었어. 그곳에서, 우리 앞에서, 자신들의 존재를 서로에게 알리고 자신이 다른 사람들과는 다르고 특별하다는 걸 나타내기 위해서 말이다."

질투나 욕망, 탐욕에 대해 말하고 있는 것처럼, 그가 사용하는 단어들에는 비하하는 어조가 섞여 있었다. 그러나 베네치아에서 보았던 초상화들에 대해 얘기할 때 그의 얼굴은 순간적으로 어린아이의 얼굴처럼 빛났고 생동감으로 넘쳤다.

에니시테의 말에 따르면, 베네치아의 유복한 사람들, 왕자들, 귀족들 사이에서 기회가 될 때마다 자신의 얼굴을 그리도록 하는 유행이 어찌나 널리 퍼져 있었던지, 교회 벽에 성경이나 종교 이야기 장면을 그리게 할 때도 그 이교도들은 그림 속에 꼭 자신의 얼굴을 그려 넣는다는 것이다. 그래서 이를테면 성 스테판이 땅에 묻히는 장면을 그린 그림을 보면 무덤가에서 울고 있는 사람들 중에, 며칠 전 뿌듯한 마음으로 궁전

벽화에 대해 즐겁게 설명했던 왕자의 얼굴도 있더란다. 그리고
성 베드로가 환자들을 자신의 그림자로 완치시키는 것을 설
명하는 벽화의 가장자리에 그려진, 고통으로 신음하는 불행
한 환자가 실은 예의 바른 집주인의, 돼지보다 더 건강한 동생
이란 걸 알고 실망하기도 했다. 또 한번은 죽은 자의 부활을
설명하는 그림 속에서 방금 전 점심 식사 때 옆자리에 앉아
게걸스레 음식을 먹어 대던 사람이 주검이 되어 누워 있는 것
을 발견하고 놀란 적도 있었다.

에니시테는 마치 악마의 유혹에 대해 얘기하듯 두려움에
가득 차서 말했다.

"어떤 사람들은 도가 지나쳐서 그저 그림에 자기 모습이 들
어가기만을 바란 나머지, 그림 속 군중들 사이에서 술잔을 채
우는 하인, 부정한 여자에게 돌을 던지는 매정한 자, 또는 손
이 피범벅이 된 살인자로 그려지는 것도 감수하지."

나는 이해할 수 없어서 말했다.

"그건 마치 옛 페르시아 전설을 설명하는 책에서 샤 이스마
일이 왕좌에 앉아 있는 것을 보는 것 같겠군요. 아니면 휘스레
브와 쉬린의 이야기에서 그들보다 훨씬 뒷세대 사람인 티무르
가 그려진 걸 보는 것이나요."

그때 집 안 어디에선가 달그락거리는 소리가 들리는 듯했
다. 어디일까?

이윽고 에니시테가 말했다.

"그 서양화들은 마치 우리를 두렵게 하기 위해 그려진 것
같더군. 하지만 나를 두렵게 한 건 그런 그림을 그리게 하는

사람들의 부유함이 아니었다. 그들은 우리로 하여금 이 세상에 존재하는 모든 것이 아주 특별하고 신비스럽다는 걸 믿게 만들려고 했지. 얼굴이며 눈, 자태 그리고 모든 붓 터치가 그림자 속에 있는 옷과 함께 신비스러운 피조물의 표본이 되어 우리를 두렵게 했어."

한번은 그림을 미친 듯이 좋아하는 부자가 코모 호숫가의 자신의 저택에 있는, 왕을 비롯한 추기경, 병사, 시인 등 유럽 역사의 모든 유명한 인물들의 얼굴을 수집해 놓은 멋진 초상화 갤러리에 그를 초대한 적이 있었는데, 에니시테는 그곳에서 어떻게 자신을 잃어버렸는지 설명했다.

"호의적인 집주인이 자랑하며 안내한 방에서, 그는 잠시 맘껏 돌아다니라고 나를 혼자 내버려 두었지. 대부분이 실물처럼 보였고, 어떤 것은 똑바로 내 눈 속을 바라보고 있기도 했다. 그 이교도들은 단지 초상화가 그려진 것만으로 이 세상을 더욱더 많이 채우는 사람들이 되는 듯했다. 초상화가 만들어짐으로써 마법적인 무언가가 덧붙여지고 그들이 특별한 존재가 되었기에, 나는 그 그림들 사이에서 순간적으로 나 자신이 결점투성이의 무력한 인간이라는 생각이 들었지. 그들처럼 그림을 그리기만 하면 내가 왜 이 세상에 존재하는지 더 잘 알게 될 것 같았다."

그는 헤라트파의 옛 장인들이 완벽하다고 믿었으며 불멸하리라 확신했던 이슬람 회화가 초상화에 대한 호기심으로 인해 사라질지도 모른다는 걸 깨달았고, 그런 자신의 욕구가 두려웠다고 했다.

"내가 다른 사람과 다르다는 걸, 유일무이한 존재라는 걸 느끼고 싶다는 생각이 들었지."

그렇게 해서 그는 악마가 우리를 죄악으로 끌어들이려 할 때 그렇듯이, 자신이 두려워하는 것을 향한 갈망에 이끌리게 되리란 사실을 알았다.

"어떻게 말해야 하나…… 그건 마치 죄악과도 같은 갈망이었다. 신에 대항해서 내가 위대하고, 나 자신이 중요한 그 무엇이라고 생각하는 것, 세상의 중심에 나 자신을 놓는 것 같은 느낌이라고나 할까."

서양의 화가들이 그저 잘난 척하는 아이들 놀이로 만들어 버린 것에 성스러운 우리 술탄이 찬동하기만 한다면, 그건 단순한 마법의 차원을 넘어 그걸 보는 모든 사람을 지배할 만한 힘이 될 것이고, 아울러 우리 종교에 봉사할 거라는 생각이 나중에 그의 머릿속에 떠올랐다. 바로 그 순간, 그는 우리 술탄과 술탄을 상징하는 것들을 그려 넣은 책을 만들어야겠다고 결심했다. 이스탄불로 돌아온 에니시테가 술탄에게 서양화풍으로 그림을 그리는 게 좋겠다고 말했을 때 술탄은 반대했다.

"본질은 이야기니라. 멋진 그림은 이야기를 우아하게 완성시켜 주는 게야. 이야기를 보완하지 못하는 그림은 결국 우상이 될 것이다. 존재하지 않는 이야기는 우리가 믿지 않을 것이므로 결국은 그림 자체를 믿게 되지 않겠느냐. 이것은 우리의 예언자가 오시기 전, 사람들이 캬베에 있는 우상들을 숭배한 것과 다름없느니라. 어떤 이야기의 일부가 되지 못한다면, 예를 들어 이 카네이션이나 저 버릇없는 난쟁이를 어떻게 그림에 그려 넣겠느냐?"

"카네이션의 아름다움과 유일함을 드러내면 됩니다."

그러자 술탄은 예리한 질문을 던졌다.

"그렇다면 페이지의 구도를 정할 때, 그것을 세계의 중심에
배치하겠느냐?"

"난 두려웠다. 술탄의 생각이 날 이끄는 곳이 어디인지를
보고 한순간 당황했지."

에니시테가 두려워하는 것은 신의 의지가 아닌 다른 무엇
을 세상의 중심에, 종이의 중심에 놓는 것임을 알 수 있었다.
그리고 내가 예측한 대로 술탄도 이렇게 말했다고 한다.

"나중에 그대는 난쟁이를 한가운데 그려 넣은 그림을 벽에
걸고 싶어 할 것이다. 그러나 그런 그림은 벽에 걸어선 안 된
다. 왜냐하면 그 진정한 의도가 무엇이든 시간이 흐르면 우리
는 벽에 건 그림을 숭배하기 시작할 테니까 말이다. 내가 이교
도들처럼 예수가 신이라는 당치도 않은 소리를, 신이 이 세상
에서 그 모습을 드러내리라는 것을, 그것도 인간의 형상으로
나타나리란 것을 믿었다면, 인간의 그림을 그려 거리낌 없이
벽에 걸었을 것이다. 그리고 결국은 벽에 걸린 모든 그림을 나
도 모르게 숭배하게 되었겠지. 이러한 사실은 그대도 알고 있
겠지, 그렇지 않나?"

에니시테가 나에게 말했다.

"나는 술탄을 너무나 잘 이해했어. 그를 이해했기 때문에,
우리가 마음속으로 동시에 같은 생각을 하고 있다는 사실이
두려웠지."

술탄은 에니시테에게 "나는 나를 그린 그림이 벽에 걸리는 것을 원치 않노라."라고 말했다. 그 말을 하면서 에니시테는 악마처럼 미소를 짓더니 내게 속삭였다.

"그런데 말이다, 술탄은 사실 그걸 원했어."

이번에는 내가 두려워할 차례가 되었다.

술탄은 또 이렇게 말했다.

"그래도 서양화풍으로 그려진 내 그림은 보고 싶다. 단, 그 그림은 책 속에 숨겨져 있어야만 하느니라. 그 책이 어떤 것이 될지는 그대가 말해 보라."

"순간 나는 놀라움과 두려움에 휩싸여 생각했지."

그렇게 말하며 에니시테는 조금 전에 보였던 악마 같은 미소를 다시 지었다. 불현듯 에니시테가 다른 사람으로 변해 버렸다는 생각이 들었다.

"술탄은 내게 서둘러 책을 제작하라고 명령했지. 나는 너무나 행복해서 현기증이 일 정도였다. 술탄께선 책이 완성되는 시점을 헤지라 1000년이 되는 해로 정하고, 그때 나를 다시 베네치아로 파견해 베네치아 총독에게 그 그림을 선물로 줄 계획이셨다. 이슬람 세계의 최고 통치자인 술탄의 힘의 승리를 베네치아 총독에게 확실하게 보여 주길 원하신 게지. 그러나 술탄은 베네치아인들에게 줄 그 평화의 선물을 비밀에 부치도록 하셨고, 아울러 화원 내에서 시기심이 조장되지 않도록 책의 제작에 관해서는 아무에게도 알리지 말라고 명하셨다. 이렇게 해서 난 행복에 젖어 남몰래 화가들을 동원해 그림 작업에 착수토록 했던 게다."

21
나는 여러분의 에니시테요

이렇게 금요일 아침에 나는 서양 화풍으로 그려진 그림이 들어갈 술탄의 밀서가 어떤 책이 되어야 하는지에 대해 카라에게 설명하기 시작했다. 그에게 내가 그 책의 의의를 술탄에게 뭐라고 설명했으며, 책의 제작을 허락하도록 술탄을 어떻게 부추겼는지를 주로 말해 주었다. 그렇지만 나의 숨겨진 의도는 그림과 함께 묶을, 아직 쓰지 못한 이야기를 카라가 쓰도록 만드는 것이었다. 책에 넣을 그림들은 대부분 완성했으며, 마지막 한 점도 곧 끝나리라는 것도 말했다.

"죽음을 그린 그림도 있지. 내 책은 술탄의 세계가 얼마나 평화로운 곳인지를 보여 주게 될 게다. 그러기 위해서 영리한 세밀화가 황새에겐 나무를 그리게 했지. 악마의 그림도 있고, 우리를 아주 먼 곳으로 데리고 갈 말 그림도 있지. 음흉하고 학구적인 체하는 개도 있고, 금화도 있어. 화원의 장인 화가들은 꽤 멋지게 그것들을 그렸단다. 그러니 네가 한번 그 그림들을 보고 어떤 글을 써야 할지 말해 주었으면 좋겠구나. 너도 알다시피 시와 그림, 그리고 색과 단어는 형제지간이니까."

그렇게 말하다가 문득 일을 잘해 내면 딸애를 주겠다고 말해 볼까 하는 생각이 스쳤다. 그가 이 집에서 우리와 함께 살려 할까? 그러나 금세, 귀를 바짝 곤두세우고 내 말을 듣는 그의 모습, 그의 얼굴에 떠오른 어린아이처럼 천진한 표정에 속지 말라는 목소리가 마음속에서부터 들려왔다. 그는 분명 내 딸 셰큐레를 데리고 도망치겠지. 그러나 카라 말고는 내 책을 완성시켜 줄 사람이 없었다.

금요일 기도를 마치고 돌아오면서 나는 그에게 베네치아 그림의 가장 커다란 발견인 '그림자'에 대해 말했다.

"만약 사람들이 걷고 멈추고 수다 떠는 거리를 그린다면, 서양 화가들이 그렇게 하듯이, 거리에서 가장 흔히 눈에 띄는 그림자도 그림 속에 들어가 있어야 한다는 사실을 너도 알아야 한다."

그러자 카라가 물었다.

"어떻게 그림자를 그릴 수가 있습니까?"

나는 종종 내 말을 듣는 조카에게서 조급해하는 모습을 본다. 그는 내게 선물로 가져온 몽골산 물감 병을 만지작거리기도 하고, 쇠로 된 불쏘시개를 들고 화로 안을 뒤적이기도 했다. 나는 그가 그 불쏘시개로 내 머리를 내리쳐 죽이고 싶어 한다는 상상을 해 보기도 했다. 내가 신의 시선으로부터 그림을 멀어지게 하려 하기 때문에, 그리고 헤라트파 화가들의 꿈으로부터 나온 그림과 우리 이슬람 회화의 오랜 전통을 배반하려고 하기 때문에, 게다가 감언이설로 우리 술탄의 머릿속까지 흐려지게 했기 때문에…… 카라는 때때로 꼼짝 않고 긴 시간 동안 앉아서 내 눈에 자신의 눈을 고정시키고 있었다. 그러면 나는 그가 '당신 딸을 얻을 때까지 당신의 노예라도 되겠습니다.'라는 생각을 하고 있다는 상상을 했다. 한번은 그가 어렸을 때 그랬던 것처럼, 정원으로 그를 데리고 나갔다. 나무들, 햇빛이 나뭇잎에 닿는 모습, 녹고 있는 눈, 골목의 집들이 멀어질수록 더 작게 보이는 이치에 대해 아버지처럼 자상하게 설명하려고 시도했다. 그러나 그건 쓸모없는 짓이었다. 과거의 우리 사이에 있었던 부자(父子) 같은 관계는 이미 오래전에 사라졌다는 걸 난 곧바로 깨달았다. 그는 어린 시절에 그랬던 것처럼 호기심과 배움에 대한 열정을 보여 주는 대신, 자기 딸에만 연연하는 노망든 늙은이의 엉뚱함을 인내하고 있을 뿐이었다. 십이 년 동안 돌아다닌 나라들과 도시들의 무게가 내 조카의 영혼 속에 무겁고 깊게 가라앉아 있었다. 그는 나보다도 지쳐 보였고, 그래서 가엾게 느껴졌다. 단지 십이 년 전에 그에게 셰큐레를 주지 못했기 때문이 아니라(그건 불가능한 일이었다.) 이슬람 세밀화가들과 헤라트파의 전설적인 장인들의 화풍에서 벗어나는 그림을 꿈꿨기에, 그리고 그 엉뚱한 생각을 내가 집요하게 설명했기 때문에 그가 화가 났다고 생각했다. 그래서 내가 그의 손에 죽을 거라는 상상도 해 봤다.

그렇지만 그가 두렵지는 않았다. 정반대로 그를 위협하려고 시도했다. 왜냐하면 두려움이야말로 그가 쓸 글에 적당한 것이라고 느꼈기 때문이다. 나는 그 그림들에서처럼 인간은 자신을 세상의 중심에 놓을 수 있어야 한다고 말하며 한마디를 덧붙였다.

"나의 세밀화가들 중 한 명이 내게 아주 멋진 죽음을 그려 주었지. 한번 보겠느냐?"

나는 지난 일 년 동안 세밀화가들에게 몰래 그리게 했던 그림들을 그에게 보여 주기 시작했다. 처음에 그는 약간 주춤했다. 사실, 두려워했다. 유난히 많은 죽음이 등장하는 『왕서』에서 볼 수 있는 죽음의 장면(페르시아왕 에프라시압이 시야부시의 머리를 베는 장면, 또는 뤼스템이 자신의 아들인 줄도 모르고 수흐랍을 죽이는 장면)으로부터 영감을 받아 그려진 그 그림들을 보자 그는 곧 열중하기 시작했다. 타계하신 쉴레이만 대제의 장례식을 그린 슬프고 비통한 색채로 가득한 그림에서는 서양 화가들에게서 받은 영감을 합치시킨 감수성이 드러났고, 내가 연필로 첨가한 음영에서는 그림자를 표현하려는 노력이 엿보였다. 그리고 지평선과 구름을 서로 섞어 놓아 악마적인 깊이를 표현했다. 나는 베네치아의 궁전에서 보았던 초상화들과 저마다 자신의 개성을 표현하려고 필사적으로 애쓰는 이교도인들처럼 독특한 존재로 죽음이 묘사되어 있음을 상기시켰다.

"그들이 얼마나 유일해지고 독특해지고 싶어 하는지, 그것을 얼마나 치열하게 원하는지 보아라. 이 죽음의 눈동자를 보아라. 인간은 궁극적으로 죽음 그 자체가 아니라, 특별하고 예외적인 존재가 되고 싶은 욕망 때문에 죽음을 두려워하는 것이 아니더냐. 이 그림을 보면서 그림에 어울리는 이야기를 써라. 죽음에 목소리를 주어라. 자, 종이와 필통이 여기 있다. 네가 쓴 것은 곧바로 서예가에게 넘겨주겠다."

그는 한참 동안 말없이 그림을 보고 나서 내게 물었다.

"이건 누가 그렸지요?"

"나비란다. 그는 누구보다도 재능이 있는 화가지. 화원장 오스만이 오래전부터 그를 흠모하고 경외해 마지않았지."

"이 개 그림과 비슷한, 하지만 조금 더 조악한 그림을 이야기꾼이 떠드는 커피숍에서 본 적이 있습니다."

"대부분 정신적으로 화원장 오스만의 지배 아래에 있는 나의 세밀화가들이 오로지 내 책을 위해서만 그림을 그린다고는 생각지 않는다. 자정쯤 일을 마치고 내 집에서 나가 커피숍에서 돈벌이를 목적으로 그림을 그리며 방자하게 나를 조롱할 수도 있겠지. 내가 사신으로 있을 때 술탄께선 어렵게 데려온 한 베네치아 화가에게 자신의 모습을 그리게 한 적이 있었다. 그리고 나중에 화원장 오스만에게 베네치아인의 유화와 똑같은 그림을 오스만의 화풍으로 그리라고 명했지. 베네치아 화가를 모방하는 것이 힘겨웠던 화원장 오스만은 술탄의 강요와 자신이 그린 그 부끄러운 그림에 대한 책임을 나에게 떠넘겼다. 한편으론 옳은 말이었어."

그날 하루 동안 나는 완성하지 못한 마지막 그림을 제외하고, 모든 그림을 그에게 보여 주었다. 이야기를 쓰도록 그를 부추겼으며, 세밀화가들 각자의 성품과 그들에게 얼마나 많은 돈을 지불했는지도 낱낱이 말해 주었다. 베네치아 화가들이 뒤쪽에 있는 물체일수록 점점 더 작게 그리는 기법이 비종교적인 것인지 아닌지에 대해서, 그리고 가련한 엘레강스가 돈에 대한 탐욕과 질투 때문에 살해당했을 수도 있다는 것에 대해서도 이야기를 나눴다.

밤이 이슥해졌을 때 카라가 집으로 돌아가면서 약속했듯이, 다음 날 아침에 그가 내 책에 대한 이야기를 들으러 다시 오리라는 것을 나는 확신했다. 나는 열린 대문 앞에서 그의 발소리가 멀어지는 것을 듣고 있었다. 밤의 냉기 속에 깃든 그 무언가가 지금 이 순간에도 잠 못 이루고 있을 살인자의 존재를 나와 내 책보다 더 강하고 악마적인 것처럼 느껴지게 만들었다.

그가 떠난 뒤에 나는 조심스레 문을 꼭 닫았다. 그리고 매일 밤 하던 대로 차조기를 심는 화분으로 사용했던 오래된 물 항아리를 문 뒤에 세워 놓았다. 화로를 끄고 침대로 들어가려는데 하얀 겉옷 차림의 세큐레가 어둠 속에서 유령 같은 모습으로 내 앞에 서 있는 것을 보았다.

"저 남자와 끝내 결혼하기로 결심한 거냐?"

"아니에요, 아버지. 이미 오래전에 결혼을 포기했어요. 게다가 전 이미 결혼한 몸인걸요."

"아직도 그와 결혼하고 싶다면 이제는 허락할 수 있다."

"그와 결혼하고 싶지 않아요."

"그건 왜냐?"

"왜냐하면 아버지가 원하지 않으시니까요. 아버지가 원하지 않는 사람은 저도 진심으로 원할 수가 없어요."

화로에 남아 있던 불씨가 어둠 속에서 순간적으로 딸애의 눈에 비쳤다. 딸애의 눈은 불행이 아니라 분노 때문에 축축해져 있었다. 그러나 그 애의 목소리는 조금도 실망하거나 상처받은 것 같지 않았다.

나는 비밀을 얘기하듯 말했다.

"카라는 널 많이 사랑해."

"알고 있어요."

"오늘 하루 종일 그는 그림에 대한 애정이 아니라 너에 대한 애정 때문에 내 이야기에 귀 기울였다."

"그가 아버지 책을 완성해 줄 거잖아요. 중요한 건 그거예요."

"네 남편은 언젠가 돌아올 거다."

"어쩌면 오늘 밤의 정적 때문인지도 모르겠어요. 남편이 절대로 돌아오지 않으리라는 걸 오늘 밤 아주 정확하게 알게 됐어요. 꿈에서 본 게 맞는 것 같아요. 그는 죽었어요. 벌써 오래전에 그는 늑대와 새의 밥이 됐어요."

딸애는 자고 있는 아이들이 들을까 두렵기라도 한 듯 속삭이는 목소리로, 낯선 분노에 가득 차 말했다.

"혹시 내가 죽는다면, 내 모든 걸 바친 이 책이 완성되도록 도와 다오. 내 앞에서 맹세해라."

"맹세할게요. 그런데 아버지 책을 누가 완성하지요?"

"카라! 그가 그 일을 하게 만들 사람은 너밖에 없다."

"아버지가 이미 그렇게 하고 계시잖아요. 저는 필요 없을 거예요."

"네 말이 맞다. 그렇지만 그는 너 때문에 날 견뎌 내고 있다. 누군가가 나를 죽인다면 겁을 집어먹고 책을 포기할 수도 있어."

나의 영리한 딸이 미소 지으며 대꾸했다.

"그러면 그는 저와 결혼할 수 없어요."

왜 딸애가 미소를 지었다고 생각했을까? 이야기를 나누는 동안 딸애의 눈에 나타난 반짝임 외에는 아무것도 볼 수 없었는데……. 우리는 방 한가운데에서 긴장한 채 마주 서 있었다.

내가 더 이상 참지 못하고 물었다.

"그와 연락을 주고받거나 너희끼리의 비밀 신호가 있느냐?"

"어떻게 그런 생각을 하실 수가 있어요?"

길고 고통스런 정적이 흘렀다. 먼 곳에서 개 짖는 소리가 들려왔다. 약간 추웠고 소름이 끼쳤다. 이제 방은 너무 어두워져서 서로의 모습을 전혀 알아볼 수 없었다. 단지 마주 보고 서 있다는 것만 느낄 수 있을 뿐이었다. 우리는 갑자기 서로 부둥켜안았다. 온 힘을 다해 서로를 꼭 껴안았다. 딸애가 울기 시작하며 엄마가 보고 싶다고 했다. 나는 아내와 같은 향기를 풍기는 딸애의 머리칼을 쓰다듬어 주었다. 그리고 그 애를 안아 들어 자고 있는 아이들 곁에 데려가 뉘어 주었다. 지난 이틀간을 되돌아보건대, 셰큐레는 카라와 연락을 주고받고 있는 게 틀림없었다.

22
내 이름은 카라

밤늦게 집으로 돌아온 나는 내 어머니 노릇을 하려 드는 주인 여자를 피해 살짝 내 방으로 숨어들어 침대에 몸을 누이고서 나의 셰큐레를 생각하기 시작했다.

우선 재미 삼아 에니시테의 집에서 들었던 그 달그락대던 소리 이야기부터 시작하자. 십이 년 만에 두 번째로 셰큐레의 집을 방문했을 때 그녀는 내 앞에 전혀 모습을 드러내지 않았다. 그러면서도 동시에 그녀는 세심하게 날 포위하는 데 성공했고, 어떤 식으로든 나를 주시하고 있으며, 남편감으로 적합한지 이리저리 재 보고 있고 그것으로부터 일종의 재미난 놀이와 같은 희열을 만끽하고 있음은 분명했다. 그 때문에 나 역시 계속해서 그녀를 보고 있는 듯한 생각이 들었다. 그리하여 사랑이란 눈이 보이지 않는 사람에게도 볼 수 있는 능력을 주

는 것이라고 했던 이븐 알 아라비의 말을 더욱 잘 이해하게 되
었다.

셰큐레가 나를 주시하고 있는 것은 그 달그락대는 소리와
마룻바닥이 삐걱거리는 소리만으로도 알 수 있었다. 어느 순
간 나는 그녀가 아이들과 함께 현관으로 통하는 옆방에 있음
을 깨달았던 것이다. 서로 밀치며 싸우던 아이들은 엄마의 위
협적인 눈길 때문에 하는 수 없이 조용해졌다. 이따금 누군가
가 듣기라도 하라는 듯 억지로 꾸민 속삭임이 들려왔고 나중
에는 서로 킥킥대며 웃기도 했다. 또 한번은 아이들의 할아버
지가 나에게 빛과 그림자의 매력에 대해 말하고 있을 때, 셰
브켓과 오르한이 방 안으로 들어왔다. 그 애들은 미리 세세한
부분까지 계획한 것처럼 조심스럽게 쟁반을 들고 와 우리에게
커피를 건넸다. 그것은 하이리예가 해야 할 일이었지만, 아이
들의 엄마는 장차 그들의 아빠 노릇을 하게 될지도 모를 나를
가까이에서 볼 기회를 주고, 나중에 아이들과 나에 대해 이야
기하려고 이런 일을 시켰다는 생각이 들었다.

"눈이 정말 멋지게 생겼구나." 나는 셰브켓에게 그렇게 말해
주고는, 오르한이 질투할 것 같아 그 애에게도 말했다. "네 눈
도 그렇고." 그러고는 호주머니에서 시든 카네이션 꽃잎을 꺼
내 쟁반에 올려놓은 뒤, 두 아이의 볼에 입을 맞추었다. 나중
에 집 안 어디선가 서로 웃고 킥킥거리는 소리가 들려왔다.

이따금씩 어느 벽, 어느 문 뒤, 혹은 천장 어딘가에 나 있
는 구멍 뒤에 나를 훔쳐보는 눈동자가 자리 잡고 있는지, 어떤
각도에서 나를 바라보고 있는지 궁금했다. 그러면 나 혼자 아

무 틈새나 구멍을 바라보며 추측을 하기도 했다. 그러다가 또 다른 지점을 쓸데없이 의심하고는 거기가 맞는지 확인하려고, 쉬지 않고 설명하고 있는 에니시테에게 불손한 행동이라는 걸 알면서도 자리에서 일어나곤 했다. 그리고는 에니시테의 이야기에 집중하고 있는 것처럼 보이려고 놀라거나 사색에 잠긴 듯한 태도로 방 안을 거니는 척하다가 벽의 미심쩍은 어떤 지점으로 가까이 다가가 보았다.

하지만 분명히 망을 보는 구멍이라고 생각했던 곳에 셰큐레의 눈이 없으면 곧 실망감에 빠졌다. 한순간 이상한 외로움에 휩싸인 나는 뭘 해야 할지 모르는 사람처럼 갈팡질팡했다. 그래도 셰큐레가 날 보고 있다는 걸 마음속으로 느꼈고 내가 그녀의 시선 아래 있다고 너무도 굳게 믿었기에, 나는 사랑하는 여자를 감동시키고자 나 자신을 좀 더 심오하고 강인한 남자처럼 보이려고 애썼다. 나중에는 셰큐레가 전쟁에서 돌아오지 않는 아이들 아버지와 날 비교하고 있다는 생각이 들었고, 그러는 동안에도 에니시테는 쉬지 않고 베네치아 화가들의 기법에 대해 설명했으며, 나는 문득문득 새롭게 명성을 얻은 이 화가들을 머릿속에 그려 보았다. 성자들처럼 고난의 방에서 고통을 겪은 것도, 실종된 셰큐레의 남편처럼 강한 팔과 날카로운 검으로 적의 머리를 날린 것도 아니면서, 그들이 쓴 책 또는 그렸던 그림 한 장으로 유명해진 그 미지의 화가들을, 나는 단지 셰큐레가 아버지로부터 그들의 이야기를 들었다는 이유만으로 닮고 싶은 열망을 느꼈다. 그리고 그 유명한 화가들, 에니시테가 말한 것처럼 눈으로 볼 수 있는 어둠과 세계의 신비가 가진 힘으로부터 영감을 받아 그려진 초상화를(에니시 테는 보았지만 나는 보지 못한, 그래서 그가 내게 설명하려고 애쓰는 그 걸작들을) 눈앞에 그려 보려고 안간힘을 썼지만 끝까지 아무것도 상상해 내지 못했다. 나는 일종의 패배감을 느꼈고, 나 자신이 하잘것없는 존재라는 생각이 들었다.

내가 생각에서 빠져나온 순간, 셰브켓이 다시 내 앞에 서 있었다. 그 애는 주저 없이 나에게 다가왔고, 나는 트란속사 니아의 아랍 부족이나 카프카시아산에 사는 코카서스 부족 들의 풍습처럼 손님이 오고 갈 때 집안의 가장 나이 많은 사 내아이가 나와 입맞춤하려는 것인가 보다 했다. 그 아이는 내 손등에 입맞춤을 하더니, 이마에 가져다 대라는 뜻으로 자기 손을 내밀었다. 바로 그 순간 가까운 곳에서 셰큐레의 웃음 소리가 들렸다. 나를 보고 웃는 것일까? 갑자기 당황한 나는 그 상황을 모면하기 위해 그녀가 내게 기대하는 것이 이런 거 겠지 생각하며 셰브켓을 낚아채 아이의 두 볼에 입을 맞췄다. 내 행동이 에니시테의 말을 끊었다는 것을 의식한 나는 불손 한 의도가 없었다는 걸 보여 주기 위해 그에게 미소를 지어 보 였다. 그러면서도 제 엄마의 향기가 남아 있지 않을까 싶어 한 순간 주의 깊게 아이의 냄새를 맡았다. 그리고 셰브켓이 내 손 에 종잇조각을 쥐어 준 것을 깨달았을 때는 그 애가 벌써 가 버리고 난 뒤였다.

나는 종잇조각을 손바닥 속에 보물처럼 감추고 주먹을 꽉 쥐었다. 그것이 셰큐레가 준 작은 편지임을 알고는 얼마나 행 복하던지 바보처럼 히죽거리다가 에니시테에게까지 웃음을 보일 뻔했다. 이것만으로도 셰큐레가 나를 격렬히 원한다는 것을 알 수 있지 않은가? 갑자기 셰큐레와 내가 극도의 흥분에 달해 미친 듯이 사랑을 나누는 광경이 떠올랐다. 그 상상이, 그 믿을 수 없는 상황이 머지않아 실현되리라고 어찌나 굳게 믿었던지, 에니시테 앞인데도 불구하고 나의 페니스가 눈치도 없이 불뚝 일어섰다. 셰큐레가 지금 이런 내 모습을 보고 있을까? 나는 관심사를 다른 것으로 돌리려고 의식적으로 에니시테의 설명에 집중했다.

얼마나 시간이 흘렀을까, 에니시테가 그림을 그린 책의 다른 페이지를 내게 보여 주려고 손을 뻗고 있을 때, 나는 재빨리 인동초 냄새가 나는 그 종잇조각을 살짝 펴 보았다. 그런데 종이에는 아무것도 쓰여 있지 않았다. 믿을 수 없어서 종이를 앞뒤로 이리저리 살펴보았다.

"……그것은 창이야." 에니시테가 말했다. "원근법을 사용하는 것은 이 세상을 창문을 통해 보는 것과 같은 것이지. 그런데 그 종이는 뭐냐?"

"아무것도 아닙니다."

나는 대답했다. 그리고 그가 시선을 거두자, 그 구겨진 종이를 코로 가져가 그 냄새를 깊숙이 들이마셨다.

점심 식사가 끝난 뒤, 나는 에니시테의 요강을 사용하고 싶지 않아 양해를 구하고 정원에 있는 화장실로 갔다. 얼어붙을 듯 추운 날씨였다. 엉덩이가 시려서 서둘러 볼일을 보고 나오는데 셰브켓이 길을 가로막고 선 산적처럼 음험한 표정으로 말없이 내 앞에 나타났다. 아이의 손에는 아직도 김이 모락모

락 피어오르는 할아버지의 그득한 요강이 들려 있었다. 셰브켓은 화장실에 들어가 요강을 비우고 나왔다. 그러고는 손에 빈 요강을 든 채 통통한 볼을 잔뜩 부풀리고 아름다운 눈으로 내 눈을 들여다보며 물었다.

"죽은 고양이 본 적 있어요?"

아이는 제 엄마를 쏙 빼닮은 코를 갖고 있었다. 아이 엄마가 우리를 지켜보고 있을까? 수년 만에 셰큐레를 처음으로 다시 본 그 황홀했던 2층 창을 올려다보았지만 창의 덧문은 닫혀 있었다.

"아니."

"교수형당한 유대인 집에 있던 죽은 고양이를 보여 줄까요?"

셰브켓은 내 대답도 듣지 않고 앞장서서 골목으로 나가더니 걷기 시작했다. 나는 아이의 뒤를 따라갔다. 진흙이 얼어붙은 길을 쉰 걸음쯤 걸어가서 아무도 돌보지 않는 버려진 정원으로 들어갔다. 사방이 축축했고, 썩은 낙엽과 곰팡이 냄새가 희미하게 풍겼다. 슬픈 무화과나무와 아몬드 나무 사이의 어두운 곳에 노란색 집이 숨은 듯 서 있었다. 아이는 그곳을 아주 잘 안다는 듯이 자신 있는 걸음으로 대문을 열고 들어갔다.

집은 비어 있었다. 그러나 집 안에는 사람이 살고 있는 것처럼 약한 온기가 느껴졌다.

"이 집은 누구 집이냐?"

"유대인의 집이에요. 집주인 아저씨가 죽어서 아줌마는 애들을 데리고 예미시 부두 근처의 유대인 마을로 갔어요. 지금은 이 집을 방물장수 에스테르가 팔려고 해요."

아이는 방 구석구석을 돌아보고 오더니 말했다.

"고양이가 가 버렸어요. 없어요."

"죽은 고양이가 어디를 가겠니?"

"할아버지는 시체들도 돌아다닌다고 했어요."

"시체가 아니라 영혼이 돌아다닌단다."

"어떻게 그걸 아세요?"

아이는 요강을 가슴팍에 조심스레 꽉 끌어안은 채로 물었다.

"그냥 알지. 너는 여기에 자주 오니?"

"엄마가 에스테르랑 이곳에 와요. 밤에는 귀신이 나온다고 하지만 전 무섭지 않아요. 근데, 아저씨는 사람 죽여 본 적 있어요?"

"응."

"몇 명이나요?"

"많지 않아, 두 명."

"칼로요?"

"응, 칼로."

"영혼들은 돌아다니나요?"

"모르겠구나. 책에는 그렇게 쓰여 있지."

"하산 삼촌한테 빨간 칼이 있는데 베지 못하는 게 없어요. 그리고 손잡이가 에메랄드로 된 단검도 있어요. 우리 아버지를 아저씨가 죽였나요?"

나는 긍정도 부정도 아닌 고갯짓을 했다.

"네 아버지가 죽은 걸 넌 어떻게 알지?"

"엄마가 어제 말해 줬어요. 이제 돌아오시지 않는대요. 꿈에서 봤대요."

기회만 있다면 우리는 언제든 사소한 기쁨을 위해서, 우리 안에 활활 타오르는 욕정을 위해서, 우리 가슴을 상처로 가득하게 하는 사랑을 위해서라면 숭고한 목적이라는 이름하에 어떤 끔찍한 일이라도 할 준비가 되어 있기를 바란다. 나 역시 그 순간 이 아비 없는 아이들의 아버지가 되겠노라 다시 한번 결심했다. 그래서 집으로 돌아간 후에는 아이 할아버지의 말에 더욱더 열심히 귀를 기울였다.

그러면 이제부터 에니시테가 내게 보여 준 그림 얘기를 시작해 볼까 한다. 먼저 말 그림부터. 이 그림에는 사람도 없고, 말 주변에 아무것도 없지만, 말 그림이라고만 할 수는 없다. 그림 한쪽 구석이나 카즈빈 화풍으로 그린 덤불 속에서 언제든 기수가 튀어나올 수도 있다는 생각이 들기 때문이다. 말 위에 얹은 안장이나 그 위에 수가 놓여 있는 귀족적인 장식으로 그런 추측을 할 수 있다. 어쩌면 말 바로 옆에서 검을 쥔 누군가가 곧 나타날 수도 있을 것이다.

분명히 에니시테는 화원에서 몰래 부른 장인 세밀화가에게 말 그림을 그리라고 주문했을 것이다. 밤중에 집으로 찾아온 세밀화가는 자신의 머릿속에 각인되어 있는 말 그림을 이야기의 한 부분인 것처럼 외워서 그렸을 것이다. 세밀화가가 이미 수천 번은 보았을, 전쟁이나 사랑 장면에 묘사된 말 그림의 어떤 부분에 대해 에니시테는 서양 화가들의 기법에서 얻은 영감으로 간섭을 했을 것이다. 예를 들면 "기수를 그리지 말게."
라고 하거나 "거기에 나무 한 그루를 그리게. 그렇지만 뒤쪽에
작게 그려 넣게."라고 했을 것이다.

그 세밀화가는 작은 작업대 앞에 에니시테와 나란히 앉아
서, 자신이 익혔던 그림들과는 전혀 닮지 않은, 그 이상하고
규칙에서 벗어난 그림을 의욕에 넘쳐 열심히 그렸을 것이다.
에니시테가 준 큰돈이 그를 고무시켰을 테니까. 하지만 에니
시테와 마찬가지로 그 세밀화가 역시 자신이 그리고 있는 말
이 어떤 이야기를 장식하게 될지는 가늠할 수 없었을 것이다.
그리고 에니시테가 내게 바라는 것은 절반은 베네치아 화풍
이고 절반은 페르시아 화풍인 이 그림을 보고 여기에 걸맞은
이야기를 그림의 맞은편 페이지에 써 넣는 것이었다. 셰큐레
를 얻으려면 어떻게든 그 이야기들을 써야만 했다. 하지만 내
머릿속에선 커피숍에서 들은 이야기꾼의 얘기 말고는 아무것
도 떠오르지 않았다.

23
나를 살인자라고 부를 것이다

째깍거리는 태엽 시계가 저녁이 되었음을 알렸다. 아직 사원에서 기도 시간을 알리는 종소리는 들리지 않았지만, 나는 한참 전부터 낮은 독서용 책상 옆에 있는 초를 켜 놓고 있었다. 검은색 '하산 파샤' 물감에 갈대로 만든 펜을 적신 다음, 크기를 정확히 맞추어 자르고 광택도 잘 낸 종이 위에다 아편 중독자를 익숙한 기억으로 재빨리 그려 완성했다. 바로 그 순간, 마음속에서 매일 밤 나를 길거리로 불러내는 소리가 들려왔다. 나는 버텼다. 저녁에 외출하지 않고 집에서 작업을 하기로 결심하고 문 안쪽에다 못질을 하려고도 했다.

서둘러 그려 만든 이 책은 아무도 깨어나지 않은 이른 아침에 저 먼 갈라타에서 찾아와 내 집 문을 두드린 한 에르메니아인이 주문한 것이다. 번역과 관광 안내를 하는 그 말더듬이 남자는 베네치아 여행가들이 의복에 관한 책을 원하면 즉시 날 찾아와 야무지게 흥정까지 하곤 했다. 스무 장의 그림이 들어가는 평범한 옷 그림책을 만드는 데 120악체에 낙착을 봤다. 나는 저녁 기도 시간에 자리에 앉아 이스탄불에 사는 각양각색의 사람들의 옷을 떠올리며 그림을 그렸다. 대율법사, 문지기, 목회자, 궁궐 수비대, 수도승, 기병, 법관, 가축 내장 파는 상인, 사형 집행인(사형 집행인이 고문하는 장면을 그린 그림은 인기가 좋다.), 거지, 목욕탕에 가는 여자, 아편 중독자 등을 차례차례 그려 나갔다. 몇 악체라도 더 벌려면 이런 유의 책들을 많이 만들어야 하기 때문에, 나는 그림을 그릴 때 지루해하지 않으려고 '법관을 그릴 때는 종이에서 붓을 한 번도 떼지 말아야지.', '거지는 눈을 감은 모습으로 그려야지.' 하는 식으로 혼자 게임을 하기도 했다.

모든 도적들과 시인들, 그리고 슬픔에 젖은 사람들은 저녁 기도 시간 종소리가 울려 퍼질 때면 마음속에 있는 귀신과 악마가 한꺼번에 날뛰는 것을 경험한다. 그들은 그것들이 자신들을 타락시켰음을 알고 있다. 그래서 우리 마음속에 있는 불안한 목소리는 밖으로, 사람들 속으로, 어둠 속으로, 가난 속으로, 파렴치한 행위 속으로 뛰어들라고 속삭인다. 나는 이 귀신들과 악마들을 잠재우는 데 긴 세월을 보냈다. 또한 나는 많은 사람들이 내 손이 발휘하는 기적이라고 알고 있는 그림들을 이 귀신과 악마의 도움으로 그렸다. 그러나 이레 전, 그 사악한 놈을 죽인 후로는 내 속에 있는 귀신과 악마를 다스릴 수 없게 되었다. 그들이 심하게 날뛸 때면 나는 스스로에게 이렇게 말하곤 했다. "잠시 밖에 나가 있으면 진정이 되겠지."

그렇게 혼잣말을 하고 정신을 차려 보면 어느새 나도 모르는 낯선 거리를 걷고 있는 자신을 발견하게 되는 것이었다. 나는 빠르게 걸었다. 눈 덮인 길, 진흙투성이 골목길, 얼음이 언 오르막길, 행인이라곤 눈에 띄지 않는 길을 잠시도 쉬지 않고 걸었다. 걸으면 걸을수록, 밤의 어둠이 도시의 가장 외딴 곳으로 내려갈수록 나의 죄는 천천히 뒤로 물러났다. 그리고 좁은 골목, 돌로 지은 상점, 신학교, 사원의 벽을 따라 내 발소리가 쩌렁쩌렁 울려 퍼질수록 나의 두려움은 가벼워졌다.

내 발은 고유의 의지를 가진 것처럼, 매일 밤 같은 변두리 마을로, 유령과 귀신조차 무서워하는 버려진 골목으로 나를 이끌었다. 그 마을 남자들의 절반은 페르시아 전쟁에서 죽었고, 나머지 절반은 불운으로 인해 마을을 떠났다고 알려져 있었다. 그러나 난 그런 소문 따윈 믿지 않는다. 페르시아 전쟁이 그 아름다운 마을에 남긴 유일한 재앙은 사십 년 전에 페르시아의 적인 사파위들이 그곳에 은신했다는 이유로 칼렌데리 수도원의 문을 쇠사슬로 묶어 폐쇄한 것뿐이다.

산딸기 덤불과 가장 추운 날씨에도 늘 좋은 향내를 풍기는 월계수 나무를 끼고 뒤쪽으로 돌아가, 무너진 굴뚝과 덧문이 떨어져 나간 창문 사이 판자로 된 담장을 향해 곧장 걸었다. 나는 안으로 들어가 백 년 묵은 향과 곰팡이 냄새를 폐부 깊숙이 들이마셨다. 그곳에 있는 것이 너무나 행복해서 눈물이 나올 것만 같았다.

내가 신 이외에는 아무도 두려워하지 않고, 이 지상에서 받는 형벌은 눈곱만큼도 중요하게 생각지 않고 있다는 것을 아직 말하지 않았다면, 지금 말해 두고 싶다. 내가 정작 두려워하는 것은, 나 같은 살인자가 코란 제25장 「푸르칸」에 묘사된 것처럼 심판의 날에 받게 될 끔찍한 고통이다. 아주 드물게 수중에 들어온 고서들에서 볼 수 있는, 옛 페르시아 세밀화가들이 가죽 위에 그린, 단순하고 유치하긴 하지만 그래도 공포스러운 지옥의 모습을 보라. 중국과 몽골의 장인들이 그린, 악마의 고문을 연상시키는 형벌의 빛깔과 강도가 내 눈앞에 떠오를 때면 나는 변명하며 발뺌하는 수밖에는 다른 도리가 없다. 예를 들면, 코란 제17장 「이스라」 30절에 뭐라고 쓰여 있는가? "정당한 이유 없이 사람을 살해하지 말라, 신께서 금하셨노라." 그렇다면 내가 지옥으로 보낸 사악한 그놈은 살인을 금하신 우리의 신을 믿는 신자가 아니었으므로 내가 그의 해골을 박살 낸 것은 대단히 정당한 일이라는 식으로 말이다. 사실 그자는 술탄이 비밀리에 주문한 책을 위해 작업을 한 우리를 비방했다. 만약 내가 그자의 소리를 낮추지 않았더라면 놈은 에니시테 에펜디를, 모든 세밀화가들을, 심지어 화원장 오스만을 무신론자라고 떠들어 대며 그 미친 에르주룸 출신 호자의 추종자들에게 뛰어갔을 것이다. 세밀화가들이 비종교적인 행동을 했다고 단 한 사람이라도 큰 소리로 말하기만 하면, 자신들의 힘을 보여 줄 핑계만 찾고 있는 그 에르주룸파 광신도들은 우리 세밀화가들은 물론이고 화원 전체를 쑥대밭으로 만들 테고, 술탄조차 아무 말 못하고 구경만 하게 될 것이다.

이곳에 올 때마다 늘 그랬듯이 구석에 숨겨 놓은 빗자루와 걸레로 주위를 쓸고 닦았다. 이 일을 하고 있는 동안에는 마음이 따스해지고 나 자신이 신의 충직한 종이 된 것처럼 느껴졌다. 이 선한 감정을 내게 주는 걸 아까워하지 마시라고 오랫동안 신께 기도를 올렸다. 추위가 뼛속까지 파고들었고 목구멍 안쪽에서 고질적인 통증이 느껴졌다. 나는 얼른 밖으로 나왔다.

잠시 후, 또 그 이상한 상태에 빠져 다른 마을을 헤매고 있는 나 자신을 발견했다. 폐쇄된 수도원이 있는 마을에서 여기로 오는 동안 내게 무슨 일이 일어났고, 무엇을 생각했고, 어떻게 해서 양쪽에 삼나무가 늘어선 이 골목으로 접어들었는지는 전혀 기억나지 않았다.

그러나 아무리 오래 걸어도 여전히 남아 있는 어떤 생각이 내 마음을 갉아먹고 있었다. 그게 뭔지를 여러분께 털어놓는다면 혹 마음의 짐이 가벼워질 수도 있을 것이다. 그를 '사악한 비방자'라고 해도 좋고, '가련한 엘레강스'라고 해도 좋지만 (어차피 이 둘은 같은 의미이다.) 변하지 않는 사실은 그 금칠하는 자는 죽기 바로 직전에 열변을 토하며 에니시테를 비방했고, 내게 뭔가를 더 말했다는 것이다. 에니시테가 모든 그림에 이교도의 기법인 원근법을 사용한다는 그의 말에 내가 별 관심을 보이지 않자 그자는 말했다.

"마지막 그림 하나가 또 있지. 그 그림에서 에니시테는 우리가 믿고 있는 모든 것에 욕을 하고 있다네. 그가 한 짓은 무신론적인 것을 넘어서 욕설 그 자체야."

그 저질이 그 따위 비방을 하기 삼 주 전에, 에니시테는 나에게 종이 한 장을 보여 주며 각 귀퉁이마다 서양화에서처럼 서로 차원이 아주 다른 것들, 가령 말, 돈, 죽음 같은 것들을 그려 달라고 진심으로 부탁했었다. 그가 내게 보여 준 종이는 가장자리에 반듯하게 선이 그어져 있었고, 가련한 엘레강스가 이미 금색을 칠한 중앙부는 다른 종이들로 덮여 있어서 에니시테가 나와 다른 세밀화가들에게 뭔가를 숨기려는 것 같았다.

나는 그 커다란 마지막 그림에 무엇이 그려져 있는지 에니시테에게 묻고 싶었다. 그러나 많은 것들이 나를 저지했다. 내가 그걸 물으면 에니시테는 즉각 엘레강스의 살인범으로 나를 의심할 테고, 그 의심을 모든 사람에게 퍼뜨릴 것이 틀림없었다. 내 입을 막게 한 또 다른 이유는 에니시테에게 물었을 때 그가 엘레강스가 옳았다고 말하지나 않을까 하는 불안 때문이었다. 이따금 나는 스스로에게 말하곤 했다. '에니시테에게 물어봐. 엘레강스의 말 때문에 생긴 의혹이 아니라 그냥 문득 떠오른 것처럼 자연스럽게.' 하지만 그런다고 두려움이 줄어들지는 않았다. 사람이 자기도 모르게 무신론자 같은 행동을 하는 것은 어쩌면 그렇게 끔찍한 일이 아닐 수도 있다. 그러나 이제 나는 모든 것을 알고 있다.

언제나 머리보다 영리한 내 다리가 알아서 나를 에니시테의 집이 있는 골목까지 데려갔다. 나는 구석에 숨어 어둠 속에서도 똑똑히 보일 만큼 오랫동안 그 집을 바라보았다. 나무들 속에 자리 잡은 크고, 기괴하며, 부유한 이층집! 셰큐레가 그 집 안 어디에 있는지 나는 알 수 없었다. 그 집은 샤 타마스프 시대에 타브리즈에서 그려진 일련의 그림에서처럼 가운데를 칼로 베어 낸 듯이 보였다. 나는 내 마음의 눈으로 셰큐레가 어떤 창 덧문 뒤에 어떤 모습으로 있는지 그려 보려고 애쓰고 있었다.

대문이 열렸다. 어둠 속에서 카라가 집을 나오는 것이 보였다. 에니시테는 대문 뒤에 서서 잠시 카라를 다정하게 쳐다보다가 문을 닫고 안으로 들어갔다.

바보처럼 상상에 잠겨 있던 내 정신은 눈앞에서 벌어진 광경을 보자 대번에 서글프고 자연스러운 결론 세 가지를 내릴 수 있었다.

첫째, 카라가 더 값이 싸고 위험 부담이 없기 때문에 에니시테는 우리의 책을 마무리 짓는 일을 그에게 시킬 셈이다.

둘째, 아름다운 셰큐레는 카라와 결혼할 것이다.

셋째, 가련한 엘레강스가 한 말들은 모두 사실이다. 나는 그를 쓸데없이 죽인 듯하다.

상황이 이 지경에 이르자, 즉 가슴이 도저히 받아들이고 싶지 않은 슬픈 결론을 매정한 머리가 내려 버리자마자, 나의 몸은 반란을 일으켰다. 특히 세 번째 결론, 즉 나는 다만 추악한 살인자에 불과하다는 결론에 대해서 내 정신의 절반이 온 힘을 다해 반발했다. 그사이 내 다리는 내 정신보다 더 빨리, 더 이성적으로 행동했다. 어느새 나는 카라의 뒤를 쫓고 있었다.

내 앞에서 걷고 있는 카라를 보면서 나는 즉시 알게 되었다. 그는 내가 상상했던 것과는 달랐다. 카라는 나보다 더 실리적이었다. 사람들은 누구나 이런 것을 경험한다. 제 딴에는 이성적으로 생각한다고 하면서 몇 주, 혹은 수년 동안 뭔가를 상상만 하고 있다가, 어느 날 문득 어떤 얼굴, 어떤 옷, 어떤 행복한 사람을 보면서, 자신의 상상이 결코 실현되지 않으리라는 사실을 순간적으로 깨닫는 것이다. 예컨대, 그 여자의 아버지가 그녀를 절대로 당신에게 주지 않으리라는 것, 혹은 당신은 절대로 어떤 자리에 오르지 못하리라는 사실을 알게 되는 것이다.

카라의 머리와 목덜미와 어깨가 오르락내리락하는 모습, 마치 이 세상에 은혜를 베푼다는 듯이 발을 내딛는 그의 걸음걸이를 보면서 나는 가슴 가득 차오르는 뜨거운 증오를 느꼈다. 양심의 가책 같은 것과는 거리가 멀고 오직 행복한 미래만이 기다리고 있는 사람들, 즉 카라 같은 사람들은 온 세상을 제 집처럼 편히 여긴다. 자신의 마구간에 들어가는 술탄처럼 문을 열고, 그 안에 있는 우리를 멸시한다. 나는 길에 널린 돌멩이를 주워 달려가 그의 머리를 내리치고 싶은 충동을 간신히 참았다.

한 여자를 사랑하는 우리 두 남자 중 그가 나보다 앞서가고 있었다. 나는 그가 전혀 눈치채지 못하게 뒤따르면서 이스탄불의 골목들을 오르락내리락 걸었다. 개 떼들, 전쟁 때문에 버려진 한적한 골목들, 귀신들이 기다리고 있는 화재 터, 천사들이 둥근 천장에 기대어 자고 있는 사원의 마당, 영혼들과 속닥거리며 얘기하는 삼나무 곁, 유령들이 들끓는 눈 덮인 무덤가, 살인을 일삼는 도적들이 근처에 있는 곳, 연이어 늘어선 상점들, 마구간, 기도원, 양초 공장, 마구(馬具) 상점, 그리고 벽들 사이를 우리는 형제처럼 다정하게 지나가고 있었다. 그러자 내가 그를 미행하는 게 아니라, 그저 그가 하는 행동을 따라 하고 있는 게 아닌가 하는 생각이 들었다.

24
나는 죽음이다

보시다시피 나는 죽음이다. 그러나 두려워할 필요는 없다. 왜냐하면 나는 단지 그림이기 때문이다. 그럼에도 불구하고 당신들이 나를 두려워하고 있다는 것은 당신들의 눈을 보면 알 수 있다. 자기들이 만들어 낸 놀이에 몰두한 나머지 현실로 착각하는 아이들처럼 내가 진짜 죽음이 아니라는 것을 알면서도 죽음 그 자체와 대면하고 있는 것처럼 공포에 휩싸인 당신들을 보니 흐뭇하다. 나를 보면 볼수록, 당신들은 피할 수 없는 마지막 시간이 닥쳤을 때 자신이 겁에 질려 옷에 똥을 싸 버리리라는 걸 예감하고 있는 것이다. 이건 농담이 아니다. 죽음에 직면하게 되면, 특히 대부분의 용감한 남자들은 자신을 제어할 수 없게 된다. 그래서 이미 수천 번이나 그려진, 시체들로 뒤덮인 전쟁터에는 당신들이 생각하는 것처럼 피와 화약과 달궈진 갑옷 냄새가 아니라 똥과 썩은 살덩이 냄새가 진동한다.

당신들이 난생처음으로 죽음에 관한 그림을 보고 있다는 것을 나는 안다.

지금으로부터 일 년 전, 키가 크고 깡마르고 비밀이 많아 보이는 한 노인네가 나를 그리게 될 젊은 세밀화가를 자기 집으로 불렀다. 노인네는 이층집의 어두운 화실에서 용연향이 나는 부드럽고 맛 좋은 커피를 대접해 그 젊은 세밀화가의 정신을 또렷하게 만들었다. 그런 다음, 푸른 문의 방으로 가서 가장 질 좋은 인도산 종이, 다람쥐 털로 만든 붓, 금박, 여러 종류의 연필들, 산호 손잡이가 달린 연필깎이를 꺼내 보여, 보수를 듬뿍 받으리라는 기대로 젊은 세밀화가를 들뜨게 만들었다. 그러고는 말했다.

"내게 죽음의 그림을 그려 주게."

후일 나를 그리게 될 재주 많은 세밀화가가 대답했다.

"지금까지 한 번도 죽음의 그림을 본 적이 없기 때문에 그릴 수가 없습니다."

욕망에 불타는 비쩍 마른 노인이 말했다.

"어떤 것을 그리기 위해 반드시 전에 그려졌던 그림을 볼 필요는 없지."

그러자 나를 그린 세밀화가가 말했다.

"예, 어쩌면 필요 없을지도 모르지요. 그러나 옛 장인들이 그린 것처럼 완벽한 그림을 원하신다면 그 전에 수천 번은 그려진 것이어야 합니다. 제아무리 숙련된 세밀화가라도 새로운 소재를 처음 그릴 때는 견습생처럼 그릴 수밖에 없습니다. 저로서는 그건 당치도 않은 일입니다. 제 숙련된 솜씨를 접어 두고 죽음을 그릴 수는 없습니다. 그것은 저에게 죽음이나 마찬가지입니다."

"그 죽음이 어쩌면 자네가 주제에 접근하도록 도와줄 수도 있지."

"우리를 대가로 만드는 것은 주제를 경험하는 것이 아닙니다. 반대로 전혀 경험하지 않는 것이 우리를 대가로 만들어 줍니다."

"그런 대가라면 반드시 죽음과 친숙해져야만 하겠군."

이런 식으로 그들은 서로의 재능을 존중하고 옛 장인들을 존경하는 노련한 세밀화가들답게 이중적인 의미가 담긴 표현들, 은유들, 언어유희와 다양한 암시들, 그리고 풍자가 무성한 고상한 대화를 나누기 시작했다. 내가 논쟁의 주제였기에 나 역시 귀를 바짝 세우고 들었다. 하지만 그 논쟁을 처음부터 끝까지 전부 다 여기에 옮기는 것은 당신들을 지루하게 만들 뿐이리라. 그러므로 그들의 대화 가운데 한 부분을 인용해 보도록 하겠다.

기적의 손과 아름다운 눈을 가진 그 영리한 젊은 화가가 말했다.

"세밀화가의 실력을 재는 척도는 옛 장인들의 그림을 얼마나 완벽하게 재현해 냈느냐인가요, 아니면 얼마나 새로운 주제를 그려 냈느냐인가요?"

그는 이 물음에 대한 답을 알고 있으면서도 신중하게 물었다. 노인은 단호하게 대답했다.

"베네치아인들은 이전에 한 번도 그려지지 않았던 주제와 기법을 발견하는가 여부로 화가의 역량을 측정하지."

나를 그리게 될 세밀화가가 응수했다.

"베네치아인은 베네치아인처럼 죽게 마련입니다."

"그러나 모든 사람의 죽음은 서로 닮았네."

영리한 세밀화가가 말했다.

"전설이나 그림은 서로 닮은 것이 아니라 닮지 않은 것을 이야기합니다. 세밀화의 거장들은 서로 전혀 닮지 않은 전설들을 닮은 것처럼 그려 보임으로써 대가가 되지요."

이렇게 해서 이야기의 주제는 이교도 베네치아인들과 이슬람교도들의 죽음의 차이, 저승사자와 천사의 차이, 그리고 그것이 이교도의 그림 속에서 어떻게 뒤섞이고 있는지에 관한 문제로 옮겨 갔다. 나를 그리게 될 (그리고 지금 이 순간에는 내가 좋아하는 커피숍에서 아름다운 눈으로 나를 바라보고 있는) 젊은 화가는 노인의 장황한 말들이 지루했는지, 나를 그리고 싶어서 손이 근질거리는 듯했다. 그러나 정작 그는 무엇을 그려야 할지는 몰랐다.

젊은 장인을 유혹하고 있던 음험한 노인은 교활하게도 그의 상태를 감지했다. 그림자가 드리워진 방 안에서 덧없이 타오르고 있는 초의 불빛에 반짝이던 노인의 눈이 기적의 손을 가진 젊은 화가를 응시했다.

"베네치아인들이 그렸던 죽음은 우리의 저승사자에 해당하는 천사였네. 그들은 그 천사를 인간의 형상으로 그렸지. 마치 대천사 가브리엘이 우리 예언자에게 코란을 전해 주러 왔을 때 인간의 모습으로 나타났던 것처럼 말이야. 알겠는가?"

나는 신으로부터 가공할 만한 재능을 선사받은 그 젊은 장인이 나를 그리고 싶어서 조바심을 내고 있다는 것을 깨달았다. 사악한 노인이 '우리는 사실 훤히 알고 있는 것보다는 알지 못하는 것들을, 반쯤은 어둠 속에 묻혀 있는 것을 그리고 싶어 한다.'라는 악마 같은 생각을 그의 마음속에 불러일으키는 데 성공한 것이다.

잠시 후 나를 그리게 될 세밀화가가 말했다.

"저는 죽음을 전혀 알지 못합니다."

"우리는 누구나 죽음을 알고 있다네."

"우리는 죽음을 두려워하지만 알지는 못합니다."

"그렇다면 그 두려움을 그려 보게나."

그 순간, 화가는 나를 거의 그릴 뻔했다. 나는 그 위대한 장인의 목덜미가 굳어지는 것을, 팔의 근육이 긴장하는 것을, 그리고 손가락 끝이 연필을 찾아 헤매는 것을 눈치챘다. 그러나 그는 진정으로 위대한 장인이었기에, 그런 긴장이 그의 영혼 가득 차 있는 그림에 대한 사랑을 더욱 깊게 해 주리라는 것을 알고 스스로를 제어했다.

교활한 노인도 그것을 알았는지, 머지않아 젊은 장인이 그리게 되리라고 확신한 나의 그림에 대한 영감을 줄 수 있는 엘 제브지에의 『영혼의 서』와 알 가잘리의 『천계의 서』에 있는 죽음에 관한 부분을 읽어 내려갔다.

그리하여 지금 당신들이 두려움에 차서 바라보고 있는 나

의 초상화를 그리는 동안, 기적의 손을 가진 그 세밀화가는
저승사자가 멀리 천국에서 지상까지, 동방의 맨 끝에서부터
서방의 맨 끝까지 닿을 만큼 넓은 날개를 수천 개 가지고 있
으며, 그 날개는 신앙심 있는 자들은 포근하게 감싸 주지만,
죄인과 반란자에게는 못이 파고드는 듯한 고통을 준다는 이
야기를 듣고 있었다.(그리고 지금 이 커피숍에 모인 당신네 세밀화
가들 대부분은 지옥행이기 때문에 나를 온몸이 못으로 뒤덮인 모습
으로 그렸다.) 그는 또, 당신들의 목숨을 거두러 오는 저승사자
의 손에는 이 세상 모든 사람들의 이름이 적힌 명부가 있으며,
그 명부 속의 어떤 이름 위에는 검은 동그라미가 쳐져 있다는
것, 하지만 죽음의 시간은 오직 신만이 알며 그 시간이 오면
신의 왕관 밑에 있는 나무에서 잎사귀 하나가 떨어지리라는
것, 그 잎사귀가 땅에 떨어지기 전에 볼 수 있는 사람이 있다
면 누가 죽을 차례인지 알게 될 것이라는 이야기를 들었다. 이
런 이야기들을 듣고 난 영리한 세밀화가는 깊은 생각에 잠긴
채 나를 몹시 끔찍한 존재로 묘사했다. 그리고 인간의 형상을
한 저승사자가 세상을 하직할 때가 된 사람에게 손을 내밀어
목숨을 앗아 가면 갑자기 그 주위가 햇빛을 닮은 빛으로 둘러
싸인다는 이야기를 그 미친 노인이 읽어 주자, 영리한 세밀화
가는 빛 속에 있는 나를 그렸다. 왜냐하면 그는 그 빛이 죽은
자 곁에 있는 사람들에게는 보이지 않는다는 걸 알고 있었기
때문이다. 『영혼의 서』에는 옛 무덤을 파헤치면 갓 죽은 시체
대신에 불꽃이 나타나고, 몸 이곳저곳에 못이 박힌 시체들이
있더라는 도굴꾼들의 목격담도 적혀 있다. 욕망으로 가득 찬

노인의 말을 집중하여 들은 그 훌륭한 세밀화가는 그림 보는 사람을 질겁하게 만들 만한 모든 요소들을 내 그림 안에다 그려 넣었다.

그러나 그는 나중에 후회했다. 그림에 두려움을 그려 넣었다는 사실이 아니라, 그 그림을 자신이 그렸다는 사실을 후회했다. 그러자 나는 나 자신이 아버지가 부끄러움과 후회와 함께 기억하는 자식이라도 된 것처럼 느껴졌다. 훌륭한 손을 가진 장인 세밀화가는 왜 나를 그린 것을 후회했을까?

첫째, 죽음의 그림인 내가 충분히 멋지게 그려지지 않았다고 생각했기 때문이다. 당신들이 보는 대로, 나는 베네치아 화가들의 그림처럼 완벽하지도, 헤라트파 옛 장인들의 그림처럼 멋지지도 않다. 죽음의 위엄에 어울리지 않게 초라하게 그려진 내 모습은 내가 보기에도 창피하다.

둘째, 노인의 악마 같은 유혹에 넘어가 나를 그린 세밀화가는 갑자기 자신이 부지불식간에 서양 화가들의 양식과 관점을 모방했음을 깨달았다. 그것은 옛 대가들에 대한 일종의 불경한 태도였으며 그가 처음으로 느낀 이상한 불명예였기에 그는 영혼 깊이 괴로움을 느끼기 시작했다.

셋째, 나에게 익숙해져서 미소 짓기 시작한 이곳의 바보들에게 경종을 울려야 한다는 생각이 들었기 때문이다. 죽음은 웃음거리가 아니다.

지금 나를 그린 장인 세밀화가는 밤마다 후회하며 거리를 헤매고 있다. 잠시도 멈추지 않고 걸으면서, 자신이 중국의 어느 대가인 양 자기가 그린 그림처럼 되어 가고 있다고 믿고 있다.

25
저는 에스테르랍니다

저는 크즐 미나레리 마을과 카라 케디리 마을에 사는 여자들이 주문한 빌레직산(産) 보라색과 빨간색 시트를 아침 일찍 보따리에 쌌습니다. 최근에 입항한 포르투갈 배에서 나온 초록색 중국 비단은 잘 안 팔려서 그냥 놔두고, 더 멋진 파란색 비단을 보따리에 넣었어요. 도대체 그치질 않는 눈! 정말 지겨운 겨울이 끝도 없다고 생각하며 양모 양말, 두꺼운 양모 벨트, 다양한 색의 양모 스웨터를 잘 접어서 눈에 잘 띄도록 가운데에다 넣었습니다. 그래야 보따리를 풀었을 때 처음엔 무관심했던 여자들도 가슴이 뛰지 않겠어요. 그리고 물건을 살 목적이 아니라 그저 수다나 떨어 보려고 모이는 여자들을 위해서는 가볍지만 값비싼 비단 손수건, 지갑, 수가 놓인 목욕 타월을 챙겼지요. 아, 이놈의 보따리는 어찌 이리 무거운지, 허리가 부러지겠는걸. 보따리를 바닥에 내려놓고 풀어 헤친 다음, 뭘 덜어 낼까 계산을 하고 있는데 누군가가 문을 두드렸어요. 제 남편 네심이 문을 열고 누구냐고 물었죠.

문 앞에는 상기된 얼굴의 하이리예가 서 있었습니다. 손에는 편지가 들려 있었지요.

"셰큐레 부인이 보냈어요."

그녀는 속삭이듯 작은 소리로 말했습니다. 하이리예가 어찌나 허둥대는지, 사랑에 빠져서 결혼하려는 사람이 그녀라는 생각이 들 정도였어요.

저는 아주 심각한 표정으로 편지를 받아 들고는, 그 백치 같은 하녀에게 아무에게도 들키지 말고 곧장 집에 돌아가라고 일렀습니다. 네심이 무슨 일인가 하고 저를 바라보았어요. 저는 편지를 배달할 때 들고 다니는, 부피는 크지만 속은 가벼운 가짜 보따리를 챙겨 들고 남편에게 말했습니다.

"에니시테 에펜디의 딸 셰큐레가 사랑 때문에 활활 타오르고 있어요. 가엾은 그 애는 정신이 없다니까요."

그러고는 소리 내어 웃으며 밖으로 나갔어요. 그러나 곧 부끄러운 마음이 들었지요. 셰큐레의 사랑을 놀림감으로 만들어서는 안 되는데. 실은 그녀의 한 많은 인생에 눈물을 흘리고 싶었답니다. 검은 눈동자를 가진 그 슬픈 제 아기는 얼마나 아름다운지요!

아침 추위 속에서 유난히 한산하고 초라해 보이는 유대인 마을의 허름한 집들을 서둘러 지나갔습니다. 하산이 사는 동네의 골목 어귀에 들어서자 늘 이곳에 자리를 잡고 앉아 있는 장님 거지가 눈에 띄었어요. 저는 최대한 목청을 높여 "방물 장수가 왔어요!" 하고 소리를 질렀지요.

"이 뚱보 마녀야, 그렇게 소리 지르지 않아도 발소리 듣고 넌 줄 알았어."

"더러운 장님, 재수 없는 타타르 놈! 너 같은 장님은 신이 내린 재앙이라고. 네놈에게 신의 저주가 있기를!"

예전엔 이런 일 따위에는 화를 내지도 신경을 쓰지도 않았는데.

하산의 집에 도착하자 그의 아버지가 대문을 열어 줬어요. 그는 아브하즈인으로 점잖고 예의 바른 사람입니다.

"오늘은 뭘 가져왔나 볼까."

"게으른 아드님은 아직 자나요?"

"그럴 리가 있나. 자네가 가져올 소식을 손꼽아 기다리고 있지."

이 집은 너무 어두워서 올 때마다 매번 무덤에 들어가는 것 같아요. 셰큐레는 이 집 사람들이 뭘 하고 지내는지 묻는 법이 없습니다. 하지만 저는 이 집으로 다시는 돌아오지 말라는 뜻에서 셰큐레에게 이 집 얘기를 할 때면 항상 '무덤'이라는 표현을 쓰지요. 아름다운 저의 셰큐레가 한때는 이 집안 여자였고, 개구쟁이 아이들과 여기에서 살았다는 것은 상상조차 하기 힘든 일이에요.

집 안에서는 잠과 죽음의 냄새가 풍겼어요. 저는 다른 방으로, 더 깊은 어둠 속으로 들어갔지요.

아무것도 보이지 않았어요.

그때 어둠 속에서 불쑥 하산이 나타나 제 손에 있던 편지를 낚아챘어요. 여느 때처럼 저는 그가 편지를 읽게 놔두었어요. 편지를 다 읽자마자 그는 번쩍 고개를 들었어요.

"다른 것은 없나?"

다른 것이 없다는 건 그도 알고 있었죠.

"이건 아주 짧은 편진데?"

그가 읽어 내려갔어요.

카라 에펜디. 우리 집에 오셔서 하루 종일 머무시더군요. 그런데 아버지의 책에 들어갈 이야기를 아직까지 단 한 줄도 쓰지 않으셨다더군요. 아버지의 책을 완성하기 전까지는 절대로 헛된 희망을 품지 마세요.

하산은 손에 편지를 든 채로, 지금 일어나고 있는 일들이 마치 제 잘못이라도 되는 듯 나를 빤히 쳐다보았어요. 저는 이 집의 이런 정적을 전혀 좋아하지 않아요.

"자기가 유부녀라는 것과 남편이 전쟁터에서 돌아오기를 기다린다는 말은 전혀 없군. 왜지?"

"내가 그걸 어떻게 알아요? 내가 쓴 것도 아닌데."

"가끔은 그것도 수상해."

그는 투덜대며 15악체와 함께 편지를 돌려주었어요.

"어떤 남자들은 화가 날수록 인색해지는데 당신은 그렇지 않군요." 제가 말했어요.

이 남자에게는 악마적이고 영리한 면이 있어요. 그 모든 음울하고 힘든 상황에도 불구하고 셰큐레가 왜 이 남자의 편지를 받는지 이해가 갑니다.

"셰큐레 아버지의 책이란 게 뭐냐?"

"알잖아요! 비용 전부를 술탄이 대신다고 하던데."

"그 책의 그림 때문에 세밀화가들이 서로 죽이는 거잖아. 대체 뭣 때문에 그러는 거야? 돈? (당치도 않은 소리지요!) 아니면 우리 종교를 비방하기 때문인가? 그 그림들을 본 사람들은 곧바로 장님이 된다던데."

그가 이렇게 말할 때 미소를 지었기 때문에, 전 그리 심각하게 받아들일 필요가 없다는 것을 알았습니다. 설령 그것이 심각하게 받아들여야 할 말이더라도, 최소한 제 입장에서 심각하게 생각되는 것이 그에게도 심각할 필요는 없지요. 제가 전하는 편지와 저의 중재가 필요한 다른 남자들처럼, 하산도 자존심이 상할수록 저를 괄시합니다. 저도 직업상 어쩔 수 없이 상대를 기쁘게 하기 위해 일부러 자존심이 상한 듯한 기색을 보이지요. 여자들은 자존심이 많이 상했을 때 저를 껴안고 울기도 한답니다.

하산은 상한 제 자존심을 달래 주려고 했는지, 이렇게 말했어요.

"너는 영리한 여자야. 이걸 빨리 카라에게 전해라. 그 멍청이의 대답이 궁금하니까."

저는 한순간 '카라는 네가 생각하는 것처럼 멍청이가 아니야.'라고 말하고 싶은 충동을 느꼈어요. 이런 상황에서 경쟁하는 남자들이 서로를 질투하게 만들면, 중매쟁이인 저 에스테르는 더 많은 돈을 벌 수 있지요. 하지만 그가 벌컥 화를 낼까 봐 겁이 났습니다. 그래서 그냥 "골목 끝에 있는 타타르인 거지 말이에요. 정말 더럽다니까요."라고만 말했습니다.

그 장님과 마주치기 싫어서 반대 방향으로 골목을 빠져나와 타욱파자르 시장을 지나갔습니다. 그런데 이슬람교도들은 왜 닭의 머리와 발을 먹지 않는지 모르겠어요. 그야 이상하게 생겼기 때문이겠죠, 뭐. 어쨌든 돌아가신 제 외할머니는(부디 편히 잠드셨기를!) 포르투갈에서 이곳으로 왔을 때, 값이 싸서 자주 닭발을 드셨다고 했지요.

케메르아라륵에서 노예들을 거느리고 말 위에 남자처럼 꼿꼿한 자세로 앉아 있는 여자를 보았습니다. 그녀가 파샤의 부인인지 부잣집 딸인지는 모르겠지만 자부심이 대단하고 몹시 거만해 보였어요. 전 한숨을 내쉬었지요. 책 따위에 평생을 바치는 괴팍한 아버지만 아니었다면, 그리고 남편이 사파위 제국과의 전쟁에서 전리품을 잔뜩 가지고 돌아오기만 했다면, 셰큐레도 저 거만한 여자처럼 살았을 텐데. 그녀는 누구보다도 그런 삶을 누릴 만한 자격이 있는 여자니까요.

카라가 사는 골목에 들어서자 갑자기 심장 박동이 빨라졌습니다. 제가 이 남자와 셰큐레가 맺어지기를 바라는 걸까요? 하산과의 관계에서는 셰큐레가 밀고 당길 여지가 있었지만 카라와의 관계는 어떻게 될까요? 그는 셰큐레에게 푹 빠진 것 말고는 정말 번듯한 남자거든요.

"여러분의 방물장수가 왔어요!"

외로움 때문에, 아내나 남편이 없어서 어리석어진 연인들의 손에 편지를 쥐여 주는 행복감을 저는 그 무엇과도 바꿀 수가 없답니다. 가장 나쁜 소식이 적혀 있으리라고 확신할 때조차 편지를 막 펼치는 순간에는 누구나 가슴 가득 어떤 희망의 떨림을 느끼는 법이거든요.

셰큐레가 남편이 돌아올 거라는 말을 하지 않았고, 카라가 '절대 희망을 가져서는 안 되는 조건'이 딱 하나뿐이었으니, 그가 희망을 품는 것은 백번 옳은 일이었습니다. 저는 그가 편지를 읽는 광경을 흐뭇한 마음으로 바라보았지요. 그는 너무나 행복해서 허둥지둥했고 심지어 두려워하는 듯했어요. 그가 답장을 쓰려고 방으로 들어간 사이에 저는 수완 좋은 방물장수라면 다들 그러듯, 얼른 보따리를 풀고 까만 돈주머니를 꺼내 호기심 많은 카라의 집주인 여자에게 보여 주었죠.

"최고급 페르시아산 벨벳으로 만들었어요."

"내 아들은 페르시아 전쟁에서 죽었어. 그런데 자네는 누구의 편지를 카라에게 전해 주는 건가?"

집주인 여자의 얼굴에서 정말로 못생긴 자기 딸, 아니면 또 다른 누군가를 저 남자다운 카라와 맺어 주려고 꾀를 부리고 있다는 것을 읽을 수 있었어요.

"아무도 아니에요. 바이람파샤에 사는 그의 가난한 친척이 사경을 헤매고 있는데, 돈을 좀 보내 달라는군요."

그녀는 제 말을 전혀 믿지 않는다는 표정으로 되물었습니다.

"세상에! 그런데 그 가엾은 사람이 누군가?"

"댁의 아드님은 전쟁에서 어떻게 죽었나요?"

저는 대답 대신 딴청을 부렸지요.

그녀와 저는 적의에 가득 찬 눈빛으로 서로 쏘아보았어요. 아, 외로운 과부! 이 여자 또한 사는 게 얼마나 힘들겠어요. 여러분이 저 에스테르 같은 보따리장수라면, 우리 인생에서 사람들의 관심을 끄는 것은 오로지 부와 권력, 그리고 동화에서나 있을 법한 믿지 못할 사랑 이야기뿐이라는 걸 알게 될 거예요. 슬픔이나 이별, 질투, 외로움, 적대감, 눈물, 소문 그리고 영원히 되풀이되는 가난 같은 건 집 안의 살림살이들처럼 항상 서로 비슷하답니다. 오래되어 색이 바랜 양탄자, 속 빈 만두, 쟁반 위의 국자나 납작한 냄비, 화덕 옆의 불쏘시개, 재를 담는 그릇, 작고 오래된 궤짝, 집에 과부 혼자 산다는 걸 감추려고 아직까지 보관하고 있는 남자용 모자 상자, 도둑을 겁주려고 놔둔 오래된 칼 같은 물건처럼 말이에요.

카라는 몹시 기뻐하며 돈주머니 하나를 들고 돌아왔어요. 그는 저에 대해 무척 궁금해하는 집주인 여자더러 들으라는 듯 일부러 큰 소리로 말했어요.

"이보게, 방물장수. 이 돈을 그 불쌍한 병자에게 갖다 주게. 답장이 있으면 곧 내게 알려 주고. 지금부터 난 하루 종일 에니시테의 집에 있을 걸세."

사실 이런 속임수는 전혀 필요가 없어요. 카라처럼 잘생기고 용감한 젊은이가 자신에게 걸맞은 처자를 고르고, 그녀와 편지를 주고받는 것은 전혀 숨길 이유가 없는 일이잖아요. 아니면 혹시 그가 집주인의 딸에게 관심을 갖고 있는 걸까요? 때로는 그가 믿음직스럽지 못하다는 생각이 들기도 하고, 셰큐레를 잔인하게 속일지도 모른다는 생각이 들기도 합니다.

그가 온종일 셰큐레와 한 집에 있으면서도 어떤 신호도 보내지 않기 때문이죠.

거리로 나와 돈주머니를 열어 보았습니다. 그 안에는 20악체와 편지 한 통이 들어 있었어요. 편지 내용이 너무나 궁금한 나머지 저는 거의 뛰듯이 하산에게 달려갔어요. 채소 장수들이 가게 앞에 양배추와 당근을 내놓았지만 저는 '자, 와서 한번 우리를 만져 봐요, 에스테르.'라고 말하는 듯한 커다란 부추 다발을 만져 볼 상황이 아니었어요.

골목으로 접어들었을 때, 장님 타타르인이 또다시 제게 말을 걸리라는 것이 생각났습니다.

"퉤!"

저는 그를 향해 침을 한번 뱉어 주었죠. 이 추위는 왜 저런 저질들을 얼려 죽이지 않나 몰라요.

하산이 혼자서 편지를 읽는 동안 저는 궁금해서 미칠 지경이었지만 꾹 참았어요. 그러나 결국은 참지 못하고 "카라가 뭐래요?" 하고 물었고, 그러자 그는 편지를 읽어 내려갔어요.

사랑하는 셰큐레, 당신은 내가 아버지의 책을 완성해 주길 원하고 있구려. 나 역시 그것 외에 다른 목적은 없다는 걸 알아주었으면 하오. 당신 집에는 그 일 때문에 가는 거요. 당신이 전에 말했던 것처럼 당신을 불안하게 할 생각이 있었던 것은 결코 아니오. 당신을 향한 나의 사랑이 나 자신의 문제라는 건 아주 잘 알고 있소. 그러나 나는 이 사랑 때문에, 당신 아버지 에니시테가 원하는 대로 그 책을 위한 글을 쓸 수가 없소.

집 안에서 당신의 존재를 느낄 때마다 나는 얼어붙어 버려서 당신 아버지에게 도움을 줄 수 없게 된다오. 많이 생각해 봤소. 문제는 단 하나뿐이오. 십이 년이라는 세월이 흐른 뒤, 겨우 단 한 번 당신의 모습을 창문가에서 봤소. 지금은 그 모습마저 잊어버릴까 난 매우 두렵소. 당신을 한 번만 더 가까이에서 볼 수 있다면, 당신 얼굴을 잊어버릴까 봐 두려워하지 않게 될 테고, 당신 아버지의 책을 쉽게 끝낼 수 있을 것 같소. 어제 셰브켓이 나를 교수형당한 유대인의 빈집에 데려갔소. 오늘, 당신이 원하는 시간에 그곳에 가서 기다리겠소. 셰브켓은 당신이, 꿈에서 남편이 죽은 걸 봤다고 했다더군.

하산은 편지의 어떤 구절에서는 여자 목소리를 흉내 내듯 높고 간드러진 어조로 읽었고, 어떤 구절에서는 미쳐 버린 연인처럼 떨면서, 또 어떤 구절에선 애걸복걸하는 소리로 읽으며 혼자서 웃어 대곤 했어요. 카라가 "당신을 한 번만 더 가까이에서 볼 수 있다면"이라는 구절을 페르시아어로 쓴 것을 보고는 비아냥거리면서 말했지요.

"셰큐레가 자기한테 희망을 준 걸 알자마자 카라가 흥정에 돌입했군그래. 이런 계산적인 행동은 정말로 사랑에 빠진 사람이 할 만한 짓이 아니야."

저는 순진하게 말했어요. "그는 정말로 셰큐레를 사랑해요."

"그 말은 네가 카라 편이라는 뜻이군. 그리고 셰큐레가 우리 형이 죽은 걸 꿈에서 보았다고 쓴 것은 자기 남편이 죽었다고 인정한다는 뜻이겠지."

저는 바보처럼 말했어요. "그건 그냥 꿈일 뿐이잖아요."

"난 셰브켓이 얼마나 영리하고 꾀가 많은 아이인지 잘 알고 있어. 이 집에서 몇 년이나 같이 살았는데 내가 그걸 모를 것 같아? 엄마의 허락이나 강요가 아니었다면 그 아이가 카라를 그 교수형당한 유대인의 집으로 데리고 갔을 리가 없어. 셰큐레가 우리 형과 우리 식구들을 버리려나 본데, 그건 안 될 말이지. 형은 아직 살아 있고 곧 전쟁터에서 돌아올 거야."

그는 하던 말을 다 끝맺지도 않고 방 안으로 들어갔어요. 화롯불에 초를 갖다 대서 불을 붙이려다 손을 뎄는지 소리를 질렀지요. 그는 손가락을 빨면서 불이 붙은 초를 앉은뱅이책상 위에다 올려놓았어요. 그리고 필통에서 펜을 꺼내 잉크를 적셔서는 작은 종이 위에 빠르게 글씨를 써 내려갔죠. 하산은 제가 자신을 지켜보고 있다는 것이 마음에 드는 모양이었어요. 전 그를 두려워하지 않는다는 걸 보여 주려고 미소를 지었지요. 그가 물었어요.

"그 교수형당한 유대인이 누군지 아나?"

"에니시테 집에서 약간 떨어진 노란색 집에 살던 사람이에요. 술탄이 총애했던 돈 많은 의원인 모세 하몬이 아마시아에서 있었던 유대인 처형 사건 때문에 우리 유대인 형제들을 그 집에 피신시켰다고들 하지요. 몇 년 전에, 아마시아의 유대인 부락에서 유월절 축제 전야에 그리스계 투르크인이 실종되는 사건이 있었거든요. 그의 피로 유월절 전야제를 치르려고 유대인들 중 누군가가 그를 죽였다는 소문이 퍼졌지요. 거짓 증인들이 만들어지고 유대인들이 교수형에 처해지기 시작하자,

술탄이 총애하던 그 의원은 아름다운 부인과 처남이 도망치는 걸 도와주었고, 술탄의 허락을 받아 그 집에 숨겼다고 해요. 술탄이 돌아가시자 적들은 그 아름다운 여자는 못 잡았지만, 그곳에 혼자 살고 있던 모세 하몽의 처남은 목매달아 죽였대요."

"셰큐레가 형이 돌아오길 기다리지 않으면 사람들은 그녀에게 벌을 줄 거야."

하산은 그렇게 말하고는 편지를 건네주었어요.

그렇지만 저는 그의 얼굴에서 분노나 욕심이 아니라 진짜로 사랑에 빠진 사람들에게서 볼 수 있는 불행을 읽을 수 있었어요. 그의 눈을 보니 짧은 시간 동안에 사랑이 이 남자를 노인으로 만들어 버렸다는 것을 금방 알 수 있었습니다. 세관에서 버는 넉넉한 돈도 그를 젊게 만들어 주지는 못하나 봐요. 그의 상처 입은 눈빛을 보자, 그렇게 위협을 해 놓고도 어떻게 하면 셰큐레의 환심을 살 수 있을지 제게 물을지도 모른다는 생각이 들었죠. 그러나 어쩌면 이제 그는 그것을 묻지 않을 만큼 나쁜 사람이 되기로 한 것 같기도 해요. 사악한 자가 되기로 마음먹으면(거부당한 사랑이 중대한 이유 중 하나가 될 수 있지요.) 포악함은 아주 쉽게 따라온답니다. 사내애들이 얘기하던, 갖다 대기만 해도 무엇이든 베어진다는 그 붉은 검과, 머릿속에 떠오르는 다른 여러 가지 생각들 때문에 너무나 두려워진 저는 도망치듯 서둘러 거리로 나섰습니다.

이렇게 경황이 없는데 그 타타르인 거지가 다시 시비를 걸었어요. 저는 재빨리 정신을 차리고, 땅에서 작은 돌멩이 하

나를 조용히 주워서 그가 펼쳐 놓고 있는 손수건 위에다 떨어
뜨리며 말했어요.

"옛다, 받아라. 이 더러운 타타르인 거지야."

돈이라고 생각하고 그가 돌멩이에 손을 뻗는 것을 저는 웃
지도 않고 구경했지요. 그리고 그가 욕설을 내뱉기 전에 저는
이미 좋은 남편감을 찾아 결혼시켜 준 제 딸들 가운데 한 명
의 집으로 서둘러 발걸음을 옮겼답니다.

사랑스러운 저의 딸은 전날 만들었지만 여전히 바삭거리는,
시금치가 들어간 만두를 제게 대접했어요. 점심 식사로는 계
란을 넣어 잘 숙성시킨 양고기에 내가 좋아하는 자두를 넣어
약간 새콤한 맛이 나게 한 소스가 들어간 스튜를 준비하고 있
더군요. 그 아이를 실망시키지 않기 위해서 저는 식사 준비가
다 될 때까지 기다렸다가 신선한 빵과 함께 두 그릇이나 먹어
주었답니다. 맛있는 포도즙도 짜 놓았기에 저는 눈치 보지 않
고 장미잼을 달라고 해서 한 숟갈 주스에 타 마셨어요. 속을
편하게 하려고 그랬죠. 그런 다음, 저의 슬픈 셰큐레에게 편지
를 전해 주러 갔습니다.

26
나는, 셰큐레

에스테르가 왔다고 하이리예가 전했을 때, 나는 어제 빤 옷들을 개어서 함에 넣고 있었어요. 아니, 여러분께 그렇게 말할 생각이었어요. 그런데 내가 왜 거짓말을 해야 하지요? 그래요, 에스테르가 왔을 때 나는 벽장 구멍으로 아버지와 카라를 훔쳐보면서 카라와 하산에게서 올 편지를 애타게 기다리고 있었어요. 내 관심은 온통 에스테르에게 쏠려 있었죠. 왜냐하면 아버지가 죽음을 두려워하는 것이 납득할 만한 의혹에서 비롯되었음을 깨달았을 뿐만 아니라, 나에 대한 카라의 관심이 결코 영원하지 않으리라는 걸 알고 있었기 때문이에요. 카라는 사랑에 빠졌기 때문에 결혼하고 싶어 해요. 결혼하고 싶어서 쉽사리 사랑하기도 하고요. 내가 아니더라도 그는 다른 여자와 결혼할 테고, 결혼하기 전에 곧 그 여자를 사랑하게 될 거예요.

하이리예는 부엌 한구석에 에스테르를 앉히고 그녀에게 장미주스를 따라 주면서 마치 죄라도 지은 것처럼 내 눈치를 보고 있었어요. 하이리예가 아버지의 품에 안기기 시작한 후로, 나는 그녀가 아버지께 모든 것을 고해바칠까 봐 경계하고 있지요.

에스테르는 말했어요. "검은 눈을 가진, 너무나 불운하고 세상에서 제일 아름다운 아가씨. 제가 좀 늦었지요. 남편이란 작자가 절 얼른 놔주지 않아서 말이지요. 사사건건 간섭하는 남편이 없는 걸 행운으로 아세요."

그녀가 편지를 꺼내자마자 나는 그걸 재빨리 낚아챘어요. 하이리예는 자리를 비켜 주긴 했지만 우리 이야기를 다 들을 수 있는 구석에 가 있었어요. 내 얼굴이 보이지 않도록 에스테르를 등지고 앉은 다음 카라의 편지를 먼저 읽었죠. 교수형 당한 유대인의 집을 생각하자 갑자기 몸이 떨려 왔어요. 나는 속으로 '두려워하지 마, 넌 모든 걸 극복할 수 있을 거야.' 하고 중얼거렸어요. 그런 다음 하산의 편지를 읽었지요. 그는 폭발 직전이더군요.

셰큐레, 내가 지금 이렇게 애를 태우는데도 당신은 전혀 신경 쓰지 않는다는 걸 알고 있소. 아무도 없는 언덕에서 당신을 뒤쫓고 있는 나 자신을 꿈에서 보기도 하오. 내 편지를 읽어 준다는 건 알고 있지만 당신이 한 번도 답장을 주지 않으니 내 심장에 화살이 꽂히는 것 같소. 어쩌면 이번에는 답장을 줄지도 모른다는 기대를 품고 이 편지를 쓰오. 소문에 들으니 당신이 꿈에서 우리 형이 죽은 것을 보았다고, 그래서 이제 당신은 자유라고 했다고 당신 아이들이 얘기하고 다닌다던데 맞는 말인지 잘 모르겠소. 내가 아는 것은 당신은 여전히 우리 형의 아내고 우리 집안사람이라는 것이오. 아버지도 내가 옳다고 생각하시니, 당신을 집으로 다시 데려오도록 오늘 재판관을 만나러 갈 거요. 짐을 싸 두시오. 당신은 결국 이 집으로 돌아오게 될 거요. 에스테르를 통해 즉시 답장을 보내도록 하시오.

나는 편지를 거듭해서 두 번 읽은 다음, 정신을 가다듬고 뭔가를 묻는 눈빛으로 에스테르를 쳐다보았어요. 그러나 그녀는 하산과 카라에 대한 어떤 새로운 말도 해 주지 않았어요. 나는 냄비를 넣어 두는 찬장에 숨겨 두었던 연필을 꺼내고 빵 자르는 도마 위에 종이를 올려놓은 다음, 카라에게 편지를 쓰려다 문득 멈췄어요.

갑자기 머릿속에 뭔가가 떠올랐기 때문이에요. 뒤돌아서 에스테르를 보았어요. 그녀는 아이처럼 장미주스에 열중해 있더군요. 한순간 내가 생각한 걸 에스테르도 알아채리라고 생각한 저 자신이 엉뚱하게 느껴졌습니다. 종이와 연필을 제자리에 되돌려 놓고 돌아서서 에스테르를 향해 미소를 지었어요.

"어머나, 정말 아름다운 미소네요. 걱정 마요. 모든 게 다 잘될 거예요. 이스탄불에는 당신처럼 아름답고 재주 많은 여자와 결혼하기 위해서라면 목숨도 아까워하지 않을 부자들과 관리들이 넘쳐난답니다."

여러분도 아시지요? 사람들은 누구나 때때로 자신의 속마음을 다른 사람에게 무심코 말하게 되는 순간이 있지요. 그 순간 나도 그녀에게 그렇게 하고 말았어요.

"에스테르, 애 둘 딸린 여자와 누가 결혼하고 싶어 하겠어요. 말도 안 돼요."

"수많은 남자들이 당신 같은 여자를 원한답니다."

에스테르는 두 손을 크게 벌려 아주 많다는 몸짓을 해 보이며 말했어요.

나는 그녀의 눈 속을 들여다보았어요. 그녀가 좋다는 생각이 들었어요. 나는 한동안 조용히 있었고 그녀는 내가 편지를 주지 않을 거고 자신은 이제 돌아가야 한다는 것을 깨달았지요. 에스테르가 간 후에, 원래 있던 자리로 돌아온 저는 영혼 깊숙이 어떤 정적을 느꼈답니다.

벽에 기댄 채 한동안 아무것도·하지 않고 어둠 속에 서 있었어요. 나 자신에 대해 생각했어요. 마음속에서 커지고 있는 두려움을 어떻게 해야 할지 몰랐죠. 그러는 동안에도 셰브켓과 오르한이 위에서 떠드는 소리가 귀에 들어왔습니다.

셰브켓이 말했어요. "넌 계집애 같은 겁쟁이야. 뒤에서 공격하잖아."

오르한은 딴청을 피웠어요. "이가 흔들려."

나는 동시에 아버지와 카라가 주고받는 대화도 놓치지 않았지요. 화실의 푸른 문이 열려 있었기 때문에 두 사람의 말소리는 쉽게 들을 수 있었어요.

"베네치아 화가들이 그린 초상화를 본 후, 난 두려움 속에서 깨닫게 되었지. 이제 그림 속의 눈들은 하나같이 비슷비슷하게 생긴 동그랗고 단순한 구멍이 아니라, 빛을 거울처럼 반사하기도 하고 우물처럼 빨아들이기도 하는 우리의 눈과 똑같다는 것을 말이야. 입술은 얼굴 한가운데 있는 찢어진 부분이 아니라, 수축했다 이완하는, 우리의 모든 기쁨과 슬픔과 영혼을 나타내는 그 무엇이고, 각기 다른 붉은색을 띤 의미의 매듭이야. 코는 우리의 얼굴을 둘로 나누는 건조한 벽이 아니라 저마다 다른 형태를 지닌 생물이자 호기심 많은 기구지."

그림의 모델이 된 이교도인들을 아버지가 '우리'라고 표현한 것 때문에 카라도 나처럼 놀랐을까요? 구멍을 통해서 카라의 얼굴이 창백해지는 것을 보고 순간적으로 겁이 났어요. 내가 사랑하는 남자, 건장하고 슬픈 남자. 그의 얼굴이 창백해진 것은 내 생각을 너무 많이 하느라 간밤에 한숨도 못 잔 탓일 뿐일까요?

여러분은 잘 모르시겠지만, 카라는 키가 크고 말랐으며 잘생겼답니다. 넓은 이마, 아몬드 모양의 눈과 힘차 보이면서도 우아한 코를 가진 남자랍니다. 어렸을 때와 다름없이 손가락은 여전히 길고 가늘며 늘 바쁘게 움직이지요. 서 있을 때는 꽤 건장해 보입니다. 곧은 어깨는 약간 넓지만 심술처럼 보기 싫게 벌어지지는 않았어요. 어렸을 때는 몸도 얼굴도 제자리를 잡지 못했죠. 십이 년이 흐른 후 이 어두운 구석에서 그를 처음 훔쳐보고, 나는 그가 성숙해진 것을 단번에 알아보았답니다.

지금 어둠 속에서 눈을 구멍에 갖다 댔을 때, 나는 십이 년이 지난 카라의 얼굴에서 슬픔을 보았습니다. 나 때문에 이렇게 고통을 겪는 것에 대해 죄책감과 함께 긍지도 느낍니다. 책에 들어갈 그림을 보면서 아버지의 설명을 듣는 카라의 얼굴은 순진한 어린아이 같아요. 그가 분홍빛 입술을 아이처럼 벌리자 불현듯 그의 입속에 내 가슴을 넣고 싶다는 생각이 들었어요. 내 손가락으로 그의 목덜미와 머리카락을 쓰다듬고 내 아이들이 그러듯이 내 젖꼭지를 입속에 넣어 주면 그는 행복에 겨워 눈을 감을 거예요. 가련하고 힘없는 아이처럼 나의 따스함 속에서 평안을 찾으리라는 걸 알고 영원히 저에게 매달려 사랑을 하겠죠.

이 상상이 너무나 마음에 들어 조금씩 땀이 배어 나오고 있었어요. 아버지가 보여 주는 악마의 그림이 아니라, 내 가슴의 크기에 놀라 자세히 들여다보는 카라를 그려 보았죠. 가슴뿐 아니라 머리카락과 목, 나의 모든 것을 취한 듯이 바라보고 있다고 말이에요. 그는 나를 너무나 좋아해서, 젊은 시절 내게 하지 못했던 수많은 달콤한 말들을 해 주는 거예요. 그의 얼굴과 눈길에서, 그가 내 거만한 모습, 예의 바름과 교양, 인내와 용기로 남편을 기다리는 모습, 그에게 써 준 아름다운 편지에 반했다는 것을 알 수 있었죠.

그러자 내가 다시 결혼하지 않도록 수를 쓰는 아버지에게 순간 화가 치밀었어요. 서양 화가들을 모방한 그림을 세밀화가들에게 그리게 하는 아버지의 베네치아에 대한 추억들도 이제는 진절머리가 나요.

눈을 다시 감았어요.(오 신이시여, 이건 내가 원해서 상상하는 것이 아닙니다!) 상상 속에서 카라가 얼마나 달콤하게 다가오던지, 어둠 속에서 그가 바로 내 옆에 있는 것처럼 느껴졌어요. 갑자기 뒤에서 나타나 나의 목덜미, 목, 귀 뒤쪽에 입맞춤을 했어요. 그가 아주 강하게 느껴졌죠. 견고하고 크고 탄탄해서 그에게 맘 놓고 기댈 수 있었어요. 나 자신이 안전하다고 느꼈죠. 목덜미가 간지럽고 젖꼭지가 딱딱해졌어요. 어둠 속에서 눈을 감고 있자 뒤에서 그의 커다란 그것이 다가오는 것 같았어요. 현기증이 일었죠. 카라의 그것은 어떨까요?

때때로 남편이 꿈에 나와 고통 속에서 자기 페니스를 보여 주곤 해요. 남편은 사파위 병사들의 창에 찔리고 화살이 꽂혀 피범벅이 된 몸으로 나와 아이들을 향해 다가오죠. 그러나 불행히도 우리 사이에는 강이 있어요. 그가 강 건너편에서 고통으로 가득 차 피를 흘리며 나를 부르고 있는데, 자세히 보니 그의 바지 앞쪽이 불룩 솟아 있는 거예요. 만약 남자들 그것의 평균 크기가 그루지야인 새색시와 노파들이 공중목욕탕에서 말한 대로라면 남편의 물건은 큰 편이 아니었어요. 그런데 카라의 그것이 남편 것보다 크다면, 어제 셰브켓을 통해 보낸 빈 종이를 받은 후에 그의 허리띠 아랫부분이 부풀었을 때, 그게 정말 그것 때문이라면(그랬어요, 그것이었어요.) 어쩌면 그의 것은 너무 커서 내 안에 들어가지 않거나 최소한 아주 고통스러울 거라는 생각이 들어 겁이 났어요.

"엄마, 형이 자꾸 날 따라 해."

오르한의 목소리가 들렸어요. 나는 얼른 벽장의 어두운 구석에서 나와 조용히 반대편 방으로 갔어요. 궤짝에서 빨간 나

사 천으로 된 조끼를 꺼내 입었죠. 아이들은 내 요를 꺼내 펼쳐 놓고 그 위에서 고함을 지르며 서로 밀치고 있었어요.

"카라가 집에 있을 때는 소리 지르지 말라고 했잖아."

"엄마, 그 빨간 조끼는 왜 입었어?" 셰브켓이 물었어요.

"엄마, 형이 자꾸 내 흉내를 내."

"너 오르한 흉내 내지 말라고 엄마가 그랬지? 이 더러운 건 뭔데 여기 있는 거야?"

구석에 가죽 조각이 놓여 있었어요.

"죽은 동물 가죽이야, 셰브켓 형이 길에서 주워 왔어."

"빨리 주운 곳에다 갖다 버려."

"셰브켓 형한테 하라고 그래."

"얼른 말 안 들을래?"

애들을 때리기 전이면 늘 하는 버릇대로 나는 화난 표정을 지으며 이빨로 아랫입술을 물었어요. 아이들은 무서워하며 밖으로 달려 나갔어요. 애들이 추위에 떨지 말고 빨리 돌아와야 할 텐데.

난 세밀화가들 가운데 카라를 가장 좋아해요. 왜냐하면 나를 그 누구보다도 사랑하고 내 성격을 잘 알기 때문이에요. 나는 종이와 연필을 꺼내 단번에, 아무 생각도 하지 않고 편지를 써 버렸어요.

알았어요. 사원에서 저녁 기도 시간을 알리기 전, 교수형당한 그 유대인의 집에서 당신을 만나겠어요. 아버지의 책을 하루빨리 끝내 주세요.

하산에게는 답장을 쓰지 않았어요. 왜냐하면 오늘 재판관을 만나러 가더라도 그와 시아버지가 몰고 올 사람들이 당장 우리 집에 들이닥치리라고는 믿지 않기 때문이에요. 그는 지금 내 답장을 기다리고 있을 거예요. 끝내 답장이 오지 않으면 미쳐 날뛸 테고, 그때서야 사람들을 불러 모을 준비를 하겠지요. 내가 그를 전혀 두려워하지 않는다고는 생각지 마세요. 사실은 카라가 나를 하산으로부터 보호해 줄 거라고 믿어요. 그러나 지금 이 순간, 내 마음속에 스쳐 지나가는 생각을 여러분께 말씀드리지요. 난 사실 하산을 별로 두려워하지 않아요. 왜냐하면 저는 그 사람도 사랑하기 때문이에요.

"사랑한다니, 이건 또 무슨 말이야?"라고 여러분이 말씀하셔도 나는 언짢아하지 않고 인정하겠어요. 한 지붕 아래에서 남편이 전쟁에서 돌아오기만을 기다리던 시절, 하산이 얼마나 가련하고 나약한 기회주의자인지 몰라본 건 아니에요. 그러나 그가 요즘은 돈을 많이 벌고 있다고 에스테르가 말했을 때, 그녀의 눈썹이 치켜 올라가는 것을 보고 거짓말이 아니란 걸 알 수 있었어요. 이제 돈이 생겼으니까 자신감이 생겼을 테고, 내게 혐오감을 주었던 단점들은 분명 사라졌겠지요. 그리고 나를 끌어당기는, 그의 음울한 유령 같은 습성도 전부 드러났어요. 나에게 끈질기게 편지를 보내는 것만 봐도 알 수 있어요.

카라도 하산도, 나를 사랑해서 너무나 큰 아픔을 겪었어요. 카라는 십이 년 동안 멀리 떠나 있어야 했고, 하산은 가장자리에 새와 영양이 그려진 편지지에 매일 편지를 써 보냈지요. 그 편지들을 읽을 때 처음에는 두려웠지만 나중에는 그에 대해 궁금해하는 나 자신을 발견했어요.

하산도 나의 모든 것을 궁금해한다는 것을 알기에, 내가 꿈에서 남편의 시체를 본 것을 그가 알고 있다고 해서 그리 놀라지는 않았어요. 그래도 카라에게 보내는 편지를 에스테르가 하산에게 보여 주는지도 모른다는 의심은 들었습니다. 그래서 카라에게 보내는 답장을 에스테르에게 맡기지 않았죠. 내 의심이 맞는지 안 맞는지는 여러분이 더 잘 알고 계시겠지요.

아이들이 집으로 돌아왔어요.

"어디 갔다 이제들 오니?"

나는 다그쳐 물었어요. 하지만 내가 정말 화가 나서 하는 말은 아니라는 걸 아이들도 알고 있었습니다. 나는 오르한 몰래 셰브켓을 어두운 방의 벽장 옆으로 끌고 갔어요. 셰브켓을 안고 목과 머리, 목덜미에 차례로 입맞춤을 해 주었죠.

"아이고, 너 추웠구나? 그 예쁜 손을 이리 주렴. 엄마가 따뜻하게 해 줄게."

셰브켓의 손에서는 역한 냄새가 났지만 나는 내색하지 않았어요. 그 애의 머리를 품에 꼭 끌어안았죠. 잠시 후 아이는 몸이 따뜻해졌지만, 좋아서 가르랑거리는 고양이처럼 내 품에서 떨어지려고 하지 않았어요.

"셰브켓. 넌 엄마를 정말, 아주 많이 사랑하지?"

"어어어어어."

"그렇다고?"

"응."

"제일로?"

"응."

나는 비밀 얘기라도 하듯 아이의 귀에 대고 속삭였어요.

"그러면 나도 너한테 말해 줄게. 그렇지만 아무한테도 말하면 안 돼, 알았지? 나도 너를 제일 사랑해."

"오르한보다 더?"

"오르한보다 더. 오르한은 아직 어려, 그 애는 새 같아. 아무 것도 몰라. 네가 훨씬 더 영리해, 알겠니?"

셰브켓의 머리칼 냄새를 맡으며 입을 맞춰 주었어요.

"그래서 말인데, 네게 부탁이 있단다. 어제 카라 아저씨한테 빈 종이를 갖다 줬잖아? 오늘도 이걸 좀 갖다 줘, 알았지?"

"카라가 아버지를 죽였대."

"뭐?"

"그 사람이 아버지를 죽였대. 어제 그 죽은 유대인 집에서 그 사람이 말했어."

"뭐라고 그랬는데?"

"'네 아버지를 내가 죽였다.'고 했어. '나는 사람을 많이 죽였다.'라고 했다니까."

갑자기 무슨 일인가가 일어났어요. 셰브켓이 내 품에서 빠져나가 울고 있었어요. 이 애가 왜 우는 걸까요? 그래요, 조금 전에 내가 자신을 억제하지 못하고 아이의 뺨을 때렸기 때문이에요. 여러분이 나를 냉정한 여자라고 생각하길 바라진 않아요. 하지만 내가 자식들 때문에 결혼하려고 하는 남자에 대해 아이가 그렇게 말하니까 화가 치밀었어요.

아비 없는 불쌍한 내 자식이 울고 있는 걸 보니 마음이 아파 왔어요. 나도 울음이 나오려고 했습니다. 우리는 서로 끌어안았어요. 아이는 계속 훌쩍거리고 있었죠. 내 따귀가 그렇게 아팠던 걸까요? 저는 아이의 머리를 쓰다듬어 주었어요.

모든 일은 이렇게 시작됐어요. 이틀 전, 아버지께 꿈에서 남편이 죽은 걸 보았다고 말했던 걸 기억하시죠? 사실, 남편이 페르시아와의 전쟁터에서 돌아오지 않은 사 년 동안 꿈에서 자주 그를 보았어요. 그리고 시체도 본 적이 있죠. 하지만 그것이 그의 시체인지 아닌지는 확실치 않았어요.

꿈은 여러 가지에 쓸모가 있어요. 에스테르의 외할머니의 고향인 포르투갈에서는 신앙 없는 사람이 악마와 만나 사랑을 나누는 일에 꿈이 쓸모가 있었다고 해요. 그 당시 에스테르의 조상은 자신들이 유대인이라는 것을 부인하고 "우리도 너희처럼 가톨릭교도가 되었다."라고 했지만, 포르투갈 교회의 예수회 고문관들은 이 말을 믿지 않았답니다. 그래서 유대인들을 고문해 꾸지도 않은 꿈을 거짓으로 실토하게 만들었다는군요. 그 억지 자백을 근거로 유대인들을 몽땅 체포하려는 의도였지요.. 그러니까 그곳에서 꿈은, 사람들이 악마와 섹스를 했다는 거짓 증거로 꾸며짐으로써 유대인들을 저주하는데 교묘하게 이용된 것 같아요.

꿈은 세 가지 일에 쓸모가 있답니다.

첫째, 당신이 뭔가를 원하는데, 그것을 원하는 것조차 허락되지 않을 때가 있어요. 그러면 꿈에서 그걸 보았다고 말해 보세요. 그러면 사실은 당신이 원하는 것인데도 마치 원하지 않는 것인 것처럼 원한다고 말할 수 있거든요.

둘째, 누군가에게 못된 짓을 하고 싶을 때가 있지요? 예를 들어 누군가를 비방한다고 해 봐요. 그때는 "꿈에서 그 여자가 불륜을 저지르더군요."라고 말하세요. 또는 "어떤 관리 집으로 포도주가 잔뜩 운반되던데요."라고 말하세요. 그러면 사람들은 곧이곧대로 믿지는 않더라도 그 말을 절대 잊지 못할 거예요.

셋째, 뭔가를 원하기는 하는데 그게 뭔지 모를 때가 있잖아요. 그러면 복잡한 꿈을 사람들에게 말해 보세요. 그러면 사람들은 단번에 해몽을 해서 당신에게 필요한 게 뭔지, 그들이 당신에게 해 줄 수 있는 게 뭔지 말해 줄 거예요. 예를 들면 "당신에게는 남편과 아이들과 집이 필요해요."라고 말해 주는 거예요.

중요한 건 그 꿈 얘기가 우리가 정말로 꿈속에서 본 것들이 아니어야 한다는 점이에요. 대낮에 꾸는 꿈을 밤에 꾼 것처럼 말해야 효과가 있답니다. 바보들만이 밤에 꾼 꿈을 있는 그대로 말하지요. 있는 그대로 말했다간 비웃음을 사거나 아니면 늘 그렇듯 당신 꿈을 나쁜 쪽으로만 해석하게 될 거예요. 진짜 꿈은 꿈을 꾼 당사자를 포함해서 아무도 심각하게 받아들이지 않아요. 혹시 여러분은 그걸 심각하게 받아들이시나요?

내가 꿈 이야기를 하면서 남편이 죽었을 수도 있다고 암시했을 때, 아버지는 우선 그 꿈을 사실로 받아들일 수 없다고 말씀하셨어요. 그러나 장례식에서 돌아오신 뒤에는 갑자기 그 꿈을 근거로 남편이 죽었다는 결론을 내리셨죠. 이렇게 해서 사 년 동안 도저히 죽었다고 생각하지 못했던 남편의 죽음을 이제는 모두 믿게 되었을 뿐만 아니라, 그 죽음을 너무나 진짜처럼 받아들인 나머지 선언이라도 한 것처럼 되어 버렸어요. 아이들은 자신들이 정말로 아버지 없는 아이들이 된 줄 알고 슬퍼했지요.

나는 셰브켓에게 물었어요.

"너는 꿈을 꾼 적이 있니?"

그 애가 미소 지으며 말했어요.

"응. 아버지는 집에 돌아오시지 않지만, 결국 내가 엄마와 결혼하는 꿈을 꿨어."

셰브켓의 가는 코, 검은 눈, 넓은 어깨는 남편이 아니라 나를 닮았어요. 남편의 넓고 탁 트인 이마를 아이들에게 물려주지 못한 게 때로는 미안해요.

"나가서 동생하고 칼싸움이나 하고 놀아라."

"아버지 옛날 칼로?"

"그래."

나는 아이들의 칼싸움 소리와 나무 바닥이 삐꺽대는 소리를 들으며 한동안 천장을 쳐다보았어요. 마음속에서 커지고 있는 두려움과 조바심을 억누르려고 애썼지요. 그러고는 부엌으로 내려가 하이리예에게 말했어요.

"아버지가 생선수프를 먹고 싶다고 하시네. 그러니까 네가 조금 있다가 카드르가 부두에 다녀와야겠다. 참, 셰브켓이 좋아하는 말린 과일 좀 꺼내다가 애들에게 주지그래."

셰브켓이 부엌에서 말린 과일을 먹고 있는 사이, 나는 오르한을 데리고 2층으로 올라갔어요. 오르한을 껴안고 목에 입맞춤을 해 줬죠.

"세상에, 땀에 흠뻑 젖었구나. 여기는 왜 그래?"

"셰브켓 형이 삼촌의 빨간 칼로 때렸어."

나는 그곳을 어루만져 주며 말했어요.

"멍이 들었구나. 아프니? 셰브켓은 정말 생각 없는 애라니까. 너, 지금부터 엄마가 말하는 얘기를 잘 들으렴. 너는 아주 똑똑하고 섬세한 애란다. 네가 엄마를 위해 한 가지 일을 해 줬으면 하는데, 엄마를 도와주면 네 형은 물론 그 누구도 모르는 비밀을 말해 줄게."

"내가 할 일이 뭔데?"

"이 종이 보이지? 할아버지 곁에 가서 할아버지 몰래 카라 아저씨의 손에 이걸 쥐여 주는 거야. 알겠니?"

"알았어."

"할 수 있겠니?"

"근데 나한테 말해 줄 비밀이란 게 뭐야?"

"먼저 이 종이를 주고 와."

향기로운 냄새가 나는 그 애의 목에 다시 한번 입을 맞췄어요. 사실 향기라는 말은 그냥 해 본 말이에요. 하이리예가 애들을 데리고 목욕탕에 다녀온 지 벌써 꽤 되었네요. 셰브켓이 목욕탕에 있는 여자들을 보고 고추가 빳빳해진 다음부터는 가지 않았으니까요.

"비밀은 나중에 꼭 얘기해 줄게." 저는 아이의 목덜미에 입을 맞추며 말했어요. "넌 정말 영리하고 잘생겼어. 셰브켓은 성격이 나쁘거든. 걔는 아마 엄마도 때리려고 할 거야."

"엄마…… 나 이거 안 갖다줄래. 카라가 무서워. 아버지를 죽였대."

"셰브켓이 그랬지? 당장 아래층에 가서 형을 불러오너라."

내 얼굴에서 화난 기색을 본 오르한은 얼른 내 품을 벗어나 아래층으로 달려갔어요. 셰브켓이 혼쭐나리란 걸 알고 조금은 신이 났겠지요. 잠시 후 둘 다 벌게진 얼굴로 올라왔어요.

셰브켓은 한 손에는 과일을, 다른 손에는 칼을 들고 있었어요.

"네가 오르한한테 카라 아저씨가 아버지를 죽였다고 했다며? 다시는 이 집에서 그런 말을 하지 마라. 카라 아저씨를 좋아하고 존경해야 돼. 알겠어? 아버지 없이 평생을 살지는 못한단 말이다."

셰브켓은 태연한 얼굴로 말했어요.

"난 그 사람이 싫어. 난 우리 집, 하산 삼촌한테 가서 아버지를 기다릴 테야."

순간적으로 너무 화가 나서 따귀를 때렸어요. 셰브켓은 여전히 칼을 쥐고 있었지만 곧 바닥으로 떨어뜨렸죠. 그러고는 울면서 말했어요.

"아버지가 보고 싶어."

나는 셰브켓보다 더 크게 울면서 말했어요.

"너희 아버지는 이제 없어. 다시는 돌아오지 않을 거야. 너희는 이제 아버지가 없다고. 알겠니, 이 후레자식들아!"

내 울음소리가 너무 커서 혹시 안에서 듣지나 않을까 조마조마했어요.

"우리는 후레자식이 아니야."

셰브켓이 울면서 말했어요. 우리는 한참을 그렇게 목 놓아 울었어요. 어느 순간, 나는 우는 것이 마음을 부드럽게 하고 선한 사람으로 만들어 주기 때문에 울고 있다고 느꼈어요. 아이들과 나는 얼싸안고 함께 요에 누웠습니다. 젖가슴 사이에 셰브켓의 머리를 꼭 끌어안았어요. 아이가 이렇게 내게 딱 달라붙어 있을 때면, 사실은 그 애가 깨어 있다는 것을 느낍니다. 신경이 온통 아래층에 쏠려 있지만 않았더라면 나도 애들과 함께 잠들 수 있었을 거예요. 귤을 끓이는 달콤한 냄새가 흘러나왔어요. 나는 갑자기 벌떡 일어났습니다. 내 기척에 아이들도 놀라 깨어났어요.

"아래층에 가서 하이리예에게 밥을 달라고 하렴."

나는 혼자 방에 남았습니다. 눈이 내리기 시작했어요. '신이시여, 저를 도와주세요.' 하고 기도했습니다. 그러고는 코란을 펼쳐서 제3장 「이므란」을 다시 읽었습니다. 전쟁에서 죽은 자, 신의 길을 따르는 가운데 죽임을 당한 자는 신의 곁으로 간다는 구절을 읽었습니다. 죽은 남편을 생각하는 내 마음이 조금은 편안해졌습니다. 아버지는 아직 완성되지 않은 술탄의 초상화를 카라에게 보여 줬을까? 그 그림은 너무나 진짜 같아서 그걸 본 사람 중 술탄의 눈을 똑바로 쳐다본 적이 있는 사람들은 다들 전에 경험했던 두려움 때문에 시선을 피하게 될 거예요.

나는 오르한을 불렀어요. 아이를 품에 안기 전에 머리와 볼에 긴 입맞춤을 해 주었어요. 그러고는 말했습니다.

"절대 무서워하지 말고, 할아버지한테 들키지도 말고, 당장이 쪽지를 카라에게 갖다 줘, 알았지?"

"이가 흔들려."

"돌아오면 뽑아 줄게. 카라에게 안기면 그도 놀라서 너를 안을 거야. 그러면 그때 살짝 그의 손에 쪽지를 쥐어 줘. 알겠니?"

"무서워."

"무서워할 것 없어. 카라가 아니면 누가 네 아빠가 되고 싶어 할 것 같아? 하산 삼촌? 하산 삼촌이 아빠가 됐으면 좋겠니?"

"싫어."

"그러면 자, 이제 가. 잘생기고 똑똑한 우리 아들 오르한, 엄마가 시키는 대로 하지 않으면 화낼 거다. 울면 더 화낼 테니까 알아서 해."

희망이 없음을 깨닫고 온순해진 아이가 내민 그 작은 손에 나는 여러 번 접은 편지를 쥐여 주었습니다. 신이시여, 나는 이 애들이 아버지 없는 자식이 되게 하고 싶지 않습니다. 부디 도와주세요! 오르한의 손을 잡고 문까지 데려다주었어요. 오르한은 문지방에 서서 마지막으로 한 번 더 두려운 눈으로 나를 바라보았어요.

오르한이 주저하는 걸음으로 소파 쪽으로, 아버지와 카라에게 다가가는 것을 나는 벽장 구멍을 통해 지켜보았습니다. 아이는 잠깐 멈춰 서서 한순간 어찌할 바를 모르다가 뒤돌아서 나를 찾는 듯 내가 있는 구멍 쪽에 눈길을 던졌어요. 그러더니 울기 시작했죠. 하지만 결국은 용기를 내서 카라의 품에 몸을 던지는 데 성공했습니다. 내 아이들의 아버지가 되기에 충분할 만큼 눈치 빠른 카라는 난데없이 우는 오르한을 보고도 당황하지 않고 아이의 손바닥을 확인하더군요.

아버지의 놀란 표정을 뒤로 하고서 오르한이 내가 있는 방으로 돌아오자, 나는 그 애를 품에 안고 오랫동안 입을 맞춰 준 다음, 아래층 부엌으로 데려가 그 애의 입에 건포도를 가득 넣어 주었습니다. 그리고 하이리예에게 말했지요.

"하이리예, 지금 아이들을 데리고 카드르가 부두에 다녀와. 코스타 생선 가게에서 수프를 만들 숭어를 좀 사 와. 자, 여기 20악체야. 생선 사고 남은 돈으로는 집에 올 때 오르한에게 말린 무화과와 체리를 사 주고, 셰브켓에게는 구운 병아리콩과 설탕에 조린 호두를 넣은 소시지를 사 줘. 저녁 기도 시간까지 마음껏 돌아다녀도 돼. 대신 아이들이 춥지 않게 신경 써야 해."

모두가 옷을 입고 나간 뒤, 집 안에 찾아든 정적이 반가웠습니다. 2층으로 올라가 함을 열고 라벤더 향이 나는 베갯잇 속에 넣어 두었던, 남편이 선물한 거울을 꺼내 벽에 걸었습니다. 이렇게 하고 거울 앞에 약간 떨어져 서면 아주 조금만 움직여도 몸의 여기저기를 잘 볼 수 있거든요. 그러고는 어머니가 손수 꽃문양을 수놓은 연둣빛 카디건을 꺼내 걸쳤지만 잘 맞지 않았어요. 보라색 블라우스를 입을 때는 추워서 소름이 돋았어요. 촛불도 나처럼 가늘게 떨렸습니다. 다음에는 함의 맨 위쪽에 있던, 안에 털을 댄 빨간색 겉옷을 입으려고 했어요. 하지만 마지막 순간에 생각을 바꿔, 어머니가 물려주신 헐렁하고 긴 푸른색 양모 겉옷을 꺼내 입었습니다. 그런데 그 순간, 대문에서 소리가 났습니다. 나는 무척 당황했어요. 카라가 가는구나! 나는 재빨리 어머니의 겉옷을 벗고, 털 달린 빨간색 겉옷으로 갈아입었어요. 가슴 부분이 꽉 끼었지만 그 점이 오히려 마음에 들었습니다. 마지막으로 내가 가진 것 중에서 가장 부드럽고 하얀 베일을 얼굴에 드리웠습니다.

카라는 아직 집을 나서지 않았군요. 내가 너무 흥분해서 당황했던 것뿐이에요. 지금 나가면, 나중에 아버지께 아이들과 함께 생선을 사러 갔다고 말할 수 있겠지요. 나는 고양이처럼 살금살금 계단을 내려갔습니다.

현관문을 닫고 조용히 마당을 지나 골목으로 나갔죠. 나는 한순간 뒤를 돌아보았습니다. 베일 사이로 보이는 우리 집이 마치 우리 집이 아닌 것 같았어요.

거리에는 아무도 없었습니다. 고양이 한 마리도 없었어요. 간간이 눈발이 흩날리고 있었습니다. 햇빛이라곤 들지 않는 버려진 정원으로 들어갈 땐 몸서리가 쳐졌습니다. 그곳엔 썩은 나뭇잎과 습기, 그리고 죽음의 냄새가 배어 있었습니다. 그런데 이상하게도 교수형을 당한 그 유대인의 집 안으로 들어서자마자 그곳이 마치 내 집인 것처럼 느껴졌어요. 이곳에서 밤마다 귀신들이 만나 화로를 피워 놓고 잔치를 벌인다는 소문이 있지요. 빈집을 울리는 내 발소리가 저를 겁먹게 했습니다. 꼼짝하지 않고 서서 기다렸습니다. 정원에서 무슨 소리가 들려오는가 싶었지만, 곧 모든 것이 정적 속에 파묻혔죠. 가까운 곳에서 개 짖는 소리가 들렸습니다. 나는 우리 마을의 모든 집을 개 짖는 소리만으로 구별할 수 있답니다. 그런데 그 개는 어느 집 개인지 알 수가 없었습니다.

이어진 정적 속에서 문득 집 안에 다른 누군가가 있는데, 그 사람이 발자국 소리를 내지 않으려고 움직이지 않고 가만히 서 있을지도 모른다는 생각이 들었습니다. 골목에서 누군가가 이야기를 나누며 지나갔어요. 문득 하이리예와 아이들이 떠올랐습니다. 감기에 걸리면 안 되는데. 이윽고 후회하는 마음이 서서히 들기 시작했어요. 카라는 오지 않을 거야. 난 실수를 저지른 거야. 더 자존심이 상하기 전에 집으로 돌아가야 해. 하산이 나를 지켜보고 있다는 상상을 하자 한층 두려워졌어요. 바로 그 순간, 문이 열렸죠.

나는 얼른 위치를 바꿔 섰습니다. 왜 그랬는지는 잘 모르겠어요. 하지만 정원의 빛이 희미하게 비쳐 들고 있는 창문 오른편에 서자 나는 곧 깨달았습니다. 카라가 나를 빛 속에서, 아버지의 표현을 빌리자면 '그림자의 신비로움 속에서' 볼 수 있으리라는 것을. 나는 얼굴에 베일을 쓴 채 발소리를 들으며 기다렸습니다.

문턱을 지나 안으로 들어오던 카라가 나를 보고는 몇 걸음을 더 옮긴 뒤에 멈춰 섰습니다. 우리는 대여섯 걸음을 사이에 두고 마주 보며 서 있었습니다. 그는 구멍으로 훔쳐봤던 것보다 더 건강하고 건장해 보였습니다. 정적이 흘렀습니다.

그가 속삭이듯 말했습니다.

"얼굴 좀 볼 수 있도록 베일을 걷어 줘요."

"전 결혼한 몸이에요. 남편을 기다리고 있어요."

그는 목소리를 바꾸지 않고 다시 말했습니다.

"베일을 걷어 줘요. 그는 절대로 돌아오지 않아."

"그 말을 하려고 절 이곳으로 불렀나요?"

"아니, 당신을 보고 싶어서. 지난 십이 년 동안 당신만을 생각했소. 한 번만 볼 수 있게 베일을 걷어 줘요."

나는 베일을 걷어 올렸습니다. 아무런 말도 하지 않고 오랫동안 내 얼굴과 눈을 바라보는 그가 마음에 들었어요.

"결혼하고 애 엄마가 되더니 더 아름다워졌군. 얼굴도 내 기억과는 전혀 달라."

"절 어떻게 기억했는데요?"

"슬픔에 가득 차서 기억했지. 당신을 기억할 때마다 내가 기억하고 있는 게 당신이 아니라 당신의 환영이라고 생각했소. 우리가 어렸을 때, 서로의 그림을 보고 사랑에 빠진 휘스레브와 쉬린 이야기를 했던 적이 있었지? 왜 쉬린이 맨 처음 나뭇가지에 걸려 있던 휘스레브의 그림을 보았을 때 곧바로 사랑에 빠지지 않고, 사랑하기 위해 세 번이나 더 그 그림을 봐야 했는지 아느냐고 내가 물었지. 당신은 이야기에서는 항상 세 번이라서 그렇다고 대답했소. 그때 난 쉬린이 처음 그림을 보자마자 사랑에 불타올라야 한다고 말했고. 하지만 휘스레브의 그림만 보고도 그를 사랑할 수 있을 만큼, 그림 속의 그와 실제의 그가 같은 사람이라는 것을 알아볼 정도로 똑같이 그릴 수 있는 화가가 어디 있겠소. 우리는 그 점에 대해서는 한 번도 생각해 보지 않았지. 내게 당신의 그 아름다운 얼굴을 실물과 똑같이 그린 그림이 있었다면 어쩌면 지난 십이 년이 그토록 고통스럽지는 않았을지도 몰라."

그는 그림을 보고 사랑에 빠지는 것에 관해서, 나 때문에 얼마나 고통스러웠는지에 관해서 많은 아름다운 이야기들을 해 주었습니다. 하지만 나는 그가 천천히 내 쪽으로 다가오고 있다는 사실에 정신이 팔려서 그의 말이 귀에 잘 들어오지 않았습니다. 그냥 나중에 그것들을 하나하나 기억해 내야겠다고 생각만 했지요. 어쨌든 지금 이 순간엔 그저 마술 주문 같은 그의 이야기에 빠져들어 점점 그에게로 끌려갔습니다. 그리고 십이 년이나 그에게 고통을 준 것에 대해 죄책감을 느꼈죠. 아, 얼마나 달콤하게 말할 줄 아는 남자인지! 이 카라라는 사내는 얼마나 착한 사람인지! 마치 순진한 아이처럼! 나는 그의 눈을 통해서 그것을 알 수 있었습니다. 그가 이토록 나를 사랑한다는 사실은 내게 신뢰감을 주었습니다.

우리는 서로 얼싸안았습니다. 그 느낌이 너무 좋아서 죄책감도 느껴지지 않았습니다. 꿀보다 더 다디단 그 느낌에 저는 황홀해졌어요. 그를 더욱더 꼭 껴안았죠. 키스를 허락하고, 나도 그에게 응답했어요. 키스를 할 때는 마치 온 세상이 부드러운 어스름 속으로 들어가는 것 같았습니다. 모든 사람들이 우리처럼 껴안았으면 좋겠다고 생각했습니다. 사랑한다는 건 바로 이런 것이라는 기억을 간직할 수 있을 것 같았습니다. 그가 내 입안에 자신의 혀를 밀어 넣었어요. 그 느낌이 너무 좋아서 마치 우리와 함께 온 세상이 반짝거리며 지고의 선 속으로 가라앉는 것 같았고, 악한 것은 전혀 머릿속에 떠오르지 않았어요.

나의 비극적인 이야기가 언젠가 책으로 쓰인다면, 혹시 헤라트의 전설적인 세밀화가가 이 이야기를 그린다면, 카라와 나의 포옹을 어떻게 그릴지 말해 볼까요. 아버지가 내게 보여 주신 멋진 페이지들이 있지요. 글의 흐름과 나뭇잎의 흔들림은 같은 환희로, 그림 속의 벽과 책장에 입힐 금박은 같은 짜임으로 표현됩니다. 테두리와 금박 사이로 날개를 펼치고 나오는 제비의 기쁨은 연인들의 의기양양함을 암시하지요. 멀리서 서로를 훔쳐보며 의미심장한 말로 서로에 대한 불만을 토로하는 연인들이 그 그림들에서는 얼마나 작게 그려진 듯 보이고, 얼마나 멀리 떨어져 보였던지! 순간적으로 이야기가 그 연인들이 아니라, 그들이 만났던 멋진 궁전과 뜰, 나뭇잎 하나하나까지 정성스레 그려진 멋진 정원, 별이 빛나는 밤과 어두운 나무들을 설명하고 있는 것처럼 보였어요. 그러나 세밀화가가 혼신의 힘을 다해 그린 그 그림 속 색채들의 비밀스러운 질서와 그림 전체가 뿜어 내는 신비로운 빛을 주의 깊게 관찰하면, 세심한 관찰자라면 누구나 그 그림에 숨겨진 비밀은 바로 그림이 묘사하고 있는 사랑 그 자체에 의해 탄생된 것임을 대번에 알아차릴 수 있어요. 그 빛은 마치 그림 속 연인들로부터 뿜어져 나오는 것처럼, 화가의 가장 깊은 내면에서 나오는 것 같았습니다. 그리고 카라와 내가 서로를 포옹했을 때, 행복이 바로 그와 같은 방식으로 세상을 가득 채우고도 넘치는 것 같았습니다.

나는 다행히도 이런 행복이 절대로 오래 지속되지 않는다는 것을 이해할 수 있을 만큼은 인생 경험이 있답니다. 카라는 나의 커다란 젖가슴을 달콤하게 손아귀에 쥐었어요. 그 느낌이 너무나 좋아서 모든 것을 잊고 그가 내 젖꼭지를 자신의 입속에 넣어 주길 바랐어요. 하지만 그는 그러지 않았죠. 자신이 뭘 하고 있는지 스스로도 잘 몰랐기 때문이에요. 뭘 하는지는 몰랐지만 하고 있는 것보다 더 많은 걸 원하는 것 같았지요. 그렇게 서로를 더욱 힘껏 껴안을수록 우리 사이로 두려움과 부끄러움이 스며들기 시작했어요. 그가 내 엉덩이를 끌어당겨 크고 단단해진 자신의 페니스를 내 아랫배에 갖다 댔을 때 처음에는 아주 좋았어요. 궁금증이 일었고 부끄러운 생각이라곤 전혀 들지 않았죠. 우리가 이렇게 꼭 껴안으면 그것도 그만큼 커지는 게 당연하다고 마음속으로 자랑스럽게 중얼거렸죠. 그리고 그의 페니스를 보았을 때 비록 고개를 돌리기는 했지만 그 크기에 휘둥그레진 눈을 뗄 수가 없었습니다.

　이윽고 그가 갑자기 나에게 킵차크 여자들이나 목욕탕에서 별별 이야기를 다 하는 저속한 여자들조차 하지 않을 부도덕한 짓을 하라고 강요하자 나는 놀라서 어쩔 줄 모르고 주저했습니다.

　그는 애원했어요.

　"화내지 마요."

　나는 벌떡 일어나며 그를 떠밀었어요. 그가 슬퍼할지도 모른다는 사실도 개의치 않고 그를 향해 소리를 지르기 시작했습니다.

27
내 이름은 카라

교수형 당한 유대인 집의 어둠 속에서 세큐레는 그 아름다운 눈썹을 추켜올리고 나를 꾸짖었다. 그녀는 내가 손으로 쥐고 있던 '그것'은 티플리스에서 만났던 체르케스 여자들, 킵차크 창녀들, 여관에서 몸을 파는 가난한 여자들, 투르크멘족과 페르시아 과부들, 나날이 그 숫자가 늘고 있는 이스탄불의 평범한 창녀들, 음탕한 메그렐 여자들, 아브하즈 요부들과 늙은 아르메니아 여자들, 제노아인, 기독교계 시리아 여자들, 양성애자 여성이나 탐욕스런 소년들의 입속에는 쉽게 들어갈지 모르지만 자기한테는 통하지 않는다고 했다. 화가 난 세큐레가 상상해 낸 얘기에 따르면, 내가 아라비아에 있는 작고 더러운 도시의 뒷골목을 주름잡고, 카스피해 연안, 페르시아, 바그다드에서 온갖 종류의 값싸고 가난하고 질 나쁜 여자들과 섭사리 잠자리를 했기에 이제 정도를 넘어서서, 어떤 여자들은 정조 관념이 있다는 사실조차 잊었다는 것이다. 그러니까 내가 사랑이니 어쩌니 하는 말도 진심이 아니라는 식으로 그녀는 말했다.

내 손에 들려 있던 죄악의 도구는 그녀의 경악스러울 정도로 현란한 말을 존경스럽게 듣고 있었고 나는 그 기습적인 상황이 부끄러웠지만 동시에 두 가지 만족할 만한 부분도 있었다. 첫째, 이와 비슷한 상황에서 나는 다른 여자들에게는 동물처럼 반응하곤 했다. 하지만 셰큐레의 분노와 질책에는 그렇게 하고 싶지 않았다. 둘째, 셰큐레는 나의 지난 방랑의 시절에 대해 너무나 자세히 알고 있었다. 그러니까 그녀는 내가 짐작했던 것보다 훨씬 더 많이 나를 생각했다는 것이다.

원하는 것이 실현되지 않아 풀이 죽은 나를 보고 셰큐레는 벌써 슬퍼하기 시작했다. 그리고 용서를 비는 듯이 말했다.

"저를 정말 진심으로 사랑한다면 명예로운 남자로서 자신을 통제하고, 자신에게 진실한 의도를 갖고 있는 여성의 존엄성을 지켜 주세요. 저와 결혼하려고 술수를 쓰는 사람은 당신만이 아니에요. 그런데 당신이 여기에 오는 걸 본 사람이 있나요?"

"아니."

그녀는 눈 덮인 어두운 정원에 누가 숨어 있기라도 한 것처럼 내가 십이 년 동안 기억하지 못했던 귀여운 얼굴을 대문 쪽으로 돌려서 내가 그녀의 옆모습을 볼 수 있는 기쁨을 주었다. 한순간 달그락거리는 소리가 났다. 우리는 둘 다 숨을 죽이고 기다렸다. 그러나 아무도 문으로 들어오지 않았다. 열두 살 때부터 나보다 더 많은 것을 알고 있었던 셰큐레는 불길한 마음을 영 지우지 못했다.

"이곳에는 교수형 당한 유대인의 영혼이 돌아다니고 있어요."

"전에 여기 와 본 적 있소?"

"영혼들, 마녀들, 귀신들…… 이것들은 바람처럼 와서 물건들 안에 깃들어 정적 속에서 소리를 내요. 모든 것이 다 말을 하지요."

"셰브켓이 죽은 고양이를 보여 주겠다며 나를 여기 데려왔는데, 그런 건 없었소."

"그 애에게 애 아버지를 죽였다고 말했다면서요?"

"그렇게는 말하지 않았소. 말이 그렇게까지 와전됐나? 나는 그 애 아버지가 되고 싶다고 했소."

"왜 애 아버지를 죽였다고 말했어요?"

"셰브켓이 사람을 죽여 본 적이 있냐고 물었소. 그래서 사실대로 말해 줬지. 몇 명은 죽여 봤다고."

"자랑하려고요?"

"자랑하고 싶은 생각도 있었고, 내가 사랑하는 여자의 아이들 눈에 들고 싶기도 했소. 당신이 아이들에게 집 안의 전리품들을 보여 주며 아이들 아버지가 전쟁터에서 얼마나 용감하게 싸웠는지 입에 침이 마르도록 얘기하고 위로했다는 걸 알았으니까."

"그렇게 생각한다면 마음껏 자랑하세요! 애들은 당신을 전혀 좋아하지 않으니까요."

"셰브켓은 날 좋아하지 않지만 오르한은 날 좋아하오." 나는 나의 사랑하는 그녀가 잘못 알고 있는 부분을 바로잡으며 당당하게 말했다. "하지만 그 두 아이 모두의 아버지가 되겠소."

한순간, 희미한 어둠 속에서 존재하지 않는 뭔가의 그림자가 우리 사이를 지나가는 것 같았다. 당황스럽고 떨려서 전신이 오싹했다. 정신을 차렸을 때는 셰큐레가 가늘게 흐느끼며 울고 있었다.

"불쌍한 남편에겐 동생이 한 명 있어요. 이름은 하산이죠. 남편을 기다리며 이 년간 그와 시아버지와 한집에서 살았어요. 그는 저를 사랑하게 됐지요. 지금은 저를 의심하고, 제가 누군가와 어쩌면 당신과 결혼할 거라고 상상하고는 제정신을 잃은 상태예요. 그가 제게 편지를 보냈어요. 강제로라도 저를 시댁으로 데려가겠다고요. 내가 법적으로 과부가 아니기 때문에 재판관은 저에게 시댁으로 돌아가라고 명령할 수 있댔어요. 그들이 곧 집으로 쳐들어올 거예요. 그런데 우리 아버지는 제가 재판관의 판결에 의해 과부가 되는 걸 바라지 않으세요. 그러면 제가 다른 남자를 만나서 자신을 떠날 거라고 생각하시니까요. 어머니가 돌아가신 후 혼자 외롭게 살고 계시던 차에 저와 아이들이 돌아와서 아주 행복해하셨거든요. 당신은 우리와 함께 살 수 있어요?"

"뭐라고?"

"나와 결혼한 뒤에 아버지와 우리 식구들과 함께 살 수 있냐고요."

"모르겠소."

"이 문제에 대해 빨리 마음을 정하세요. 시간이 많지 않아요, 절 믿어요. 아버지는 뭔가 안 좋은 일이 다가오고 있다고 느끼고 계시고 저도 그렇게 생각해요. 하산과 그 일당들이 궁궐 수비대장과 함께 집으로 쳐들어와서 재판관 앞에 우리 아버지를 세우면, 당신이 제 남편의 시체를 봤다고 말해 줄래요? 당신은 페르시아에서 왔으니까 믿어 줄 거예요."

"말하겠소, 하지만 난 그 사람을 죽이지 않았소."

"알았어요. 저를 과부로 만들려면 다른 증인과 함께 페르시아 전쟁터에서 피범벅이 된 남편의 시체를 봤다고만 말해 주세요."

"보지는 않았지만 당신을 위해 그러겠소."

"제 아이들을 좋아하세요?"

"좋아하오."

"어디가 좋아요?"

"셰브켓의 힘, 단호함, 정직함, 영리함 그리고 그 고집스러움을 좋아하오. 오르한의 연약함, 어리지만 똑똑한 면을 좋아하오. 그리고 그 애들이 당신의 아이라서 좋아하오."

그녀는 어렴풋이 미소를 지어 보였다. 그 아름다운 검은 눈에 눈물이 맺혔다. 그러고는 미리 여러 가지 계산을 해 보고 짧은 시간 안에 많은 일을 해치우려는 사람처럼 다른 문제로 넘어갔다.

"아버지가 만들고 있는 책을 하루속히 끝내서 술탄께 드려야 해요. 우리 주위에 맴돌고 있는 불운은 모두 그 책 때문이에요."

"엘레강스가 살해된 것 말고 다른 무슨 안 좋은 일이 있단 말이오?"

그녀는 이 물음에 대답하길 꺼렸다. 속마음을 내보이지 않으려고 애를 쓰며 그녀는 말했다.

"에르주룸 출신의 누스렛 호자의 추종자들이 아버지의 책에 반이슬람적이고 이교도적인 것이 있다고 소문을 퍼뜨리고 있어요. 우리 집에 들락거리는 세밀화가들이 서로 시기하고 술수를 꾀하고 있나요? 당신은 그들 사이에 들어가 봤으니까 더 잘 알고 있겠죠?"

"죽은 당신 남편의 동생 말인데, 그 사람이 세밀화가들이나 당신 아버지의 책, 그리고 누스렛 호자의 추종자들과 관련이 있소? 아니면 다른 일에는 관심이 없는 사람이오?"

"그들과는 아무 관련도 없어요. 그러나 그는 다른 일에 전혀 관심이 없는 사람은 아니에요."

비밀스럽고 이상한 정적이 흘렀다.

"하산과 한집에 살 때 눈길을 주고받은 적은 없었소?"

"방 두 칸 있는 집에서 일어날 수 있을 정도죠, 뭐."

얘기가 오가는 사이, 그리 멀지 않은 곳에서 개 두 마리가 뭔가를 본 듯 소란스레 짖기 시작했다.

나는 '그렇게 전쟁에 많이 출정하고 봉토까지 하사받은 남편이 왜 당신을 방 두 칸짜리 집에서 시동생과 함께 살게 했지?'라고 묻고 싶었다. 하지만 주저하면서 "남편과는 왜 결혼했지?"라고만 물었다.

"누군가와 결혼을 해야만 했으니까요."

그 말은 맞았다. 그녀는 자신의 남편에 대해 자랑을 해서 나를 기분 나쁘게 만드는 대신, 간결하고 영리한 답변을 했다.

"당신은 떠나 버렸고 어쩌면 영원히 돌아오지 않을지도 몰랐어요. 골이 나서 떠나 버린 건 어쩌면 사랑의 증거일 수도 있겠죠. 하지만 토라지는 애인은 지루할 뿐만 아니라 미래도 없지요."

이 말도 맞았다. 그렇지만 그건 그녀가 그 도둑 같은 놈과 결혼한 이유가 아니었다. 그녀의 교활한 시선만 보더라도 내가 이스탄불을 떠난 지 얼마 되지 않아 셰큐레가 다른 사람들처럼 나를 잊으려 했다는 것을 짐작하기란 그리 어렵지 않았다. 그건 나의 상처 입은 가슴을 조금이나마 위로하려는 선의의 거짓말이었다. 나는 그녀의 그런 의도를 좋게 받아들였다. 그리고 여행 중에 한 번도 그녀를 잊은 적이 없고 밤마다 환상 속의 영혼처럼 그녀가 나를 방문했다고 말했다. 그것은 다른 사람들에게는 절대로 말할 수 없었던 가장 비밀스럽고 깊은 나의 아픔들이었다. 모두 다 사실이었다. 그러나 그 순간 나 자신도 놀란 사실이지만, 전혀 진실하지는 않았다.

내 인생에서 처음으로 알게 된 이 차이가 의미하는 것, 즉 어떤 때는 있는 그대로 사실을 말하는 것이 사람을 진실하지 못하게 만든다는 것을 깨달았지만, 그 순간에는 그런 식으로라도 나의 느낌과 바람을 말해야만 그녀에게 내 마음을 알릴 수 있을 것 같았다. 이런 상황에 대한 가장 좋은 실례는 어쩌면 살인자, 우리를 불안하게 하는 세밀화가들의 이야기에서 뽑아 볼 수 있을 것이다. 가장 완벽한 그림에서조차, 예를 들어 말 그림이라고 해 보자, 진짜 말, 신이 정성을 다해 만든 말, 그런 말을 위대한 세밀화가들이 더할 나위 없이 잘 표현했다고 하더라도 그것을 그리는 순간 세밀화가가 느낀 진실한 느낌과는 일치하지 않을 수 있다. 세밀화가나 우리 같은 신의 비천한 종들의 진실은 솜씨와 완벽함이 잘 표현되는 때가 아니라, 반대로 말이 잘못 나오거나 실수를 저지르거나 속이 상하고 상처를 입는 순간에 표현된다. 그 순간 내가 셰큐레에게 느낀 강렬한 욕정은(그녀도 그것을 느꼈겠지만) 방랑의 시절 동안, 예를 들면 갸름한 얼굴, 구릿빛 피부, 보랏빛 입술의 아름다운 카즈빈 여인에게 느꼈던 황홀한 욕정과 전혀 차이가 없었다는 것도 사랑에 대한 환상을 품고 있는 요조숙녀들을 위해 미리 말해 두겠다. 사랑하는 셰큐레는 신이 그녀에게 주신 생에 대한 통찰력과 영민함으로 내가 지난 십이 년 동안 지독한 사랑의 아픔을 겪었음을, 그리고 억눌렸던 욕망을 서둘러 해결하는 데에만 급급한 나머지 가련한 섹스 중독자처럼 행동했음을 꿰뚫어 보았다. 언젠가 시인 네자미는 미녀 중의 미녀 쉬린의 입을 진주가 가득 든 물감 병에 비유했다.

개들이 다시 온 힘을 다해 짖어 대기 시작했다.

"이제 가 봐야겠어요."

셰큐레가 흥분이 가라앉지 않은 목소리로 말했다. 아직 저녁 어스름이긴 했지만 귀신이 나온다는 유대인의 집이 꽤나 어두워졌다는 걸 그때서야 깨달았다. 다시 한번 그녀를 안아 보고 싶은 마음에 몸을 뒤척였지만 그녀는 참새처럼 폴짝 자리를 옮겼다.

"내가 아직도 예쁜가요? 빨리 말해요."

나는 그렇다고 대답했다. 그녀는 웃으며 내 말을 들었고, 또 믿었다.

"내 옷은요?"

나는 그것도 예쁘다고 말했다.

"제게서 좋은 향기가 나나요?"

네자미가 '사랑의 체스 게임'이라고 불렀던 이런 유의 대화가 그저 단순한 희롱이 아니라 연인들 사이에서 마음 깊숙한 곳으로부터 우러난 감정이 행동으로 표현되는 방식임을 셰큐레도 물론 잘 알고 있었다.

"당신은 뭘 해서 생계를 유지할 건가요? 아버지 없는 내 아이들을 돌볼 수 있나요?"

나는 십이 년 넘게 일해 왔던 서기관으로서의 경력, 내가 본 전쟁과 시체들이 내게 준 헤아릴 수 없이 많은 경험들, 그리고 나의 전도유망한 미래에 대해 말하며 그녀를 껴안았다.

그녀가 말했다. "조금 전, 우리는 정말로 아름답게 서로를 안았어요. 하지만 이제는 모든 것이 첫 순간의 마법을 잃어버리고 말았어요."

내가 얼마나 진심인지 증명하기 위해 나는 그녀를 더욱 꽉 끌어안았다. 그러고는 십이 년 전, 그녀에게 준 그림을 그렇게 오랜 세월 간직하고 있었으면서, 왜 에스테르를 통해 돌려주었느냐고 물었다. 그러자 나의 엉뚱한 질문에 놀라며 동시에 나에 대한 애정이 솟아오르고 있음을 그녀의 눈동자가 말해 주었다. 우리는 키스를 나눴다. 그러나 이번에는 휘몰아치는 욕정의 황홀경에 빠져들지 않았다. 우리 두 사람의 마음, 가슴, 배 그리고 전신으로 퍼져 나가는 강인한 사랑이 독수리처럼 날개를 퍼덕거렸다. 그 충격으로 온몸이 흔들리는 듯했다. 사랑을 진정시키는 데 가장 좋은 방법은 사랑을 나누는 것이 아니던가?

그녀의 커다란 젖가슴을 손으로 쥐었다. 그녀는 단호하면서도 부드럽게 나를 밀어냈다. 나는 결혼하기 전에 더럽혀진 여자와 신뢰할 만한 결혼 생활을 유지할 만큼 성숙한 남자가 아니었다. 너무 서두르면 결과가 좋지 않다는 걸 잊어버릴 만큼 혼란스러웠고, 행복한 결혼은 먼저 인내와 고통이 따른다는 걸 모를 정도로 경험도 없었다. 그녀는 내 팔에서 빠져나가 베일을 얼굴에 드리우더니 문을 향해 걸어갔다. 열린 문으로 일찍 어두워진 거리에 내리고 있는 눈송이가 보였다. 나는 우리가 이곳에서 계속 속삭이며 말하고 있었다는 것을(어쩌면 교수형 당한 유대인의 영혼을 괴롭히지 않기 위해서) 잊고 소리쳤다.

"이제 어떻게 하지?"

"모르겠어요."

그녀는 사랑의 체스 게임 규칙에 맞게 이렇게 대답하고는, 눈송이로 빠르게 덮이고 있는 오래된 정원 위에 아름다운 발자국을 남기며 조용히 사라졌다.

28
나를 살인자라고 부를 것이다

내가 지금 말하려는 것은 분명 여러분에게도 일어나는 일일 것이다. 끝없이 이어지는 이스탄불의 골목을 걸을 때, 어떤 음식점에서 채소스튜를 한 입 먹을 때, 혹은 갈대 모양으로 가장자리가 구불구불 장식된 그림을 눈을 가늘게 뜨고 자세히 살펴보고 있을 때, 갑자기 지금 이 순간을 언젠가 한번 경험한 적이 있는 것처럼 느껴지는 현상 말이다. 그래서 나는 눈으로 하얗게 뒤덮인 거리를 걸으면서 "언젠가 눈으로 하얗게 뒤덮인 거리를 걸은 적이 있다."라고 말하고 싶은 생각이 드는 것이다.

지금부터 내가 하려고 하는 범상치 않은 일은 현재 일어나고 있는 일인 동시에 아주 먼 옛날에 일어났던 일인 것 같기도 하다. 저녁 무렵, 어둠이 깔리고 간간이 눈발이 흩날리기 시작했을 때, 나는 에니시테의 집이 있는 골목을 걷고 있었다.

다른 밤들과는 달리 오늘 밤은 내가 무엇을 원하는지 확실하게 알고 이곳에 왔다. 멍하니 생각에 잠긴 채 티무르 시대부터 내려오는 장미꽃 장식이 새겨진, 금박을 입히지 않은 헤라트 장정의 책 한 권에 700악체를 받았다고 어머니에게 처음 말했던 일을 떠올리거나, 혹은 나의 죄와 아둔함에 대해 고민하는 사이에 내 다리가 알아서 이곳으로 날 데리고 온 게 아니었다. 나는 내가 하려는 일이 뭔지 알고서 여기 온 것이다.

나에게 문을 열어 줄 사람이 없으리라 생각하며 대문에 손을 가져갔는데 문이 저절로 열렸다. 그러자 또다시 신께서 나와 함께 계시다는 생각이 들었다. 에니시테의 책에 들어갈 새로운 그림을 그리기 위해 늦은 밤 이곳에 올 때마다 지나갔던, 반짝이는 조약돌이 깔린 마당에는 아무도 없었다. 오른편 우물가에는 두레박이 보였고 그 위에 추위를 모르는 듯한 참새가 한 마리 앉아 있었다. 집 안에서는 저녁때가 되었는데도 어쩐 일인지 화덕에 불을 때는 기척이 없었다. 마당 왼쪽에는 손님들의 말을 매 놓는 마구간이 있었다. 모든 것이 질서 정연했다. 마구간 옆으로 난 문은 열려 있었다.

나는 헛기침을 하며 2층으로 향하는 나무 계단을 올라갔다. 진흙 묻은 신발을 계단 모서리에 탁탁 부딪혀 털면서 발소리를 냈다. 그러나 안에서는 아무런 반응이 없었다. 2층 현관문 옆에는 예전처럼 신발들이 나란히 놓여 있었다. 그런데 셰큐레의 것이라 여겼던 우아한 초록색 신발은 눈에 띄지 않았다. 집에 아무도 없는 걸까.

집 안으로 들어선 나는 먼저 문 오른편 방, 셰큐레가 아이들을 데리고 자는 침실일 거라 생각했던 방으로 들어갔다. 침구를 만지작거리고 침대 가장자리에 있는 서랍장과 뚜껑이 깃털처럼 가벼운 함을 열어 보았다. 방 안에 배어 있는 부드러운 아몬드 향기를 셰큐레의 살 냄새라고 상상하며 음미하고 있을 때, 넋 놓고 있던 내 머리 위로 벽장 문틈에 끼어 있던 베개가 툭 떨어졌다. 내 머리를 때린 베개는 놋쇠 주전자와 컵에 부딪히며 바닥으로 떨어졌다. 방 안은 칠흑같이 어두웠고 나는 다소 추위를 느꼈다.

안에서 에니시테의 목소리가 들려왔다.

"하이리예? 셰큐레? 둘 중 누구냐?"

나는 재빨리 방에서 나와 복도를 가로질러 에니시테와 함께 일했던 푸른 문의 화실로 들어가며 대답했다.

"접니다, 에니시테 어른."

"자네는 누군가?"

그 순간, 에니시테가 스승이신 화원장 오스만께서 어린 시절 우리에게 붙여 주었던 예명을 가지고 놀리고 있음을 깨달았다. 나는 화려하게 장정을 꾸민 책의 마지막에 들어가는 빈 페이지에 자만심 강한 서예가가 글씨를 쓰듯, 나의 별명, 출신, 그리고 아버지의 이름도 포함된 나의 이름 그리고 '당신의 가련하고 죄 많은 종'이라는 구절까지 천천히, 또박또박 발음했다.

"뭐? ……아!"

에니시테는 그렇게 말하고 입을 다물었다. 그러자 어린 시절 들었던 시리아 동화 속에 나오는, 죽음을 눈앞에 둔 노인들이 경험한다는 '영원히 계속되는 짧은 순간'이 정적에 휩싸였다.

지금 내가 죽음에 관한 얘기를 했다고 해서 내가 그곳에 간 목적이 그것일 거라고 생각하는 이가 있다면 그는 지금 읽고 있는 이 책을 잘못 이해하고 있는 것이다. 누군가를 죽일 마음을 먹은 사람이 대문을 두드리고 신발을 벗고 칼도 없이 빈손으로 찾아갔겠는가?

"그래, 왔구먼." 에니시테는 다시 동화 속 노인처럼 말했다. 그러더니 잠시 후에 전혀 달라진 어투로 "어서 오게. 그런데 어쩐 일인가?" 하고 물었다.

날은 벌써 꽤 어두워져 있었다. 작고 좁다란 창에는 겨울바람을 막으려고 밀랍을 발라 놓아서(봄에 밀랍을 벗겨 내면 이 창으로 마당의 플라타너스와 석류나무가 내다보인다.) 겨우 실내의 윤곽만 구별할 수 있을 정도의 희미한 빛(중국 화가들이 좋아할 만한 채광이다.)만이 비쳐 들고 있었다. 방의 한쪽 구석, 늘 같은 자리에서 왼편으로 빛을 받으며 앉은뱅이책상 앞에 앉아 있는 에니시테의 얼굴은 잘 보이지 않았다. 촛불 아래서, 붓과 물감 병과 연필과 문진들 사이에서, 새벽까지 그림을 그리고 에니시테와 그림에 관한 얘기를 나누는 동안 느꼈던 친밀감이 금세 되살아나 당황스러웠다. 그 생소한 느낌 때문인지, 아니면 내 근심거리들, 내가 죄를 지었다는 사실과 그 때문에 우울증이 생겼음을 고백해야 한다는 생각 때문인지는 모르겠지만 나는 갑자기 부끄러워졌다. 그래서 에니시테에게 나의 걱정

거리를 옛날이야기에 빗대어 털어놔야겠다고 마음먹었다.

에스파한 출신의 예술가 세흐 무함마드의 이야기를 어쩌면 당신들도 들어 보았을 것이다. 색의 선택이나 구도를 잡고 페이지를 구성하는 감각, 인물과 동물, 특히 얼굴 그림을 그리는 능력, 그리고 그림 안에서 시도해 볼 수 있는 다양한 즐거움과 기하학에서나 볼 수 있는 숨겨진 이성을 표현하는 데 있어 이 세밀화가를 능가할 만한 사람은 없었다. 젊은 나이에 대가의 경지에 이른 마법의 손을 가진 이 장인은 정확히 삼십 년 동안, 소재 선택에서뿐만 아니라 창조적인 면과 스타일 면에서도 시간의 흐름을 두려워하지 않는 도전적이고 열정적인 화가로 살았다. 그는 몽골인들을 통해 전해진 중국 수묵화풍으로 작업을 했으며, 끔찍한 악마들, 뿔 달린 귀신들, 거대한 불알을 가진 말들, 반은 사람이고 반은 짐승의 형상을 한 괴물들, 거인들, 귀신들을 악마적일 만큼 정교하고 민감한 헤라트 풍으로 그려 내는 데 빼어난 솜씨와 균형미를 자랑한 화가들 중 한 명이었다. 그는 포르투갈과 네덜란드에서 온 배에서 나온 초상화에 누구보다도 먼저 관심을 가졌고 영향을 받았으며, 뜯겨져 나간 고서(古書)들을 뒤적여 저 멀리 칭기즈 칸 시대까지 거슬러 올라가는 옛 화풍을 발굴해 내 소생시켰다. 알렉산드로스 대제가 여인들의 섬에서 벌거벗고 수영하는 미녀들을 훔쳐보는 장면, 쉬린이 밤에 달빛 아래서 목욕하는 장면 등 남자를 흥분시키는 소재들을 누구보다도 먼저 용감하게 그리기도 했다. 우리의 예언자가 불알 달린 말을 타고 날아가는 모습, 왕들이 몸을 긁고 있는 모습, 개들이 교미하는 장

면, 포도주를 마시고 취한 왕들을 그려서 모든 책 애호가들의
세계에 정착시킨 사람도 그였다. 그는 이 모든 것들을 몰래 혹
은 드러내 놓고, 맘껏 포도주를 마시고 아편을 피우면서 삼십
년간 열심히, 즐겁게 그렸다. 하지만 나중에 나이가 들어서는,
어떤 신실한 교주의 제자가 되어 짧은 시간에 완전히 딴사람
이 되었다. 그는 지난 삼십 년간 자신이 그렸던 그림 모두가 무
신론적이라는 결론을 내렸다. 그러고는 일생의 남은 삼십 년
동안 도시에서 도시로, 궁전에서 궁전으로, 도서관에서 도서
관으로 옮겨 다니며, 자신이 그린 그림이 있는 책을 찾아내 없
애 버렸다. 그는 자기 책이 어떤 샤, 왕자, 귀족의 도서관에 있
든 개의치 않았다. 그들을 듣기 좋은 말로 구슬려 설득할 수
없으면 술수를 쓰기도 하고, 때로는 아무도 주의를 기울이지
않는 틈을 타 몰래 책에서 자기 그림이 있는 페이지를 찢거나
물을 부어 망쳐 버렸다. 내가 이 이야기를 하는 것은 세밀화가
가 그림에 대한 열정 때문에 자신도 모르게 신앙에서 멀어지
는 것이 얼마나 고통스러운 일인지를 깨닫고 교훈을 얻으라는
뜻에서였다. 세흐 무함마드는 압바스 왕조의 미르자 왕자가
주지사로 있던 카즈빈의 웅장한 도서관에서는 수백 권이나 되
는 책 가운데 자신의 그림을 하나하나 분리해 내는 것이 불가
능하자 도서관에 불을 질렀다. 그러고는 그 자신도 고통과 후
회 속에서 자기가 그린 그림들과 함께 불타 죽었다. 나는 이것
을 마치 내가 겪은 일인 양 생생하게 묘사했다.

에니시테가 다정하게 물었다. "우리가 그린 그림 때문에 두
려운 게냐?"

방이 너무 어두워 그의 얼굴이 보이지는 않았지만 그가 웃고 있는 것이 느껴졌다.

"우리가 만들고 있는 책의 비밀이라는 건 이제 더 이상 존재하지 않습니다. 어쩌면 중요하지 않을 수도 있겠습니다만 벌써 사방에 소문이 나돌고 있습니다. 우리가 암암리에 종교를 모독하고 있다고 말입니다. 우리 술탄이 원하고 기대하는 책이 아니라, 우리가 우리의 즐거움을 위해 그림을 그린다는 겁니다. 게다가 우리가 무신론적이고 신성 모독적이며, 술탄을 비꼬고 이교도 화가들을 모방하는 책을 준비한다고들 합니다. 우리가 술탄의 책에서 악마조차 사랑스럽게 묘사하고 있다고 말하는 사람들까지 있습니다. 또한 우리가 이 세상을 원근법적으로 바라보고, 사원이 뒤쪽에 있다는 핑계로 더러운 개나 말파리를 사원과 같은 크기로 그려서 종교를 모독하고 사원의 신자들을 비웃고 있다고들 떠들어 댑니다. 저는 밤마다 이런 말들이 떠올라 잠을 이룰 수가 없습니다."

"우리는 그 그림을 같이 작업했네. 우리가 한 번이라도 그런 짓들을 하려는 마음을 품은 적이 있나?"

나는 한껏 과장된 어투로 그의 말을 부인했다. "당치도 않은 말씀입니다. 그러나 어디서 들었는지 사람들 사이에 아주 심각한 마지막 그림 한 점이 있다는 얘기가 떠돌고 있습니다. 그 그림에서는 무신론적인 내용을 암시적으로 묘사한 것이 아니라, 아예 드러내 놓고 우리 종교를 모독했다고 합니다."

"하지만 그 마지막 그림을 자네도 봤지 않나?"

나는 에니시테가 칭찬해 줄 거라는 희망을 가지고 조심스럽지만 확신에 차서 대답했다.

"저는 에니시테 에펜디께서 보여 주신 여러 부분들에 원하시는 그림을 원하시는 대로 그려 넣었습니다. 하지만 그 두 장짜리 그림 전체를 다 보지는 못했습니다. 그림의 전체를 보았다면 그 모든 혐오스러운 비방들이 거짓이라는 것을 확실히 알 수 있었을 겁니다."

"자네는 어째서 죄책감을 느끼나? 자네의 영혼을 갉아먹고 있는 것의 정체가 뭔가? 누가 자네 자신을 의심하게 만들었는가?"

"지난 몇 달 동안 우리가 행복한 마음으로 그렸던 책이 신성한 것들을 모독했다는 의심을 받고 있습니다. 그것 때문에 저는 살아 있으면서도 지옥 같은 고통을 느끼고 있습니다. 그 마지막 그림의 전부를 한 번만이라도 보고 싶습니다."

"자네 문제가 그것인가? 그것 때문에 나를 찾아온 건가?"

나는 갑자기 당황했다. 혹시 그는 그 불쌍한 엘레강스를 죽인 자가 나라는 음침한 생각을 하고 있는 것은 아닐까?

"우리 술탄을 퇴위시키고 그 자리에 왕자님을 앉히길 원하는 사람들도 비방에 동조하고 나섰습니다. 그자들은 술탄이 암암리에 그런 불온한 책을 지지하고 있다는 소문을 퍼뜨린다고 합니다."

에니시테는 질렸다는 표정을 지으며 말했다.

"그런 말을 믿는 사람이 몇 명이나 된단 말인가? 사람들이 자신에게 약간이라도 관심이 있다고 여기는 탐욕스럽고 얼빠진 설교자들은 하나같이 종교가 타락해 간다고 말하지. 그들이 그런 말을 하는 건 그래야만 자신들에게 가장 확실한 생계 수단이 생기기 때문이야."

혹시 에니시테는 내가 단지 소문들을 알려 주기 위해서 자신을 찾아왔다고 생각하는 것은 아니겠지? 나는 떨리는 목소리로 말했다.

"그자들은 가련한 엘레강스가 마지막 그림을 전부 다 보았고 종교를 모독한다고 판단했기 때문에 우리 중 누군가에 의해 살해되었다고 말합니다. 화원에서 저와 가까이 지내는 일급 도제가 말해 주었습니다. 견습생들과 도제들이 어떤지는 에니시테 에펜디께서도 잘 아시지 않습니까? 모두들 남 얘기하기를 너무 좋아합니다."

이렇게 논리적으로 말할수록 나는 더욱 흥분했고 그래서 말도 점점 더 길어졌다. 내가 한 얘기들 중에서 실제로 들은 소문이 얼마인지, 중상모략을 일삼는 그 변절자를 죽인 뒤부터 갖게 된 두려움 때문에 나 스스로 꾸며 낸 말은 또 얼마나 되는지 그 순간에는 잘 알 수 없었다. 그렇게 많은 말을 한 후에 나는 이 정도면 에니시테가 그 두 장짜리 마지막 그림을 내게 보여 주며 나를 진정시킬 거라고 예상했다. 죄의 구렁텅이에 빠져 상심한 내가 그런 식으로밖에는 구제될 수 없다는 것을 그는 왜 이해하지 못한단 말인가?

순간 그를 껴안고 싶은 충동을 느끼며 용기를 내어 물었다.

"사람이 자신도 모르게 신을 거역하는 그림을 그릴 수 있을까요?"

그는 대답 대신 마치 방 안에 잠든 아이라도 있는 것처럼 우아하고 조심스러운 손동작을 해 보였다. 나는 완전히 입을 다물고 말았다. 그가 속삭이듯 말했다.

"너무 어두워졌어. 촛불을 켜야겠네."

그가 화로에 초를 가져다 댔다. 그의 얼굴에서 전에는 볼 수 없었던, 익숙지 않은 자신만만한 표정이 촛불 속에 떠올랐다. 나는 기분이 나빠졌다. 혹 이것이 동정의 표현은 아닐까? 모든 것을 알아채고 내가 비열한 살인자라고 간주하고 있거나, 아니면 나를 두려워하고 있는 건 아닐까? 그 순간, 갑자기 나의 생각이 내 통제권 밖으로 나간 것처럼 느껴졌다. 나는 마치 다른 사람의 생각을 대신하고 있는 것 같았다. 나는 깜짝 놀랐다. 문득 바닥에 깔린 카펫의 한쪽 가장자리에 늑대 비슷한 모양의 문양이 새겨져 있는 것을 보았다. 나는 왜 그때까지 그것을 알지 못했을까?

"그림과 장식, 그리고 아름다운 책을 좋아하는 칸과 샤, 술탄 들의 애정은 세 계절로 나눌 수 있지. 이들은 첫 계절에는 대담하고, 열정적이고, 호기심이 많지. 이 통치자들은 존경을 받고 싶어서, 다른 사람들이 자신을 바라보는 방식에 영향을 주기 위해서 그림을 원하지. 이때는 그들이 스스로 배워 나가는 단계라네. 두 번째 계절에 접어들면 즐거움을 얻기 위해 책을 만들게 하지. 진심으로 그림 감상을 즐기기 때문에 열성적으로 책을 수집하고, 그 때문에 사후까지 자신들의 명성을 지켜 나갈 수 있게 되지. 마지막 세 번째 계절, 인생의 가을에 접어들면 그 어떤 술탄도 속세에 남겨지는 불후의 명성에 관심을 갖지 않게 돼. '세속적 불멸'이란 후세에 기억되는 것을 의미한다네. 세밀화와 책을 좋아하는 통치자들은 우리 화가들에게 자신의 이름이 들어가 있는 책들, 그들 자신의 역사를 기록한 책들을 제작하게 함으로써 이미 이승에서의 불멸은 얻었거든. 하지만 늙고 보니 저세상에서 좋은 자리를 얻는 데 그 그림들이 오히려 걸림돌이 될 것 같다는 생각이 드는 걸세. 나를 가장 슬프게 하고 두렵게 하는 점이 바로 이것이라네. 그 자신도 세밀화가였으며 젊은 시절을 화실에서 보낸 샤타마스프는 죽음이 가까워지자 그 멋진 화실을 폐쇄하고 재능 있는 화가들을 타브리즈에서 쫓아냈지. 그는 몹시 후회하며 그동안 제작한 책들을 모두 파괴해 버렸다네. 자네는 사람들이 그림이 천국의 문을 닫게 만든다고 믿는 이유가 뭐라고 생각하나?"

"그 이유야 아시지 않습니까? 예언자께서 경고하신 말씀, 즉 심판의 날에 신이 화가들을 가장 가혹하게 벌할 거라고 말씀하신 것을 다들 알고 있으니까요."

"화가들이 아니라 우상을 만든 사람들이네. 또한 그건 코란이 아니라 부카리가 쓴 하디스[21]에 적힌 말이지."

"심판의 날, 우상을 만든 사람들에게는 자신들이 창조한 것에 생명을 불어넣으라는 명령이 떨어질 겁니다. 하지만 그 어떤 것도 소생하지 않을 것이기 때문에 결국 그들은 지옥의 고통을 겪게 될 겁니다. 코란에서 창조자는 오직 알라 한 분뿐이라고 했습니다. 창조를 하고 무를 유가 되게 하고 생명이 없

---

21) 예언자 무함마드의 언행록.

는 것을 소생시키는 것은 신의 몫입니다. 누구도 신과 경쟁하려 해선 안 됩니다. 화가들이 그분이 했던 일을 시도하는 것, 그분처럼 창조자가 되려고 하는 것은 커다란 죄악입니다."

내 말은 마치 그를 비난이라도 하듯 점점 격렬해졌다. 그는 내 눈을 들여다보며 말했다.

"자네 생각에는 우리가 그런 짓을 한 것 같나?"

"결단코 아닙니다." 나는 미소를 띠며 대답했다. "하지만 엘레강스는 마지막 그림을 보고 그렇게 생각했습니다. 그는 원근법을 이용해 그림을 그리는 것, 베네치아 화가들의 화풍을 모방하는 것은 악마의 유혹에 빠지는 거라고 말했답니다. 마지막 그림에서 우리가 서양인들이 사용하는 기법으로 그린 인간의 얼굴은 마치 진짜 같았답니다. 그래서 그 그림을 본 사람들이 교회의 우상 앞에서 그렇게 하듯, 엎드려 경배하고 싶어질 정도라고요. 엘레강스의 말에 의하면 원근법은 그림을 신의 시선으로부터 거리를 쏘다니는 개의 시선으로 격하시켰고, 베네치아인들의 기법을 모방하는 것은 우리에게 익숙한 화풍을 이교도의 화풍과 뒤섞어 우리의 순수성을 훼손하는 행위라는 겁니다. 그는 우리가 한 일이 우리를 서양인들의 노예로 전락시키려는 악마의 꾐에 빠진 것이라고 했습니다."

"절대적으로 순수한 것은 아무것도 없네. 장정 예술의 걸작들, 눈시울이 뜨거워지고 소름이 끼칠 정도로 아름다운 작품들이란 언제나 이전까지 합쳐진 적이 없었던 두 가지 화풍이 결합되면서 이루어지는 것이네. 아랍의 섬세한 세밀화가 몽골과 중국의 화풍과 결합된 것은 비흐자드와 페르시아 그림의 훌륭함 덕분일세. 샤 타마스프의 가장 아름다운 그림은 페르시아 화풍과 투르크멘족의 감성이 혼합된 것이지. 오늘날 인도의 악바르 칸의 화원을 무조건 칭찬만 할 수 없는 까닭은 악바르 칸이 세밀화가들에게 서양 화가들의 화풍을 모방하도록 강요했기 때문일세. 서방도 동방도 모두 신의 것일세. 신이여, 순수함을 향한 의지로부터 우리를 보호하소서."

촛불 아래서 그의 얼굴은 부드럽고 밝아 보였지만, 벽에 어린 그의 그림자는 그만큼 어둡고 두려움을 주었다. 그의 말은 합리적인 듯했지만 난 그를 믿지 않았다. 그가 나를 의심한다고 생각했기 때문에 나도 점점 더 그를 의심하게 되었다. 그가 때때로 아래층 대문 소리에 귀 기울이는 것도 나로부터 자신을 구해 줄 누군가를 기다리는 것처럼 보였다.

"자네는 에스파한의 거장 세흐 무함마드가 양심의 가책에 시달리다 못해 자신이 그린 그림이 소장된 거대한 도서관을 불태우고 스스로도 불 속에 몸을 던진 얘기를 나에게 해 주었네. 그럼 이번엔 내가 그 전설과 관련해 자네가 모르는 일화 하나 이야기해 줌세.

자네 말대로 그는 인생의 후반 삼십 년 동안 자신의 작품을 찾아다녔네. 하지만 그는 도서관에서 책장을 넘길 때마다 자신의 작품보다는 그 작품에서 영감을 받아 그린 다른 사람들의 모방작들을 발견했네. 줄잡아 두 세대에 걸쳐 예술가들이 자신이 부정한 그림을 견본으로 삼고, 그의 그림을 너무 많이 본 나머지 머릿속에 각인이 되었으며, 그저 외우는 수준을 넘어 자신들의 영혼의 일부로 삼는 것을 목격했다네. 세흐 무함마드가 자기 그림을 찾아 없앨수록 젊은 화가들은 숭배하는 마음으로 더욱더 많은 책에 그의 화풍을 모방한 그림을 그려 넣었고, 다른 이야기의 삽화를 그릴 때마다 그것을 활용했네. 그래서 그의 그림은 모든 사람의 기억에 자리 잡았고 온 세상에 퍼지게 되었지. 우리는 오랜 세월에 걸쳐 많은 책과 그림을 보면 볼수록 한 가지 사실을 분명히 깨닫게 되지. 훌륭한 화가는 자신의 그림으로 우리에게 영향을 끼치는 것으로 그치지 않고, 종국에 가서는 우리 마음속의 풍경까지 바꿔 놓는다는 것을 말이야. 어떤 화가의 예술 작품이 이렇게 한번 우리 영혼 속에 자리 잡으면 그것은 우리가 세상의 아름다움을 바라보는 잣대가 되고 말지. 에스파한의 대가는 인생의 내리막에서 자기가 아무리 그림을 태워 없애더라도 그것이 사라지기는커녕 오히려 더욱 널리 퍼지는 것을 목격했지. 그뿐만 아니라 모든 사람이 한때 자신이 보았던 방식으로 세계를 본다는 것과 자신이 젊은 시절에 그렸던 그림과 닮지 않은 것은 추하게 여긴다는 것을 알게 되었네.”

마음 깊은 곳에서 솟아오르는 경외심과 에니시테를 기쁘게 하고 싶은 욕망을 참지 못하고 나는 그의 무릎 앞에 엎드렸다. 그의 손등에 입을 맞출 때 내 눈에는 눈물이 고였고, 내 영혼 속에서 이제껏 화원장 오스만이 차지하고 있던 자리가 그에게로 넘어갔음을 느꼈다.

에니시테는 스스로에게 만족한 자의 말투로 이야기했다.

“세밀화가는 양심의 소리에 귀 기울이고 자신이 믿는 원칙에 따르고 그 어떤 것도 두려워하지 않아야 비로소 진정한 자신만의 예술 작품을 창조할 수 있네. 그는 적이나 광신도, 시기하는 자들이 뭐라고 하든 개의치 않지."

그러나 검버섯으로 뒤덮인 그의 손등에 입을 맞추면서 나는 정작 에니시테 자신은 세밀화가가 아니라는 사실을 떠올렸고, 금세 그런 생각을 했다는 사실이 부끄러워졌다. 마치 내가 아닌 누군가가 그런 사악하고 수치스러운 생각을 내 머리에 집어넣은 것 같았다. 그렇지만 내가 아주 틀린 생각을 한 것은 아니라는 점은 여러분도 알 것이다.

"나는 그들이 두렵지 않네. 왜냐하면 죽음이 두렵지 않기 때문이지."

그들이 누구지? 나는 그의 말을 다 이해한 듯 고개를 끄덕여 보였다. 그러나 마음속에서는 분노가 치밀어 올랐다. 에니시테의 바로 옆에 엘 제브지에가 쓴 『영혼의 서』가 놓여 있는 것을 보았다. 사후에 영혼의 세계에서 일어나는 일들에 관해 적고 있는 이 책은 얼른 죽기를 바라는 노망든 노인들에게 아주 인기가 좋았다. 궤짝 위에 놓인 접시 안에는 필통, 연필깎이, 펜촉 자르는 판, 물감 병들과 붓들이 들어 있었다. 그런데 그 가운데 전에는 없었던 새로운 물건 하나가 눈에 띄었다. 청동으로 만든 물감 병이었다.

나는 용기를 내어 말했다.

"그렇다면 우리가 그들을 두려워하지 않는다는 걸 보여 주십시오. 마지막 그림을 꺼내 그들에게 보여 주는 겁니다."

"그건 우리가 그들의 비방을 진지하게 받아들인다는 것을 뜻하지 않나? 우리는 두려워할 짓을 하지 않았으니 두려워할 필요도 없어. 그런데 자네는 왜 이렇게 두려움에 떨고 있나?"

그는 아버지처럼 내 머리를 쓰다듬었다. 나는 또다시 눈물이 솟구칠까 봐 그를 꼭 끌어안았다. 그리고 흥분해서 말했다.

"가련한 엘레강스가 왜 살해당했는지 저는 압니다. 엘레강스는 선생님과 우리, 그리고 우리의 책 모두를 비방하면서 누스렛 호자의 추종자들이 우리를 덮치도록 계략을 꾸미고 있었습니다. 이곳에서 악마의 꼬임에 넘어간 자들이 신성 모독적인 일들을 벌이고 있다는 얘기를 사방에 떠들고 다니면서, 선생님의 책을 위해 일하는 다른 세밀화가들을 부추겨 선생님께 대항하도록 유도했습니다. 갑자기 그가 왜 그랬는지는 저도 모르겠습니다. 시기심 때문일 수도 있고, 악마의 꾐에 빠져서일 수도 있겠지요. 엘레강스가 우리 모두를 끝장내기로 작정한 것은 세밀화가들 모두가 알고 있었습니다. 모두들 두려워했고 저처럼 의심하기 시작했습니다. 그래서 그들 중 한 명이 어느 날 밤 엘레강스를 추궁했고, 그가 우리와 우리의 세밀화를 비난했기에 당황스럽고 두려워진 나머지 그 비열한 놈을 죽여 우물에 던진 겁니다."

"비열한 놈이라고?"

"엘레강스는 됨됨이가 바르지 않고 은혜를 모르는 자였습니다. 나쁜 놈이었지요!"

나는 마치 그자가 내 앞에 있기라도 한 것처럼 소리를 질렀다.

정적이 흘렀다. 그가 나를 두려워하고 있는 걸까? 나는 나 자신이 두려웠다. 마치 내가 아닌 누군가의 의지와 생각에 따라 나 자신이 움직이고 있는 것 같았다. 하지만 그것이 아주 불쾌하지만은 않았다.

"자네처럼, 그러니까 에스파한 출신의 세밀화가처럼 혼란에 빠진 그 세밀화가는 누구인가? 누가 그를 죽였나?"

"저도 모릅니다."

그렇게 말하면서 나는 내가 거짓말을 하고 있다는 게 표정에 드러나길 바랐다. 나는 그날 그곳에 간 것이 실수였음을 알고 있었다. 하지만 후회나 자책감을 느끼지는 않았다. 에니시테가 나를 의심하고 있음을 느낄 수 있었고, 그 사실에 쾌감을 느끼고 힘도 얻을 수 있었다. 내가 살인자라는 사실을 알면 그가 두려움 때문에라도 그 마지막 그림을 꺼내서 보여 줄 거라고 생각했다. 나는 그 그림이 신성 모독적일 거라고는 생각지 않았지만 그래도 어떤 것인지 계속 궁금했다.

"그 비열한 놈을 누가 죽였는지가 뭐 그리 중요합니까? 그를 죽인 사람은 선한 일을 한 셈이 아닙니까?"

그가 내 눈을 똑바로 바라보지 못한다는 것이 내게 용기를 주었다. 자신이 남들보다 더 선하고 도덕적이라고 믿는 자들은 상대의 태도에서 뭔가 꺼림칙한 것을 발견하면 이렇게 상대의 눈을 똑바로 바라보지 못한다. 왜냐하면 그들은 상대를 고발해서 고문관이나 사형 집행인에게 넘겨야 좋을지를 심사숙고하기 때문이다.

밖에서 개들이 미친 듯이 짖어 대는 소리가 들렸다.

"또 눈이 오네요. 이런 늦은 시간에 다들 어딜 갔습니까? 무슨 일로 선생님 혼자 남겨 두고 나갔는지요? 촛불도 켜 두지 않고."

"글쎄, 이상한 일이구먼. 나도 잘 모르겠네."

그가 너무나 순순히 말해서 나는 그를 완전히 믿었다. 다른 세밀화가들과 함께 그를 비웃은 적도 있었지만 실상은 내가 그를 몹시 사랑한다는 걸 다시 한번 절감했다. 그 순간, 내 가슴속에서 그에 대한 존경과 사랑이 넘쳐흐르는 걸 어떻게 알았는지, 그가 다시 아버지처럼 정이 듬뿍 담긴 손길로 내 머리를 쓰다듬었다. 나는 알 수가 없었다. 헤라트파의 옛 거장들로부터 물려받은 화원장 오스만의 화풍에는 이제 미래가 없다고 느껴졌다. 그것은 너무나 추악한 생각이라서 나 자신이 두렵기까지 했다. 재앙을 겪을 때면 사람들은 어리석어 보일지라도 모든 것이 옛날처럼 변함없이 계속되기를 바라곤 한다.

"우리의 책을 만드는 작업을 계속해야 합니다. 모든 것이 변함없이 계속될 수 있도록 말입니다."

"세밀화가들 중에 살인자가 있네. 이제 책은 카라와 함께 만들 걸세."

설마 지금 이자가 나더러 자신을 죽이라고 부추기고 있는 건 아니겠지?

"카라는 지금 어디에 있습니까? 따님과 아이들은?"

마치 어떤 미지의 힘이 그 문장들을 내 입속에다 밀어 넣은 것처럼 느껴졌다. 하지만 난 자신을 제어할 수 없었다. 행복한 미래에 대한 희망을 품을 어떤 가능성도 나에게는 남아 있지 않았다. 나는 교활하고 신랄한 사람이 될 수밖에 없었다. 그리고 이 흥미진진한 요물인 교활함과 신랄함 뒤에는 항상 그것들을 지배하는 악마의 존재가 나를 압도하고 있는 것을 느꼈다. 그때 대문 밖에서 저주받을 개들이 피 냄새라도 맡은 것처럼 미친 듯이 짖어 대기 시작했다.

먼 옛날에도 언젠가 이런 순간을 경험한 적이 있었다. 지금은 아득하게만 느껴지는 이역의 도시에서, 밖에 눈이 내리고 있는 줄도 모른 채, 내가 물감을 훔쳤다고 비난하는 노망든 자에게 울면서 결백하다고 하소연한 적이 있었다. 그때도 지금처럼 대문 밖에서 개들이 피 냄새를 맡은 듯 울부짖었다. 에니시테 에펜디의 쭈글쭈글하고 노망든 얼굴, 사악하고 오만한 턱, 그리고 비정하게 나를 바라보는 눈초리를 대하며 비로소 나는 확실히 느꼈다. 그는 나를 짓밟을 마음을 품고 있었다. 내가 열 살배기 견습생이었을 때 겪은 그 끔찍한 기억을 테두리 선은 또렷하지만 색은 탈색되어 버린 그림처럼 떠올리고 있듯, 지금 이 순간도 확실하지만 빛바랜 기억처럼 지나가고 있었다.

나는 자리에서 일어나, 앉아 있는 에니시테 에펜디의 뒤로 돌아갔다. 그리고 작업대 위에 있는 유리, 자기, 크리스털로 된 눈에 익은 물감 병들 사이에서 무거운 청동 물감 병을 집어 들었다. 나는 화원장 오스만이 가르친 제자답게 성실한 세밀화가였고, 그에 걸맞게 지금 내가 경험하고 보고 있는 모든 것들을 그림으로 그려 내고 있었다. 그런데 그것이 현재의 경험처럼 생생한 것이 아니라 아주 오래된 기억처럼, 분명하긴 하지만 빛이 바랜 색으로 칠해지고 있었다. 꿈에서 자신의 몸을 벗어나 자신을 바라보는 동시에 감정만은 계속해서 느끼는 소름 끼치는 상태를 겪어 본 적이 있는 사람이라면 내 말을 이해할 것이다. 나는 입구가 좁은 물감 병을 손에 든 채로 이렇게 말했다.

"제가 수련 도제였을 때, 아마 열 살 무렵이었을 겁니다, 이런 물감 병을 본 적이 있습니다."

"300년 된 몽골산 물감 병이지. 카라가 멀리 타브리즈에서 가져왔어. 빨간색만 담는다네."

바로 그때, 그 자만심 가득한 노인의 머리에 온 힘을 다해 물감 병을 내리치라고 날 부추긴 것은 물론 악마였다. 나는 악마의 말에 순종하지 않고, 어리석은 희망을 품고서 이렇게 말했다.

"엘레강스는 제가 죽였습니다."

내가 왜 희망을 가득 안고 이렇게 말했는지 당신들은 이해할 것이다. 그렇다. 나는 에니시테가 날 이해하고 용서해 주기를, 그가 날 두려워하고 도와주기를 바랐다.

29
나는 여러분의 에니시테요

그가 엘레강스를 죽였다고 말한 뒤, 방에는 한동안 정적이 흘렀다. 그가 나도 죽일 거라는 생각이 들었다. 한참 동안 심장이 빠르게 뛰었다. 나를 죽이러 여기 온 걸까, 아니면 자백을 해서 나를 겁주려는 것일까? 자신이 뭘 원하는지 알고는 있는 걸까? 지난 몇 년 동안 이 훌륭한 세밀화가의 모든 재주와 솜씨를 파악했으면서 속마음은 전혀 읽지 못하고 있었음을 깨닫자 나는 두려워졌다. 여전히 그가 커다란 물감 병을 들고 내 뒤에, 바로 목덜미 뒤에 서 있는 것이 느껴졌다. 그러나 돌아서서 그의 얼굴을 쳐다보지는 않았다. 내가 아무 말도 하지 않자 그가 불안해한다는 것을 알고 나는 입을 열었다.

"개들이 아직도 짖고 있군."

그러나 대화는 더 이상 이어지지 않았다. 나는 이 예기치 않은 재앙에서 벗어나는 일과 나의 목숨이 내 손에, 그에게 하는 나의 말에 달려 있음을 알았다. 그의 작품과 관련된 것을 제외하고 내가 그에 대해 아는 유일한 사실은 그가 꽤 영리하다는 것이다. 만일 여러분이 세밀화가는 작품에 자신의 영혼을 드러내서는 결코 안 된다고 믿는다면, 물론 영리함은 아주 쓸모 있는 자질이 되어 줄 것이다. 아무도 없는 이 집에서 그가 나를 어떻게 궁지로 몰아넣었는가? 나의 늙은 머리는 이 질문에 온통 신경이 쏠려 있었지만, 이 게임에서 벗어나기에는 너무나 혼란스러운 상태였다. 셰큐레는 어디 있는 걸까?

"에펜디께서는 그를 죽인 사람이 저라는 것을 알고 계셨지요? 그렇지요?"

나는 몰랐다. 그가 내게 말하기 전까지는 전혀. 게다가 마음 한구석에는 엘레강스를 잘 죽였다는, 어쩌면 그 금박 세공사가 두려움에 짓눌린 나머지 정말로 우리 모두를 곤경에 빠뜨릴 수도 있었다는 생각이 들었다. 심지어 뜻하지 않게 이렇게 텅 빈 집에서 살인자와 단둘이 남은 것에 감사하는 마음조차 생겼다.

"자네가 그를 죽인 건 놀랍지 않네. 책과 더불어 살면서 꿈에서도 책을 보는 우리 같은 사람들은 모두 이 세상에서 단한 가지만을 두려워하지. 게다가 우리는 이슬람의 도시에서는 금지된, 더욱더 위험한 그림을 그리려고 애를 쓰고 있지 않나. 에스파한 출신 예술가 세흐 무함마드처럼, 모든 세밀화가들에게는 죄책감과 후회, 그리고 누구보다도 먼저 자기 자신을 비판하고 반성하며, 신과 이 사회에 용서를 구하고자 마음이 있네. 우리는 우리의 책을 죄인처럼 몰래, 용서를 구하는 마음으로 제작하지 않는가. 우리는 우리를 신성 모독적이라고 비난할 이슬람 학교의 교리 선생이나 설교자, 재판관, 교주들에게 복종해야 한다는 사실과 이 끝없는 죄책감이 세밀화가의 상상력을 죽일 뿐만 아니라 키우기도 한다는 것을 아주 잘 알고 있어."

"그러니까 에펜디께서는 제가 어리석은 엘레강스를 죽인 것을 비난하지 않는다는 말씀이시군요."

"바로 그런 두려움 안에 우리를 글과 그림, 그리고 장정 예술에 매혹시키는 요소가 있는 거야. 아침부터 저녁까지, 단지 돈에 대한 욕심이나 어떤 회의감만으로 밤마다 촛불 아래서 장님이 될 때까지 무릎을 꿇고 앉아 그림과 책에 몰두할 수는 없어. 사실 우리는 이 사회와 다른 사람들의 실없는 소리로부터 도망치기 위해 예술에 전념하고, 동시에 그런 열정만큼 우리가 피하고자 했던 사람들이 영감으로 가득한 우리의 그림을 보고 칭찬해 주었으면 하는 바람도 강하지. 그런데 그들이 우리에게 종교적 신념이 없다고 한다면 어쩔 텐가? 재능 있는 진정한 예술가에게 그것은 아주 커다란 아픔을 주지. 그렇지만 진정한 그림은 지금까지 보지 못했던 것 속에 숨겨져 있네. 보자마자 모든 사람들이 나쁘다고, 좋지 않다고, 신성 모독적이라고 말할 그런 그림 안에 말이야. 진정한 세밀화가는 그곳에 이르는 것이 필요하다는 걸 알지만 동시에 그곳의 외로움을 두려워하지. 그렇지만 평생 그 두렵고 초조한 삶을 누가 견딜 수 있겠나? 세밀화가들은 누구보다도 먼저 자기 자신의 죄를 인정해야만 지난 세월 동안 겪었던 고통에서 벗어날 수 있다고 생각하지. 사람들은 그가 죄를 자백했을 때에만 귀 기울이고 믿어 준다네. 그러고는 지옥에서 불태워지는 저주를 받게 되지. 에스파한 출신의 세밀화가도 지옥의 불에 자기 자신을 태웠지 않나."

"당신은 세밀화가가 아니야. 그리고 나는 두려워서 그를 죽인 게 아니야. 당신이 원했듯 두려움 없이 그림을 그리기 위해 그를 죽였을 뿐이라고."

그가 난폭한 말투로 대꾸했다. 나를 죽이고 싶어 하는 살인자 세밀화가는 오랜만에 처음으로 똑똑한 말을 하고 있었다.

"난 알아. 당신이 시간을 끌면서 나를 어르고, 이 상황에서 벗어나기 위해 그런 소리를 지껄이고 있다는 것을. 그렇지만 마지막에 한 말은 맞아. 지금부터 내가 하는 말을 당신이 잘 듣고 이해해 줬으면 좋겠어."

나는 몸을 돌려 그의 눈을 들여다보았다. 방금 전까지 보이던 공손한 태도를 말끔히 거둔 것을 볼 때, 그가 제정신에서 벗어나 어딘가 멀리로 가고 있다는 걸 알 수 있었다. 그는 어디로 가고 있는 걸까?

"겁내지 마. 무례하게 굴지는 않을 테니."

그는 내 앞으로 오면서 큰 소리로 웃었다. 그렇지만 그 웃음에선 뭔가 비애가 느껴졌다.

"지금 이 순간 내가 하고 있는 모든 일이 마치 내가 아닌 다른 누군가의 행동인 것 같아. 내 속에서 꿈틀대는 뭔가가 내게 나쁜 일을 시키고 있는 것 같단 말이지. 그렇지만 난 그 뭔가가 절실해. 그림을 그리기 위해서도 그렇고."

"그건 악마에 관해 사람들이 꾸며 낸 소문에 불과하네."

"그러니까 내가 거짓말을 하고 있다는 거야?"

그가 나를 죽일 만큼 충분한 용기가 없다는 것을, 그래서 내가 자신을 화나게 만들어 주길 바라고 있음을 느꼈다.

"거짓말하는 게 아닐세. 그렇지만 자네는 자네 자신이 뭘 느끼는지도 모르고 있군."

"아니, 난 내 마음을 아주 잘 알고 있어. 죽기도 전에 죽음의 고통을 느끼고 있으니 말이야. 우리는 모르는 사이에 당신 때문에 죄의 구렁텅이에 빠지고 말았어. 그런데 당신은 지금 내게 더욱 용감해지라고 말하고 있군. 너 때문에 난 살인자가 되었어. 누스렛 호자의 미친개들이 우리를 모두 죽이고 말 거야."

자신이 하는 말이 믿어지지 않을수록 그는 더 크게 소리를 지르고 손에 든 물감 병을 더 꽉 움켜쥐었다. 혹시 눈 오는 거리의 행인들이 이 고함 소리를 듣고 달려오지는 않을까? 나는 궁금해서가 아니라 시간을 벌기 위해서 질문을 던졌다.

"그런데 왜 그를 죽였나? 어떻게 그 우물가에서 만나게 되었나?"

그는 전혀 예상치 못한 반응을 보였다. 지금까지 설명하고 싶은 마음을 내내 꾹 참고 있었다는 듯이 곧장 말문을 열고 얘기를 시작했다.

"당신 집에서 나가던 날 밤, 엘레강스가 날 찾아왔어. 두 장짜리 마지막 그림을 보았다고 했지. 소란 피우지 말라고 그를 설득하려 안간힘을 썼어. 그리고 그를 화재 터로 데리고 갔지. 우물가에 묻어 둔 돈이 있다고 꼬드겼지. 돈 이야기가 나오자 그는 순순히 따라오더군. 돈에 대한 욕심만으로도 세밀화가를 움직이게 할 수 있다는 말에 대해 이보다 더 명백한 증거가 어디 있겠어. 그래서 그를 죽인 것에 대해 마음이 아플 이유가 하나 더 줄어들었지. 그는 재주는 좀 있지만 평범한 세밀화가였어. 우물가에 도착하자 그는 얼어붙은 땅을 손톱으로 파기 시작했지. 우물가에 정말로 돈을 묻어 두었다면 그를 죽일 필요도 없었겠지. 당신은 금박을 입히려고 그 가엾은 놈을 택했어. 그의 붓놀림은 빈틈이 없었지만 금박을 입히는 실력이나 색을 선택하는 감각과 그걸 사용하는 방식에서는 지극히 평범했다고. 나는 흔적 하나 남기지 않았지. 본질적으로 스타일이 뭔지 당신이 한번 말해 봐. 지금은 유럽인들도, 중국인들도 화가의 솜씨에 대해, 색과 스타일에 대해 얘기하고 있으니까. 좋은 화가는 다른 화가들과 구별될 수 있는 자신만의 화풍이 있어야 하나, 없어야 하나?"

"새로운 화풍은 화가 자신이 원한다고 생기는 게 아닐세. 왕자가 죽고, 왕이 전쟁에서 패배하고, 끝나지 않을 거라 생각했던 시대가 끝나고, 화원이 폐쇄되면, 그곳에 있던 화가들은 책을 좋아하는 다른 주인을 찾아 떠나게 되지. 어느 날 자비로운 한 술탄이 각기 다른 지역에서, 그러니까 헤라트나 알레포에서 온, 머물 곳도 고향도 없고 다른 일은 전혀 할 줄 모르는 솜씨 있는 화가들과 서예가들을 자신의 천막이나 궁전으로 불러들여 정성스레 화원을 꾸몄다고 해 보세. 서로를 잘 모르는 세밀화가들은 먼저 자신들이 알고 있는 옛 화풍으로 그림을 그리지만, 나중에는 마치 골목에서 서로 뒹굴고 넘어지고 일으켜 주면서 친해지는 아이들처럼 서로 닮아 가거나 부딪치거나 해결하거나 화해를 하게 되지. 몇 년을 끄는 싸움, 시기, 책략, 색과 그림 작업 끝에 나타나는 결과물이 곧 새로운 화풍일세. 그 화풍의 대부분은 그 화실에서 가장 출중하고 솜씨 좋은 화가가 만들어 내지. 그를 운 좋은 세밀화가라고 해 보세. 뒤에 남은 화가들에게는 최후까지 그 화풍을 모방하면서 더욱 완벽하게 다듬고, 멋지게 발전시키는 일만이 남지."

뜻밖에도 그는 내 눈을 똑바로 쳐다보지 않고 아주 조심스러운 태도로, 나에게 정직함과 선의를 기대하는 아가씨처럼 떨면서 물었다.

"내게 스타일이 있나?"

순간 나는 눈물을 쏟을 뻔했다. 온 힘을 다해, 부드럽고 다정하게, 그리고 좋게 대해 주려 노력하면서 내가 진심으로 믿고 있는 것을 말했다.

"나의 육십 평생 본 세밀화가들 중에서 가장 재능 있고 마술 같은 손재주와 예리한 눈을 가진 기적적인 화가가 바로 자네일세. 화가 1000명의 붓이 닿은 그림이 내 앞에 있어도 신이 내리신 자네의 붓이 닿은 곳만은 금방 알아볼 수 있을 걸세."

"나도 그렇게 생각해. 그렇지만 당신은 내 재능의 비밀을 알아볼 수 있을 만큼 똑똑하지 않아. 그저 내가 무서워서 거짓말을 하고 있는 거겠지. 그렇다 해도 다시 한번 내 스타일에 대해 설명해 봐."

"자네의 터치를 보면 최상의 선을 긋기 위해 연필을 움직이는 것이 아니라 마치 연필이 저절로 길을 찾아가는 것 같아. 자네의 연필이 그리는 것은 마냥 곧기만 하지도, 그렇다고 시시하지도 않아. 군중이 모여 있는 장면을 그릴 때, 자네는 사람들 속에서 오가는 눈길, 페이지의 정렬, 글의 의미에서 나오는 긴장감을 결코 끝나지 않는 우아한 속삭임으로 변하게 하네. 나는 그 속삭임을 듣기 위해 자네의 그림을 반복해서 보게 되지. 그림을 마치 글처럼 다시 읽으려 시도한다고 표현해야 할까. 그렇게 하는 과정에서 그 의미의 층위가 계속해서 다양해지고 넓어져서 보는 이로 하여금 서양 화가들의 원근법보다 더 멀리까지 볼 수 있게 하는 어떤 심오함이 느껴지지."

"흠, 좋아. 서양 화가 얘기는 관두고, 다시 말해 봐."

"자네의 연필은 정말로 너무나 멋지고 힘차서, 자네의 그림을 보는 사람들은 현실의 세계가 아니라 자네가 그린 것을 더 믿게 되지. 그래서 자네는 자네의 솜씨로 가장 신실한 사람조차 타락시킬 수 있고, 반대로 전혀 믿음이 없는 사람을 신의 길로 인도할 수도 있어."

"맞아. 하지만 그 말이 칭찬인지 아닌지는 잘 모르겠군. 다시 말해 봐."

"그 어떤 세밀화가도 자네만큼 물감의 농도와 색의 비밀을 정확히 알지 못해. 자네는 항상 가장 아름답고, 가장 생생하고, 가장 진정한 색을 만들지."

"알았어, 다른 건?"

"비흐자드와 미르 세이드 알리 이후의 가장 훌륭한 세밀화가가 자네라는 건 자네도 물론 알고 있겠지."

"그래, 알고 있어. 그런데 당신은 날 그렇게 높이 평가하면서, 왜 내가 아니라 평범함 그 자체인 카라와 함께 책을 만들겠다는 거지?"

"그가 하는 일은 세밀화가의 재능이 필요 없는 일일세. 이게 첫 번째 이유고, 두 번째는 그가 자네 같은 살인자가 아니기 때문이지."

그는 나의 농담에 천진하게 웃었다. 어쩌면 이런 새로운 대화 '스타일'로 이 악몽에서 벗어날 수도 있겠구나 싶은 생각이 들었다. 그래서 그가 들고 있는 청동으로 된 몽골산 물감 병을 화제로 삼아 즐거운 대화를 나누었다. 우리의 모습은 부자간이라기보다는 오히려 호기심과 경험이 풍부한 두 노인처럼 다정하게 보였다. 동의 무게, 물감 병의 균형, 깊이, 옛 서예가들이 사용하던 갈대의 길이, 물감 병을 가볍게 흔들수록 농도를 느낄 수 있는 빨간 물감의 비밀, 그 밖에도 몽골과 중국의 장인들로부터 익힌 빨간색의 제조 비법이 호라산, 부하라, 헤라트까지 전해지지 않았더라면 우리가 이스탄불에서 이런 그림을 그리는 것은 전혀 불가능했을 거라는 얘기도 했다. 이야기를 하면 할수록 마치 색깔처럼 시간의 농도가 변하는 듯했다. 꽤 긴 시간이 흘렀다. 나는 어째서 아직까지 아무도 집으로 돌아오지 않는지 놀라면서, 그가 그 무거운 물감 병을 바닥에 내려놓기를 바랐다. 그가 함께 일하던 옛날처럼 편안하게 물었다.

"책이 완성되면 내 그림을 본 사람들은 그것이 나의 솜씨인지 알아줄까?"

"어느 날엔가 다행히 저 책을 무사히 끝내면 우리 술탄께서 보시겠지. 물론 맨 먼저 금박이 제대로 잘 사용되었는지를 점검하실 테고, 인물 묘사를 보듯 자신의 모습을 보겠지. 그러고는 모든 술탄이 그렇듯 우리의 멋진 그림이 아니라, 그림에 묘사된 자신의 모습에 반할 테지. 혹시나 나중에라도 동양과 서양에서 각각 영감을 얻어 그려진 우리의 멋진 그림을 오랜 시간 유심히 들여다봐 준다면 얼마나 고마운 일이겠나! 하지만 자네도 알다시피 기적이 일어나지 않는 한 이 테두리를 누가 만졌나, 금박은 누가 입혔나, 이 남자를, 이 말을 누가 그렸는지 묻는 일은 결코 없을 테고, 국고에 책을 넣은 다음 문을 잠그겠지. 그렇지만 우리는 솜씨 있는 모든 화가들처럼, 그래도 어느 날엔가 기적이 일어날 거라 기대하며 그림을 그리는 걸세."

우리는 잠시 침묵을 지켰다. 마치 할 말을 꾹 참느라 입을 다물 수밖에 없는 것 같았다.

"그 기적이 언제 일어나지? 장님이 될 때까지 그린 그 많은 그림은 대체 언제쯤 진가를 인정받게 되냔 말이야. 내가 마땅히 받아야 할 사랑을 사람들은 언제쯤 주는 거지?"

"영원히 주지 않을 걸세!"

"뭐라고?"

"그 어느 때에도 우리가 원하는 것을 주지는 않을 거야. 오히려 갈수록 인정을 못 받겠지."

"책은 영원히 남아." 그는 거만하면서도 온전히 믿지는 못하겠다는 태도로 말했다.

"베네치아의 대가들에게도 자네의 시적인 감수성과 믿음, 그리고 색에 대한 순수함과 반짝임은 없네. 내 말을 믿게. 하지만 그 사람들의 그림이 더 사실적이고, 삶과 더 많이 닮아 있지. 세상을 사원 첨탑의 꼭대기에서 보는 것처럼 원근법에 신경 쓰면서 그들은 거리에서, 왕자의 방 안에서, 자신이 잠자는 침대와 책상, 거울, 호랑이, 딸, 그리고 돈과 함께 그림을 그리네. 자네도 알다시피 그들은 모든 것을 그린다네. 나는 그들이 벌이는 짓거리에 속지는 않는다네. 나는 그림이 세상을 있는 그대로 재현한다고 믿지도 않고 그것에 큰 가치를 두지도 않아. 왠지 부담스럽다고나 할까. 그러나 그 새로운 기법으로 그린 그림들은 굉장히 매력적이지! 눈으로 볼 수 있는 모든 것을 눈이 보는 것처럼 그리니까. 그들은 그들이 보는 것을 그리고, 우리는 우리가 과거에 보았던 것을 그리지. 그들이 그린 그림을 보면 대번에 알 수 있어. 자네 얼굴을 이 세상 종말의 날까지 남기는 길은 유럽인들의 스타일로 그렸을 때에만 가능하지. 그것이 얼마나 강력한 매력인지, 베네치아뿐만 아니라 유럽의 다른 여러 나라의 재단사들, 군인들, 신부들, 채소 가게 주인들도 자신의 그림을 그리게 하려고 열을 올린다네. 자신의 초상화를 한번 보면, 자네도 자기 자신이 다른 사람들과는 전혀 다르고, 유일하며, 특별한 그리고 독특한 창조물이라는 것을 믿고 싶을 거야. 이성의 눈에 비친 것과는 다르게 실제의 눈에 비친 대로, 새로운 스타일로 인간을 그리는 기회를 얻게 되는 걸세. 미래의 어느 날이 되면, 사람들은 모두 유럽인들처럼 그림을 그리게 될 걸세. 그림을 전혀 모르는 멍청이 재단사조차 자신이 원하는 자신의 초상화를 그리게 하겠지. 그리하여 그가 더 이상 평범한 바보가 아니라, 매우 특별하고 유일한 인물임을 그의 코의 구부러진 모양을 보면서 알게 되는 걸세."

그러자 살인자가 농담하듯 말했다. "그렇다면 우리도 그런 그림을 그리면 되겠군."

"우리는 못 해! 우리가 유럽의 모방자가 되기를 얼마나 두려워하는지 자네가 죽인 엘레강스에게서 배우지 않았나? 두려워하지 않고 시도한다 하더라도 결과는 마찬가질세. 종국에는 우리의 화풍이 죽을 테고, 우리의 색은 빛이 바랠 걸세. 우리의 책과 그림에 아무도 관심을 갖지 않게 될 거야. 관심을 갖는 사람이 있다 하더라도 아무것도 이해하지 못하거나, 입을 삐죽거리며 왜 이 그림에는 원근법이 사용되지 않았느냐고 묻겠지. 책도 전혀 남지 않을 거야. 왜냐하면 무관심에다 세월과 여러 가지 재앙이 합세해서 우리의 책들을 서서히 먹어 치울 테니까. 책 제본에 쓰이는 아랍산 풀에는 물고기의 뼈와 꿀이 들어가 있고 종이는 계란과 녹말로 만든 아교로 광택을 내기 때문에 흰개미들, 수천 가지의 벌레들이 우리의 책을 사각사각 갉아 먹어 버릴 걸세. 제본이 떨어져 나가고 페이지들은 산산조각이 나겠지. 도둑이나 생각 없는 하인들, 아이들, 화로를 피우는 여자들이 책과 그 속의 그림들을 아무렇지도 않게 뜯어낼 걸세. 아이들이 연필로 왕자의 그림을 엉망으로 만들고, 그림 속 인물들의 눈에 구멍을 내고, 책장으로 콧물을 닦고, 가장자리 가득 낙서를 할 걸세. 그리고 벌을 내린다면서 그림을 찢고 자를 걸세. 어쩌면 다른 그림을 만들기 위해, 또는 놀고 즐기는 데 써먹기도 하겠지. 여자들이 우리의 그림을 부도덕하다며 찢는 동안, 남자들은 우리가 그린 여인들의 그림을 보며 자위행위를 하고 그 위에다 정액을 쏟을 거야. 이것뿐만이 아니지. 진흙, 습기, 질 나쁜 풀, 가래 그리고 갖가지 오물과 음식물들이 책에 달라붙을 거야. 달라붙은 곳에는 곰팡이가 피고 얼룩이 생기겠지. 빗물이, 홍수가, 진흙이 우리 책을 엉망으로 만들 걸세. 물과 습기, 벌레 그리고 무관심으로 망가지고, 찢어지고, 구멍이 나고, 바래고, 읽을 수 없게 돼 버린 책들과 함께, 건조한 궤짝에서 기적처럼 발견된 마지막 한 권의 깨끗한 책조차 어느 날엔가 매정한 불길 속에서 사라져 버릴 걸세. 이스탄불에서는 스무 해마다 한 번씩 대화재가 나지 않나. 그런 대화재에도 아무 탈 없는 마을이 있어야 책도 살아남을 것 아닌가? 몽골인들이 바그다드에서 불사르고 약탈한 것보다 더 많은 책과 도서관이 삼 년마다 한 번씩 사라지는 이 도시에서 어떤 세밀화가가 자신의 작품을 백 년 이상 살아남게 하고, 어느 날 자신이 비흐자드처럼 기억될 거라고 상상할 수 있겠나? 단지 우리가 만든 것만이 아니라, 몇 세기 동안 이 세계에서 만들어진 모든 것들이 화재와 해충과 무관심 때문에 사라질 거야. 쉬린이 창문으로 휘스레브를 바라보는 장면. 휘스레브가 달빛 아래 목욕하는 쉬린을 훔쳐보는 장면. 연인들이 서로 우아하고 은근한 시선을 주고받는 장면. 뤼스템이 하얀 악마를 우물 바닥에서 목 졸라 죽이는 장면. 사랑에 흠뻑 빠진 메즈눈이 사막에서 백호와 산양을 벗 삼아 나날을 보내는 슬픈 장면. 매일 밤, 암컷 늑대에게 자기가 지키는 양 떼를 바치고 그 대가로 늑대와 교미했던 사냥개를 붙잡은 메즈눈이 그 개를 나무에 매다는 장면. 꽃들, 천사들, 나뭇잎 달린 가지들, 새들, 눈물로 수놓인 페이지의 가장자리들. 하피즈의 마법적인 시를 장식하기 위해 그려진, 우드를 연주하는 사람들의 모습. 수천수만 명의 견습생들의 시력을 망가뜨리고 장인들을 장님으로 만든 벽장식들. 문 위에 혹은 벽에 걸린 작은 간판. 그림틀 안에 있는, 서로 얽히고설킨 시행들. 건물의 벽과 모서리의 장식. 덤불과 바위들 사이에 숨겨진 겸손한 서명들. 연인들이 덮고 있는 이불에 수놓인 꽃들. 술탄의 조상들이 적의 요새를 함락시킨 승리의 순간을 묘사한 장면에서, 그림 가장자리에 그려진 목 잘린 이교도들의 머리 가죽들. 우리 술탄의 조상의 발에 입 맞추는 이교도 사신의 뒤쪽으로 보이는, 자네도 젊었을 때 공동으로 작업했던 대포와 총과 천막들. 뿔이 있거나 없는, 꼬리가 달렸거나 그렇지 않은, 날카로운 이빨과 날카로운 손톱을 가진 악마들. 솔로몬의 지혜로운 새 후투티, 폴짝 나는 참새, 어수룩한 솔개, 나이팅게일, 그 밖의 온갖 종류의 수천 마리 새들. 평온한 고양이들, 불안한 개들, 서두르는 구름들, 수천 점의 그림에 그려진 사랑스런 풀들. 엄청난 인내심으로 잎사귀 하나하나를 섬세하게 그린, 바위에 그림자를 드리우고 있는 수만 그루의 삼나무와 플라타너스와 석류나무. 티무르 시대 혹은 샤 타마스프 시대의 유적인 궁전들을 본떠 만들었지만, 그보다 더 이전 시대의 이야기들을 장식한 궁전과 수백 개의 벽돌들. 봄꽃이 만발한 들판의 나무 밑에다 멋진 카펫을 깔고 앉아, 아름다운 여인들과 사내들의 연주를 듣는 슬픈 왕자들. 최근 백 년간 사마르칸트에서 이스탄불에 이르는 지역에서 수천 명의 견습생들이 눈물을 흘리며 매를 맞은 덕분에 완성될 수 있었던 멋진 도자기와 카펫의 문양들. 자네가 아직도 변함없는 열정으로 그리는 아름다운 정원과 솔개들. 죽음과 전쟁 장면. 우아하게 사냥하는 술탄과 역시 우아하게 도망치는 겁먹은 영양들. 죽은 왕들, 포로로 잡힌 적들, 이교도들의 범선, 적의 도시. 자네가 연필로 그린, 어두운 지붕처럼 반짝이는 어두운 밤과 별들. 유령 같은 삼나무. 자네가 빨간색으로 칠한, 사랑과 죽음의 그림들. 이 모든 것이 결국 언젠가는 사라지고 말 걸세."

그가 온 힘을 다해 물감 병으로 내 머리를 내리쳤다. 충격 때문에 먼저 나는 앞으로 비틀거렸다. 이루 말할 수 없을 정도로 끔찍한 통증이 느껴졌다. 순간적으로 온 세상이 노랗게 변했다. 한편으로는 그자가 의도적으로 이런 짓을 했다는 걸 알고 있었지만, 다른 한편으로는 비장한 심정으로 나를 죽이려는 이 미친 자에게 "자네가 실수로 나를 아프게 하는군."이라고 말하고 싶었다.

그가 다시 한번 물감 병으로 내 머리를 쳤다.

이번에는 그것이 실수가 아니라 광기와 분노에서 비롯된 행동이며, 결국은 내가 죽을 수도 있다는 사실을 타격 때문에 둔해진 머리로도 선명하게 깨달을 수 있었다. 나는 너무나 두려워 울부짖듯 비명을 지르기 시작했다. 나의 비명 소리를 그림으로 표현한다면 그것은 초록색으로 칠해져야 한다고 생각했다. 그리고 어둠에 잠긴 텅 빈 골목에서는 아무도 이 색을 듣고 있지 않으며, 내가 정말로 혼자라는 사실을 알게 되었다.

그는 내 비명 소리에 놀라 주춤했다. 한순간, 서로의 눈이 부딪혔다. 그의 눈동자에서 공포와 수치심과 더불어 자신이 저지르고 있는 짓에 그가 익숙하며 그것을 기꺼이 받아들이고 있음을 보았다. 그는 내가 알고 있는 장인 세밀화가가 아니라, 자신의 언어조차 모르는, 먼 곳에서 온 사악한 이방인이었다. 그것은 그 순간의 내 외로움을 몇 세기만큼이나 연장시키는 듯했다. 그의 손을 잡고 싶었다. 마치 이 세상을 껴안듯이. 그러나 아무 소용도 없었다. 애원했다. 또는 그렇게 했다고 생각했다. 날 죽이지 말게나, 죽이지 말게나. 그러나 꿈속에서처럼 그는 내 말이 전혀 들리지 않는 것 같았다.

그가 또다시 물감 병으로 내리쳤다.

내가 본 것들, 나의 기억들, 나의 눈 모두가 두려움이 되어 서로 뒤섞였다. 다른 색은 전혀 보이지 않았고 온통 빨간색투성이였다. 내 피라고 생각했던 것은 빨간 물감이었고 손에 묻은 물감이라고 생각했던 것은 멈추지 않고 뿜어져 나오는 내 피였다.

순간, 죽는다는 것이 너무나 부당하고 잔인하며 가혹한 일이라는 생각이 들었다. 그러나 피범벅이 된 나의 머리는 서서히 살인자 쪽으로 기울고 있었다. 나중에서야 나는 알았다. 나의 추억들은 밖에서 내리고 있던 눈과 같다는 사실을. 머리가 울리며 아파 왔다.

이제 여러분에게 죽음에 대해 말하겠다. 어쩌면 벌써 알고 있는 사람도 있을 것이다. 죽음은 끝이 아니다. 이것은 아주 분명하다. 그러나 책에 쓰여 있듯이 가공할 만한 고통을 주는 건 사실이다. 산산조각 난 나의 두개골과 뇌뿐만 아니라 모든 것이 서로 맞물리며 불타는 듯한 통증을 불러일으켰다. 이 가 없는 아픔을 견디기가 너무 힘들어서, 내 머리의 어느 구석에 선가 그냥 잠들어 버리라는 명령이 떨어졌다.

죽기 직전, 유년기의 마지막 시절에 들었던 시리아 동화가 떠올랐다. 혼자 사는 노인이 한밤중 잠에서 깨어 부엌에 가서 물 한 잔을 마시고 있었다. 물컵을 탁자에 놓는데 그곳에 놓여 있던 초가 없어진 것을 보았다. 그리고 어디선가 실낱같은 빛이 비쳐 들고 있었다. 노인은 그 빛을 따라 방으로 들어갔다. 노인은 자기 침대에 낯선 사람이 손에 촛불을 들고 누워 있는 것을 보았다. 노인이 물었다. "댁은 뉘시오?" 그러자 그 이방인은 "죽음이다."라고 대답했다. 노인은 순간적으로 말문이 막혔다. 그러고는 "이제 왔군." 하고 말했다. 죽음은 만족스러운 목소리로 "그래." 하고 대답했다. 그런데 다음 순간, 노인은 "아니야. 너는 다 끝나지 않은 내 꿈이야."라고 단호하게 말하고는 이방인의 손에 있는 촛불을 단숨에 불어 껐다. 그러자 모든 것이 어둠 속으로 사라졌다. 노인은 빈 침대에 들어가 다시 잠을 청했다. 노인은 그 후로 이십 년을 더 살았다.

내게 그런 동화 같은 일이 일어나지 않으리라는 건 잘 알고 있다. 왜냐하면 그가 내 머리를 또 내리쳤기 때문이다. 너무 통증이 심해서 그가 내 머리를 때린 것조차 거의 느낄 수 없었다. 그자도, 물감 병도, 촛불이 희미하게 비치는 방도 아득히 멀어져 갔다.

그러나 그래도 나는 살아 있었다. 생에 매달리고, 이 상황을 벗어나 도망치고 싶었다. 손과 팔, 피 묻은 머리와 얼굴을 보호하려는 나의 반응으로 미루어, 내가 그의 손목을 물었고, 그가 또 물감 병으로 내 얼굴을 후려쳤다는 것을 알 수 있었다. 나는 아직도 살아 있었던 것이다.

약간 몸싸움을 한 것 같았다. 물론 그걸 몸싸움이라고 할 수 있다면 말이다. 그는 아주 힘이 셌고 무척 화가 나 있었다. 나를 넘어뜨리고 무릎으로 내 어깨를 짓눌러 바닥에다 밀어붙였다. 그리고 죽어 가는 노인에게 아주 건방진 어투로 무슨 말인가를 했다. 내가 그의 말을 알아듣지 못하고, 핏발이 선 그의 눈길을 피한 탓이었는지, 그가 다시 한번 물감 병으로 머리를 쳤다. 아마도 물감 병에서 튀어나오는 물감과 나의 머리에서 솟구치는 피로 그는 얼굴과 눈은 물론 전신이 새빨갛게 됐을 것이다.

내가 이 세상에서 마지막으로 보는 것이 내게 적의를 품고 있는 이 남자라는 것을 유감으로 여기며 나는 눈을 감았다. 곧바로 달콤하고 부드러운 빛이 보였다. 그것은 모든 통증을 가라앉혀 줄 것만 같은 달콤하고 매혹적인 빛이었다. 그 빛 속에서 나는 누군가를 보았다. 나는 아이처럼 물었다. "넌 누구냐?"

"나는 인간의 이승에서의 여행을 끝내 주는 자, 저승사자다. 아이들을 어머니들로부터, 아내들을 남편들로부터, 딸들을 아버지들로부터, 연인을 연인으로부터 갈라놓는 자가 바로 나다. 이 세상에서 나를 피할 수 있는 생물은 없다."

죽음이 필연적이라는 것을 알고 나는 울기 시작했다.

울음은 내 깊은 곳에서 갈증을 불러일으켰다. 고통이 점점 더 심해져서 정신을 잃을 것만 같았다. 고통은 처참하게 부서져 피범벅이 된 머리에서 일고 있었다. 그러나 동시에 처참한 고통이 끝나는 지점이 있었다. 그곳은 몹시 낯설었고 나를 두렵게 만들었다. 그곳이 사자들의 세계에서 온 저승사자가 나를 부르는 곳이라는 것을 알기에 나는 겁이 났다. 그러면서도 한편으로는 지금 내가 고통 속에서 온몸을 비틀며 비명을 지르고 있는 이 세상에 오래 머물지 않으리라는 것을, 이 끔찍한 고통과 고문의 나라에는 나에게 평안을 주는 그 어떤 것도 남아 있지 않다는 것을 알 수 있었다. 이승에 머물기 위해서는 이 끔찍한 고통을 더 견뎌야 했고, 그것은 나의 노쇠한 육신으로는 감당할 수 없는 일이었다.

그리하여 마침내 죽기 직전, 나는 스스로 죽기를 바랐다. 그리고 나의 전 생애를 통해 머리를 쥐어짜고 수많은 책들을 뒤져서도 얻지 못했던 답, '어째서 사람들은 예외 없이 죽게 되는가.'라는 질문에 대한 답은 바로, 그러기를 바라기 때문이라는 것을 깨달았다. 그리고 죽음이 나를 더욱 해박한 존재로 만들어 준다는 사실을 알았다.

하지만 그래도 긴 여행을 떠나기 전에 마지막으로 내 방과 물건들, 집을 한 번만 더 보고 싶었다. 그리움에 가득 차 허둥거리면서 나는 내 딸을 떠올렸다. 딸애를 보고 싶은 마음이 너무나 간절해서, 나는 고통과 갈수록 더해지는 갈증을 이를 악물고 참으며 딸애를 기다리기로 결심했다.

그러자 내 눈앞에 있던 죽음의 빛이 약간 흐려졌다. 그리고 이 세상의 소리와 달그락거리는 소리를 향해 내 정신의 문이 열렸다. 나를 죽인 살인자가 방 안을 거닐고 있었다. 장롱을 열고, 종이들을 뒤지며 정신없이 마지막 그림을 찾고 있었다. 그러나 결국 찾지 못하자 화가 나서 물감 병들을 닥치는 대로 던지고 궤짝과 상자, 앉은뱅이책상 따위를 발로 걷어차는 소리가 들렸다. 나는 가끔씩 신음 소리를 냈으며, 늙은 팔과 피곤한 다리를 허우적거렸다. 나는 기다렸다.

하지만 고통은 전혀 가시지 않았다. 갈수록 목이 말랐고 더 이상 이를 악물 수도 없었다. 그래도 기다렸다.

그러다 문득 딸이 집에 오면 이 비열한 살인자와 맞닥뜨릴 수도 있다는 생각이 들었다. 그것은 생각조차 하기 싫은 일이었다. 그때 살인자가 방에서 나가는 걸 느꼈다. 아마 마지막 그림을 찾은 모양이었다.

갈증으로 목이 타 들어갔지만 나는 여전히 기다렸다. 내 딸아, 어여쁜 셰큐레야, 빨리 오너라.

그러나 딸애는 끝내 오지 않았다.

더 이상 고통을 참을 힘도 남아 있지 않았다. 딸을 못 보고 죽으리라는 걸 알았다. 그것은 너무나 큰 아픔이었기에 슬퍼서 죽을 것만 같았다. 바로 그때, 내 왼편에서 난생처음 보는 얼굴이 나타나 선한 미소를 지으며 물 한 컵을 내밀었다. 나는 모든 것을 잊고 물컵에 달려들었다. 그러자 그가 컵을 도로 빼

앗아 갔다.

"예언자 무함마드가 거짓말을 했다고 말해. 예언자가 한 말을 부인해. 그러면 물을 주지."

그것은 악마였다. 나는 대답하지 않았다. 나는 그가 전혀 두렵지 않았다. 그림을 그리는 것이 그의 꾐에 빠지는 일이란 걸 한 번도 믿은 적이 없었기에, 나는 편안한 마음으로 앞으로 펼쳐질 기나긴 여행과 나의 미래를 꿈꾸며 기다렸다.

어느 순간, 빛으로 감싸인 천사가 다가오자 악마는 자취를 감췄다. 머리 한쪽에서는 악마를 쫓은 이 빛나는 천사가 저승사자라고 말하고 있었다. 그러나 내 머리의 반항적인 부분은 『천계의 서』에 묘사된 저승사자는 동쪽 끝에서 서쪽 끝에 이르는, 천 개의 날개를 가진 존재였다고 주장하고 있었다.

내가 점점 혼란스러워하자 빛무리 속에 있던 그 천사가 도움을 주려는 듯 다가와, 정말로 가잘리가 『장엄의 진주들』에서 묘사한 그대로, 달콤하게 속삭였다.

"네 영혼이 떠날 수 있도록 입을 벌려라."

나는 대답했다. "내 입에서는 '베스멜레'[22]밖에는 아무것도 나오지 않는다." 그러나 그것은 마지막 핑계였다. 내가 더 이상 버티지 못하리라는 것을, 이제는 떠날 시간이 되었다는 것을 알았다. 잠시, 다시는 보지 못할 딸애에게 피범벅이 된 내 몸뚱이를 끔찍한 상태로 두고 간다는 것이 부끄러웠다. 그러나 나는 꽉 끼는 옷을 벗듯이 나를 조이고 있는 이 세상에서 빠

---

22) 기도문의 첫 구절로 '자비로운 신의 이름으로'라는 뜻.

져나가고 싶었다.

입을 벌렸다. 천국을 방문한 예언자가 미라즈를 여행하는
것을 묘사한 그림에서처럼, 모든 것이 형형색색으로 변했다.
사방이 금물을 듬뿍 바른 듯 찬란한 빛으로 감싸였다. 눈에
서 뼈아픈 눈물이 흘렀다. 폐를 거쳐 입 밖으로 힘겹게 숨이
나왔다. 그리고 모든 것이 황홀한 정적에 묻혔다.

지금 나는 내 영혼이 가뿐하게 몸을 빠져나가 저승사자의
손안으로 들어가는 것을 보고 있다. 나의 영혼은 벌의 크기만
하고, 빛무리 속에 들어 있다. 몸에서 빠져나오는 순간의 떨림
때문에 영혼은 저승사자의 손안에서 불안하게 떨고 있다. 그
러나 나는 그의 손이 아니라 지금 내가 들어간 새로운 세상에
온통 정신이 팔려 있다.

수많은 고통을 마감한 나는 마음이 평안해졌다. 죽는다는
것은 두려워했던 것과는 달리 고통스럽지 않았다. 오히려 아
주 편안했다. 이 상태는 영원한 것이며, 살면서 느꼈던 모든 답
답함은 찰나에 불과했다는 것을 금세 깨달았다. 이제 모든 것
은 수세기 동안 영원히, 종말의 그날까지 이렇게 계속될 것이
다. 그 상태가 불만스럽지도, 만족스럽지도 않다. 한때 내가
견뎌야 했던, 끊임없이 휘몰아쳤던 모든 사건들은 이제 무한
한 공간으로 퍼져 나갔으며, 동시에 그대로 거기 있었다. 재치
있는 세밀화가가 서로 관련 없는 다른 것들을 두 페이지에 걸
쳐 그린 그림처럼, 지금 많은 것들이 한꺼번에 일어나고 있다.

30
나는, 셰큐레

눈이 몹시 많이 내려서 베일 안까지 들어왔어요. 썩은 풀과 진흙 그리고 부러진 가지들로 뒤덮인 정원을 지나오는 것조차 쉽지 않았죠. 하지만 골목으로 나오자마자 나는 빠르게 걸었어요. 내가 무슨 생각을 하는지 여러분께서 궁금해하시는 거 알아요. 카라를 얼마나 믿느냐는 거죠? 솔직하게 말씀드리면, 나도 나 자신이 뭘 생각하는지 궁금하답니다. 내가 생각이 많은 사람이라는 것을 아시잖아요. 아무튼 지금은 이런 생각을 하고 있어요. 여느 때처럼 오늘 저녁도 음식을 만들고, 아이들과 아버지를 돌보고, 그리고 몇 가지 자질구레한 일을 할 거예요. 그러면 머지않아 내 가슴이 굳이 물어볼 필요도 없이 무엇이 옳고 무엇이 그른지 말해 주겠지요. 내일 정오가 되기 전에 나는 내가 누구와 결혼할지 알게 될 거예요.

지금 당장은 여러분과 다른 얘기를 나누고 싶어요, 집에 돌아가기 전까지 말이에요. 오, 아니에요! 제발 진정하세요. 카라가 보여 준 그 엄청난 크기의 물건에 대한 얘기는, 원하신다면 나중에 들려 드리죠. 지금 신경 쓰이는 것은 카라의 서두르는 태도예요. 물론 그가 욕정에만 눈이 어두웠다고는 생각지 않아요. 그리고 설령 그렇다고 해도 크게 달라지는 것은 없죠. 나를 희롱하고 내 명예를 실추시킨다면 내가 그에게서 멀어지리라는 것을 왜 생각지 못할까요? 그의 슬픈 눈길을 보면서 나는 그가 나를 얼마나 사랑하고 원하는지 알 수 있었어요. 그런데 십이 년이나 잘 기다려 왔으면서 왜 게임의 규칙에 따라 십이 일은 기다리지 못하는 걸까요?

그의 서투른 행동과 슬픔에 젖은 아이 같은 눈빛은 그가 나에게 흠뻑 빠져 있다는 사실을 말해 주었어요. 그 사람 때문에 화가 머리끝까지 치솟은 순간 그걸 느꼈죠. 어찌나 안쓰럽던지! 내 마음속에서 '아, 가엾은 사람, 그렇게 많은 아픔을 겪었으면서도 당신은 여전히 순진하고 어수룩하군요!' 하는 목소리가 들렸어요. 그에 대한 보호 본능이 솟구쳐 하마터면 나도 모르게 그에게 나를 내줄 뻔했다니까요.

나는 불쌍한 내 아이들을 생각하며 발걸음을 재촉했습니다. 한 치 앞도 분간하기 어려울 정도로 굵은 눈발과 일찍 깔린 어둠 속에서, 유령 같은 사내가 나를 향해 걸어오는 것만 같아 고개를 푹 숙이고 옷자락을 단단히 여미고 걸었어요.

대문을 지나 집 안에 들어섰을 때, 하이리예와 아이들이 아직 돌아오지 않았다는 걸 대번에 알 수 있었어요. 하긴, 아직 저녁 기도 시간이 되지 않았으니까요. 난 계단을 올라갔죠. 집 안에서는 오렌지 잼 냄새가 났어요. '아버지는 불도 안 켜고 어두운 방에 계시나 보네. 아, 발이 꽁꽁 얼었잖아.'라고 생각하며 등잔을 들고 방으로 들어갔죠. 서랍장이 열려 있었고 바닥에 베개가 떨어져 있는 걸 보고 셰브켓과 오르한이 장난을 치다 그랬나 보다 생각했어요. 집 안은 고요했어요. 여느때와 다름없는 정적 속에 여느 때와는 다른 정적이 섞여 있었죠. 실내복으로 갈아입은 나는 문득 어둠 속에 그대로 앉아서 상상에나 잠겨 볼까 하는 생각이 들었어요. 그런데 그때 아래층, 바로 내 발 밑에 있는 여름용 화실에서 달그락거리는 소리가 났어요. 날이 이렇게 추운데 아버지가 거기 계신 건가? 하지만 등잔불도 켜 있지 않았는데? 이상한 느낌이 들었어요. 그런데 이번에는 돌이 깔린 정원으로 통하는 현관문이 삐걱거리는 소리를 냈어요. 그러고는 곧 불길한 개들이 저주의 주문처럼 짖어 대는 소리가 이어지지 않겠어요? 기분이 언짢아진 나는 큰 소리로 아이들을 불렀어요.

"하이리예, 셰브켓, 오르한⋯⋯."

지독한 한기가 느껴졌어요. 아버지의 화실엔 화로가 타고 있을 테니 아버지 곁에 앉아서 몸을 녹여야지. 카라 생각은 멈추고 아이들을 떠올리면서 나는 등불을 들고 아버지가 계신 푸른 문의 화실로 갔어요.

거실을 가로질러 가면서는 아래층 부엌의 화덕에 숭어수프를 끓일 물을 올려놓는 게 좋지 않을까 하는 생각이 들었어요. 그리고 푸른 문의 화실로 들어갔죠. 방 안은 엉망진창이었어요. 나는 그만 멍해져서 '아버지, 대체 무슨 일을 하고 계신 거예요?' 하고 물으려고 했어요.

그리고 다음 순간, 바닥에 쓰러져 있는 아버지를 보았어요!

나는 공포에 휩싸여서 비명을 질렀어요. 한 차례 더 소리를 지르고, 아버지의 시신을 확인한 다음, 입을 다물었죠.

조용하고 침착하신 걸 보니 여러분은 이 방에서 일어난 일을 벌써 다 알고 계셨군요. 전부 다는 아니더라도 거의 대부분을. 지금 여러분은 내가 이 현장을 보면서 무엇을 느끼는지, 어떻게 반응하는지 궁금하신가요? 간혹 그림을 보면서, 그림 속 인물의 슬픔과 그 슬픈 장면에 이르기까지의 이야기를 상상할 때가 있지요. 그럼 여러분은 지금 여기 서 있는 나를 보면서, 내 처지를 생각하면 어떤 느낌이 드시나요? 여러분의 아버지가 이렇게 살해됐다면 어떤 느낌이 들겠어요? 여러분은 지금 흥미진진해하면서 내 머릿속을 들여다보려 하고 있겠죠. 내 고통에는 아랑곳하지 않고 말이에요.

그래요, 난 저녁때 집에 돌아왔어요. 누군가가 아버지를 죽인 뒤였어요. 네, 몸부림을 쳤어요, 엉엉 울었어요, 어렸을 때 그랬듯이 힘껏 아버지를 껴안고 아버지의 체취를 맡았어요. 무서워서, 슬퍼서, 외로워서 오랫동안 덜덜 떨었어요. 숨도 제대로 쉬지 못했어요. 네, 내 눈으로 본 걸 믿을 수가 없었어요. 아버지가 일어나 여느 때처럼 책들 사이에 조용히 앉아 있게 해 달라고 신께 애원했어요. 아버지, 일어나요, 일어나요, 죽지 마요. 자, 아버지, 일어나요, 어서! 그러나 피범벅이 된 아버지의 머리는 너덜너덜했어요. 종이와 책들은 찢어져 있었고 작은 탁자와 물감 세트, 물감 병은 깨져서 산산조각이 나 있었어요. 방석, 문진, 작업대도 엉망으로 뜯겨져 나가고 부서져 조각조각 흩어져 있었어요. 아버지를 죽인 살인자에 대한 분노보다도 이 방과 모든 것을 이렇게 철저하게 파괴한 그의 증오심에 두려움을 느꼈어요. 이제는 울지 않아요. 집 옆 골목에서 두 사람이 웃으며 어둠 속을 지나가는 소리를, 세상의 아득한 정적을 들으면서 흘러내리는 눈물과 콧물을 손으로 닦았어요. 내 아이들과 우리의 삶을 오랫동안 생각했어요.

가슴이 마구 뛰었어요. 아버지의 발을 잡고 끌어당겨서 혼자 시신을 옮겼어요. 눈물이 조금 나왔지만 개의치 않고 계단을 통해 아래층으로 아버지를 끌어내렸어요. 계단의 중간쯤에서 힘이 부쳐 털썩 주저앉기도 했죠. 어쩌면 또 한바탕 울 작정이었는지도 모르겠어요. 하지만 어디선가 부스럭거리는 소리가 들렸어요. 하이리예와 아이들이 돌아온 줄 알고 나는 얼른 아버지의 다리를 들어 겨드랑이에 꽉 끼우고 더 서둘러서 아래층으로 내려갔어요. 아버지는 심하게 산산조각이 나고 피투성이가 돼서 머리가 층계에 부딪힐 때마다 흠뻑 젖은 걸레 같은 소리가 났어요. 아래층에 이르자 어쩐지 아버지의 시신이 좀 가벼워진 듯해서 이번에는 몸을 뒤집어서 끌었어요. 돌이 깔린 정원을 지나 곧장 마구간 옆에 있는 여름 화실로 들어갔어요. 방 안이 어두워서 아무것도 볼 수가 없었어요. 부엌의 화덕으로 가서 초에 불을 붙여 가지고 왔죠. 되돌아와서 살펴보니 아버지가 얼마나 심하게 당했는지 희미한 촛불 빛만으로도 끔찍한 모습을 확인할 수 있었어요. 순간적으

로 혀가 마비되는 것을 느꼈어요. 대체 누가 이런 짓을? 신이
시여, 누가 이런 짓을?

그러는 동안에도 내 머리는 빠르게 회전하면서 많은 것들
을 계산했어요. 여름 화실에 아버지를 둔 채 문을 꼭 닫은 다
음, 부엌에서 양동이를 가져와 우물에서 물을 길어 채운 뒤에
2층으로 올라갔어요. 등불 밑에서 거실과 계단에 묻은 피를 닦
아 냈죠. 이 모든 것을 정말 순식간에 해치웠어요. 그리고 2층
으로 가서 피가 묻은 옷을 벗고 옷을 갈아입은 다음, 다시 양
동이와 걸레를 들고 푸른 문의 화실로 들어가려는 순간, 대문
열리는 소리가 들렸어요. 동시에 저녁 기도 시간을 알리는 종
소리가 울렸죠. 나는 정신을 가다듬고 손에 등불을 든 채 계
단 앞에 서서 아이들을 기다렸어요.

"엄마, 우리 왔어!"

오르한이었어요.

"하이리예! 왜 이제야 오는 거야?" 나는 있는 힘껏 소리쳤어
요. 하지만 실제로는 속삭이는 것처럼 들렸죠.

"엄마, 저녁 기도 시간 안에 왔잖아." 셰브켓이 말했어요.

"조용히 해, 할아버지가 편찮으셔. 지금 주무신단다."

"편찮으시다고요?"

하이리예가 아래층에서 되물었어요. 그러나 내가 대꾸를
하지 않자 금세 내가 잔뜩 화가 났다는 것을 눈치채고는 변명
을 늘어놓았습니다.

"셰큐레 아가씨, 코스타 생선 가게에 들러서 숭어를 손질해
주는 것을 기다리느라 늦었어요. 그러고는 곧장 월계수 잎을

따고, 애들에게 말린 무화과와 체리를 사 줬어요."

마음 같아서는 당장 아래층에 내려가 하이리예를 꾸짖고 싶었지만 계단을 내려가면 손에 들고 있는 등불 때문에 젖은 층계와 미처 닦지 못한 핏자국이 드러날 것 같아서 그대로 있었어요. 아이들은 신발을 벗으며 우당탕 계단을 올라왔어요.

"쉿! 할아버지 주무시니까 할아버지 방에는 들어가지 마." 나는 아이들을 우리 방 쪽으로 떠밀면서 말했어요.

"푸른 문 화실에 갈 거야, 거기 화로가 있잖아. 할아버지 방엔 안 간다니까." 셰브켓이 대꾸했어요.

나는 속삭였어요. "할아버지는 화실에서 주무시고 계셔."

그러자 아이들은 주춤했어요.

"할아버지 몸속에 들어간 악귀가 너희들한테도 옮으면 안 되잖니. 자, 빨리 우리 방으로 가자."

나는 아이들의 손을 잡고 우리 침실로 들어가며 물었어요. "지금까지 밖에서 뭘 했는지 말해 줄래?"

셰브켓이 대답했어요. "아랍인 거지들을 봤어."

"어디서? 깃발도 봤니?"

"비탈길에서. 하이리예에게 레몬 한 알을 줬어. 하이리예가 그 거지들에게 돈을 줬거든. 몸에 눈이 얼어붙어 있었어."

"또 다른 건?"

"광장에서 사람들이 활을 쏘고 있었어."

"이렇게 눈이 오는데?"

"엄마, 나 추워. 파란 문 화실에 갈래."

"너희들은 절대로 이 방 밖으로 나가면 안 돼. 밖으로 나가면 죽을 거야. 엄마가 금방 화실에 가서 화로를 가지고 올게."

"우리가 왜 죽어?"

"엄마가 너희한테 무슨 얘기를 해 줄 건데, 이건 아무한테도 말하면 안 돼, 알았지?"

아이들은 말하지 않겠다고 약속했어요.

"너희들이 바깥에 있을 때, 어떤 창백한 남자가 이곳에 왔어. 아주 먼 나라에서. 할아버지와 이야기를 나누었단다. 그 사람은 악마였어."

아이들은 악령이 어디서 왔는지 물었어요.

"강 건너에서."

"아버지가 있는 곳 말이야?" 셰브켓이 물었어요.

"그래, 거기서. 그 악마는 할아버지 책에 있는 그림을 보려고 왔어. 그 그림을 보면 죄가 있는 사람은 그 자리에서 죽는대."

아이들이 조용해졌어요.

"엄마는 이제 하이리예한테 가 볼 거야. 화로를 여기로 가지고 오라고 시킬게. 먹을 것도 말이야. 그러니까 너희들은 절대로 방에서 나가지 마. 안 그러면 죽어. 왜냐하면 악마가 아직이 집 안에 있으니까."

"엄마, 엄마, 가지 마."

오르한이 매달렸어요. 난 셰브켓을 향해 말했어요.

"동생을 잘 봐야 한다. 방 밖으로 나가면 악마가 너희들 몸속으로 들어갈 거야. 만약 그렇게 되면 이 엄마가 너희들을 혼내 줄 거야."

나는 애들 뺨을 때리기 전에 짓는 무서운 표정을 지어 보였어요.

"할아버지가 돌아가시지 않도록 기도해. 착하게 굴면 알라께서 너희들의 기도를 들어주실 거야. 그리고 아무도 너희들 한테 다가오지 못할 거야."

아이들은 그다지 진지하지는 않았지만 그래도 기도를 하기 시작했어요. 나는 아래층으로 내려갔어요.

"누가 오렌지잼을 엎었어요. 고양이는 아닐 테고. 개는 안으로 들어오지 못하는데……."

중얼거리던 하이리예는 내 얼굴에 드러난 공포를 보고는 움찔했어요.

"뭐예요? 무슨 일이죠? 어르신께 무슨 일이 있나요?"

"돌아가셨어."

그녀가 비명을 질렀어요. 손에 들고 있던 칼과 양파를 도마에 너무 세게 내리쳐서 자르고 있던 숭어가 펄떡 뛰어올랐어요. 그러고는 한 번 더 비명을 질렀죠. 그녀의 손에서 흐르는 피가 숭어의 피가 아니라 첫 번째 비명을 지를 때 베인 그녀의 검지에서 흐르는 피라는 걸 깨달았기 때문이에요. 나는 얼른 2층으로 뛰어올라가 하이리예의 방에서 헝겊 조각을 찾았어요. 그때 우리 침실에서 소란을 피우고 있는 아이들 목소리가 들렸어요. 손에 헝겊 조각을 든 채로 방에 들어가 보니 셰브켓이 오르한을 깔고 앉아 있었어요. 무릎으로 오르한의 어깨를 짓누르고 있더군요.

나는 목청을 높여 소리를 질렀어요.

"너희들, 대체 무슨 짓이야!"

"오르한이 방을 나가려고 했어." 셰브켓이 말했어요.

"거짓말이야! 형이 방문을 열어서 내가 나가지 말라고 말렸어." 오르한은 훌쩍이기 시작했어요.

"조용히 있지 않으면 둘 다 죽여 버릴 거야."

"엄마, 가지 마." 오르한이 흐느끼며 칭얼댔어요.

나는 아래층에 가서 하이리예의 손가락에 헝겊을 감고 지혈을 했어요. 아버지가 살해당했다고 설명하자 그녀는 부들부들 떨면서 "알라 신이여, 우리를 보호하소서!" 하고 기도를 올렸어요. 그러고는 베인 손가락을 감싸 쥔 채 울음을 터뜨렸죠. 그녀는 그렇게 눈을 비비며 울 정도로 아버지를 사랑했던 걸까요? 그녀는 2층으로 올라가 아버지를 보고 싶다고 했어요.

"2층에 없어. 여름 화실에 있어."

그녀는 의심스러운 눈초리로 나를 쳐다봤어요. 그러나 호기심과 두려움을 견디지 못하고 등불을 들고 밖으로 나갔어요. 나는 부엌 입구 쪽으로 다가가, 그녀가 마당을 향해 난 여름 화실의 문을 예의 바르고 근심스럽게 여는 모습과 손에 든 등불로 방 안을 살피는 걸 보았어요. 처음에는 아버지가 보이지 않았는지 등불을 치켜들고 방 구석구석을 비추려고 애를 썼어요. 그러더니 이윽고 "악!" 하고 외마디 비명을 질렀죠. 아버지는 문 바로 옆에 있었거든요. 그녀는 꼼짝하지 않고 아버지를 내려다보았어요. 돌이 깔린 마당과 마구간 벽에 그녀의 그림자가 그대로 비쳤죠. 나는 그녀가 뭘 보고 있을지 상상했어요. 하지만 다시 부엌으로 돌아왔을 때 그녀는 더 이상 울고 있지 않았어요. 내가 하는 말을 똑똑히 알아들을 만큼 제

정신을 차렸다는 것을 알고 나는 마음이 놓였죠.

"지금부터 내가 하는 말 잘 들어, 하이리예."

나는 나도 모르게 아직 생선 토막이 박혀 있는 칼을 그녀의 코앞에 흔들면서 말했어요.

"2층도 엉망진창이야. 그 악마가 모든 걸 깨고 부쉈어. 사방을 샅샅이 뒤졌던 것 같아. 아버지는 그곳에서 살해당했어. 하지만 머리통과 얼굴이 갈가리 찢긴 아버지의 모습을 아이들과 네가 보면 안 될 것 같아서 내가 아래층으로 옮겨 놓은 거야. 너희들이 나간 후에 나도 외출을 했거든. 아버지는 집에 혼자 계셨어."

그러자 그녀가 건방지게 따져 물었어요. "대체 이게 어찌 된 영문인지 모르겠어요. 그리고 아가씨는 어딜 다녀오셨죠?"

나는 잠시 입을 다물었어요. 내가 침묵하고 있다는 것을 그녀가 똑똑히 알아주었으면 했기 때문이지요.

"카라와 함께 있었어. 교수형 당한 유대인 집에서 카라와 만났어. 그렇지만 이 사실은 아무에게도 말하면 안 돼. 아버지가 살해당한 것도 지금은 아무에게도 말하지 마."

"누가 주인님을 죽였을까요?"

그녀는 정말로 그렇게 멍청한 건지, 아니면 나를 곤란하게 하려고 일부러 그러는 건지 모르겠어요.

"누가 그랬는지 알면 아버지가 죽은 걸 숨길 필요도 없잖아. 난 몰라, 하이리예는 알아?"

"제가 어떻게 알겠어요? 그런데 이제 우린 어쩌면 좋죠?"

"아무 일도 일어나지 않은 것처럼 행동해."

소리 내어 울고 싶은 심정이었어요. 하지만 그러지 못했죠. 우리는 서로 바라보며 입을 다물었어요.

얼마쯤 시간이 흐른 뒤 나는 다시 입을 열었어요.

"생선은 놔두고 빨리 아이들 밥이나 준비해."

그제야 하이리예가 가슴 아프게 울기 시작했어요. 나는 그녀를 안아 줬습니다. 우리는 서로를 꼭 껴안았어요. 한순간 나 자신과 아이들뿐만 아니라 우리 모두가 가엾게 느껴졌고, 그녀가 좋아졌어요. 그러면서도 마음 한구석에선 여전히 불안이 꿈틀거렸어요. 아버지가 살해당하던 시각에 내가 어디 있었는지 여러분은 알고 있죠. 하이리예와 아이들을 외출하도록 시킨 것도 나지만 이 일과 전혀 상관없는 다른 이유에서였다는 것도 알고요. 그렇지만 하이리예는 어떻게 생각할까요? 그녀가 날 의심하지는 않을까요? 내 생각에, 그녀는 이해는 하겠지만 의심을 완전히 지우지는 않을 것 같아요. 그래서 나는 그녀를 더욱 꼭 껴안았죠. 그렇지만 하녀의 단순한 머리로는 내가 속마음을 감추려고 일부러 그러는 거라고 생각하리라는 걸 떠올리자 마치 그녀를 속이고 있는 것 같은 느낌이 들었어요. 아버지가 이곳에서 변을 당하고 있던 시각, 나는 카라를 만나 사랑을 속삭이고 있었어요. 하이리예만 이 사실을 알고 있는 거라면 이 정도로 죄책감을 느끼진 않을 거예요. 하지만 여러분도 알고 계시다는 걸 난 압니다. 게다가 인정하세요! 여러분도 내게 뭔가를 숨기고 있죠? 난 정말이지 너무도 불쌍하고 너무도 불행해요. 이런 생각에 나도 울기 시작했고, 그러자 하이리예는 더 크게 소리 내어 울었고, 우리는 더 힘껏 서로를 껴안았답니다.

2층에 저녁상을 차리고 밥을 먹는 척했지요. 그러다가 "할아버지 좀 보고 올게."라고 말하고 나와서는 방에 틀어박혀 또 울었습니다. 식사가 끝난 뒤에 나는 침실로 가 신경이 예민해진 아이들을 품에 안아 줬어요. 아이들은 귀신이 무섭다며 한동안 잠들지 못했어요. "무슨 소리가 나는데 엄마는 들었어?" 하며 계속 몸을 뒤척였죠. 나는 아이들이 편히 잠들 수 있도록 사랑 이야기를 해 주겠다고 했어요. 여러분도 아시다시피 단어들은 어둠 속에서 날개를 달고 날아오르는 법이니까요.

"엄마, 아무하고도 결혼 안 할 거지?"

셰브켓이 물었어요.

"지금은 엄마 얘길 들으렴. 옛날에 어떤 왕자가 살았대. 그 왕자는 세상에서 제일 예쁜 여자를 먼발치에서 몰래 사랑하고 있었단다. 어쩌다 그렇게 되었냐 하면, 그 처녀를 실제로 보기 전에 그 처녀를 그린 그림을 먼저 봤거든."

불행하고 슬플 때마다 그랬듯이, 나는 그 이야기를 알고 있는 대로가 아니라 그 순간 떠오르는 대로 지어서 들려주었어요. 가슴속에서 나오는 대로, 내 추억과 슬픔의 색으로 꾸며 냈기 때문에 그것은 마치 내 마음에 꼭 드는, 슬픈 직물(織物) 같았어요.

아이들이 잠든 뒤, 나는 따스한 이불 속에서 빠져나와 하이리예와 함께 그 끔찍한 악마가 들쑤셔 놓은 물건들을 정리했어요. 뒤진 흔적이 있는 궤짝들, 책들, 옷감들, 던져서 깨진

354

찻잔, 도자기, 물감 병, 부서진 앉은뱅이책상, 물감 상자, 분노에 차서 찢어 버린 종잇장들, 책의 페이지들을 하나하나 줍다가 우리는 또다시 울고 말았어요. 아버지의 죽음 자체보다 오히려 방과 물건이 이렇게 엉망진창이 되었다는 사실과, 우리의 비밀스러운 장소가 이토록 철저하게 파괴되고 침략당했다는 사실 때문에 더 슬픈 것 같았어요. 나의 경험으로 미루어 보건대, 사랑하는 이의 죽음을 경험한 사람들은 집 안의 모든 사물들이 예전과 다름없이 남아 있는 것을 보며 위로를 삼고, 여느 때와 다름없는 커튼이나 덮개, 햇빛 따위를 보다가 어느 순간 사랑하는 이가 저승사자의 손에 이끌려 멀리 떠나 버렸다는 사실을 잊어버리곤 하지요. 아버지가 오랜 시간을 공들여 손질하고, 문이며 방 안 구석구석까지 꼼꼼하게 꾸민 이 집이 너무나 심하게 부서지고 상했다는 사실은 우리에게 그 어떤 위로나 상상의 여지도 남겨 놓지 않았을뿐더러 이 일을 저지른, 그 지옥에 떨어져 마땅한 놈의 악랄함을 상기시켜 우리를 불안에 떨게 만들었어요.

나는 하이리예에게 우물에서 맑은 물을 퍼 오게 해서 몸을 정갈하게 씻은 뒤에 내가 가장 좋아하는 헤라트풍 장정으로 만들어진 코란의 「이므란」 장을 찾아 읽었어요. 돌아가신 아버지는 「이므란」에 희망과 죽음에 관해 함께 대화를 나누기에 좋은 구절이 많다고 하셨지요. 하이리예는 대문이 삐걱거리는 소리만 나도 겁에 질렸어요. 하지만 이상한 소리는 더 이상 들리지 않았습니다. 자정이 되자 우리는 대문의 빗장이 잘 잠겼나 확인하고 아버지가 봄날 아침의 신선한 우물물을 길어

다가 키운 바질 화분으로 문 앞을 막아 놓았습니다. 그러고는 집 안으로 들어오다가 등불 빛에 길게 드리운 우리의 그림자를 보고 순간적으로 다른 사람의 그림자인 줄로 착각을 했습니다. 제명을 못 살고 돌아가신 아버지의 죽음을 받아들일 수밖에 없는 우리는 두려움이 마음속을 휘젓는 것을 느끼며 침묵 속에서 참배를 드리는 마음으로 아버지의 피 묻은 얼굴을 닦아 드리고 옷을 갈아입혀 드렸습니다.

아버지의 피범벅이 된 옷을 벗겼을 때, 어두운 방의 촛불 아래 드러난 아버지의 새하얀 살결을 본 우리는 경악하고 감탄했습니다. 우리를 겁에 질리게 만드는 다른 위협적인 것들 때문에 우리는 바닥에 뉘어 있는 아버지의 검버섯에 뒤덮이고 상처투성이인 나체를 태연하게 바라볼 수 있었어요. 하이리예가 2층으로 아버지의 속옷과 초록색 비단 셔츠를 가지러 간 사이, 나는 스스로를 억제하지 못하고 가엾은 아버지의 그곳을 쳐다봤어요. 그러고는 곧 내 행동이 너무나 부끄러워졌습니다. 아버지에게 깨끗한 옷을 갈아입힌 뒤, 목과 얼굴 그리고 머리에 묻은 피를 조심스레 닦고 힘껏 껴안았어요. 아버지의 턱수염에 코를 묻고 한껏 냄새를 맡으면서 오랫동안 울었답니다.

나를 매정하다거나 죄가 있다고 비난하실 분들께는 내가 두 번 더 울었다는 걸 말씀드려야겠네요. 첫 번째는 아이들 모르게 2층 방을 정리하는 동안, 아버지가 종이의 광택을 낼 때 쓰시던 조개껍데기를 어린 시절처럼 귀에 대 보았다가 바다 소리가 작아진 걸 깨닫고 울었답니다. 두 번째는 이십 년 동안 아버지가 늘 앉아 계셨던, 아버지 엉덩이의 일부라고 해도 과언이 아닌 빨간 우단 방석이 찢어진 걸 보았을 때였죠.

수습할 수 없는 피해를 제외하고 집 안의 모든 것을 원래대로 되돌려 놓은 뒤, 오늘 밤만 우리 방에서 자고 싶다는 하이리예의 청을 매정하게 거절했어요. "애들이 아침에 일어나서 이상하게 생각하면 어떡해?"라고 대꾸했죠. 그렇지만 실은 혼자 아이들과 함께 있고 싶기도 했고 또 그녀를 벌주고 싶은 마음도 있었어요. 침상에 누웠지만 한동안 잠을 이루지 못했죠. 내게 일어난 끔찍한 사건 때문이 아니라 앞으로 일어날 일들을 계산해 보느라고요.

31
내 이름은 빨강

『왕서』의 저자 페르도우시가 가즈니에서 마흐뭇 왕의 궁정
시인들에게 촌놈이라고 무시당한 후, 첫 3행의 각운을 맞추
기가 너무나 어려워서 아무도 완성하지 못했던 4행시의 마지
막 구절을 읊었을 때, 나는 페르도우시의 카프탄 위에 있었다.
『왕서』의 전설적인 주인공 뤼스템이 사라진 말을 찾으러 먼
나라에 갔을 때는 그의 화살집 위에, 전설적인 거인을 멋진 검
으로 두 동강 냈을 때는 거인의 낭자한 피 속에, 뤼스템이 머
물던 궁전에서 아름다운 공주와 사랑을 나누며 밤을 보낼 때
는 그들이 덮었던 이불의 구김살 사이에 있었다. 나는 어디에
나 있었고 지금도 어디에나 있다. 투르가 동생 이레치의 목을
야만적으로 내리쳤을 때, 꿈 같은 장관을 이룬 전설적인 군대
가 초원에서 전투를 벌일 때, 일사병에 걸린 알렉산드로스 대

왕의 아름다운 코에서 반짝이는 피가 흘러내릴 때, 나는 거기 있었다. 요일마다 먼 나라에서 온 각기 다른 미녀와 각기 다른 빛깔의 돔 아래에서 밤을 보내며 그녀들이 해 주는 이야기를 듣던 사산 왕조의 샤 베흐람 귀르가 그림을 보고 사랑에 빠진, 화요일의 미녀의 옷자락에도 나는 있었다. 쉬린이 그림을 보고 사랑에 빠져 버린 휘스레브의 왕관과 카프탄에도 나는 있었다. 성을 에워싼 군대의 깃발에, 만찬의 식탁보에, 술탄의 발에 입을 맞추는 대사들의 벨벳 카프탄에, 아이들이 좋아하는 칼에도 있었다. 우샥산(産) 카펫, 벽 장식, 미녀들이 고개를 숙이고 창문 틈으로 거리를 구경할 때 입고 있던 블라우스, 싸움닭의 볏, 전설의 나라에서 자라는 전설의 과일과 석류, 악마의 입, 액자 테두리의 가느다란 선, 천막의 구불거리는 장식들, 세밀화가의 취향에 따라 그려진 맨눈으로는 겨우 볼 수 있는 꽃들, 설탕으로 만든 새 조각과 버찌로 만든 새의 눈들, 목동의 양말, 전설에 등장하는 새벽과 수천수만의 전사들, 왕과 그의 애첩들의 시체와 상처를 표현하려고 하는 잘생긴 견습생과 장인들의 눈길을 받으며 나는 인도와 부하라에서 온 두꺼운 종이 위에 가는 붓으로 칠해졌다. 피가 꽃처럼 피어나는 전쟁터에, 미소년들과 시인들이 들판에서 포도주를 마시며 음악을 들을 때는 가장 훌륭한 시인의 카프탄 자락에, 천사들의 날개와 여자들의 입술에, 시체들의 상처에, 그리고 목이 잘려 피투성이가 된 머리에 칠해지는 것을 나는 좋아한다.

당신들이 던지는 질문을 들었다. 색이 된다는 것이 무엇을 의미하느냐고?

색은 눈길의 스침, 귀머거리의 음악, 어둠 속의 단어 한 개다. 수천 년 동안 책에서 책으로, 물건에서 물건으로 바람처럼 옮겨 다니며 영혼의 말소리를 들은 나는, 내가 스쳐 지나간 모양이 천사들의 스침과 닮았다고 말하고 싶다. 나는 여기에서 당신들의 눈에 말을 걸고 있다. 이것이 나의 신중함이다. 그리고 다른 한편 동시에 나는 공중에서 당신의 시선을 통해 날아오른다. 이것이 나의 가벼움이다.

나는 빨강이어서 행복하다! 나는 뜨겁고 강하다. 나는 눈에 띈다. 그리고 당신들은 나를 거부하지 못한다.

나는 숨기지 않는다. 나에게 섬세함은 나약함이나 무기력함이 아니라 단호함과 집념을 통해 실현된다. 나는 나 자신을 밖으로 드러낸다. 나는 다른 색깔이나 그림자, 붐빔 혹은 외로움을 두려워하지 않는다. 나를 기다리는 여백을 나의 의기양양한 불꽃으로 채우는 것은 얼마나 즐거운 일인지! 내가 칠해진 곳에서는 눈이 반짝이고, 열정이 타오르고, 새들이 날아오르고, 심장 박동이 빨라진다. 나를 보라, 산다는 것은 얼마나 아름다운가! 나를 보라, 본다는 것은 또 얼마나 아름다운가! 산다는 것은 곧 보는 것이다. 나는 사방에 있다. 삶은 내게서 시작되고 모든 것은 내게로 돌아온다. 나를 믿어라!

입을 다물고, 내가 얼마나 멋진 빨강인지 한번 들어 보라. 색을 아는 세밀화가는 인도의 가장 더운 지역에서 온, 최상품의 말린 빨간색 벌레를 절구에 찧어 고운 가루로 만든 뒤, 이

빨간 가루 5디리헴, 비누풀 1디리헴, 그리고 로토르[23] 2분의 1 디리헴을 준비한다. 물 3오카[24]를 냄비에 담아 비누풀을 넣고 끓인 뒤, 로토르를 물에 넣고 잘 젓는다. 그리고 맛 좋은 커피를 한 잔 마실 동안만큼 끓인다. 그가 커피를 마시는 동안, 나는 잠시 후면 태어날 아기처럼 안달한다. 커피가 세밀화가의 정신을 번쩍 들게 하고 그의 눈이 반짝반짝해지면 빨간 가루를 냄비에 넣고, 나를 만들 때에만 사용하는 가늘고 깨끗한 꼬챙이로 잘 저어 섞는다. 이제 곧 나는 진짜 빨강이 되겠지만 무엇보다도 중요한 것은 농도다. 물을 끓이되 너무 오래 끓여서도 안 된다. 꼬챙이 끝으로 그 물을 떠서 엄지(다른 손가락은 절대 안 된다!) 손톱에 발라 본다. 아, 빨강이 된다는 건 얼마나 멋진 일인가! 손톱이 붉은색으로 물든다. 그런데 농도는 좋지만 찌꺼기가 있군. 냄비를 화로에서 내리고 나를 깨끗한 천에 부어 거른다. 이제 나는 한층 맑아진다. 그리고 다시 냄비에 부어 불에 올려놓는다. 그렇게 두 번을 더 끓여서 거품을 내고, 약간 빻은 백반을 넣어 찬 곳에서 식힌다.

며칠 동안 나는 냄비 안에서 아무것도 첨가되지 않은 채 줄곧 기다린다. 그러는 동안 모든 책장, 모든 장소, 모든 물건에 칠해질 것을 상상하고는 이렇게 기다리고 있다는 것이 안타깝게 느껴진다. 그리고 정적 속에서 빨강이 된다는 것은 무엇인지 생각해 본다.

---

23) 빨간색을 만드는 염료.
24) 무게의 단위. 1오카는 약 1킬로그램.

언젠가 페르시아의 한 도시에서, 어느 장님 세밀화가가 기억으로 그린 말 그림 속, 안장 덮개의 장식 그림에 색을 칠하고 있는 견습생 앞에서 장님 세밀화가 두 명이 논쟁을 벌였다.

"평생 신념을 갖고 열심히 일한 결과, 자연스럽게 장님이 되는 우리 세밀화가는 빨강이 어떤 색이고, 어떤 느낌인지를 알고 기억하지. 그런데 우리가 태어날 때부터 장님이었다면 지금 이 견습생이 칠하고 있는 빨강을 어떻게 알 수 있겠나?"

기억만으로 그림을 그리는 세밀화가의 물음에 다른 세밀화가가 대답했다.

"훌륭한 의견이요. 그렇지만 색이란 아는 게 아니라 느끼는 거지."

"그렇다면 자네는 한 번도 빨간색을 본 적이 없는 사람에게 빨강의 느낌을 어떻게 설명하겠나?"

"손가락 끝으로 만져 보면 그 느낌이 철과 동의 중간쯤 되지. 손바닥에 올려놓으면 뜨거울 테고. 손으로 쥐어 보면 소금기가 아직 남아 있는 물고기처럼 느껴지겠지. 입에 넣으면 입 안이 꽉 찰 테고, 냄새를 맡으면 말 냄새가 나겠지. 꽃의 향기로 치면 붉은 장미보다는 국화 향기와 비슷할걸세."

110년 전의 베네치아 예술가들은 우리의 전설적인 장인들이 신을 믿었듯이 자신들의 화풍을 믿었다. 베네치아 화가들은 검에 베인 대수롭지 않은 상처를 표현할 때나, 혹은 평범한 마포(麻布)에 그림을 그릴 때 다양한 톤의 빨강을 사용하는 것을 일종의 불명예, 혹은 저속한 것으로 여겼다. 결단력과 의지가 모자라는 화가들이나 카프탄을 칠할 때 다양한 톤의 빨간색을 쓴다고 했다. 그림자가 드리워진 모습을 표현한 거라는 말은 변명이 될 수 없다. 왜냐하면 우리는 빨강은 단 한 가지 색이라는 것을 믿기 때문이다.

"그렇다면 빨강의 의미는 무엇인가?"

기억에 의지해 말을 그리는 장님 세밀화가가 물었다.

"색의 의미는 그것이 우리 앞에 있다는 뜻이며, 그것을 우리가 본다는 것을 뜻하지. 보이지 않는 사람에겐 빨강을 설명할 수 없네."

"종교를 믿지 않는 사람, 이단자, 불신자들은 신을 부정하고자 할 때 신이 보이지 않는다는 점을 지적하네."

"그러나 신은 보는 사람에게는 보이네. 그래서 코란에는 보는 사람과 보지 않는 사람이 절대로 같지 않다고 쓰여 있지."

그 순간에도 견습생은 말의 안장 덮개를 천천히 나로 칠하고 있었다.

아름다운 그림의 검고 흰 부분을 나의 충만함과 힘 그리고 생동감으로 채우는 것은 너무나 기분 좋은 일이었다. 붓이 나를 종이에 퍼지게 할 때는 온몸이 근질거리듯 즐거웠다. 이렇게 내가 칠해지는 것은 마치 이 세상을 향해 "되라!"라고 하자마자 세상이 온통 나의 핏빛 색으로 물드는 것과 같은 일이다. 나를 보지 않은 사람은 나를 부인하겠지만 나는 어디에나 존재한다.

32
나는, 셰큐레

나는 아침에 아이들이 깨기 전에 침대에서 나왔어요. 카라
에게 교수형당한 유대인의 집으로 급히 오라는 편지를 써서
서둘러 에스테르에게 전하라고 하이리예의 손에 꼭 쥐여 주었
어요. 하이리예는 편지를 받을 때 우리에게 닥칠 일들에 대한
두려움 때문에 겁도 없이 내 눈을 똑바로 쳐다보았어요. 하지
만 나도 이제는 두려운 아버지가 없기 때문에 대담해져서 그
녀를 빤히 마주 쳐다보았죠. 그것은 앞으로 그녀와 나 사이에
서 지켜질 예절과 법도가 어떤 것이 될지를 알려 주는 것이었
어요. 최근 이 년 동안 나는 만약에 하이리예가 아버지의 애
를 갖게 된다면 그녀가 하녀라는 자기 신분을 잊고 마님 행세
를 할 수도 있으리란 생각에 걱정했다는 사실을 지금 여러분
께 고백합니다. 아이들이 일어나기 전에 난 가련한 아버지를

찾아갔어요. 창백하지만 이상하게도 부드러움을 잃지 않은 손등에 존경의 마음을 담아 입을 맞췄죠. 그러고는 아버지의 신발, 터번, 보라색 외투를 숨겼어요. 잠에서 깬 아이들에게는 할아버지가 다 나으셔서 아침 일찍 무스타파 파샤를 만나러 갔다고 말해 주었습니다.

심부름에서 돌아온 하이리예가 아침상을 차리려고 먹음직스러운 오렌지잼을 식탁에 놓고 있을 때, 나는 지금 카라의 집 문을 두드리고 있을 에스테르를 상상했어요. 드디어 눈이 그치고 해가 비쳤습니다.

교수형당한 유대인 집의 정원에 들어섰을 때 나는 보았어요. 처마며 창문턱에 달려 있던 고드름은 벌써 작아졌고 곰팡이와 썩은 나뭇잎 냄새가 나는 정원은 햇빛으로 가득했습니다. 카라는 어젯밤(내게는 그게 몇 주 전처럼 아득하게만 느껴졌어요.) 우리가 처음으로 만났던 곳에서 나를 기다리고 있었어요. 나는 얼굴을 가린 베일을 걷고 말했어요.

"기뻐하고 싶으시면 기뻐해요. 이제 우리 사이를 가로막던 아버지의 반대와 의심이 사라졌어요. 어제 당신이 이곳에서 나를 수치스럽게 밀어붙이고 있을 때, 악마 같은 누군가가 우리 집에 들어와서 혼자 계셨던 아버지를 죽였거든요."

여러분은 카라의 반응보다는 내가 왜 이렇게 본심과는 거리가 먼 쌀쌀한 말투로 얘기하는지 의아하실 거예요. 그 이유는 나도 확실히는 몰라요. 어쩌면 내가 울음을 터뜨리고 카라가 나를 안아 주면 그와 너무 빨리 가까워질 것 같아서였는지도 몰라요.

"집 안을 구석구석 다 뒤져 놓고 물건들을 수없이 깨뜨렸어요. 분노와 악의로 가득 찬 자임에 틀림없어요. 그 악마 같은 자가 앞으로 더는 아무런 해도 끼치지 않으리라곤 생각지 않아요. 게다가 아버지가 만들고 계셨던 책의 마지막 그림까지 훔쳐 갔어요. 나는 당신이 나와 우리 아이들을, 그리고 아버지의 책을 그자로부터 지켜 주길 바라요. 그렇지만 우리를 어떤 명분과 친분으로 보호해 줄 건지 그건 좀 더 생각을 해 봐야겠어요."

그는 뭔가 말하려 했어요. 그러나 나는 눈빛으로, 마치 늘 그랬던 것처럼 간단히 그의 말을 가로막았어요.

"이제 아버지가 돌아가셨으니 판사는 남편의 가족이 내 보호자라고 하겠죠. 아버지가 돌아가시기 전에도 그랬으니까요. 왜냐하면 판사의 관점으로 보면 남편은 아직 살아 있거든요. 내 시동생은 형이 없는 틈을 타서 나를 차지하려 했고, 그 부도덕하고 미숙한 행동을 보고 어찌할 바를 모른 시아버지 덕분에 난 아버지 곁으로 돌아올 수 있었어요. 그런데 지금 아버지는 돌아가셨고, 난 남자 형제가 없기 때문에 내 주인은 아무도 없어요. 혹은 나의 주인은 의문의 여지없이 시동생이나 시아버지라고 할 수 있겠죠. 그들은 벌써 날 시집으로 데려가려고 일을 꾸몄고, 아버지에게 압력을 넣고 날 위협하려 했다는 걸 당신도 아실 거예요. 아버지가 죽었다는 것이 알려지자마자 날 시집으로 데려가겠죠. 나는 시댁으로 돌아가지 않기 위해 일단 아버지가 돌아가신 걸 숨겼어요. 어쩌면 쓸데없는 짓인지도 몰라요. 왜냐하면 그들이 저지른 짓일 수도 있으니까요."

교수형당한 유대인 집의 창과 부서진 덧문 사이로 우아하고 가느다란 빛줄기가 들어와 방 안의 오래된 먼지들을 밝히며 카라와 나 사이를 비추고 있었어요.

"아버지가 살해된 걸 감추고 있는 이유는 오직 그뿐이에요."

나를 유심히 쳐다보는 그의 눈(난 그 눈이 좋아요.)을 빤히 쳐다보며 나는 다시 입을 열었어요.

"그리고 아버지가 살해당한 시각에 내가 어디 있었는지 증명할 수 없을까 봐 두렵기도 해요. 하이리예가 증언을 해 준다 해도 나나 혹은 아버지의 책을 노린 음모에 이용될까 두렵기도 하고요. 물론 살인 사건을 담당하는 판사라면 즉시 아버지가 살해되었다고 신고하는 게 바른 처사라고 하겠지만, 나의 확실한 보호자나 주인이 없는 상태에서 그랬다가 나중에 다른 이유로, 예를 들어 하이리예는 아버지가 당신과 나의 결혼을 반대했다는 걸 알고 있을 수도 있으니까요, 큰 곤경에 빠질 수도 있겠죠."

"당신 아버지가 우리의 결혼을 원치 않으셨나?"

"원치 않으셨죠. 당신도 알다시피 당신이 날 데리고 멀리 가 버릴까 봐 두려워하셨으니까요. 이제는 당신이 아버지께 그런 짓을 할 수도 없고, 설령 그런다고 해도 불쌍한 아버지가 반대할 수도 없게 됐지만요. 당신은 어때요, 이의가 있나요?"

"아니, 없소."

"좋아요. 하지만 먼저 나와 결혼하기 위한 조건을 말해야 하는 내 무례함을 용서해 줘요. 지금 당장 내가 당신과 결혼하는 대가로 바라는 조건들이 있어요."

내 말이 끝나자 한동안 정적이 흘렀어요. 이윽고 카라는 대답을 냉큼 하지 못한 것을 미안해하는 말투로 "알겠소."라고 했어요. 그래서 난 말했죠.

"우선, 견딜 수 없을 정도로 나를 홀대한다거나, 다른 여자와 이중 결혼을 했을 때는 내게 위자료를 주고 이혼하겠다고 두 명의 증인 앞에서 맹세해요. 둘째로, 이유를 불문하고 여섯 달 이상 집을 비우면 나에게 신경을 쓰지 않는 걸로 간주하고 내게 위자료를 주겠다고, 역시 두 명의 증인 앞에서 맹세해야 해요. 셋째는 결혼한 뒤에 물론 우리 집에서 살겠지만 아버지를 죽인 살인자가 잡힐 때까지, 그리고 술탄의 책을 당신의 재주와 노력으로 완성시켜 영예롭게 술탄 앞에 바칠 때까지는 나와 한 침대를 쓰지 못할 거예요. 사실 난 당신이 그를 찾아내면 더 좋겠어요, 그놈을 내 손으로 고문하고 싶으니까요! 마지막으로, 나와 침대를 함께 쓰는 내 아이들을 당신 자식처럼 사랑해 주었으면 해요."

"알겠소."

"좋아요. 우리 앞의 장애물이 빨리 없어지기만 한다면 우리는 당장 결혼할 수 있을 거예요."

"……결혼은 하지만 동침은 안 된다."

"결혼이 가장 중요해요. 먼저 이 문제를 해결해요. 사랑은 결혼한 뒤에도 생기니까요. 잊지 말아요. 결혼하기 전에 타오르는 사랑의 불길은 결혼과 함께 꺼져 버려요. 그다음은 공허하고 슬픈 흔적만 남게 되죠. 결혼한 후에 느끼는 사랑도 물론 언젠간 끝나기 마련이지만 행복이 그 자리를 대신해 주죠. 그런데도 성미 급한 바보들은 결혼하기 전에 사랑을 활활 태워서 모든 사랑을 소진해 버리고 말죠. 왜냐고요? 그들은 인생에서 가장 중요한 것이 사랑이라고 생각하기 때문이에요."

"그럼 가장 중요한 게 뭐란 말이오?"

"행복이죠. 사랑과 결혼도 행복해지기 위해서 필요한 거예요. 남편, 집, 아이들도 마찬가지고요. 남편이 실종되고 아버지는 시체가 됐을지언정 당신의 삭막한 외로움보다는 내 상황이 더 나은 걸 보고도 모르세요? 온종일 서로 웃고 싸우며 사랑하는 자식들이 없다면 난 차라리 죽음을 택하겠어요. 내가 이런 궁지에 빠졌고 나와 잠자리를 같이하지 못한다는데도 당신은 나를 원하고 있고, 나는 아버지의 시체와 말썽꾸러기 아이들과 함께 지내기를 간절히 원하니, 지금 내가 하는 말을 명심하고 들어요."

"듣고 있소."

"내가 실종된 남편과 이혼하기 위한 방법이 몇 가지 있어요. 거짓 증인을 내세워 남편이 원정을 떠나기 전에 이혼 조건을 내걸었다고 하는 것도 한 방법이에요. 예를 들면 이 년 안에 원정에서 돌아오지 않으면 날 자유롭게 해 주겠다고 약속했다고 증언하도록 시키면 돼요. 아니면 더 직접적으로, 전쟁터에서 내 남편의 시체를 보았다고 자세히 설명하도록 할 수도 있어요. 그렇지만 집에 있는 아버지의 시신과 시아버지, 시동생의 존재를 감안한다면 거짓 증인을 세우는 것은 썩 좋은 방법은 아니고, 똑똑하고 의심 많은 판사들도 수상하게 여겨 이혼시켜 주지 않을 거예요. 게다가 남편이 내게 생활비도 주지 않고 사 년 동안이나 원정에서 돌아오지 않았다고 해도 우리 하나피 법학파의 법관들은 이혼을 허락하지 않을 테죠. 그렇지만 위스퀴다르 지방 법관들은 달라요. 페르시아 전쟁 때문에 갈수록 늘어나는 나 같은 처지의 부인들이 손쉽게 이혼할 수 있도록 우리 술탄과 대법관이 눈감아 주기 때문에, 때때로 샤피이파의 대리인에게 일을 일임해서 우리 여자들을 일사천리로 이혼시키고, 위자료도 지급하게 하죠. 만약 지금 내 상황을 정직하게 증언해 줄 두 사람을 찾아 위스퀴다르로 가서 판사를 매수하라고 돈을 쥐여 주고, 나에게 보호자가 있음을 증명하기만 하면 판사가 등기부에 기재하자마자 곧바로 이혼 허가서를 받을 수 있을 거예요. 그러니까 내가 이혼하자마자 곧장 재혼하는 것이 정당하다는 걸 증명해 줄 서류만 받으면, 결혼식의 주례를 맡아 줄 이맘[25]을 구하는 것도 어렵지 않으니까, 당신은 당장 오늘 밤부터 내 남편으로서 나와 한 지붕 아래에서 살 수도 있어요. 그러면 우리도 그 악마에 대한 두려움 때문에 벌벌 떨며 밤을 보내지 않아도 되겠죠. 그리고 아침에 아버지의 사망 소식을 주위에 전했을 때, 당신은 주인 없는 가련한 처지가 된 나를 구해 주는 셈이 되는 거예요."

내 말을 듣고 있던 카라는 낙관적이면서도 약간은 순진하게 "알겠소. 당신을 아내로 맞아들이겠소." 하고 대답했어요.

---

25) 이슬람 사원의 목회자로, 특히 예언자 무함마드 가문의 후손들에게 붙이는 존칭.

내가 조금 전에 어째서 카라에게 진심과는 다르게 쌀쌀하고 거만한 말투로 얘기하는지 모르겠다고 했죠? 지금은 알아요. 나 자신조차도 그다지 실현되리라고 믿을 수 없는 얘기를 어수룩하고 엉뚱한 카라에게 납득시키기 위해서는 그런 말투를 쓰는 방법밖에 없다는 것을 본능적으로 알았기 때문이에요.

"이혼한 날 저녁에 거행된 결혼식이 무효라고 주장하는 사람들과 아버지의 책이 완성되지 못하도록 방해하는 자들에게 대항하려면 우리는 할 일이 아주 많아요. 하지만 지금은 당신도 나만큼 머리가 복잡할 테니 더는 말하지 않겠어요."

"당신의 머리는 전혀 복잡한 것 같지 않소."

"그래요? 아마도 내 생각들은 사실 내 것이 아니라 몇 년 동안 아버지와 얘기하면서 내 머릿속에 들어온 것들일지도 몰라요."

나는 카라가 이 모든 아이디어가 여자의 머리에서 나온 거라고 여기지 않도록, 그리고 내 말을 믿으라는 뜻에서 그렇게 말했어요. 그러자 카라는 내가 아주 똑똑하다고 하더니 내 얼굴을 본 모든 남자들이 했던 말을 해 줬어요.

"당신은 아주 아름답소."

"난 당신이 날 똑똑한 여자라고 말해 줘서 기분이 좋아요. 어렸을 때 아버지도 내게 그렇게 말해 주시곤 했죠."

그러나 내가 성장하자 아버지는 나의 영리함을 더 이상 칭찬하지 않으셨다고 말하려다가 나는 그만 울음을 터뜨렸어요. 나는 눈물을 흘릴 때면 나 자신으로부터 떠나 다른 사람이 돼 버리곤 합니다. 책 속의 슬픈 그림을 보며 슬퍼하는 독자처럼, 내 삶을 밖에서 들여다보며 내가 불쌍하다고 여기지요. 사람들에게는 흔히 자신의 슬픔이 마치 다른 사람의 것인 양 눈물을 흘리는 순수한 면이 있는데, 카라가 날 껴안았을 때 우리 마음속에서는 바로 그런 선량함이 번져 나갔습니다. 그러나 이번에도 역시 그 선량함은 껴안고 있는 우리 사이에만 있고, 우리를 둘러싼 적들의 세계에는 전혀 미치지 않았어요.

33
내 이름은 카라

　과부인 데다 의지할 곳조차 잃어버린 나의 가엾은 셰큐레
가 새털처럼 가벼운 발걸음으로 밖으로 나가자, 나는 정적 속
에서 그녀에게서 내게로 옮겨 온 아몬드 냄새와 결혼에 대한
망상에 잠겨 넋을 잃고 서 있었다. 머릿속은 실타래처럼 엉켜
복잡했지만 두뇌는 빠르게 회전하고 있었다. 나는 에니시테의
죽음을 충분히 슬퍼하지도 못한 채 잰걸음으로 집으로 돌아
왔다. 한편으로는 셰큐레가 나를 속이고 있고, 커다란 음모의
일부로 나를 이용하려는 건지도 모른다는 의심이 내 마음을
갉아먹고 있었지만, 다른 한편으로는 그녀와의 행복한 결혼에
대한 환상이 눈앞에서 사라지지 않았다.

　집에 돌아온 나는 이렇게 이른 아침에 어딜 다녀오느냐고
추궁하는 주인 여자에게 대강 말을 둘러대고는 내 방으로 가

서 얇은 요 속에 숨겨 둔 넓은 허리띠의 안감을 뜯고 베네치아 금화 스무 개를 꺼내 떨리는 손으로 지갑에 넣었다. 다시 거리로 나왔을 때 나는 눈물에 젖은 셰큐레의 검고 슬픈 눈이 하루 종일 내 마음을 떠나지 않으리라는 것을 알 수 있었다.

내가 맨 먼저 한 일은 항상 웃음을 띠고 있는 유대인 환전상에게 가서 베네치아 금화 다섯 개를 바꾸는 것이었다. 그러고는 골똘히 생각에 잠겨, 죽은 에니시테와 셰큐레가 아이들과 함께 나를 기다리는 집이 있는 동네의 골목으로 접어들었다.(지금까지 여러분에게 그 동네 이름을 말하지 않은 것은 그 이름을 좋아하지 않기 때문이다. 하지만 이제는 말하겠다. 그 동네의 이름은 에메랄드다.) 결혼 계획과 즐거운 상상에 가슴이 부풀어 거의 뛰듯이 골목을 걷고 있는데 문득 키 큰 플라타너스가 날 비웃듯이 굽어보는 것이 느껴졌다. 그러자 길바닥에 쌓였던 눈이 녹아 졸졸 흐르는 소리가 나에게 "신경 쓰지 마. 문제를 해결하고 행복을 찾아!" 하고 속삭였다. 그러나 잠시 후엔 한쪽 구석에서 뭔가를 핥고 있던 재수 없는 검은 고양이가 내 머릿속을 할퀴었다. "모든 사람들이 에니시테의 살해에 너도 관여했을 거라고 의심할걸." 고양이는 핥기를 그만두고 나를 빤히 쳐다보았다. 순간 그 기묘한 눈동자와 눈이 마주쳤다. 사람들이 지나치게 귀여워하는 까닭에 이스탄불의 고양이들은 영 버릇이 없다.

커다란 검은 눈을 늘 반쯤 감고 있기 때문에 어쩐지 졸고 있는 것처럼 보이는 이맘 에펜디를 동네 사원의 뜰에서 만났다. 그에게 법정에서 증언이 필수 사항인 경우와 선택 사항인 경우에 대해 물었다. 그가 자부심 가득한 목소리로 대답하는 것을 나는 마치 난생처음 듣는 얘기인 것처럼 눈썹을 한껏 치키고 들었다. 한 사건에 증인이 여러 명이라면 어떤 한 사람의 증언은 선택 사항이 된다고 그는 설명했다. 그러나 증인이 한 명밖에 없는 경우라면 그의 증언은 신의 명령처럼 절대적이라고 했다.

그래서 나는 "저의 고민은 그것입니다." 하고 대답했다. "모두들 잘 아는 사건인데도 선택 사항이라는 핑계로 증인들이 귀찮아하며 법정에 가지 않으려 합니다."

이맘 에펜디가 말했다. "그렇다면 자네가 돈주머니를 좀 열게나."

나는 돈주머니를 열어 그에게 진짜 베네치아 금화를 보여주었다. 사원의 넓은 뜰과 이맘의 표정은 금세 반짝거리는 금화로 환해졌다. 그는 나의 문제가 무엇인지 물었다.

나는 내가 누군지 밝힌 다음 말하기 시작했다.

"에니시테가 편찮으십니다. 그는 죽기 전에 자신의 딸이 과부라는 것을 공식적으로 알리고 딸에게 생활비가 지급되었으면 하십니다."

위스퀴다르 재판관의 대리인을 거론할 필요조차 없었다. 모든 것을 이해한 이맘 에펜디는 마을 사람들 모두가 오래전부터 불운한 셰큐레의 처지에 가슴 아파했으며, 좀 더 일찍 해결되었어야 하는 문제라고 했다. 그러면서 그는 셰큐레의 이혼에 필요한 두 번째 증인은 위스퀴다르 재판관의 문 앞에서 찾기보다는 자신의 동생으로 하는 것이 좋겠다고 했다. 지금 금화 한 닢을 더 준다면 이 동네에 살고 있고 셰큐레와 가련한 그녀의 아이들의 고초를 아는 자신의 동생에게도 보답하는 셈이 될 거라는 말도 덧붙였다. 나는 이맘 에펜디에게 금화 두 개를 보여 주었다. 그러자 그는 두 번째 증인에게 줄 비용을 깎아 주기까지 했다. 흥정은 그 자리에서 끝났고 이맘 에펜디는 동생을 만나려고 자리를 떴다.

그 후의 일은 알레포의 커피숍에서 보았던, 몸짓까지 섞어 가며 떠들어 대던 이야기꾼의 이야기와 비슷한 면이 있다. 마스나비 형식으로 쓴 이야기를 책으로 만드는 사람들은 아무리 멋진 필체로 쓰인 것이라도 그 이야기를 진지하게 받아들이지 않는다. 이야기가 지나치게 과장되고 잔재주와 속임수가 많기 때문이다. 그래서 책을 장식하거나 그림을 그려 넣지도 않는다. 나는 그날 하루의 흥미진진한 모험담을 네 개의 장면으로 나눠 머릿속에서 페이지를 정리하고 장식과 그림을 그려 넣었다.

첫 번째 그림은 운카파느 항구에서 저 멀리 위스퀴다르로 가는 노가 네 개 있는 빨간 나룻배 안에서 팔(八)자 수염의 건장한 근육질 사공들 사이에 있는 우리의 모습이다. 이맘과 표정이 어둡고 깡마른 그의 동생이 전혀 기대하지 않았던 외출에 기뻐하며 사공들과 농담을 주고받는 동안, 뾰족한 나룻배의 선수 쪽에 앉아 눈앞에서 아른거리는 영원하고 행복한 결혼을 상상하던 나는 해가 비치는 겨울날 아침, 여느 때보다 더 맑아 보이는 보스포루스 해협의 물결 밑에서 불운한 신호를, 예를 들어 난파된 해적선을 만나게 되리라는 징조 같은 것을 볼까 두려워하며 물의 기색을 살핀다. 세밀화가는 바다와 구름을 아무리 생동감 있는 색으로 칠할지언정, 나의 행복한 상상만큼이나 강렬하고 암울한 무엇, 가령 무시무시한 물고기 같은 것을 바닷속에 그려 넣어 독자들에게 모든 것이 다 환한 분홍빛은 아니라는 것을 깨닫도록 해야 한다.

두 번째는 술탄들의 궁전, 관료 회의, 유럽 대사들과의 접견, 붐비는 실내를 묘사한, 아주 세밀하면서도 구도와 인물 배치가 잘된 그림이어야 한다. 인물들이 서로 농담하고 비웃는 장면까지 고려해서 구도를 잡아야 한다. 예를 들어 구석에 있는 재판관은 내가 건네는 뇌물을 거절하겠다는 뜻으로 손바닥을 편 채 팔을 들어 올리고 있지만, 동시에 다른 한 손으로는 내가 준 베네치아 금화를 받아 슬며시 호주머니에 넣어야 한다. 그렇게 해서 판사가 뇌물을 받은 결과도 동시에 그림에 나타나야 하고, 위스퀴다르의 재판관 대신 샤피이파의 대리인인 샤합 에펜디가 앉아 있는 모습도 그려져 있어야 한다. 순차적으로 진행되는 사건들을 하나의 그림 속에 전부 다 표현하기 위해서는 영리한 세밀화가가 교묘하게 페이지를 배치할 줄 알아야 한다. 그러니까 그림을 보는 사람이 먼저 재판관에게 뇌물을 건네고 있는 나의 모습에 눈길을 주고, 그다음 그림의 다른 구석에서 재판관 방석에 책상다리를 하고 앉은 이가 샤피이파의 대리인인 것을 보게 되면, 굳이 이야기를 읽지 않더라도 재판관이 베네치아 금화를 재빨리 호주머니에 넣으면서 그가 셰큐레를 이혼시키라는 의미로 자기 자리를 대리인에게 내주었음을 알아차릴 수 있는 것이다.

세 번째 그림에서도 같은 장면을 보여 주어야 한다. 그러나 이번에는 벽에 그림을 넣을 때, 꼬불거리는 나뭇가지를 사람이 지나가지 못할 정도로 무성하게 그리는 중국풍 장식 기법을 사용해야 한다. 그리고 이것들을 더 어두운 색으로 칠해야 하고, 재판관 대리인의 머리 위에다 형형색색의 호기심 많은 구름들을 그려서 우리 이야기에 장난기가 있다는 것을 알려야 한다. 그리고 사람들이 재판관 앞에 차례로 나서는데, 나란히 그려져야 할 이맘과 동생은 슬픈 셰큐레의 남편이 사 년 동안이나 전쟁에서 돌아오지 않았다는 것, 남편이 돌보지 않아 그녀가 가난에 허덕이고 있다는 것, 또한 그녀가 여전히 기혼자로 취급되고 있기 때문에 그녀의 아이들에게 아버지 역할을 하고자 나서는 남자가 없다는 것을 너무나 잘 설명해 귀머거리 벽조차 눈물을 흘리며 그녀를 즉시 이혼시키고 싶게 만든다. 그러나 매정한 재판관 대리인은 눈 하나 꿈쩍하지 않고 셰큐레에게 보호자가 누구냐고 묻는다. 그 순간, 내가 잠시 망설이다가 뛰어들어 우리 술탄의 칙사와 대사를 지냈던, 존경하는 그녀의 아버지가 살아 있다고 말한다. 그러자 대리인이 말한다.

"그가 법원으로 오기 전에는 절대 이혼 판결을 내릴 수 없소!"

나는 조급해하며 에니시테 에펜디는 지금 몸져누워 죽음과 사투를 벌이고 있으며, 신에게 비는 그의 마지막 소원은 딸의 이혼이며, 내가 그를 대변한다고 말한다. 그러자 대리인이 말한다.

"이혼한다고 변하는 게 뭐가 있단 말인가? 전쟁에서 죽은 남편과 딸이 이혼하는 걸 왜 그토록 원하는 것인가? 아, 참! 만약 딸에게 결혼할 만한 좋은 혼처가 있다면 이해할 수 있지. 아버지가 맘 편히 눈을 감을 수 있을 테니."

"있습니다."

"누군가, 그 사람이?"

"바로 접니다!"

"말이 되는 얘긴가? 자네는 보호자의 대변인이 아닌가? 자네는 무슨 일을 하는가?"

"동방에서 장군들의 비서, 서기관, 재무 보조 일을 했습니다. 우리 술탄에게 바칠 페르시아 전쟁사를 완성했지요. 또한 그림을 보는 눈도 있습니다. 저는 그분의 딸을 이십 년 동안 열렬히 사랑해 왔습니다."

"친척인가?"

재판관 대리인의 손등과 옷자락에 입을 맞출 지경까지 왔지만 나는 내 삶을 샅샅이 드러내는 것이 너무나 부끄러워 입이 잘 열리지 않았다.

"얼굴 붉히지 말고 대답하게나. 그렇지 않으면 이혼시켜 주지 않겠네."

"그녀는 제 사촌입니다."

"음, 알겠네. 그녀를 행복하게 해 줄 수 있겠나?"

이 물음을 던지면서 그는 손으로 낯 뜨거운 행동을 해 보인다. 세밀화가가 이 추한 모습을 그리지 않았으면 한다. 단지 내 얼굴이 얼마나 빨개졌는지만 묘사해 주면 된다.

내가 대답한다. "먹고살 만은 합니다."

"나는 샤피이파이므로 사 년 동안 남편이 전쟁에서 돌아오지 않는 불행한 셰큐레를 이혼시키는 건 아무 어려울 게 없네. 그녀의 이혼을 허락하네. 이제 남편이 전쟁에서 돌아와도 그녀에 대한 그 어떤 권리도 주장할 수 없네."

그다음 그림, 즉 네 번째 그림은 대리인이 검은 잉크로 이혼 결정을 등기부에 기록하고, 나의 셰큐레가 이제는 과부이며 즉시 재혼해도 아무 장애가 없다는 걸 공식적으로 표명하는 서류에 도장을 찍어 내게 건네주는 장면이 묘사되어야 한다. 그 순간 느낀 나의 가슴 벅찬 행복감은 법원 벽을 빨간색으로 칠하거나 그림에 핏빛의 빨간색 테두리를 칠해도 다 표현할 수 없다. 여동생들, 딸들, 누나들을 이혼시키려고 달려온 다른 남자들과 거짓 증인들이 몰려 있는 법정을 뛰쳐나온 후, 왔던 길로 나는 되돌아간다.

나는 보스포루스 해협을 지나 곧장 에메랄드 마을로 들어가서 결혼식을 주관할 이해심 많은 이맘 에펜디와 그의 동생을 돌려보냈다. 모든 사람들이 내가 곧 갖게 될 행복을 질투하며 뒤에서 술수를 쓰리라는 걸 알고 있기 때문에 셰큐레의 집을 향해 급히 뛰어갔다. 재수 없는 까마귀들은 집 안에 시체가 있는 줄 어찌 알고 기와지붕 위를 팔짝팔짝 뛰며 즐거워하는 것일까? 나의 에니시테를 위해 마음껏 슬퍼하지도, 눈물도 흘릴 수 없다는 것이 씁쓸했지만 꽉 닫힌 덧창과 대문, 정적, 그리고 석류나무를 보고 모든 것이 순조롭게 진행되고 있다는 걸 즉시 알 수 있었다.

여러분은 이 순간 내가 조급하게 행동하고 있다는 걸 눈치 챘을 것이다. 땅에서 돌멩이를 주워 대문에 던졌지만 맞히지 못했다. 이번에는 집을 향해 돌멩이를 던졌지만 지붕에 맞았다. 나중에는 화가 나서 돌멩이를 마구 집어 던졌다. 그러자 창문 하나가 열렸다. 그건 나흘 전 수요일에 석류나무 가지 사이로 셰큐레를 처음 보았던 2층 창문이었다. 오르한의 모습이 보였다. 덧문 사이로 오르한을 꾸중하는 셰큐레의 목소리가 들렸다. 잠시 후 그녀가 나타났고, 우리는 희망에 찬 눈길을 나눴다. 그녀는 너무나 아름다웠다. 그녀는 "기다려요."라는 뜻의 신호를 보내고는 창문을 닫았다.

저녁이 되려면 아직 시간이 있었다. 아무도 없는 정원에서 이 세상, 나무, 그리고 진흙탕 거리의 아름다움에 경탄하며 희망을 품은 채 그녀를 기다렸다. 얼마 지나지 않아 하이리예가 마치 하녀가 아니라 귀부인이라도 된 듯이 차려입고 얼굴을 가린 채 나타났다. 우리는 서로 가까이 다가서지 않고 무화과나무 뒤로 물러섰다.

"모든 게 잘돼 가고 있다." 나는 그녀에게 재판관에게서 받은 서류를 보여 주며 말했다. "셰큐레는 이혼했다. 지금 다른 마을에서 이맘……." 나는 "이맘을 물색하면 돼."라고 말하려다 말을 바꿔 "이맘이 오고 있다."라고 말하고는 셰큐레에게 준비하라고 전하라고 했다.

"셰큐레 아가씨는 숫자가 적더라도 들러리가 꼭 있어야 한다고 하세요. 마을 사람들도 집에 와서 결혼 음식을 먹어 주기를 원하세요. 솥에 아몬드와 말린 살구가 든 밥을 준비해 놓았어요."

그녀는 들떠서, 준비된 다른 음식들도 말하려 했지만 내가 말허리를 잘랐다.

"결혼식을 그렇게 시끌벅적하게 하면 하산과 그 친구들이 소식을 듣고 쳐들어와서 결혼을 무효로 만들지도 몰라. 다 된 밥에 재 뿌리는 격이 되고 말 거야. 우리는 하산과 그의 아버지뿐만 아니라 에니시테를 죽인 악마도 조심해야 돼. 넌 무섭지 않느냐?"

"무섭지 않다니요!"

그녀는 그렇게 대답하며 훌쩍이기 시작했다.

"아무에게도 말하지 말아야 한다. 에니시테에게 잠옷을 입혀 드리고, 요를 깐 후에 죽은 사람이 아니라 환자처럼 눕혀 놓거라. 물컵과 시럽 단지를 가져다 놓고 덧창은 닫아 두어라. 결혼식에서 그가 셰큐레의 보호자가 될 수 있도록 준비해야 한다. 그리고 신부 들러리는 안 돼. 마지막에 이웃 사람 몇 명을 부를 수는 있지만. 그들을 초대할 때, 에니시테의 마지막 소망이 이웃 사람들을 부르는 거라고 말하면 되니까. 이건 행복한 결혼식이 아니라 슬픈 결혼식이 될 게다. 이 일을 성사시키지 못하면 우리는 화를 입을 것이고 너도 벌을 면치 못할 것이다. 알겠느냐?"

그녀는 울면서 고개를 끄덕였다. 나는 증인들을 데리고 곧 집으로 올 것이며, 셰큐레에게 만반의 준비를 시키도록 당부했다. 그리고 앞으로 집안의 주인은 나이며, 이제부터 나는 이발소에 가 있겠노라고 일렀다. 이 모든 말들은 미리 계획한 것이 절대로 아니었다. 그저 말을 하는 순간에 떠오른 것이었다. 하지만 어느 전쟁터에서 느꼈던 것처럼, 내가 신을 사랑하고 신께서 나를 보호하시기 때문에 모든 일이 잘될 거라는 믿음이 생겼다. 이런 믿음이 생기면 무슨 생각을 하든, 무엇을 의도하든 모든 일이 잘되게 마련이다.

에메랄드 마을에서 할리치만을 향해 네 블록을 걸었다. 이웃 마을 야신 파샤의 사원에서 검은 턱수염에 광채 나는 얼굴을 가진 이맘이 빗자루를 들고 진흙 마당에서 뻔뻔스러운 개를 내쫓는 것을 보았다. 나는 그에게 나의 애로 사항을 말했다. 신이 에니시테를 부르고 있으며, 에니시테의 마지막 소원에 따라 나는 그의 딸과 결혼할 것이며, 그녀가 전쟁에서 돌아오지 않는 남편과 위스퀴다르의 재판관의 결정으로 이혼했다고 말했다. 이맘은 이슬람 종교법에 따르면 결혼한 여자가 이혼한 후 재혼하기 위해서는 한 달을 기다려야 한다고 이의를 제기했다. 나는 셰큐레의 전남편이 사 년째 실종 상태라는 특수한 상황을 다시 상기시키고, 이 때문에 오늘 아침 위스퀴다르 재판관이 그녀를 이혼시켰다고 말하며 서류를 내보였다. 나는 그에게 우리의 결혼을 저해할 만한 어떤 요소도 없음을 강조했다. 신부가 친척이기는 하지만 이종사촌이므로 결혼에는 아무런 문제가 없고, 이전 결혼 관계는 완전히 청산됐으며, 셰큐레와 나 사이에는 종교나 재산 측면에서 아무런 차이가 없음을 설명했다. 그리고 그에게 내가 주는 금화를 받고 마을 사람들 앞에서 공개적으로 거행될 결혼식을 주관한다면 과부인 그녀와 그녀의 아이들에게도 좋은 일을 하는 셈이 될 거라고 설득했다. 그러고는 그에게 아몬드와 말린 살구를 넣은 밥을 좋아하느냐고 물었다. 그는 좋아한다고 대답했다. 하지만 그의 시선은 여전히 사원 문 근처에 있는 개들을 향하고 있었다. 그는 결혼 주례용 의복을 입고 머리와 수염과 터번을 손질한 뒤에 결혼식에 참석하겠노라고 하고는 집이 어디냐고 물었다.

십이 년 동안 꿈꿔 왔던 결혼식이 아무리 빠르게 진행되고 있더라도, 신랑이 모든 분주함과 위험을 잊고 다정한 이발사의 손과 달콤한 수다에 자신을 맡긴 채 머리를 단장하는 것보다 더 자연스러운 일이 또 있을까? 그리고 나도 모르게 발걸음이 닿은 이발소는 바로 고인이 된 에니시테와 이모, 아름다운 셰큐레가 예전에 살았던 집의 골목 어귀 시장에 있는 곳이었다. 십이 년 만에 이곳을 다시 들렀던 날, 그러니까 닷새 전에 나와 눈이 마주쳤던 이발사는 내가 안으로 들어서자마자 나를 껴안았다. 그러고는 이스탄불의 진정한 이발사라면 다들 그렇듯이 십이 년간 내가 어디에 있었는지 물어보는 대신, 최근 그 마을에 떠도는 소문과 인생이라는 의미 있는 여행 끝에 우리가 도달할 곳에 대한 의미심장한 이야기들을 해 주었다.

못 보던 사이에 이발사는 꽤 나이가 들어 있었다. 검버섯으로 뒤덮인 손에 들린 면도칼이 덜덜 떨리는 걸로 봐서 오랫동안 술을 너무 가까이한 게 틀림없었다. 그는 자신을 감탄하는 눈길로 바라보는 분홍빛 피부와 아름다운 입술과 초록빛 눈을 가진 사내아이를 조수로 데리고 있었다. 이발소 안은 십이 년 전에 비해 한결 깨끗하고 정돈되어 보였다. 끓인 물을 부어 내 머리와 얼굴을 세심하게 씻어 주던 세숫대야는 천장에 새 사슬로 묶여 있었다. 넓고 오래된 그 대야는 주석 도금을 했다. 그리고 화로는 깨끗했고 녹도 슬지 않았으며 홍옥으로 자루 부분이 장식된 면도용 칼은 여전히 날카로웠다. 나이에 비해 키가 크고 우아한 몸을 가진 조수까지 두고 있는 걸 보면 그가 이발소와 자기 자신을 제법 잘 가꾸어 왔다는 생각이 들었다. 나는 결혼이 단지 집뿐만이 아니라 생활 전체에 새로움과 풍요를 안겨다 줄 거라고 상상하면서 장미 냄새와 따스한 물과 비누 냄새를 풍기는 이발사에게 나를 내맡겼다.

얼마나 시간이 흘렀을까. 이발사의 노련한 손놀림과 작은 이발소를 따뜻하게 데워 주는 난로의 온기 덕분에 굳었던 몸이 풀리면서 전신이 노곤해졌다. 수많은 험난한 사건들을 겪은 후 오늘, 내게 가장 큰 선물을 주신 거룩한 신께 감사하는 마음이 들었다. 그리고 문득 그분이 창조한 세계가 어떻게 신비로운 균형을 이루고 있는지 궁금해졌다. 이윽고 내가 주인이 될 집 안에 죽은 채로 침대에 누워 있을 에니시테에 대한 슬픔과 애처로움을 느끼며 몸을 일으키려 할 때, 늘 열려 있는 이발소 문 쪽에서 소리가 났다. 돌아보니 셰브켓이 서 있었다.

아이는 급하게, 그러나 자신 있는 태도로 내게 다가와 쪽지를 건넸다. 순간에 마음속이 얼음장처럼 서늘해졌다. 나는 아이에게 아무 말도 못하고, 나쁜 소식일까 두려워하며 글을 읽었다.

신부 들러리 행렬이 없으면 결혼하지 않겠어요. ― 셰큐레

나는 셰브켓을 낚아채 덥석 끌어안았다. 셰큐레에게 '그렇게 하겠소, 내 사랑.'이라고 답장을 보내고 싶었다. 그러나 읽고 쓸 줄 모르는 이발사에게 종이와 잉크가 어디 있겠는가! 그래서 조심스럽게 셰브켓의 귀에 대고 "엄마에게 가서 '알았습니다.'라고 하렴." 하고 속삭였다. 그러고는 할아버지는 어떠시냐고 물었다.

"주무세요."

여러분과 셰브켓이 에니시테의 죽음에 대해 나를 의심한다는 것을 나는 안다.(물론 셰브켓은 또 다른 의혹까지 품고 있을 것이다.) 참으로 안타까운 일이다. 나는 아이에게 강제로 뽀뽀를 했다. 셰브켓은 기분 나쁘다는 듯 서둘러 가 버렸다. 그 애는 그날 저녁 결혼식 때에도 축제용 옷을 입은 채 멀리서 적의에 가득 찬 시선으로 날 바라보고 있었다.

셰큐레가 친정집에서 신랑 집으로 가는 것이 아니고, 반대로 내가 셰큐레의 아버지 집에 데릴사위로 들어가는 것이기 때문에, 신부 들러리 행렬도 이런 특수한 상황에 맞게끔 구성했다. 물론 다른 사람들이 하듯이 나의 부자 친구들과 친척들에게 좋은 옷을 입히고 말에 태워서 셰큐레의 집 앞에 대기시킬 만한 상황은 아니었다. 그래도 이스탄불에 온 후 엿새 동안 만난 내 어린 시절 친구들 가운데 두 명(한 명은 나처럼 서기가 되었고, 다른 한 명은 목욕탕을 경영하고 있었다.)과 머리를 손질할 때 나의 행복을 기원하며 눈물을 글썽였던 이발사를 대

동했다. 그들과 함께 나는 이틀간 몰았던 하얀 말을 끌고 셰큐레의 집 앞에 서 있었다. 마치 그녀를 이 집에서 다른 집으로, 다른 삶으로 데리고 갈 것처럼.

나는 대문을 열어 준 하이리예에게 팁을 두둑하게 쥐여 주었다. 셰큐레는 새빨간 신부 의상을 입고 머리에서 발끝까지 분홍빛의 장식용 금실을 늘어뜨리고 있었다. 그녀는 집 안에서 들리는 울음소리, 흐느낌 소리, 한숨 소리, 어떤 여자가 아이에게 지르는 고함 소리, 그리고 신부를 향한 경탄의 목소리들 사이로 걸어 나와, 우리가 가져온 흰말에 노련하게 올라탔다. 나를 가엾게 여긴 이발사가 시간에 쫓기며 급히 데려온 북 치는 사람과 피리 부는 사람이 우리 앞에서 결혼식 음악을 연주하기 시작했다. 그것을 신호로 슬픈, 그러면서도 으스대는 신부 들러리 행렬이 길을 나섰다.

우리가 탄 말이 움직이기 시작하자마자, 나는 영민한 셰큐레가 자신의 결혼식을 확실하게 하기 위한 계획의 일부로 신부 들러리 행렬을 마련했음을 깨달았다. 신부 들러리 행렬 때문에 결혼식이 끝날 무렵이면 온 마을에 이 소식이 알려질 테고, 그러면 실질적으로 모든 사람들로부터 인정을 받은 것이므로 장차 누군가가 우리 결혼에 대해 이의를 제기할 가능성도 줄어들 것이다. 하지만 우리의 결혼을 이렇게 공공연히 알리는 것, 그러니까 우리의 적인 셰큐레의 전남편과 그의 가족에게 선포라도 하듯 결혼식을 올리는 것은 처음부터 일을 더 위험하게 만들 수도 있었다. 나로서는 아무에게도 알리지 않고, 결혼식도 하지 않고, 비밀리에 혼인식만 치르고 그녀의 남편이 되는 편이 나았으리라는 생각이 들었다.

나는 신부 들러리 행렬을 앞세우고 동화 속에나 나올 법한 새침데기 백마를 타고 마을 골목을 지나갔다. 그러는 동안에도 내 눈동자는 골목들 사이에서, 혹은 어두운 대문에서 갑자기 뛰쳐나와 우리에게 달려들지도 모를 하산과 그의 패거리들을 두려워하며 찾고 있었다. 대문 앞, 혹은 담벼락 밑에 쪼그려 앉아 우리의 이상한 들러리 행렬을 영문도 모르고 바라보는 노인들, 마을 어르신네들, 멈춰 서서 인사하는 이방인들을 바라보았다. 뜻하지 않게 들어선 작은 시장 거리에서는 형형색색의 모과와 당근, 사과를 쌓아 놓고 파는 유쾌한 과일 장수가 우리 행렬을 따라 서너 걸음 함께 걸으며 "보기 좋구먼!" 하고 말했다. 슬프게 웃는 채소 장수와 타 버린 빵을 조수에게 긁어 떼게 하면서 우리의 결혼을 인정하는 눈길을 보내는 빵집 주인도 있었다. 그것만으로도 머리 좋은 셰큐레가 노련하게 소문의 망을 작동시켰음을, 그녀가 이혼하고 나와 재혼한다는 사실이 아주 짧은 시간 안에 마을에 퍼졌고, 인정을 받았음을 알 수 있었다. 그래도 나는 예기치 않은 적대적인 눈길이나 시비 혹은 험악한 말에 대비해 매 순간 긴장을 늦추지 않았다. 그래서 시장을 지나는 동안 고함을 지르고 장난을 치며 뒤를 쫓아와 돈을 달라고 하는 아이들을 귀찮아할 여유도 없었다. 오히려 아이들의 유쾌한 소란이 우리를 보호해 주고 인정해 준다는 것을, 열린 창문과 덧문 사이로 희미하게 비치는 여인들의 미소를 보고 알았다.

마지막으로 나의 눈은 우리가 출발했던 곳으로 거슬러 올라가 집 쪽에서부터 구불거리며 돌아오고 있는 들러리 행렬을 보고 있었지만, 내 가슴은 셰큐레 곁에, 그녀의 슬픔과 함께 있었다. 그녀로 인해 느끼는 나의 슬픔은 아버지가 살해당한 다음 날 결혼할 수밖에 없는 그녀의 처지 때문이 아니었다. 나를 가슴 아프게 하는 것은 결혼식이 너무 간소하고 가난하게 치러진다는 사실이었다. 나의 셰큐레는 은으로 장식된 마구와 화려한 안장으로 치장한 말, 그 말 위에 담비 털과 비단, 그리고 금으로 장식된 옷을 입은 기수들, 수백 마리의 말과 마차에 가득 실린 선물, 혼수품, 행렬을 따르는 수많은 장군의 딸과 공주들, 마차에 앉아 과거의 영화에 대해 수다를 떠는 늙은 하렘 여자들이 있는, 성대한 결혼식의 주인공이 되어야 마땅한 여자였다. 그런데 지금 그녀는 부잣집 딸들의 결혼식에선 빠지지 않는 것, 즉 신부가 탄 말을 에워싸고 신부의 얼굴에 드리워진 붉은 비단 베일을 막대기로 받쳐 들고 따르는 네 명의 하인조차 없었다. 과일과 금박 및 은박 장식, 반짝이는 보석, 결혼식용 커다란 양초, 나무 모양의 장식품을 들고 뒤따라가는 하녀도 없었다. 결혼 들러리 행렬에 대한 존경심도 없어서, 북 치는 사람과 피리 부는 사람은 툭하면 연주를 멈추기 일쑤였고 "물러서시오, 물러서시오, 신부가 갑니다." 하고 외쳐 주는 사람도 없었기 때문에, 행렬은 붐비는 시장의 인파와 광장에서 물 긷는 하녀들 사이에 뒤섞여 버렸다. 나는 이런 것이 부끄러웠다기보다는 눈에 눈물이 고일 정도로 슬펐다. 집으로 다시 돌아왔을 때, 나는 뒤를 돌아보았다. 하지만 분홍빛 신부 머리 장식과 핏빛 베일을 쓴 그녀는 자신과 전혀 어울리지 않는 이 초라한 결혼을 슬퍼하는 것 같지는 않았다. 그녀의 얼굴에서 아무 탈 없이 들러리 행렬을 끝냈다는 안도감을 읽자, 나의 마음도 비로소 편안해졌다. 잠시 후에 나는 혼인 의식을 치를 나의 아름다운 신부를, 여느 신랑들이 그러듯, 부축해서 말에서 내리게 한 뒤 팔짱을 꼈다. 그리고 주머니에 가득 준비해 온 악체를 한 움큼씩 뿌려 줬다. 아이들이 신나서 동전을 향해 달려드는 사이, 셰큐레와 나는 마당 안으로 들어섰다. 돌로 덮인 마당을 지나 집 안으로 들어서는 순간, 집 안의 온기 속에서 시체 썩는 냄새가 진동하는 것을 알고 그만 경악하고 말았다.

신부 들러리 행렬이 집 안으로 들어와 자리를 잡았을 때, 셰큐레는 물론이고 벌써 집에 와 있던 다른 노인들, 여자들 그리고 아이들 모두가 아무 냄새도 나지 않는 양 행동하는 걸 보고 한순간 의아했다.(오르한만 한쪽 구석에서 의심스러운 눈길로 나를 훑어보고 있었다.) 그러나 옷이 찢기고, 신발과 혁대가 벗겨지고, 얼굴과 눈과 입술을 동물의 먹이로 내준 채 햇빛 속에 널려 있는 시체들의 냄새를 전쟁터에서 숨 막히도록 맡았던 경험이 있었기에 나는 내 코를 추호도 의심하지 않았다.

나는 곧장 부엌으로 가서 하이리예에게 에니시테가 어디 있는지, 왜 집 안에서 냄새가 진동하는지 묻고는 모든 사람이 곧 눈치를 챌 거라고 말했다. 그렇게 말하면서 내 말이 헛소리를 중얼거리는 것처럼 들릴 거라는 생각이 들었고, 한편으로 내가 하이리예에게 주인처럼 말하는 것은 처음인 것 같아 신경이 쓰였다. 그녀가 울면서 대답했다.

"시키는 대로 했어요. 요를 깔고 잠옷을 입히고 이불을 덮어 드렸어요. 시럽이 담긴 컵도 머리맡에 놓았고요. 냄새가 나는 건 방에 있는 화로의 열기 때문일 거예요."

양고기를 튀기고 있는 뜨겁게 달궈진 프라이팬 위로 눈물 한두 방울이 떨어졌다. 그녀가 우는 모습을 보자 에니시테가 그녀를 잠자리에 들였다는 사실이 떠올랐지만, 곧 그런 생각을 한 나 자신이 부끄러워졌다. 부엌 한구석에 말없이, 그러나 자부심에 가득 차 앉아 있던 에스테르가 씹던 것을 삼키며 일어섰다.

"셰큐레를 행복하게 해 주세요. 그녀의 가치를 알아주시고."

오랜만에 이스탄불로 돌아왔을 때 거리에서 들었던 우드 소리가 마음속에서 울려 퍼졌다. 그 선율에는 슬픔보다는 기쁨이 배어 있었다. 잠시 후, 에니시테가 잠옷을 입고 누워 있는 그 어두운 방에서 이맘 에펜디가 셰큐레와 나의 결혼을 주관할 때에도 그 선율은 내 마음속에 있었다.

하이리예가 재빨리 방을 환기시키고 촛불을 어두운 구석에 놓아 둔 덕분에 아무도 시체임을 눈치채지 못한 에니시테는 셰큐레의 혼인 서약을 위한 보호자였다. 증인은 이발사와 모든 걸 다 아는 체하는 노인이었다. 이맘의 기원, 충고의 말 그리고 참석자 전체의 기도로 끝이 난 혼인 서약을 하는 도중, 증인인 노인이 에니시테의 건강이 걱정된다는 듯 고인 쪽으로 자신의 머리를 가까이 가져갔다. 그 순간, 나는 이맘의 혼인 서약이 끝나는 것과 동시에 얼른 몸을 일으켜 에니시테의 뻣뻣하게 굳은 손을 잡고 큰 소리로 말했다.

"이제 아무런 염려 마세요, 에니시테! 셰큐레와 아이들을 배불리 잘 먹이고 행복하게 하기 위해서라면 무슨 일이든지 다 하겠습니다."

그러고는 마치 병석의 에니시테가 내게 뭔가를 속삭이는 것처럼 그의 입에 귀를 갖다 댔다. 존경하는 노인이 들려주는 인생의 소중한 충고를 귀담아듣는 젊은이처럼, 눈과 귀를 세우고 에니시테의 말을 듣는 시늉을 했다. 이맘 에펜디와 마을 노인들은 나의 장인이 병석에서, 죽음의 문턱에서 속삭이는 충고를 귀 기울여 듣는 나의 충실함을 칭찬하고 인정한다는 듯한 시선으로 나를 바라보았다. 나는 그저 이제 그 누구도 에니시테의 살해에 내가 관련되었다고 생각하지 않기를 바랄 뿐이었다.

방에 있던 결혼식 하객들에게 환자가 혼자 있고 싶어 한다고 말하자, 그들은 한꺼번에 우르르 방 밖으로 나갔다. 하이리예가 요리한 밥과 양고기를(그 즈음이 되자 나 또한 시체 썩는 냄새와 백리향과 커민, 그리고 튀긴 양고기 냄새를 분간할 수 없게 되었다.) 먹기 위해 모인 남자들의 방으로 들어가려다가 나는 그냥 현관으로 나갔다. 무심코 하이리예의 방문을 열었더니 안에 있던 셰큐레가 행복감으로 반짝이는 눈길을 돌려 나를 달콤하게 쳐다보았다.

"셰큐레, 장인어른이 부르셔. 혼인식을 했으니 장인어른 손등에 입을 맞춰 드려야 하지 않겠어?"

방 안에는 셰큐레의 결혼 소식이 확실히 퍼질 수 있도록 마지막 순간에 불러온 서너 명의 마을 여자들이 함께 있었다.

서로 다정하게 쳐다보는 눈길로 보건대 친척 지간인 듯한 그 젊은 여자들은 급히 옷매무새를 가다듬고 얼굴을 가리는 시늉을 하면서 점수를 매기듯 날 맘껏 바라보았다.

한참 뒤, 음식을 먹은 하객들은 호두, 아몬드, 과육, 사탕, 카네이션 향 사탕 등을 입에 집어넣으면서 저녁 기도 시간에 늦지 않으려고 다들 집으로 돌아갔다. 여자들이 모여 있던 방은 셰큐레의 끝없는 눈물, 그리고 아이들의 장난과 싸움으로 그다지 즐거운 분위기는 아니었다. 남자들 사이에서는 첫날밤에 대한 농담이 오갔지만, 내가 한 번도 웃지 않고 조용히 있자 사람들은 내가 장인의 병환 때문에 걱정하는 거라고 생각했다. 이 모든 일들 가운데 내 뇌리 깊숙이 각인된 것은 식사 전, 아버지의 손등에 입을 맞추려고 셰큐레와 함께 에니시테의 방으로 갔을 때 단둘이 남겨졌던 우리가, 그 죽은 남자의 차가운 손에 진심으로 입을 맞춘 다음 방의 어두운 구석에서 굶주린 듯 서로의 입술을 탐한 일이었다. 드디어 내 입속에 넣는 데 성공한 아내의 따스한 혀에는 아이들이 빨고 있던 사탕 맛이 배어 있었다.

(2권에 계속)

세계문학전집 **51**

내 이름은 빨강 1

1판 1쇄 펴냄   2004년 4월 23일
1판 29쇄 펴냄   2009년 9월 18일
2판 1쇄 펴냄   2009년 11월 20일
2판 19쇄 펴냄   2019년 4월 16일
3판 1쇄 펴냄   2019년 10월 28일
3판 14쇄 펴냄   2024년 5월 30일

지은이   오르한 파묵
옮긴이   이난아
발행인   박근섭, 박상준
펴낸곳   (주)민음사

출판등록   1966. 5. 19. (제 16-490호)
서울특별시 강남구 도산대로1길 62(신사동) 강남출판문화센터 5층 (우편번호 06027)
대표전화 02-515-2000   팩시밀리 02-515-2007
www.minumsa.com

ISBN 978-89-374-7979-3 04800
ISBN 978-89-374-6000-5 (세트)

* 잘못 만들어진 책은 구입처에서 교환해 드립니다.

세계문학전집 목록

세계문학전집은 계속 간행됩니다.